쌍두의 악마 1

SOTO NO AKUMA (DOUBLE HEADED DEVIL)
by ARISUGAWA Alice
Copyright © 1992 ARISUGAWA Alice
All rights reserved.

Originally published in Japan by TOKYO SOGENSHA Co., Ltd., Tokyo.
Korean translation rights arranged with
TOKYO SOGENSHA, Japan
through THE SAKAI AGENCY and YU RI JANG LITERARY AGENCY.

이 책의 한국어판 저작권은 유·리·장에이전시를 통한 저작권자와의 독점 계약으로 ㈜시공사가 소유합니다.
저작권법에 의해 한국 내에서 보호를 받는 저작물이므로 무단전재와 무단복제를 금합니다.

DOUBLE
HEADED
DEVIL

쌍두의 악마 1

아리스가와 아리스 지음 | 김선영 옮김

시공사

등장인물

기사라 기쿠노木更菊乃 ── 기사라 마을의 현現 당주

오노 히로키小野博樹 ── 화가

스즈키 사에코鈴木冴子 ── 화가

야기사와 미쓰루八木沢満 ── 음악가

고비시 시즈야小菱静也 ── 무용가

시도 아키라志度晶 ── 시인

고자이 고토에香西琴絵 ── 조향가調香家

지하라 유이千原由衣 ── 전직 아이돌 가수

마에다 데쓰오前田哲夫, **마에다 데쓰코**前田哲子 ── 조형작가, 부부

니시이 사토루西井悟 ── 소설가

히구치 미치오樋口未智男 ── 동판화가

에가미 지로江神二郎 ── 에이토 대학 문학부 4학년

모치즈키 슈헤이望月周平 ── 에이토 대학 경제학부 3학년

오다 고지로織田光次郎 ── 에이토 대학 경제학부 3학년

아리스가와 아리스有栖川有栖 ── 에이토 대학 법학부 2학년

아리마 마리아有馬麻里亜 ── 에이토 대학 법학부 2학년

아이하라 나오키相原直樹 ── 카메라맨

호사카 아케미保坂明美 ── 간호사, 마리아의 친구

하지마 기미히코羽島公彦 ── 초등학교 교사

나카오 군페이中尾君平 ── 의사

무로키 노리오室木典生 ── 우체국 직원

누마이沼井 ── 고치高知 현 경찰본부 경감

후지시로藤城 ── 스기모리 경찰서 경위

차례

할아버지께

마리아

이 길을 지난 적이 있다.

나는 그렇게 생각했다.

아니, 그렇게 느꼈다. 이곳이 초행길이라는 사실은 분명하니까 나는 단순히 흔해빠진 기시감과 노닥거리고 있을 뿐이다.

차 한 대도 제대로 지나갈 수 없을 만치 비좁은, 메마른 흙이 깔린 시골길. 오른쪽도 왼쪽도 너도밤나무 숲이 이어지고, 머리 위로는 신록의 그늘이 나를 감쌌다. 낙엽 지는 계절이 성큼 다가왔음을 느끼게 하는 무르익은 초록빛 그늘.

아직 9월이다. 그런데 이 산속의 공기는 마치 늦가을 같다. 서늘한 공기가 민소매 밑으로 드러난 어깨에 시리게 스며든다.

기시감이라는 환상 속에서, 나는 한여름의 시골길을 걷고 있었다. 아마도 나쓰모리夏森 고개라는 이름에서 떠오른 생각이리라.

나뭇잎 새로 쏟아지는 햇살이 물빛 셔츠 아래로 드러난 두 팔 위에 짙은 반점을 선명하게 그리고, 때때로 숨 막힐 듯한 풀 냄새가 코를 찌른다. 새하얀 길 앞에 아지랑이가 아물대고, 매미 울음이 끊이지 않았다.

환상의 기억 속에서 나는 왜 이 길을 혼자 가고 있었을까?

알 리가 없다. 지금 현실에서 이곳을 걷고 있는 나조차 내 갈 길을 모르니까.

이렇게 먼 곳까지 도망쳐 왔다. 도쿄에서 수백 킬로미터, 아니, 교토에서도 수백 킬로미터나 벗어나 나는 계속 도망치고 있다. 그저, 조금만 더 걸으면, 일단은 한숨 돌릴 장소가 있다.

옛 친구는 사나흘 머물다 가라고 말해주었다. 수화기에서 흘러나오던 아무 거리낌 없이 명랑한 그 목소리가 아직도 귓가에 남아 있다.

"와. 오렴, 마리아."

찾아가도 될까? 그 물음에 그녀가 그렇게 대답해주었을 때, 나는 가슴이 뜨거워지고 말았다.

"그럼, 간다? 진짜로 간다?"

다짐을 하자 그녀는 웃었다. 덩달아 내 뺨도 누그러졌다.

다카마쓰의 짓코 항구. 페리 대합실 한구석에서 수화기를 내려놓고 나는 다카마쓰 역 호텔에 방을 구해 체크인을 했다.

저녁을 일찌감치 먹었기 때문에 시간이 남았다. 처음 방문한 도시인데 구경하고 싶은 마음도 들지 않는다. 나는 좁은 방 침대 위에서 무릎을 끌어안고 텔레비전도 켜지 않은 채 멍하니 넋을 놓고 있었다. 9시 넘어 집에 짧은 전화를 하고 나니 할 일이 하나도 없었다. 끝없는 기적 소리가 항구 쪽으로 향한 창문을 타고 홀로 있는 방에 파고들어 내 고독을 부추겼다.

'내일이면 친구를 만날 수 있어.'

그 사실에 감사하려고 애썼다.

불을 끄고 침대에 들어가 창을 등지고 눈을 감았다. 평소와 마찬가지로 잠은 오지 않았지만 잠들 때까지 결코 눈을 뜨지 않으리라. 내가 고집을 부릴 수 있는 건 고작 그런 일뿐이었다.

도쿄의 가족, 교토의 친구들, 선배의 얼굴이 눈가에 어른거렸다.

헤어진 지 그리 오래되지도 않은 그 얼굴들이 묘하게 그리웠다. 그런 생각을 하다가 오늘이 내 생일이라는 사실을 깨달았다. 성모 마리아와 같은 9월 8일. 아니, 벌써 날짜가 바뀌었을지도 모른다. 아무도 없이 혼자 보내는 생일은 기억 속에 없었다. 기념할 만한 스무 번째 생일을 이런 식으로 보내게 될 줄은 꿈에도 몰랐다.

이대로 영원히 밤이 계속되고, 등 뒤로 기적 소리를 들으며 영원히 잠들지 못하는 게 아닐까? 그런 생각이 드는 기나긴 밤이었다.

그리고 지금, 나는 너도밤나무 숲 속 시골길을 걷고 있다.

버스에서 내려 한참을 걸은 듯했지만 실제로는 15분도 채 지나지 않았다. 길이 서서히 내리막에 접어들면서 왼쪽으로 휘었다. 그렇게 상세한 풍경은 전화로 듣지 않았는데, 나는 역시 길이 이런 식으로 이어질 줄 알고 있었다는 느낌이 든다.

이제 곧 마을이 내려다보이는 장소로 통한다.

그렇게 생각하면서 길을 따라 꺾자 너도밤나무 숲이 사라졌다.

초록빛 바닥에 마을이 있었다.

제1장

나쓰모리마을 - 아리스

/ 1 /

우리는 얌전한 얼굴로 아까부터 입을 다물고 있었다.

에가미 선배는 창 너머에 있는 <u>교토고쇼</u>京都御所, 일본이 1331년부터 도쿄로 천도한 1869년까지 사용했던 황궁—옮긴이 쪽을 멍하니 바라보고 있고, 모치즈키는 신경질적으로 컵 속에 꽂은 스푼을 휘젓고 있다. 오다가 〈닛케이신문〉을 읽는 모습은 처음 본다.

나는 그런 선배들의 모습을 비교하면서 계산대 위의 시계 초침을 눈으로 좇기도 하고, 창 아래 이마데가와 거리를 지나는 차들의 흐름을 바라보기도 하며 2시를 기다렸다.

1시 55분, 젖빛 유리에 사람 그림자가 비치나 싶더니 곧 카우벨cowbell 소리와 함께 문이 열리며 중년의 신사가 들어왔다. 카우벨 소리에 일제히 그쪽을 돌아본 우리는 나란히 엉덩이를 들었다. 신사는 망설임 없이 우리에게 시선을 고정하더니

15

온화한 목소리로 말했다.

"에이토 대학 추리소설연구회 분들이십니까?"

부장인 에가미 선배가 대답했다.

"네. 아리마 씨이시지요?"

"아리마 류조입니다."

우리는 준비해두었던 다섯 번째 의자를 아리마 씨에게 권했다. 아리마 씨는 커피를 주문한 후 그 자리에 앉았다.

마리아의 아버지는 생각보다 젊었다. 아직 40대 중반일 것이다. 중견 문구회사의 전무이사라는 직함이 우리가 가진 예비지식의 전부였다. 흰머리가 섞이기 시작한 올백 머리 밑으로 역시 희끗해지려는 눈썹. 쌍꺼풀진 눈에는 근심이 서려 있었지만 입가에는 미소를 띠고 있었다. 수염을 말끔하게 깎은 턱의 매끈한 곡선이 마리아와 닮았다.

희미하게 푸른빛이 감도는 회색 스리피스로 작은 몸을 감싼 이 신사는 교토 역에서 한달음에 이곳으로 달려왔으리라. 재빨리 벽시계를 흘긋 쳐다보고 약속시간에 늦지 않았는지 확인하는 듯했다.

"에가미라고 합니다."

문학부 철학과 재적, 4학년을 4년째 다니는 스물일곱 살. 에가미 지로 부장이 먼저 자기소개를 하고 이어서 우리 세 명의 부원들을 소개했다. 경제학부 3학년 모치즈키 슈헤이와 오다 고지로. 그리고 법학부 2학년인 나, 아리스가와 아리스.

마리아에게 들은 적이 있는지 아리마 류조 씨는 내 특이한 이름을 듣고도 황당한 표정을 짓지는 않았다.

"여러분 이야기는 딸아이에게 들었습니다. 신세를 많이 졌던 것 같더군요. 고맙습니다."

아리마 씨는 무릎에 두 손을 짚고 고개를 숙였다. 나는 엉겁결에 시선을 떨어뜨렸다.

"'남자만 네 명 있는 클럽에 여자애가 하나. 그런 조건에서 인기가 없으면 어쩌라는 거냐.'고 놀렸더니 딸아이는 제 착각을 바로잡아주더군요. 그러니 여러분이 딸아이를 그저 간판이나 우상이 아니라 친구로 대해주었다는 점은 잘 알고 있습니다."

그렇다. 마리아는 우리들의 동지, 친구였다.

"그렇기에 정말 이기적이고 무리한 부탁인 줄 알면서도 이렇게 염치없이 도쿄에서 찾아올 생각을 하게 된 겁니다. 그 애 어미도 함께 올 예정이었습니다만 어제부터 몸이 좀 안 좋아서……. 아니, 걱정 마십시오. 감기에 걸렸을 뿐입니다. 그런 이유로 저 혼자 찾아오기는 했습니다만 마음은 부모가 함께 부탁을 드리고 있는 셈입니다."

서두가 길고, 지나치게 정중하다. 그만큼 말하기 어려운 의뢰를 하려는 것이리라. 그저께 니시진西陣에 있는 에가미 선배의 하숙집으로 만나고 싶다는 전화를 걸어왔지만 용건에 대해서는 말하지 않았고, 부장도 굳이 묻지 않았다.

"여러분께서 딸아이를 되찾아와 주셨으면 합니다."

우리는 동시에 등줄기를 살짝 폈다. 의뢰의 의미를 바로 이해하기 어려웠다.

"마리아가 어디 있는지…… 알고 계십니까?"

어깨에 드리운 긴 머리를 오른손으로 쓸어 넘기며 에가미 선배가 물었다.

"예." 신사는 고개를 끄덕였다.

"알고 있습니다. 며칠 전 그 근처까지 다녀왔습니다."

"어디지요?"

두 사람의 대화에 끼어드는 것 같아 꼴불견이었지만 나는 엉겁결에 그렇게 묻고 말았다. 아리마 씨는 내 쪽을 보았다.

"시코쿠四国, 도쿄 남서쪽의 도쿠시마, 가가와, 에히메, 고치 현을 가리킨다.—옮긴이 입니다. 그 아이는 시코쿠의 산속에 있습니다."

"시코쿠 산속인가요……." 나는 되뇌었다.

"네. 고치 현 북쪽, 도쿠시마 현 경계 근처입니다. 험준한 시코쿠 산지 깊은 곳인데, 나쓰모리라는 마을에서 더 들어간 마을에 있습니다."

"마리아가 그곳에 있다는 것은 분명합니까? 거기에 있는 줄은 어떻게 아셨습니까?"

에가미 선배가 물었다. 두 가지 질문을 동시에 하다니 평소의 에가미 선배라면 있을 수 없는 일이다.

"처음부터 순서대로 말씀드리겠습니다."

아리마 씨는 그렇게 말하며 커피에 입을 댔다. 짧지 않은 이야기를 시작하기 위한 준비처럼.

"늦었지만 가시키지마 섬에서 에가미 씨와 아리스가와 씨를 그런 사건에 끌어들이고 만 점, 진심으로 사과드립니다. 딸아이가 받은 충격도 상당히 컸던 모양입니다. 도쿄 집으로 돌아오자마자 휴학계를 내고 얼마간 가만히 조용하게 지내고 싶다고 했습니다. 그런 식으로 껍질 속에 틀어박히는 건 좋지 않다, 여름방학이 끝나면 학교로 돌아가라. 저와 아내는 그렇게 타일렀습니다만, 그 아이는 도저히 그럴 기분이 아닌 것 같았습니다. 억지로 교토로 돌려보내는 것도 걱정되어 저희 부부는 한동안 그 아이 마음대로 하게 내버려두었습니다. 방에서 음악을 듣거나, 책을 읽거나, 식사 준비를 돕는 것 외에 가끔 시부야에 외출하는 정도였습니다. 시내에 나가도 영화를 보는 정도이고 쇼핑을 하고 오는 일도 없었습니다. 9월 초순까지 그랬습니다.

여행을 다녀와도 되겠냐고 그 아이가 말했던 게 9월 5일입니다. 계속 집 안에만 있다 보니 기분을 전환할 재료도 떨어졌겠지요. 아내는 조금 걱정했지만 저는 찬성했습니다. 어디

에 가느냐고 물어도 정하지 않았다고 대답했습니다만 그것
도 신경 쓰지 않았습니다. 아는 사람이 하나도 없는 곳에서
일주일쯤 넋 놓고 지내다 오고 싶다기에 매일 전화하라는 조
건 하나만 붙여 예금계좌에 두둑한 금액을 넣어주고 여행을
떠나보냈습니다. 그 아이는 6일 아침 일찍 떠났습니다. 두 달
이 다 되어가는군요."

고쇼의 나무들은 저마다 고유한 색으로 선명하게 물들어
있다. 오늘은 11월 4일이다.

"그날 밤 걸려온 전화는 뜻밖에도 나라奈良에서 왔더군요.
특별히 짐작 가는 행선지는 없었지만, 저는 서쪽으로는 가지
않을 줄 알았습니다. 대학이 있는 교토, 괴로운 일이 있었던
가시키지마와 가까운 곳은 피해서 감상 여행에 어울리는 북
쪽으로 갔겠거니 하고 예상하고 있었는데, 나라 시내의 관광
여관에 묵었다고 합니다. 전부터 꼭 보고 싶었던 신야쿠시지
新藥師寺의 십이신상을 보고 왔다, 감명 깊었다, 그렇게 기뻐하
기에 저희는 솔직히 한숨 놓았습니다. 교토에서 하숙하면서
도 못 가봤던 나라의 고찰 순례라, 여행하기에는 몹시 그럴싸
한 구실이었으니까요.

그건 그렇다 치고 교토에 절대로 돌아가고 싶지 않다면 나
라에 가지도 않았을 거라고 생각했습니다. 잘하면 그 아이가
기운을 차리고 '이대로 교토로 돌아갈 테니까 짐은 하숙집으

로 부쳐줘.'라고 하지 않을까 하는 기대도 했습니다. 휴학 중이기는 해도 하숙은 빼지 않고 그대로 두었으니 그럴 마음만 들면 나라에서 그 걸음으로 교토의 학생 생활로 돌아가는 일도 가능했습니다. 아내도 그렇게 되기를 바라며 '아마 그 애는 하숙집 열쇠도 그대로 가지고 있을 거야.'라고 했습니다.

이튿날 전화도 나라에서 걸려왔습니다. 수학여행 온 고등학생들하고 친해져서 함께 사진도 찍고 시내도 돌아다녔다고 하기에, 저는 이 애가 사람이 그리워졌구나 싶었습니다. '어딜 가나 인기가 많아 좋겠구나. 하지만 너무 경솔하게 굴지는 말거라.'라고 했더니 '길에서 만난 친구는 미션 스쿨 여고생들이야.'라며 웃었습니다. 이런 식이라면 혼자 여행 보내길 잘했구나, 아내와 둘이서 그런 이야기를 했습니다. 그런데……."

이야기는 여기서부터 핵심인가 보다.

"사흘째 되던 9월 8일, 이 날은 그 아이 생일입니다만, 그날 밤 전화는 시코쿠의 다카마쓰에서 걸려왔습니다. 뭔가 이변이 생겼다, 그런 생각이 들었습니다. '시코쿠는 한 번도 못 가봐서 문득 가보고 싶었을 뿐이야.'라는 말은 이해가 가지만, 너무 갑작스러웠기 때문입니다. '내일은 어디 가니?'라고 물으니 '호사카 아케미네 집에서 잘 거야.'라고 했습니다. 아케미는 중학교 때 친하게 지내던 아이입니다. 양친께서 사업에 실패해 고향인 고치로 이사를 갔는데, 계속 편지를 주고받았던 모양입니다. 아내는 아케미라면 괜찮다며 일단 마음을 놓았습니다만, 딸의 이야기를 들어보니 꽤 깊은 산속이라 깜짝 놀라기도 했습니다.

호사카 씨 댁은 농가로, 외동딸인 아케미는 마을에 하나뿐인 진료소에서 간호사 일을 하고 있다고 합니다. 나쓰모리 마을이라는 곳인데 도산 본선요시노 강 상류를 따라 가가와 현과 고치 현을 연결하는 시코쿠 여객 철도의 간선 철도—옮긴이을 타고 가다 도중에 내려 버스로 한 시간 반, 다시 버스를 갈아타고 산속으로 한 시간을 더 들어가는 곳이라고 합니다. 그 버스마저도 마을 안까지 통하는 게 아니라서, 고갯길을 또 내려가야 간신히 찾아갈 수 있다고 하니 먼 곳이지요. 옛 친구를 만날 흔치 않은 기회라고 생각하면 그것도 괜찮겠지. 생일 축하한다는 말도 하기 전에 전화가 끊긴 다음 저는 아내와 그런 말을 했습니다. 아무런 문제도 없을 터였습니다. 하지만…… 딸아이는 아케미를 만나지 못했습니다."

아리마 류조 씨는 차갑게 식어버린 커피를 들이켰다. 그리고 넥타이를 살짝 풀었다.

"다카마쓰에서 일곱 시간 가까이 걸려 그 아이가 나쓰모리 마을에 도착한 건 오후 4시경이었다고 합니다. 집은 금방 찾았지만 아케미는 부재중이었습니다. 듣자 하니 전날, 딸의 전화를 받은 직후에 응급환자가 생겨 의사와 함께 읍내 병원에 가버렸다는 겁니다. 환자는 사촌동생이었다고 합니다. 딸아이와 엇갈리자 아케미는 어떻게든 연락을 취하려 했다고 합니다만, 잘 되지 않았던 모양입니다. 그날 찾아가기 전에 딸아이가 전화 한 통이라도 했다면 좋았을 텐데, 그걸 하지 않았습니다.

아케미의 양친께서는 내일이면 돌아오니까 자고 가라고 말씀하셨습니다만, 가보고 나서야 그쪽 어머님이 병환으로 자리에 누워 계시다는 사실을 안 딸아이는 친절한 권유를 사양하고 여관에 묵기로 했습니다. 마을에서 유일한 여관입니다. 거기에서 밤에 전화를 걸어 저희에게 사정을 설명했습니다."

9월 9일은 그걸로 끝이다. 운 나쁘게 엇갈리기는 했지만 마리아의 신상에 이변이 일어난 것은 아니다.

그렇다면 다음 날?

나는 팔꿈치로 테이블을 짚고 몸을 앞으로 내밀었다.

"이튿날, 읍에서 전화가 왔는데 아케미는 아직 돌아갈 수 없다고 했습니다. 사촌동생의 용태가 좋지 않아 자기가 곁에 있어주고 싶다는 것이었습니다. 이 동네는 전철이 다니니까 만약 괜찮다면 읍내에서 만나지 않겠냐고 물어도 딸아이는 그럴 기분이 들지 않았다고 합니다. 친구가 열심히 간병하고 있는데 느긋한 얼굴, 느긋한 차림새로 찾아가기가 아무래도 꺼려졌다고 하더군요.

옛 친구와 재회를 못했으니 바로 도쿄든 교토든 돌아오면 그만이었습니다. 아니, 그래도 마음이 내키지 않았다면 시코쿠를 둘러보고 규슈까지 가도 좋았을 것을. 어쨌든 그 마을을 떠나면 그만이었습니다. 그런데 그러질 않았습니다. 모처럼 먼 길을 찾아온 마을에 일단 여장을 풀었다는 생각에서였는지, 하루 더 묵으면서 시골 공기를 마시겠다고 했습니다. 아아, 그것도 좋지. 그건 괜찮았습니다. 하지만 그 아이는 여관에서 나쓰모리 마을보다 더 안쪽에 있다는 마을 이야기를 듣고는, 흥미를 품고 말았습니다."

아리마 씨는 주먹으로 이마를 짚었다.

/ 2 /

"야, 아리스. 창문 열어, 창문."

핸들을 쥔 오다가 조수석에 앉은 내게 말했다.

"오케이."

창을 내리자 바닷바람이 소리를 내며 들어온다. 우리는 바다 위를 달리고 있다.

세토 대교 횡단은 넷 다 처음이었다. 날씨가 맑았다면 '일본의 에게 해'라 불리는 전망을 만끽할 수 있었을 텐데, 날이 흐려 아쉽다. 정면에 보이는 시코쿠의 산맥도 마치 수묵화처럼 흐릿하다.

내 뒤에서 모치즈키가 말했다.

"오키나와는 호우래. 폭풍우 버금가는 저기압이 몰려오고 있다나 봐."

산속에 들어가는데 날이 좋지 않다.

"빨리 일 끝내고 돌아가요. 노부나가 선배도 친구한테 빌린 차죠, 이거?"

내가 말하자 운전사는 고개를 끄덕였다.

"하지만 그렇게 신경 쓸 거 없어. 내가 빌려준 오토바이를 박살 낸 녀석 차니까, 수리가 끝날 때까지는 내 거야. 그 멍청이, 용케도 헤이안 신궁 도리이신사神社의 신역을 상징하는 문―옮긴이에 처박았다니까. 천벌을 받을 게야."

노부나가라는 별명을 가진 오다 고지로 선배는 분통 터진다는 듯 짧은 머리를 벅벅 긁었다. 나고야에서 나고 자란 주제에 완전히 간사이 사투리에 물들었다.

"시코쿠에 들어가면 운전대 바꿔주마."

올여름, 고향 와카야마에서 따끈따끈한 운전면허를 딴 모치즈키 슈헤이가 말했다. 연습 겸 핸들을 쥐고 싶은 건지도 모른다.

"거절하겠어. 네 운전은 무서워. 게다가 이 차에는 초보 표시도 없단 말이야."

"아니, 괜찮아. 내가 가져왔으니까."

그 말을 듣고 오다는 탄식했다. 모치즈키는 금속테 안경을 벗어 렌즈를 닦으며 덧붙였다. "사양할 필요 없다니까."

오다와 대조적으로 장발의 에가미 선배는 바람에 헝클어진 머리칼을 한 손으로 누르며 모치즈키 옆에서 주간지를 읽고 있었다. 아리마 류조 씨가 건네준 자료 가운데 한 권을 되읽고 있는 것이다.

그 모습을 보고서 나도 도어 포켓에 넣어두었던 다른 주간지를 꺼내 몇 번 훑어보았던 사진 기사의 페이지를 펼쳤다. 신진 소설가와 판화가의 초상이 좌우 가장자리에 있고, 그 사이에 커다란 항공사진이 양쪽으로 두 페이지를 차지하고 있었다.

기묘한 풍경이었다. 산속의 소박한 촌락이 찍혀 있고, 논밭과 일곱 가구 정도 되는 집이 흩어져 있음을 알 수 있다. 여섯 가구는 작은 농가 같았지만 중앙의 한 채는 모습이 달랐다. 정면에 너른 정원을 가진 2층 저택. 정원에는 분수까지 있는 듯했다. 폐촌이나 다름없는 산속 마을에 그 저택은 너무나 어울리지 않아, 마치 합성사진 같았다.

사진 기사와는 다른 페이지의 기사를 찾아 그것도 다시 읽었다.

예술 마을인가? 은신처인가?
시코쿠 산속 기사라 마을의 두꺼운 베일

'가부토 초兜町. 도쿄 증권거래소가 위치한 지역으로 일본 증권시장의 대명사—옮긴이의 사나운 말'이라는 별명과 함께 수많은 투기판을 헤쳐온 증권거래사 기사라 가쓰요시. 6년 전 예순다섯으로 갑자기 은퇴한 후 시코쿠 깊은 산속의 폐촌을 사들여 그곳에 틀어박힌 그는 '여생을 이 나라의 문화, 예술의 진흥을 위해 바치고 싶다.'고 선언하여 세상을 놀라게 했다.

원래 미술이나 음악에 관심이 있었던 기사라 씨는 후원하던 몇몇 예술가들을 데리고 새로운 마을을 만들었다. 그들이 창작에만 몰두할 수 있는 예술 마을 조성을 계획했던 것이다.

처음에는 기사라 부부와 세 명의 예술가가 전부였지만, 그후 기사라 씨가 불러들여 마을에 들어온 사람, 소문을 듣고 찾아온 사람이 더해져 현재 마을 인구는 추정으로 열두 명. 예술의 영역도 문학부터 전위무용까지 폭이 확장되었다. 그리고 미래의 피카소와 모차르트들은 이곳에서 단순히 경제적으로 보호받기만 하는 것이 아니라 반쯤 자급자족 생활을 하면서 창작 활동에 전념하고 있다고 한다.

재작년, 기사라 씨가 세상을 뜬 후에도 기쿠노 부인이 그 유지를 이어받아 마을은 변함없이 운영되고 있다. 기사라 씨

사후, 니시이 사토루 씨가 J문학상을 수상하고 히구치 미치오 씨의 판화가 미국에서 인정을 받아 뉴욕에서 개인전을 여는 등, 확실한 싹을 틔운 예술가도 있다. 당초 미숙한 예술가들의 은신처라고 야유를 받았던 마을에 결실의 계절이 찾아왔는지도 모른다.

권두의 사진이 그 기사라 마을의 전체 모습인데, 이곳이 얼마나 깊은 산속인지는 지도를 보면 알 수 있다. 시코쿠 산지의 한복판으로, 주변은 전부 심각한 과소過疎 현상을 앓고 있는 지역이다. 저도 모르는 틈에 기묘한 마을이 생기자 강을 사이에 둔 이웃 나쓰모리 마을도 최근까지 당혹스러웠던 모양이다. 산전수전 다 겪은 주식 재벌이 정체 모를 집단을 끌고 왔으니 그럴 만도 하다. 게다가 그들은 때때로 일상생활에 필요한 물건들을 조달하거나 우편물을 부치러 나올 때를 제외하면 기사라 마을에 틀어박혀 완전히 고립된 생활을 영위하고 있으니까.

기사라 마을은 외부인의 출입을 허락하지 않는다. 본지 기자의 집요한 끈기도 통용되지 않았다. 그 이유를 물어보니 응대하러 나온 화가 오노 히로키 씨는 "기사라 부인의 희망이기도 하고, 마을 사람 전부의 희망이기도 하다. 우리는 창조의 정원에 흙발을 들여놓으려는 인간을 거부할 권리가 있다."고 대답했다.

우리의 취재 태도에 불성실한 점은 조금도 없었다고 믿는다. 그렇기에 오노 씨의 대답은 대단히 불만스러웠지만 우리에게 사유지에 강제로 들어갈 권리가 없다는 사실만은 분명했다.

언론이 기사라 마을을 처음 소개했을 때, 일부에서 '미숙한 예술가들의 은신처'라고 불렀던 사실에 대한 반발이 남아 있는지도 모른다. 혹은 일단 세상에서 낙오되었다는 의식이 그들 안에 있고, 그 열등감이 취재를 거부하게 만드는 것은 아닐까?

수수께끼에 싸인 산속의 예술 마을, 혹은 은신처의 베일을 살짝 들춰보고 싶다. 그런 호기심, 아니 엿보기 취미에 이끌려 항공 촬영을 시도한 결과가 사진 한 장. 중앙의 저택만이 눈길을 끈다. 저택을 들여다보니 눈에 띄는 몇몇 사람의 그림자도 농작 중인 듯, 과소한 한촌寒村의 풍경과 다를 바 없었다.

"몇 명이 살고 있는지 모르는 모양이야. 추정으로 열두 명이라고 썼을 정도니까."

내가 읽고 있던 잡지를 곁눈질로 보며 오다가 말했다.

"세상에 떳떳하지 못한 짓을 하는 것도 아닌데, 그렇게까지 비밀주의일 필요가 있나? 오히려 흥미만 부추길 뿐이잖아."

"몰라아."

뒤에서 모치즈키가 하품 섞인 목소리로 대답했다.

이 마을, 통칭 '기사라 마을'이 생겼을 때 몇몇 언론들이 기사를 썼던 이유는 은퇴한 사나운 증권거래사의 기행이라는 명목에서였다. 그러다 이제 와서 또다시 주목을 받고 있는 이유는 기사 속에도 나왔던 니시이 사토루, 히구치 미치오라는 성공한 인물 두 명을 연달아 세상에 배출했기 때문이다.

특히 판화가인 히구치가 현대의 예술 도시 뉴욕에서 높은 평가를 받으며 역수입 형태로 화단에 입성한 영향이 컸다.

두 사람은 이미 기사라 마을을 나왔지만 둘 다 그곳 출신이라는 공통점은 매스컴의 호기심을 자극했다. 아티스트 후보생들을 소개하라, 그 생활상을 공개하라, 어떤 특이한 활동을 하고 있는지 보여달라. 무엇을 만들고 있나? 무엇을 그리고 있나? 무엇을 원하는가? 에이, 일단 안을 보여달라! 아마 그런 식이었을 것이다.

기사라 마을이 고집스럽게 문을 닫아버린 것도 별수 없는 일인지도 모른다. 기사에는 '우리의 취재 태도에 불성실한 점은 조금도 없었다.'고 쓰여 있지만 반성할 줄 모르는 그 표현은 제삼자인 내가 보아도 좋은 느낌은 들지 않는다. '내버려 둬.' 마을은 그렇게 외치고 있다.

하지만 아이러니하게도 마을을 베일로 덮어버렸기 때문에 엿보고자 하는 언론의 욕망이 더 커진 것 같기도 하다.

"악취미네요, 남의 집 상공을 날아다니면서 항공사진까지 찍다니."

나는 생각을 그대로 말했다.

"그러다 말겠지."

뒤에서 대답한 사람은 에가미 선배였다.

"항공사진이 몇 장 있어서 대충 모습은 알겠어. 어느 잡지에 쓰여 있었던 것처럼 보통의 한촌하고 별반 다를 바 없는 풍경이야. 기괴한 조각이 늘어서 있는 것도 아니고, 다 함께 구르지예프 워크구르지예프(1866~1949)는 러시아의 신비주의 사상가로, 교육의 일환으로서 고대의 춤을 추기도 했다.—옮긴이를 추는 것도 아니야. 흥미로운 화제는 매일 끊임없이 생겨나니까, 얼마 지나면 마을 사람들이 종과 북을 두드리며 불러도 아무도 취재하러 오지 않겠지."

세상은 그런 법이다.

모치즈키가 입을 열었다.

"하지만 마리아네 아버님도 마을 안에 들어가지 못했잖아요. 마치 신흥종교의 본산 같아요. 우리한테 간단히 마리아를 만나게 해줄 거라는 생각은 하지 않는 게 좋겠어요."

나는 사흘 전 아리마 류조 씨의 이야기를 떠올렸다.

"기사라 마을이라는 이름을 들어본 적이 있습니까?"

아리마 씨는 우리 얼굴을 둘러보며 물었다. 넷 다 20자로 설명할 정도의 지식은 갖고 있었다.

"예술 마을이라고 불리기도 합니다만, 정체 모를 마을입니다. 마리아는, 딸아이는 그곳에 있습니다."

'으음' 하고 신음한 사람이 나였는지, 아니면 다른 사람이었는지는 몰라도 아무튼 일이 복잡해졌구나 싶었다.

"마리아가 그곳에 있다는 걸 어떻게 아셨습니까? 역시 전화가 왔습니까?"

에가미 선배가 물었다.

"네. 9월 10일 밤은 전화가 없었습니다. 여행을 떠난 후로 전화가 오지 않은 날은 없었기 때문에 걱정했습니다만, 이튿날에는 평소처럼 전화를 걸어왔습니다. 그날 저는 일 때문에 늦게 돌아와서 아내가 받았는데, 이런 내용이었다고 합니다."

마리아는 모처럼 시코쿠까지 왔으니 고치까지 갔다가 되돌아올 심산이었다고 한다. 그걸로 속이 풀릴 거라 생각했다. 하지만 9일 밤, 여관 사람에게 흥미로운 이야기를 들었다. 이 안쪽에 기사라 마을이라는 촌락이 있는데, 어설픈 예술가들이 공동생활을 하고 있다고 한다. 당장 흥미를 느끼고 꼭 가

보고 싶은 마음이 들었다. 마리아는 다음 날 아침 짐을 꾸려 여관에서 나와 기사라 마을을 구경하러 갔다.

"하지만 기사라 마을은 외부인 출입금지의 성역이지 않습니까?"

에가미 선배가 중간에 질문을 했다.

"네. 그러니 돌아가라는 말과 함께 쫓겨나고 끝날 일이었습니다. 그게 또다시 사소한 우연의 장난으로……."

나쓰모리 마을에서 10분 정도 걸어가니 계곡이라고까지 할 수는 없지만 깊이 파인 물줄기를 만났다. 다쓰모리^{龍森} 강이다. 건너편 물가에 너도밤나무 숲이 있고, 그 나무들 사이로 소문으로 듣던 기사라 저택의 지붕이 흘끗 보였다. 별세계 같은 분위기가 감도는 물가 저편으로 의외로 튼튼한 나무다리가 걸려 있다.

출입금지라는 말은 들었지만 감시인이 있는 것도 아니니, 뭐라고 하면 사과하고 돌아가자는 생각으로 마리아는 다리를 건너고 말았다.

기사라 마을로 난 다릿목에는 건널목 차단기처럼 생긴 울타리가 길을 막고 있었지만 단순하기 짝이 없는 울타리였다. 마리아는 대담하게도 그 울타리를 넘어 성역에 침입했다. 나참, 역시 마리아답다.

"무례한 짓을 했더군요. 그 아이는 숲을 빠져나오자마자 딱 걸렸습니다. 마을 사람이 마리아를 발견하고 '뭘 하고 있지? 썩 꺼져!'라며 어깨를 잡고 흔들었다고 합니다. 저항을 했던 건 아니겠지만 갑작스러운 일이라 깜짝 놀라 다리가 엉켜 넘어지고 말았습니다. 그것도 그냥 넘어진 게 아니라 발목을 삐어 일어날 수 없었다고 합니다."

마리아의 화려한 비명이 들려오는 것만 같다. 어쨌든 그런 소동이 벌어져 마을 사람 A씨는 마리아를 업고 저택으로 데려갔다. 이리하여 기사라 마을 잠입에 성공한 것이다.

"친절을 베풀어 저택으로 데려가신 거겠지요. 찜질 정도는 해줘야겠다고 생각했을 겁니다. 하지만 여행의 피로 때문인지 그 아이는 열이 오르며 드러눕고 말았습니다."

마치 기사라 마을이 마리아를 끌어당긴 것만 같다. 우연의 사슬이 달그락거리며 맞붙어…….

"그래서 10일에는 전화를 못 했던 겁니다. 다음 날 저녁, 전화로 그런 경위를 설명하고 나서 '이제 열은 내렸지만 아직 발목이 너무 아파서 하루 더 여기에 있을 거야.'라고 했습니다. 그게 그 아이의 마지막 전화였습니다."

아리마 씨는 양복 안쪽 주머니에 손을 넣어 몇 통의 편지를 꺼냈다. '받는 사람 아리마 류조 귀하, 에리코 귀하'라고 쓴 필적이 눈에 익었다. 아리마 에리코는 마리아의 어머니일 것이다. 에가미 선배가 봉투를 받아 들어 뒤집자 아리마 마리아라는 이름 하나뿐이었다. 가느다란 흑청색 만년필로 쓰인 회문回文의 이름, '아리마 마리아.' 무척 그리운 느낌이 들었다.

"읽어도 되겠습니까?"

에가미 선배가 묻자 아리마 씨는 그러라는 듯이 오른손을 살짝 내밀었다. 부장이 건조한 소리를 내며 하얀 편지지를 꺼내 펼치자, 우리는 이마를 맞대고 들여다보았다.

저는 잘 지내고 있어요. 다른 말보다 그 소식을 먼저 전할게요.

매일 꼬박꼬박 전화하겠다고 약속했는데 지키지 못해서 죄송해요. 걱정하셨죠?

저는 아직 기사라 씨 저택에 머물고 있어요. 삐었던 발은 아직 조금 아프지만, 혼자서 걸을 수는 있어요. 신세를 졌다고 인사를 드리고 나서 다리를 건너 나쓰모리 마을로 돌아가 버스와 전철을 갈아타고 도쿄로 돌아가려고 한다면야, 어떻게든 집까지 돌아갈 수는 있겠지요.

하지만 지금의 저는 아직 그런 기분이 들지 않아요.

남의 집에 눌러앉아서 무슨 어리석은 소리를 하느냐, 빨리 짐을 꾸려서 돌아오너라, 그렇게 화내는 아버지 목소리가 귀에 선하네요. 정말 그래요. 비상식적이라는 건 잘 알고 있어요.

저는 여기서 사흘을 지냈어요. 어머니도 기사라 마을을 알고 계셨죠. 이상한 곳이 아닐까 걱정하셨지만 그런 염려는 놓으셔도 돼요. 불법 침입자인 제게도 마을 분들은 무척 친절하게 대해주신답니다.

저는 여기에 좀 더 있고 싶고, 마을 분들도 그걸 허락해주셨어요. 긴 여행이 이어지고 있다고 생각하시고 조금만 더 제 응석을 용서해주세요.

마을 분들께 신세만 지고 있을 수는 없으니까 저도 오늘 아침부터 식사 준비 같은 걸 돕고 있어요. 웃지 말아주세요. 저는 이곳에서 휴가를 보내는 게 아니라 일을 하고 싶어요.

내일 아침 눈을 뜨는 시간이 기다려져요. 얼마 만에 그런 기분을 맛보는지 잊어버렸어요.

이곳의 공기, 이곳의 대지의 기운이 저를 무척 충만하게 해주는 것 같아요. 그리고 마을 사람들도.

언제나 그렇듯 제 변덕이에요. 멋대로 교토의 대학에 응시하고, 정말로 입학해버렸을 때처럼 제 변덕을 이번에도 조금만 더 참아주세요. 부탁이에요.

전화로 설명할 수 있으면 좋겠지만 이곳 전화를 빌려 도쿄까지 걸기는 꺼려져서 편지를 씁니다. 또 상황을 적어 보낼게요. 이만 총총.

추신이 있었다.

제가 제 의지로 이곳에 머문다는 사실을 의심하지 말아주세요.

"잠깐만 이리 줘보세요."

잘 읽을 수 없었는지 모치즈키가 손을 내밀자 에가미 선배는 다 읽은 편지를 건넸다. 에가미 선배는 다음 편지를 꺼냈다. 나와 오다는 다시 그 편지를 들여다보았다.

기운차게 지내고 있습니다.

'아무것도 걱정할 필요 없어요.'라고 써도 역시 '아, 그러니?' 하고 넘어갈 수는 없으셨나 보네요.

오늘 오후, 아케미가 찾아왔어요. 어머니의 전화를 받았다더군요. 아케미는 이곳에 들어오지 못하는 것 같아 제가 다리 너머로 건너가 6년 만에 재회를 했어요. 강가에 주저앉아 족히 두 시간은 수다를 떨었죠. 즐거운 하루였어요. 저는 앞으로 일용품을 사러 나쓰모리 마을에 나갈 일이 있을 것 같으니 아케미하고도 종종 만날 수 있을 거예요.

그건 괜찮은데, 어머니에게 부탁을 받았는지 아케미가 일단 도쿄로 돌아가라는 말만 해서 조금 난처했어요. (말실수를 했네요. 모처럼 저를 걱정해서 해준 소리이니 이렇게 말하면 안 되겠죠.) 오늘은 포기하고 돌아간 것 같지만…….

이곳에 더 있게 해주세요.

평생 있겠다는 게 아니에요. 조금만 더.

때가 되면 제 의사로 돌아가겠습니다.

이만 총총.

이 편지의 날짜는 9월 18일이었다. 손꼽아 헤아려보니 마리아가 기사라 마을에 들어간 지 아흐레째 되는 날이다.

우리가 편지를 읽는 동안 아리마 씨는 말이 없었다.

'나는 잘 지내니 걱정하지 마라.' '어떻게 지내는지 보러 가야겠다는 생각은 하지 마라.'라는 내용이 전부인 편지가 두 통 더 있었다. 읽는 사이에 나는 은근히 부아가 치밀었다. 뭐가 걱정하지 말라는 거야? 외동딸이 정체 모를 산속 마을에서, 정체 모를 사람들에게 둘러싸여, 무엇을 하고 있는지도, 언제 돌아올지도 모르는데 어떻게 안심하라는 거지? 나 역시 효자도 뭣도 아니지만 점점 화가 났다.

에가미 선배의 손에 마지막 한 통이 남았다. 그때 아리마 씨가 입을 열었다.

"그 편지는 10월 20일자입니다. 사실은 그 전날, 저는 아내와 둘이서 기사라 마을까지 가보았습니다."

"만나셨습니까?"

에가미 선배는 여전히 무표정한 얼굴로 물었고, 아리마 씨도 애써 냉정한 모습으로 대답했다.

"아주, 짧게였습니다."

잠깐이라도 만날 수 있었다니 다행이다.

"아버지와 어머니가 멀리서 힘들게 찾아왔는데도 그 아이는 다쓰모리 강 다리 위에 서서 고작 10분 남짓 이야기만 나누고는 훌쩍 등을 돌리고 가버렸습니다. 우리는 나쓰모리 마을에서 그 아이가 묵었던 같은 여관, 그래 봤자 여관은 그곳 한 군데뿐입니다만, 거기서 하루를 묵었습니다. 그리고 이튿날 둘이서 다시 찾아가 보았지만 이번에는 얼굴도 내밀지 않더군요. 저희는 결국 마을 분들에게 쫓겨나고 말았습니다."

"그거…… 너무하네."

오다가 입안으로 중얼거리는 소리가 내 귀에 닿았다. 오다도 대번에 효자로 돌아섰나 보다.

"그때 나왔던 분은 '따님은 만나고 싶지 않답니다.'라고 말씀하시면서 그 아이가 맡겼다는 편지를 건네주었습니다. 그겁니다. 부디 읽어주십시오."

그래서였구나, 봉투에는 받는 사람 이름만 두 개 적혀 있다. 그리고 편지지에는 역시 가느다란 흑청색 글자가 나열되어 있었다.

　바쁜 와중에 일부러 찾아온 부모를 어떻게 문전박대할 수
있냐고 화를 내고 계시겠죠. 아버지가 역정을 내시는 모습이
어른거려 몸이 움츠러듭니다.

　하지만 오늘 또 모습을 뵈어도 똑같은 행동을 되풀이할 따
름입니다. "조금만 더 기다려주세요. 제 발로 이 다리를 건너
돌아갈게요."라고 어제 드렸던 부탁을 되풀이할 뿐…….

　그러니 오늘은 만나지 않겠어요. 죄송합니다.

　딱 한 가지만. 어제 아버지는 오해를 하고 계신 것 같았어
요. 그래서 확실하게 쓰겠습니다. 저는 제 의지로 이곳에 머물
고 있습니다. 마을 분들의 강요나 세뇌로 노동력을 착취당하
고 있다는 생각은 말아주세요. 그런 일은 절대로 없으니까요.

　무척 즐겁게 지내고 있습니다.

　그렇다고 용궁성에서 들떠 있는 것도 아닙니다. 이곳에 와
서 난생처음 생각하게 된 일도 많아요. 그게 뭐냐고 묻지는 마
세요. 다양한 사람들과 나누는 여러 이야기를 통해 저라는 텅
빈 책장에 책이 한 권씩 늘어가는 듯한, 그런 기분이 들어요.

　정말로 죄송해요.

　내 자식은 조금 특이한 곳에 유학을 갔다고 생각해주세요.
졸업하면 돌아갈게요.

건강하세요.

이만 총총.

"심지가 굳은 아이지만, 여름의 사건을 아직 극복하지 못한
것 같습니다."

아리마 씨는 모치즈키가 다 읽은 편지를 받아 들며 말했다.

"그 아이가 집을 떠난 후로 두 달을 기다렸습니다. 조금 더
상황을 지켜볼까 하는 마음도 있습니다만, 이 편지 말미의
'건강하세요.'라는 말이 아무래도 마음에 걸립니다. 왠지 영
원한 이별을 예감케 하는……."

나도 똑같은 것을 느꼈다. 불길한 생각까지 들었다.

"믿고 기다려도 될지 모릅니다. 하지만…… 하지만, 만약
그러다가 손쓸 시기를 놓쳐버리는 게 아닐까. 그런 생각을 하
면 역시 아버지 입장에서는 마냥 앉아 있을 수 없습니다. 둘
도 없는 외동딸이니까요."

마주 보고 있던 에가미 선배는 눈짓으로 수긍했다.

"저와 아내는 한 번 더 그 마을에 가보려 했습니다만 결과
는 뻔할 것 같았습니다. 그 아이의 화만 돋우고 말겠지요.

그래서 여러분께 부탁을 드리러 온 겁니다. 여러분 말고도
대학에서 친하게 지냈던 친구들의 이름은 알고 있습니다만,
저는 누구보다 여러분께, 특히 여름의 사건을 함께 겪었던 에

41

가미 씨와 아리스가와 씨께 부탁하는 게 좋겠다고 생각했습니다. 게다가 여자 분에게 부탁하기에는 그 마을은 너무 멀고 외진 곳에 있으니까요."

아리마 씨는 스스로 긴장을 풀려는 듯 미소를 지었다.

"이것 참, 드릴 말씀이 없습니다. 멋대로 골라놓고서 무슨 소리냐고 화를 내시지는 않을는지."

"그런 생각은 하지 않습니다."

에가미 선배는 침착한 목소리로 대답했다.

"다만 저희가 마리아를 만날 수 있다고 해도, 과연 마리아를 설득해서 데리고 돌아올 수 있을지 장담할 수는 없습니다. 아무래도…… 아직은 마리아가 처한 상황도 잘 모르겠고요."

"지당한 말씀입니다. 상황은 저도 알지 못합니다. 대체 누구에게 장담해달라고 할 수 있겠습니까. 딸아이를 반드시 데려와 달라고 여러분 손을 붙들고 매달려봤자 별수 없는 일입니다. 다만 그 아이가 여러분께는 조금 더 마음을 열고 다른 이야기를 할지도 모르고, 혹은 상처가 치유되는 방향으로 돌아설지도 모릅니다."

"혹은," 에가미 선배는 슬그머니 웃었다. "데리고 돌아올 수 있을지도 모르고요."

마리아의 아버지는 테이블 밑에서 오른손을 들어 에가미 선배에게 악수를 청했다. 신사의 손은 의외로 큼직하고 억셌다.

"면학을 방해해서 죄송합니다."

이 네 사람한테 그런 염려는 안 하셔도 됩니다. 나는 소리 없이 대답했다.

/ 4 /

시코쿠에 상륙하고 보니 아직 정오 전이었다. 국도 옆 드라이브인 식당 메뉴에서 본고장 수타 우동을 발견한 우리는 씨익 웃으며 우동 정식을 외쳐댔다. 배를 채운 후에도 오다는 모치즈키에게 핸들을 양보하지 않았다. 이거 원, 놀이터 그네를 서로 차지하려고 싸우는 어린애 같다. 오다는 왼손으로 더듬거리며 적당한 카세트 하나를 골라 카스테레오를 틀었다.

"아키나의 〈북쪽 윙〉은 내 테마송이지. 이 곡이 최고야."

모치즈키는 옛날 곡에 맞춰 흥얼거리며 말했다.

"저런 정열적인 사랑을 하고 싶은 거예요?"

내가 묻자 모치즈키는 종알거렸다.

"아니. 가사에 미스터리라는 단어가 있으니까."

"그럼 그렇지."

차 안에서 우리는 '마리아 탈환 작전'을 세우지도, 마리아의 현재 생활 혹은 정신 상태를 상상하며 이야기하지도 않았다. 가봐야 안다. 그저 다들 그렇게 생각하고 있는 것 같았다.

모치즈키는 〈북쪽 윙〉이 끝난 후에 입을 열었다.

"같은 세미나를 듣는 여자애가 아르바이트를 하고 있어. 가와라마치의 어느 팬시 가게에서."

"그래서?"

착한 파트너 오다가 앞쪽에서 시선을 떼지 않고 장단을 맞춰준다.

"그 애는 벌써 아르바이트생 중에서는 고참이라 신참이 들어오면 놀려먹는 거야. 얼마 전에 새로 여자애가 들어왔대. 그게 또 활달하게 일하는 애라 선배가 선물 포장을 하고 있으면 '도와드릴게요!' 하고 달려온다는 거야. 언젠가 커다란 곰 인형을 점장하고 둘이서 포장하고 있는데, 아니나 다를까 그 신참이 달려왔어. '도와드릴게요!' 하면서 말이야. 그랬더니 점장은 '안 돼, 셋이 포장하는 건 금지다.'라고 주의를 줬어. 둘이서 고생하고 있으니까 달려온 건데 그런 말을 듣자 신참은 불만스러웠어. 그래서 선배한테 물었지. 나하고 같은 세미나를 듣는다는 애 말이야. '어째서 셋이 포장하면 안 되는 거예요?' 사실은 오히려 능률이 떨어지니까 금지하는 건데, 악독한 선배는 이렇게 가르쳐줬어. '그게 말이야, 실은 이 가게 지점에서 함께 포장을 했던 세 사람이 잇달아 병이나 사고로 죽어버렸거든.' '어머나!' '이상하다고들 수군거렸는데 똑같은 일이 다른 지점에서도 있었어.' '네?!' '그래서 금지야.' 그 애는 엉터리 이야기를 믿었어."

"뭐야, 장거리 여행길에 듣는데도 하나도 재미가 없잖아."

오다는 노골적으로 혀를 찼다.

"기다려. 뒷이야기가 있어. 그로부터 며칠 후, 점장회의 의 사록 복사본을 읽던 그 애가 오싹한 얼굴로 선배에게 말했어. '선배, 점장회의에 '세 명 포장 금지 확인'이라는 의제가 있던 데요.' '어머, 그래?' '선배…… 그렇게 문제가 심각한가요?'"

오다와 내가 '재미없어.'라고 말하기도 전에 에가미 선배가 갑자기 폭소를 터뜨리는 바람에 깜짝 놀랐다.

어찌 됐든 상태가 이렇다 보니 우리 네 사람에게 두 어깨에 중대한 사명을 지고 있다는 긴장감이 없었던 것은 사실이다. 소풍 가는 기분. 나는 그걸로 족하다고 생각하고 있었다. 다 잘 풀릴 거라고 근거도 없이 낙관하고 있었는지도 모르고, 조 금만 더 있으면 오랜만에 마리아를 만날 수 있다는 기대 때문 이었는지도 모른다.

'사랑은 미스터리.'

마리아도 언젠가 읊조린 적이 있다.

차는 구름 가득한 하늘 아래, 전원에 묻힌 32번 도로를 시원 하게 달려 이윽고 산속으로 들어갔다. 지금부터는 오로지 거 인이 대지를 주물러 만든 것처럼 험준한 시코쿠 산지 속으로 파고들어야 한다. 요시노 강을 따라 나카모리 아키나와 아이언 메이든, 케이트 부시를 배경음악으로 드라이브는 계속되었다. 오다가 지치자 에가미 선배가 운전대를 바꿔주었다. 나는 면허가 없고, 모치즈키는 평지를 달릴 자신밖에 없었으니까.

"그래서 빨리 바꿔달라고 한 건데."

모치즈키가 유감을 표하자 오다가 대꾸했다.

"됐으니까 느긋하게 창밖 풍경이나 즐겨. 봐, 네 연고지다."

자동차는 오보케'오보케'는 일본어로 '천하의 얼간이'를 뜻하는 단어와 발음이 같다.—옮긴이 계곡에 접어들고 있었다. 안개 같은 구름이 계곡까지 깔려 그윽한 경치를 연출하고 있다. 수증기가 자아내는 아름다운 광경이다.

"만약에 마리아를 데려오게 되면 이 차에 태울 건가요? 다섯이 타면 비좁을 텐데."

나는 다들 그런 걱정은 하고 있는지 슬쩍 떠보았다.

"걱정 마, 아리스. 역까지는 태워줄 테니."

에가미 선배의 대답이 돌아왔다. 그렇다면 됐어요.

아름다운 계곡이 떠나간 후에도 길은 요시노 강을 따라 남쪽으로, 그리고 서쪽으로 뻗었다. 도산 본선도 강에 딱 달라붙어 강가를 나란히 달리고 있었으나, 이윽고 그 모든 것들과 헤어질 때가 왔다. 서쪽으로 뻗어가려는 요시노 강은 북쪽의 도쿠시마 현으로 돌아가려는 지류와 이별하고, 현도縣道가 물줄기를 따라 국도와 갈라져 북쪽으로 이어진다.

"저기서 오른쪽으로 들어가요."

도로 지도로 확인한 오다가 에가미 선배의 어깨 너머로 앞쪽을 가리켰다. 표지판에는 '→스기모리杉森·오쿠모리奧森'라고 되어 있다. 참으로 첩첩산중의 길다운 이름이다. 강 건너편에는 JR역을 중심으로 자그마한 산골 마을이 보였지만 이쪽에는 초라한 드라이브인 상점 하나가 고작이었다. 마리아는 저 역에 내렸던 것이다. 마리아가 버스로 갈아탄 작은 역을 바라보며 나는 그 모습을 상상했다.

에가미 선배가 핸들을 날카롭게 오른쪽으로 꺾자 강물도 역도 차창에서 사라졌다. 여행의 제2막이 시작된 느낌이었다.

"니시이 사토루의 J문학상 수상작은 어땠어요?"

나는 뒤에 앉은 모치즈키에게 물었다. 아리마 류조 씨에게 의뢰를 받고 나서 허둥지둥 여행 준비를 하면서도 유일하게 모치즈키만은 기사라 마을 출신 작가의 작품을 훑어보았다.

"나쁘지 않았어."

모치즈키는 앙드레 지드처럼 평가했다.

"〈어느 실속失速의 기억〉이라는 작품인데 말이야. 맑은 하늘을 날고 있던 비행기가 정비 불량인지 뭔지 때문에 속력을 잃는 거야. 비행기는 점점 고도가 떨어져. 소설은 그 기장의 시점에서 의식의 흐름을 좇고 있는데, 만약 이 작품을 단숨에 읽는다면 작중인물이 체험하는 시간과 현실의 독자가 체험하는 시간이 일치하도록 썼나 봐. 그렇게 긴 소설도 아니니 한 시간이면 통독할 수 있어. 가져왔는데 오늘 밤에 읽어볼래?"

"네." 나는 말했다.

모치즈키는 고쳐 앉으며 말했다.

"비행기는 추락하지만 화자의 영혼은 탈출해. 그런 구성이야. 난 그 부분이 좀 위험해 보이더라. 단순한 현실 도피를 무턱대고 긍정하는 것 같잖아. 자의식의 위기를 추락하는 비행기에 비유한 것도 안일하지?"

우리 추리소설연구회에서 으뜸가는 논객은 흔히 말하는 문학 작품 비평도 좋아하나 보다.

"이렇게 불평은 해도 재미는 있더라. 문장에 힘이 있어. 농축된 문장의 깊이 같은 건 있었어."

"니시이 사토루는 그걸 기사라 마을에서 썼죠?"

"어, 몰랐어, 아리스? 니시이는 마을에서 나와서 쓴 거야. 거기서는 출촌出村이라고 표현한다는데, 올해 초에 나와서 도쿄에서 썼대."

몰랐다. 예습 부족이다.

"그렇다면 추락하는 비행기에서 탈출한다는 건 기사라 마을에서 현실 사회로의 귀환을 의미하는 건가요? 그 반대인 줄 알았는데."

"그 점은 독자에 따라 의견이 엇갈리겠지. 작가가 자작 해설은 거부하고 있으니까. '당신은 어째서 마을을 떠나 도쿄로 돌아왔습니까? 어째서 마을에 있었던 시절의 작품을 발표하지 않습니까?'라고 물어도 완전히 노코멘트야."

"그건 암암리에 마을의 존재를 부정하는 태도라고 해석할 수 있겠네요."

"그렇지도 않아."

모치즈키는 귀찮아하지도 않고 대답해준다.

"니시이는 수상작 헌사에 기사라 기쿠노 미망인의 이름을 언급했고, 그리 많지도 않은 인세의 몇 퍼센트는 마을에 기부했다고 하니까. 이건 긍정하고 있는 건지 부정하고 있는 건지 아리송한데, '그 마을은 조용한 공부방 같은 장소다. 그 이상도 그 이하도 아니다. 신비도 비술도 존재하지 않는다.'라는 발언도 있었어."

지금부터 기사라 마을을 찾아가려는 우리에게 참고가 되는 건지 안 되는 건지 모르겠다. 또 한 사람의 기사라 마을 출신 아티스트, 히구치 미치오는 어떤 인물일까?

이번에는 에가미 선배가 가르쳐주었다.

"동판화가야. 초현실주의 스타일로 정교한 동판화를 그려. 작품이 여기 실려 있는데, 안 봤어?"

뒷좌석에서 모치즈키가 한 권의 미술잡지를 건네주었다. 히구치의 작품은 중간 크기의 화보 여섯 페이지에 걸쳐 주목받는 신예의 작품으로 소개되어 있었다. 이름 하여 '뉴욕에서 개선, 히구치 미치오. 마을의 환상.' 나는 한동안 그 기묘한 작품에 빠져들었다.

거기에 그려져 있는 것은 일본적인 시골 풍경뿐이었다. 모심기를 갓 끝낸 논, 논두렁의 자갈 하나하나는 물론 농가 기둥의 나뭇결까지 넋을 잃을 만큼 세밀하고 아름다운 선으로 표현되어 있다. 나무들의 잎맥 한 줄기 한 줄기까지 보이는 듯했다. 뭉실뭉실한 적란운 아래로 그림자를 거의 잃어버린 여름 오후의 마을이 있다. 폐교로 변해버린 초등학교 운동장이 있다. 황혼 녘 마을의 길거리가 있다. 그런 전원 풍경 속에 언제나 같은 인물이 점경点景, 풍경화나 사진에서 인물, 동물 등을 곁들여 생동감을 나타내는 기법. 또는 그러한 인물이나 동물—옮긴이으로 서 있었다. 그림 속에 있는 인물은 항상 그 한 사람뿐이다. 거무죽죽한 양복을 입고 머리에 종이봉투를 뒤집어쓴 남자. 눈가에 구멍이 두 개 뻥 뚫려 있는데, 그 안쪽은 새카맣게 짓뭉개놓았을 뿐이어서 마치 허무가 실체로 변한 것처럼 보였다. 그 두 개의 구멍을 들여다보았을 때, 나는 희미한 전율을 느꼈다. 비슷한 그림은 알고 있다. 뭉크의 그림에 반복적으로 등장하는 등 돌린 사람이나, 델보의 그림에 항상 등장하는 중산모를 쓴

남자. 그 고뇌, 애처로움. 그러나 히구치 미치오의 작품은 동
판화이고, 그 정밀함에서 오는 박력은 또 다른 차원의 감각
이었다.

"뭔가 굉장한 그림이네요."

나는 그런 말밖에 할 수 없었다. 빨려 들어갈 것만 같다.

"전율하고 있구나."

에가미 선배가 말했다. 무슨 소리냐고 묻자 초현실주의의
창시자 앙드레 브르통이 한 말을 인용한 것이라 한다. 미는 곧
전율이다. 무슨 의미인지 알 듯 말 듯 아리송한 말이지만 아름
다운 작품은 육체적 긴장을 환기시킨다고 대충 해석하자.

스기모리라는 산간 마을에서 일단 차를 세웠다. 버스를 타
고 나쓰모리에 가려면 여기서 갈아타야 한다. 버스 대합실 벽
에 기대어 자판기에서 뽑은 캔 커피를 마셨다. 잘라낸 목재를
얹은 트럭이 묵직한 소리를 내며 그 앞을 지나간다. 이 지역의
주요 산업은 아무리 봐도 임업이겠다고 생각하며 뒤를 돌아
보니 머리 위에서 산이 덮쳐들 기세였다. 전부 삼나무 숲이다.

"가자."

에가미 선배의 호령으로 여행이 재개되었다.

그 후로 한 시간을 더 달려 고개를 넘어 나쓰모리 마을이
내려다보이는 곳까지 왔다. 우리는 차에서 내려 그 전경을 둘
러보았다.

거의 사방이 막힌 산속에 3백 가구 남짓한 집들이 거북이처럼 웅크리고 있다. 포장도로가 두 가닥, 구불구불 휘어지면서 마을을 동서남북으로 관통하고 있다. 대부분의 집들은 그 십자로를 따라 들어서 있다. 수확을 끝낸 계단식 밭이 산허리까지 이어져 있는 모습을 보니 이 산속에서는 임업뿐만 아니라 농업도 하는 모양이다. 서쪽 산 근처에 낡은 초등학교 건물이 보였다.

"히구치 미치오가 그린 동판화 속의 바로 그 마을이군요."

나는 나쓰모리 마을을 내려다보며 말했다. 흐린 하늘 아래로 펼쳐진 그 경치는 한가롭다기보다 적적했다. 손목시계를 보니 오후 4시가 지났다.

"기사라 마을은 여기서는 안 보이나 보군."

에가미 선배가 담배를 물며 말했다. 마을을 빠져나가 북쪽으로 이어지는 길이 정면의 산자락으로 파고들며 모습을 감추었다. 예술 마을은 그 너머에 있으리라. 그리고 그곳에 마리아가 있다.

오다가 지친 목소리로 말했다.

"빨리 여관으로 갑시다. 거기서 방침을 정하고 일은 내일 해야겠어요."

"한 대만 피우고."

에가미 선배는 캐빈에 불을 붙였다.

낯선 차량의 침입에 마을 사람들이 호기심 어린 눈빛을 던지는 가운데, 우리는 여관에 도착했다. 구사카베야라는 여관이다. 마리아가, 그리고 마리아의 부모님이 묵었던 마을의 유일한 여관.

에가미 선배가 젖빛 유리 미닫이문을 열고 안쪽을 향해 외치자 멀리서 "네, 잠깐 기다리세요." 하고 싹싹한 여성 목소리가 돌아왔다. 발소리가 복도 저편에서 다가오는 사이 우리는 정면의 장식 선반에 오도카니 놓인 대흑천大黑天, 불교 삼전신의 하나로 일본에서는 복을 나누어주는 신으로 받든다.─옮긴이님을 보고 있었다. 기둥과 바닥하고 똑같이 반들반들 검은 윤기가 흐르고 있다.

그 대흑천님과 맞먹을 정도로 복스러운 얼굴을 한 주인아주머니가 나타나 허리를 굽히며 인사를 했다.

"교토에서 전화 주셨던 분들이지요? 이렇게 먼 곳까지 잘 오셨습니다."

재빨리 슬리퍼를 내주는 주인아주머니에게 우리는 저마다 인사를 했다.

"신세 좀 지겠습니다."

"이것 좀 써주시겠어요?"

손수 만든 듯한 숙박대장과 사인펜을 에가미 선배 앞에 내밀었다. 한지에 다갈색 괘선이 들어가 있다. 부장은 거기에 '긴다이치 코스케'라는 시시한 장난은 치지 않고 '에가미 지로 외 3명'이라고 썼다.

에가미 선배가 니시진의 하숙집 주소와 전화번호의 기입을 마치자 주인아주머니가 "예, 고맙습니다." 하고 미소와 함께 숙박대장을 받아 들며 물었다.

"언제까지 머무실 건가요?"

대답하기 어려운 질문이었다. 에가미 선배는 그저 이렇게 대답했다.

"아직 못 정했습니다."

"어머, 그러세요? 이런 산속에 뭘 하러 오셨나요? 시골 사진이라도 찍으러 오셨어요?"

신원조사다. 젊은 사람들이 무슨 이유로 넷이나 몰려왔는지 궁금하기도 하겠지.

"기사라 마을에 관심이 있어서 왔습니다. 가능하면 안에 들어가 보고 싶은데요."

에가미 선배가 진짜 목적을 절반만 밝혔다. 기사라 마을에 잠입하기가 소문처럼 정말 어려운지, 처음 만난 지역 주민을 슬쩍 떠보는 것이다.

"아아, 그 마을에 가시려고요? 어쩌나."

주인아주머니는 10대 소녀처럼 눈을 동그랗게 뜨며 놀라

움을 표현했다.

"그건 조금 어려울 것 같네요. 이곳 사람들도 못 들어가거든요."

"안 될까요?"

"별난 사람들이 모여 있으니까요. 예술가들이 잔뜩 모여 산다는 걸 알고 오신 거죠? 진짜 별나기도 하지요."

그렇게 말한 주인아주머니는 깜짝 놀란 얼굴로 사과했다.

"어머나, 죄송해요. 먼저 방으로 안내해야 하는데. 자, 이쪽으로 오세요. 2층입니다."

삐걱거리는 계단을 올라 안내받은 방은 구석방으로, 북쪽과 서쪽에 창이 있었다. 어느 창에서나 산이 가까이 보인다. 북쪽은 멀리 산주름까지 보였지만 흐린 날씨 때문에 서쪽 하늘은 벌써 깜깜해서 색을 잃은 산맥은 잿빛 벽으로 변했다. 창가의 낡은 소파에 앉은 에가미 선배가 유리창을 조금 열자 상쾌한 바람이 부드럽게 불어왔다.

오다가 벽 쪽에 짐을 내려놓고 어깨를 돌리며 말했다.

"이런 이런. 내가 어디에 있는지도 모를 정도로 멀리 와버렸네."

모치즈키가 웃었다.

"허풍 떨기는. 남미 벽지에 온 것도 아닌데 뭘. 겨우 시코쿠잖아."

"그건 그래."

오다도 덩달아 웃으며 책상다리로 앉더니 재빨리 차를 끓였다. 이 하드보일드 팬은 일본차라면 죽고 못 산다.

"오, 가리가네옥로와 전차를 만들 때 찻잎에서 떼어낸 줄기로 만든 녹차―옮긴이 잖아? 좋은 차를 내놓네." 이런 소릴 주절거리고 있다.

"아주머니가 저녁은 7시부터라고 했죠? 그때까지 마을을 둘러볼까요?"

내가 말하자 에가미 선배는 창밖에서 시선을 떼지 않고 대답했다.

"먼저 마리아 친구라는 아케미 씨네 집에 가보자. 선물도 사왔으니."

나는 들고 온 나마야쓰하시쌀가루와 설탕 등을 넣은 반죽을 얇게 펴 쪄낸 교토의 대표적 화과자―옮긴이 상자를 슬쩍 봤다. 사양했지만 결국 물리치지 못한, 아리마 씨가 선불로 준 필요경비로 사온 것이다. 우리가 오늘 나쓰모리 마을에 온다는 사실도 아리마 씨가 호사카 아케미에게 전화로 연락해주셨다.

"그러네요. 그럼 얼른 찾아가죠. 우리가 왔다는 소문은 이미 마을 안에 퍼졌을 테니."

"그것도 허풍이다." 오다의 말에 모치즈키가 대꾸했다.

내가 과자 상자를 집어 들자 선배들은 나란히 자리에서 일어났다. 네 사람이 삐걱삐걱 소리를 내며 일렬로 계단을 내려가니 주인아주머니가 어떤 남자와 서서 이야기를 나누고 있었다. 두 사람이 동시에 우리를 돌아보았다.

"어디 외출하세요?"

주인아주머니의 질문에 네 사람이 고개를 끄덕이자 그녀는 옆에 있던 남자를 우리에게 소개했다.

"이분은 닷새 전부터 여기 묵고 계신 아이하라 씨라는 손님이세요."

"여, 안녕들 하신가요. 아이하라 나오키라고 합니다. 잘 부탁해요."

남자는 허물없는 태도로 인사를 했다. 눈초리가 살짝 올라갔지만 정감 있는 웃음이었다. 나이는 서른을 넘겼을까. 키도 중간, 몸집도 중간. 약간 긴 머리는 살짝 파마를 했고, 검은 셔츠 위에 청재킷을 입고 숄더백을 메고 있었다.

우리가 자기소개를 하자 그는 조금 의아한 표정을 지었다.

"허어, 교토에서 일부러 오신 겁니까? 어쩐 일로요? 아아, 남한테 묻기 전에 나부터 이야기하지 않으면 실례지. 전 인기 없는 카메라맨이랍니다. 평소에는 남의 의뢰를 받아 광고용 상업 사진을 찍는데, 이번에는 콘테스트에 출품할 만한 예술 사진을 찍고 싶어 도쿄에서 찾아왔습니다."

"도쿄?"

나는 저도 모르게 소리 내어 되물었다. 교토는 명함도 못 내밀겠다. 도쿄에서 이 먼 곳까지 찾아와 사진을 찍을 만한 소재가 이 마을에 있을까? 그런 내 의문을 감지했을 리도 없는데, 아이하라는 설명을 덧붙였다.

"올여름 일 때문에 고치 현 나카무라에 다녀오는 길에 이곳에 들렀어요. 시시한 일을 끝낸 후라 좀 풀이 죽어 있었거든요. 산속에서 마음을 씻고 가려고 정처 없이 찾아왔는데, 완전히 이곳에 푹 빠지고 말았습니다. 좋은 사진을 찍을 수 있겠다고 직감했죠. 그때는 닷새 동안 묵었는데, 시간도 부족했고 계절을 바꿔 찍어보고 싶어서 이렇게 다시 찾아온 겁니다. 이번에는 일과 상관없이 오로지 제 사진을 위해서요."

혀가 잘 굴러가는 사람이다. 구체적으로 뭘 찍고 있을까? 그런 생각을 하는데 카메라맨은 '핫핫.' 하고 웃으며 머리를 긁적였다.

"이렇게 서서 이야기하기도 그러네요. 어떻습니까, 오늘 밤 한잔하시지 않겠어요?"

아이하라는 손짓으로 입가에서 술잔을 기울였다. 우리에게 이의는 없었다.

"그럼 기대하고 있겠습니다. 다녀오세요."

아이하라는 싹싹한 태도로 그렇게 말하고는 어깨의 가방을 고쳐 메고 위층으로 올라갔다. 그 뒷모습을 바라보며 주인아주머니는 흐뭇한 표정을 지었다.

"함께 얘기하기 즐거운 분이에요. 이 마을의 뭐가 그리 마음에 들었는지는 몰라도 저 손님, 하루 종일 사진을 찍으면서 돌아다니나 보더군요."

"무슨 사진을 찍는데요?"

"그야 풍경이겠죠."

내가 묻자 여주인은 대수롭지 않게 대답했다. 뭐, 됐다. 자세한 얘기는 오늘 밤 본인한테 듣자. 프로 카메라맨이라는 인종과 이야기를 나누는 건 처음이라 재미있을 것 같다.

"그럼." 하고 서로 얼굴을 바라본 것을 신호로 우리는 여관을 나섰다.

똑, 빗방울이 이마를 때렸다.

/ 6 /

우리가 찾아갈 집은 걸어서 5분 거리였다. 아케미가 간호사로 근무하는 진료소 바로 뒤다. 정원의 연보랏빛 국화가 부슬비에 몸을 씻고 있었다.

"멀리서 오시느라 고생하셨죠. 하필 비까지 내리네요."

우리를 맞이해준 호사카 아케미는 청초하다는 말이 잘 어울리는 하얀 피부의 미인이었다. 손님방에서 커피를 내줄 때

보니 손도 아름다웠다. 특히 윤기가 감도는 손톱의 색깔이 예뻤다. 그 손은 우리와는 달리 일을 하는 손이라는 게 느껴진다는 점에서도 매력적이었다.

"마리아네 아버님께서 전화를 해주셔서 오늘은 오후 내내 집에서 기다리고 있었어요."

각자 자기소개를 마치자 아케미는 흰색과 연두색이 섞인 스웨터 자락을 잡아당겨 매무새를 고치며 말했다. 눈이 딱 마주칠 뻔해서 시선을 약간 위로 돌렸다. 아케미 뒤편의 문틀 위쪽 벽에서는 바람의 신과 번개의 신바람의 신과 번개의 신은 일본 민간신앙이나 신도神道에서 서로 짝을 이루고 있는 신이다.—옮긴이이 서로 노려보고 있었다.

"마리아하고는 오랜 친구라고 들었습니다."

에가미 선배가 커피를 한 입 마시고 말했다. 아케미는 "네." 라고 대답했다.

"도쿄에서 중학교를 다닐 때 이태 동안 함께 지냈어요. 아버지가 사업에 실패하고 저희 가족은 야반도주나 다름없는 꼴로 이런 시골로 숨어버렸지만 마리아하고는 계속 편지를 주고받았죠. 아버지 사업은 웰빙 붐을 노린 식품 도매업이었으니 자연의 품속으로 돌아와서 아버지는 나름대로 만족하고 계실지도 몰라요. 아, 죄송해요. 얘기하다 금세 샛길로 빠지는 버릇이 있어서."

아케미는 거의 완벽한 표준어로 말했다. 그녀의 아버지는 무농약 벼를 경작하는데 지금은 이웃 마을 농협에 가 있어서 집을 비웠다고 한다. 어머니는 안쪽 방에 누워 계신다고 했다.

우리 스무 살 인간에게는 분명히 긴 세월인, 아케미와 마리아의 7, 8년이라는 오랜 친분을 안주 삼아 한동안 잡담을 나눈 후 에가미 선배는 본론으로 들어갔다.

"지금 마리아는 어쩌고 있습니까?"

"저도 확실히는 모르겠어요. 최근 2주일쯤 만나지 못했어요. 전에 봤을 땐 잘 지내는 것 같았어요."

아케미는 미안한 얼굴로 말했다.

"여름에 가시키지마에서 있었던 사건은 이야기하지 않던가요?"

"몇 분이나 돌아가신 사건 말씀이죠? 네, 그 얘기는 둘 다 하지 않았어요. 마리아네 아버님께서는 말씀해주셨지만요. 제가 알고 있다는 걸 마리아는 아마 눈치챘을 거예요. 그래서 전혀 입 밖에 내지 않았겠지요."

에가미 선배가 질문을 계속했다.

"마리아는 그 기사라 마을의 뭐가 그리 마음에 들었을까요? 저희는 혹시나 돌아가고 싶어도 그러지 못하는 사정이 생긴 게 아닌가 걱정이 됩니다."

"그건 아닐 거예요. 그런 낌새는 전혀 없었으니까요. 저도 잘 설명은 못하겠는데, 마리아는 다만······."

아케미는 잠시 말을 멈추더니 뜸을 들인 후에 흘려들을 수 없는 말을 했다.

"마리아는 굉장히 예뻐졌어요. 9월에 오랜만에 만난 후로 다섯 번을 봤는데, 만날 때마다 예뻐지는 것 같아요. 그래서 저는 별로 걱정 안 해요. 여자가 예뻐지는 데 나쁜 의미는 없다고 생각하거든요."

"아하!"

오다가 뜬금없이 혼자 납득한 기색이다.

"알겠다. 그렇다면 마리아는 그 마을에서 누구 좋아하는 남자가 생긴 거 아닐까요? 여자가 예뻐졌다는 소릴 들으면 저는 그런 이유밖에 안 떠오르는데, 그래서 집에 돌아가기 싫은 거 아닐까요?"

그런 사정이라면 됐다. 해피엔딩이 한 걸음 앞에 있다면 괜한 걱정이었다고 화를 내거나 웃어넘기고 교토로 돌아가면 그만이다. 가슴에 자그마한 가시가 박힌 듯한, 아플까 말까 한 자극이 있지만 그건 아마 기분 탓이겠지.

하지만 정말 오다의 추측이 맞을까?

"저는 아닌 것 같아요."

아케미는 스웨터 소매를 걷어 올리며 말했다.

"그런 이유라면 마리아는 제게 말해줬을 거예요. 편지를 주고받았을 때도 저희는 서로 좋아하는 남자 얘기를 열심히 적어 보냈으니까요."

마리아가 편지 속에 적은 건 어떤 남자였을까? 문득 그런 생각을 했지만 뭐 그런 건 지금은 아무래도 상관없다.

"하지만 아케미 씨한테 말하기 어려운 상황이었을지도 모르잖아요."

오다가 말한다.

"그냥 떠오른 거라 적절한 예는 아니지만, 혹시나 상대가 유부남이라든가."

"겨우 그 정도 문제를 제게 말 못할 것 같지는 않아요."

"아, 그러세요."

아케미의 반박에 오다는 얌전히 물러났다.

"기사라 씨 저택에 전화할 수는 없나요?"

모치즈키가 물었다.

"마리아는 그걸 싫어해요. '전화가 걸려오는 건 더부살이한테는 굉장히 신경 쓰이는 일이야.'라면서. 그래서 저는 걸지 않고, 마리아도 처음에 한 번 걸었던 게 전부예요."

"마리아의 부모님께서 찾아오셨을 때 마리아는 마을 입구까지 나오긴 했지요?"

에가미 선배가 묻자 아케미는 고개를 끄덕이며 대답했다.

"딱 한 번요."

"전화가 안 된다면 내일 무턱대고 쳐들어가는 수밖에 없겠네요."

나는 누구에게랄 것 없이 말했다. 다들 동감하나 보다.

"여러분이 아니면 확인하지 못할 거예요."

아케미는 진지한 눈길로 말했다.

"마리아가 예뻐진 건지, 아니면 그저 마리아의 원래 모습으로 돌아가고 있는 건지. 그걸 확인해주세요. 이런 말을 하는 건 후자이길 바라기 때문이에요……."

거기서 이야기는 끊기고 빗소리만이 들려왔다. 아까까지 지면을 적시며 땅속으로 스며들던 비가 이제는 대지를 힘차게 때리고 있다. 다섯 명의 시선이 거의 동시에 새시 창으로 쏠렸다.

"큰비가 내릴지도 모른다더군요."

아케미가 말했다.

제2장

혼약의 밤 - 마리아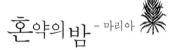

/ 1 /

"큰비가 내릴지도 모르겠어요."

스즈키 사에코는 창가로 다가가 말했다. 헐렁한 검은 운동복 상의와 검은색 진을 입은 사에코의 뒷모습을 와락 덮칠 듯한 커다란 창. 비가 창유리를 타고 줄줄 흘러내린다. 그 베일 너머로 보이는 너도밤나무 숲의 그림자.

"춥지 않았나요?"

사에코는 고개를 반만 돌려 내게 물었다.

"네. 괜찮아요."

나는 얇은 삼베 셔츠를 벗고 연보랏빛 운동복으로 갈아입으며 대답했다. 그 가슴께에 적힌 'EITO UNIVERSITY'의 로고에 문득 눈길이 멈췄다. 늘 입는 옷인데 이제 와서 새삼스럽게.

'나는 이 대학교 학생이야. 아직은, 그렇게 생각해……'

흑백의 깅엄 체크 스커트를 입었다. 사에코는 창가에서 떨어져 입가에 미소를 띠며 내 쪽으로 천천히 걸어왔다.

"이제 얼마 안 남았어요. 조금만 더 도와줘요."

"네, 물론이죠."

나는 사에코의 눈을 바라보며 말했다. 시원스런 눈이 내 이마보다 높은 위치에 있었다.

스즈키 사에코. 39세. 분류, 화가. 가시키지마에서 목숨을 잃은 남자와 똑같은 화가.

사에코에 대해 내가 알고 있는 사실은 얼마 되지 않는다. 도쿄의 미대를 중퇴했다는 것. 20대 때는 상업 디자이너로 회사를 다녔다는 것. 누구에게나, 열여섯 살이나 나이 어린 내게도 반드시 존댓말을 쓴다는 것. 검은 옷만 입는다는 것. 그게 전부.

나는 방구석의 의자에 올려놓았던 손목시계를 차면서 시간을 보았다. 사에코가 "몇 시죠?"라고 묻는다. 6시 반이다.

"그렇군요. 식사 준비가 다 되었겠네요. 내려가 볼까요."

사에코는 나를 재촉하며 먼저 문으로 향했다. 나도 그 뒤를 따랐다. 그러자 사에코는 문 앞에 멈춰 서서 고개를 돌리더니 방 한가운데에 놓인 이젤을 쳐다보았다. 그 시선을 좇아 그림 속의 나를 본다.

"얼마 안 남았죠? 조금만 더 하면."

사에코는 가슴 앞에서 기도하듯 두 손을 모았다. 기뻐하는 동작이었다.

"고마워요, 마리아 씨. 아직 완성되지 않았지만 전 이 그림이 무척 마음에 들어요. 반드시 다들 수긍할 만한 작품을 그리겠어요."

그녀가 던지는 감사의 말에 나는 그냥 모호하게 미소를 지었다. 사에코가 그렇게 말해준다면 나도 기쁘다. 완성을 향해 다가가는 그림도 정말 좋아한다. 하지만 내가 한 일이라고는 그저 벽 쪽의 침대에 앉아 무표정하게 화가를 바라본 것뿐이다. 아무래도 사례가 과분하게 느껴진다.

"식사 후에 또 그리셔도 전 상관없는데⋯⋯."

"고마워요. 하지만 오늘은 이제 충분해요. 오후 내내 모델을 해주신 마리아 씨도 피곤할 테고, 게다가 오늘 밤은 뭔가 중대한 발표가 있다고 하니까요."

"중대한 발표라니 뭘까요?"

복도로 나와서 묻자 사에코는 "글쎄요."라고만 대답했다.

노란 불빛이 늘어선 복도 끝의 창을 빗줄기가 때리고 있다. 점점 더 거세질 기미다. 중대사를 예고하는 것처럼 느껴졌다. 복도 모퉁이를 돌자 반대편에서 야기사와가 걸어오고 있었다. 언제나 그렇듯 팔짱을 낀 채 걷고 있다.

"빗줄기가 거세지는군요."

야기사와는 걸음을 늦추며 말했다.

"시코쿠 전역에 호우주의보를 발령했답니다. 규슈 쪽에서는 벌써 피해가 발생하고 있다고 해요."

사에코가 말하자 오후 내내 피아노를 마주 보고 건반을 두드렸을 사내는 "그렇습니까?" 하고 짧게 말했다.

야기사와 미쓰루. 29세. 분류, 음악가.

삐죽한 턱과 마른 체형 때문에 실제보다 더 신경질적으로 보이지만 약간 성미가 급할 뿐, 동성이나 이성 입장에서 볼 때 그리 대하기 어려운 인물은 아니다. 야기사와의 프로필에 대해서도 그럴듯한 소개는 할 수 없다. 아니, 여기 있는 사람들 그 누구에 대해서건 간에 내가 알고 있는 사실은 얼마 안되지만 간단히 언급하겠다. 고등학교 음악 선생님이었던 어머니에게 다섯 살 때부터 피아노 교습을 받은 야기사와는 초등학교를 졸업할 때까지는 서일본 지역의 신동이었다고 한다. 하지만 신동은 사춘기에 접어들며 자신의 연주 능력의 한계를 깨닫고, 어머니의 반대를 무시하고 연주가가 아닌 작곡가를 목표로 삼는다. 도쿄의 음악대학에서 화성학과 대위법을 공부하고 내 나이 때에는 다섯 개의 무곡으로 이루어진 피아노 조곡을 완성했다고 한다. 졸업 후 도쿄에서 어떻게 생계를 꾸렸는지에 대해서는 본인이 말하길 꺼려서 잘 모른다. 다만 딱 한 번, 취객을 상대로 피아노를 치던 시절이 있었다는 이야기를 농담처럼 말해준 적이 있다.

"식사 후에 사모님께서 하실 말씀이 있다는데, 무슨 일인지 아십니까?"

야기사와의 질문에 우리는 둘 다 고개를 가로저었다. 사모님이란 이 저택의, 그리고 이 마을의 주인인 기사라 기쿠노 부인을 말한다. 다들 부르고 싶은 대로 부르고 있지만 야기사와는 일단 경의를 담아 사모님이라고 부른다.

그나저나 기이한 점은 오늘 밤 부인이 중요한 이야기를 한다는 말이 우리에게 전달된 방법이다. 다들 누구한테 들었다는 식인데, 소문의 출처가 분명치 않았다. 기쿠노와 오노 히로키에 대한 이야기라고 추측은 했지만 본인들에게 확인해본 사람도 없다. 딱히 출처도 없이 이야기가 흘러나왔다는 말은 기쿠노 혹은 오노가 누군가에게 넌지시 알렸다는 뜻이겠지만.

"사모님과 오노 씨에 대한 이야기라고 들었는데, 역시⋯⋯."

"네, 저도 그렇게 들었어요. 하지만 어떤 내용인지는⋯⋯."

야기사와와 사에코는 나란히 계단을 내려가면서 작은 목소리로 애매한 이야기를 나누고 있다. 나는 그 뒤를 따랐다.

"사에코 씨는 어느 분께 들었습니까?"

"고비시 씨한테요. 야기사와 씨는?"

"어느 어설픈 시인이 말해주더군요."

시인이라는 인종은 이 마을에 한 사람뿐이다. 야기사와의 천적, 시도 아키라. '으르렁거리는 두 사내'라는 연극으로 나를 즐겁게 해주지만, 유감스럽게도 상대가 언어의 폭탄 테러리스트이다 보니 말주변 없는 피아니스트에게 승산이 있을 턱이 없다. 그 일방적인 게임에는 매우 흥미로운 무언가가 있다. 내 눈에 그렇다는 말이지만.

凹자 모양 저택의 중앙 계단을 내려가면 바로 옆이 식당이다. 1층에는 식당, 주방, 식료품 창고 외에 거실, 기사라 기쿠노의 침실, 고故 기사라 가쓰요시의 미술 수집품 진열실, 장서를 보관한 도서실, 손님은 받지도 않으면서 거창한 응접실, 이제 곧 등장할 고자이 고토에의 조향실 등이 있다.

주방에서 군침 도는 냄새가 복도로 흘러나온다. 식당을 지나 주방으로 들어가자 취사 당번인 시도 아키라와 지하라 유이가 나란히 서서 요리를 하고 있었다. 브로콜리를 썰던 시도가 먼저 돌아보았다. 키가 크고 여윈 체형, 지나칠 정도로 긴 팔다리. 그런 시도의 시선이 우리 세 사람을 한차례 쓸고 지나갔다.

"빨리도 왔군. 굶주린 식인귀들."

"시인이라면 좀 더 센스 있는 말로 맞이하지그래."

음악가가 재빨리 받아치자 시인은 손에 들고 있던 식칼의 등으로 높고 삐죽한 자기 콧대를 통통 쳤다.

"자네 마음에 들지 않는다니 유감이로군."

그리고 씨익 소리가 날 것만 같은 끈적끈적한 웃음을 지었다. 거북한 사람도 많겠지만 나는 시도의 이 웃음이 싫지는 않다. 제대로 표현할 수는 없지만, 그 표정은 무척 자유로운 무언가를 느끼게 한다. 인간은 아마 이런 식으로 웃어도 될 것이다.

하지만 음악가는 더더욱 심사가 뒤틀렸나 보다. 나이 어린 시도에게 '자네'라고 불리는 것만으로도 불쾌하겠지.

시도 아키라, 25세. 마른 미역 같은 더벅머리 사이로 부릅뜬 눈의 광채가 처음 봤을 때부터 나를 사로잡았다. 혈색이 나빠 건강도 안 좋아 보이고 품위도 없다. 시도의 반짝반짝 찬란히 빛나는 눈동자는 그런 마이너스 요소를 완전히 지워버린다. 가시키지마에서 헤어진 후로 만나지 못한 에가미 지로 부장의 온화한 눈동자와 함께, 내가 가장 좋아하는 눈이다. 시도가 쓰는 시의 완성도에 대해서는 '잘 모르겠다.'는 말밖에 못했지만, 이해는 못해도 마음에 드는 구절 몇 개는 공책에 베껴놓았다.

그 시인이 지금은 주방에 섰다. 취사 당번은 전원에게 공평하게 돌아온다.

"오늘 밤은 야기사와 씨가 좋아하는 산나물밥이에요."

부루퉁하게 입을 다문 음악가의 기분을 달래려는 듯 지하라 유이가 살갑게 말했다. 탐스러운 볼살에 밀려 유이의 눈은 실처럼 가늘어진다.

"그거 기대되는군요. 유이 씨가 지어준 밥은 훨씬 맛있으니까요."

야기사와는 유이의 웃는 얼굴을 보고 마음이 풀렸나 보다. 야기사와는 유이에게 상냥하다.

지하라 유이, 19세. 분류는⋯⋯ 전직 아이돌 가수. 이곳에 있는 사람들 가운데 내가 가장 자세히 알고 있는 사람은 그녀다. 매일같이 텔레비전에서 유이가 노래하며 춤추는 모습을 보았고, 잡지 표지와 화보에서 사랑스러운 웃음을 볼 수 있었고, 거리를 돌아다닐 때면 여기저기서 그 노랫소리가 들렸다. 1년 전까지의 일이다. 그랬던 그녀가 지금 이곳에 있다. 화려했던 아이돌 유이가 내 두 배나 되는 몸무게로 지금 이곳에. 그 이유에 대해서도 대강은 설명할 수 있다.

"마리아 씨 그림, 순조롭게 되어가나요?"

유이는 사에코와 내게 물었다.

"물론 순조로워요. 그렇죠, 마리아 씨?"

"네."

우리는 얼굴을 마주 보며 가볍게 주먹을 맞댔다.

"전 그림이 완성되기 전엔 안 볼래요. 기대하고 있어야지.

꽹장히 멋진 그림이 되겠죠?"

유이는 내게 미소를 지었다. 폭식증을 치료하고 있기는 해
도 유이는 충분히 사랑스러웠다. 화려한 스포트라이트를 받
던 시절의 지하라 유이가 어땠는지는 모르겠지만 나는 지금
의 유이가 더 좋다.

"그럼 다 된 음식부터 나를까요."

사에코의 얌전한 구령에 야기사와와 나는 참치 샐러드가
맛깔스럽게 담긴 접시를 손에 들었다.

"유이 씨."

프릴이 달린 앞치마를 두른 유이에게 야기사와가 말을 걸
었다.

"네?"

"식사 후에 레슨 하겠어요? 전 상관없는데."

"으음."

유이는 뺨에 집게손가락을 댔다.

"야기사와 씨의 작곡에 방해되지 않는다면 잠깐만 부탁해
도 될까요?"

"전 상관없다고 했잖아요."

등을 돌린 채 두 사람의 그런 대화를 듣고 있던 시도가 어
깨를 크게 으쓱하는 모습이 보였다.

　저택의 주인 기사라 기쿠노가 마지막으로 젓가락을 놓았을 때, 그녀 뒤쪽의 벽시계는 8시 정각을 가리키고 있었다. 은색의 시계추가 한 번 왕복할 때마다 형광등의 불빛을 반사했고, 그 소리는 끝자리에 앉은 내 귀에도 닿았다. 식사가 끝나가자 다들 말수가 줄어들더니 종국에는 침묵에 이른 탓이다.

　중대 발표가 있다면 이제 슬슬 하겠지, 하고 생각하며 나는 앉은 자세를 가다듬었다. 대각선으로 떨어진 자리에 있는 사에코의 모습을 살펴보니 그녀는 고개를 숙이고 테이블에 떨어진 빵 부스러기를 집게손가락으로 쓸어 모으고 있었다.

　고자이 고토에가 침묵 속에서 불쑥 말을 던졌다.

　"커피를 타올게요. 어때요, 기쿠노 씨?"

　얼마 전에 환갑을 맞이한 고토에는 다섯 살 연상의 여주인을 기쿠노 씨라고 부른다. 나는 고토에의 창조품에 강하게 끌리고 있는데, 자세한 이야기는 나중에.

　"그렇군요. 그럼 제가."

　기쿠노의 대답과 동시에 지하라 유이가 "제가."라고 말하면서 일어섰지만 고토에가 말렸다.

　"괜찮아요. 내가 끓일 테니까."

　고토에는 계속 일어서 있는 유이에게 앉으라고 손짓하며

주방으로 향했다.

그렇다, 식후의 커피가 있었지. 중대 발표는 커피를 음미하며 듣게 되려나?

"고토에 씨 혼자서는 못 나를 거예요. 제가 도와드릴게요."

유이는 그렇게 말하며 주방에 들어갔다. 연예계에서는 공주님 대우를 받았을 텐데, 그녀는 나보다 훨씬 더 빠릿빠릿하게 움직인다. 가장 어려서 그렇다고는 하지만 그 말을 들으면 고작해야 한 살 많은 나는 약간 찔린다.

분명 혼자서 한 번에 머릿수만큼 커피를 나르는 건 무리다. 나를 포함해 열한 명. 현재 이 기사라 마을에 있는 사람들이 모두 저녁 식사에 참석했고, 이는 평소에 없는 일이다. 그게 무엇이 됐든 역시 발표가 있기는 할 텐데.

유이가 가서 그런지 야기사와도 도우러 일어섰다. 이윽고 쟁반을 든 세 사람이 한 줄로 나란히 돌아왔다. 설탕 종지와 밀크 피처가 한 바퀴 도는 데 2분이 걸렸고, 스푼과 컵이 맞닿는 소리가 1분가량 이어졌다.

자, 그래서.

"여러분, 잠깐 들어주시겠어요?"

기쿠노는 그리 크지 않은 목소리로 말했을 뿐인데, 사람들은 쥐 죽은 듯 조용해졌다.

"뭔가 중대한 발표가 있다는 소문이 돌고 있습니다만, 바로 그 발표입니까?"

내 맞은편에 앉은 고비시 시즈야가 말했다.

남김없이 깎은 스킨헤드, 커피색이라고 해도 될 정도로 잘 그은 피부를 가진 무용가는 평소처럼 무표정했다. 36세. 단련된 근육을 틀며 그가 춤추는 모습은 내게 종교적인 감동까지 준다. '종교적.' 그것은 비유지만 그는 실제로 승려이기도 했다.

"어머나, 그런 소문이 돌고 있었나요? 오늘 밤 저녁 식사에 다들 모여주시길 바란다는 말만 듣고 억측을 하신 분이 계셨군요."

기쿠노는 잠시 말을 끊었다.

"확실히 제게는 중대한 일입니다."

몸집이 작은 그녀는 등을 곧게 펴고 고했다.

"저는 오노 씨와 결혼할 겁니다."

자리가 술렁이기 시작했다. 하지만 기쿠노의 오른쪽 옆에 앉아 있던 복스러운 귀를 가진 자그마한 남자가 일어서자 다시 대번에 조용해졌다.

오노 히로키, 50세. 분류, 화가.

"열다섯 살 연하의 신랑입니다."

오노는 쑥스러운 표정으로 말했다. 그리고 반응을 살피듯 테이블을 둘러싼 얼굴들을 둘러보았다. 일동은 어떻게 반응할지 잠시 고민하는 눈치였지만 이윽고 여기저기서 "이거……." "아니 정말." 하고 의미 없는 소리가 흘러나왔다. 그러나 이것은 전혀 예상치 못한 발표는 아니었다. 아까도 스즈키 사에코와 야기사와 미쓰루가 복도에서 두 사람의 이름을 함께 언급했고, 나도 어쩌면 그럴지도 모른다는 상상은 하고 있었다.

"축하해요, 사모님, 오노 씨."

유이의 앳된 목소리가 축복의 첫마디를 올렸다. 그 소리에 사에코가 깜짝 놀란 듯 고개를 들고는 "축하합니다." 하고 뒤를 이었다. 세 번째는 나. 네 번째는 좀처럼 나타나지 않았다.

"어머, 고토에 씨, 축하해주지 않으실 건가요?"

기쿠노가 웃음 띤 얼굴로 왼쪽 옆자리를 돌아보며 말하자 고토에는 순간 당혹스러운 표정을 지었다.

"그런…… 아니, 축하해요. 단지 갑작스런 일이라 깜짝 놀라서요. 실례했어요."

당황하는 고토에를 보며 기쿠노는 가볍게 웃었다.

그렇다, 당혹감이 사람들 사이를 훑고 있었다. 기쿠노와 오노가 친밀한 사이인 줄은 다들 알고 있었다. 절도 있는 친교가 이윽고 실질적 부부라는 관계로 발전할지도 모른다고 생각하고 있었다. 오늘 밤 기쿠노가 마을 사람들을 전부 한자리에 모은 진의를 두고 약혼 발표가 아닐까 예상한 사람도 있었다. 그런데 정도의 차이는 있지만 다들 눈에 띄게 동요하고 있다. 나는 짐작 가는 바가 있었다. 그걸 입에 담은 사람은 마에다 데쓰오였다.

"두 분 다 축하드립니다. 진심으로 축하합니다. 저…… 이런 걸 묻는 건 실례겠지만, 그럼 저희는…… 어떻게 되는 겁니까?"

"어떻게 하실 건가요?"

옆자리의 데쓰코도 묻는다. 데쓰오와 데쓰코. 남매처럼 들리는 이름이지만 두 사람은 부부다. 비슷한 이름은 그저 우연이라고 한다. 41세와 39세. 분류, 조형작가. 내 눈에는 도저히 팔릴 것 같지 않은 전위 조각을 둘이서 만들고 있다. 그들은 이곳에 있는 예술가들의 의문을 대표로 묻고 있는 것이다.

"어떻게 되다니, 무슨 뜻인가요?"

기쿠노는 여전히 웃는 얼굴로 되물었다. 질문의 뜻을 정말 모르나 보다. 마에다 부부는 순간 서로의 얼굴을 쳐다보았지만 데쓰오가 헛기침을 하며 입을 열었다.

"저…… 다시 말해 두 분이 결혼한 후에 이 마을은 어떻게 되느냐는 말입니다. 다시 말해, 이전에 오노 씨가 말씀하셨던 것처럼 될지 어떨지. 다시 말해 저희의 창작 활동이……."

"저희는 이곳에 머무르며 창작을 계속할 수 있는지 여쭙고 있는 거예요."

더듬거리는 남편의 말을 부인이 도중에 가로막으며 말했

다. 어떤 대답이 돌아올지 거의 모든 사람의 시선이 기쿠노에게 쏠렸다. 단 한 명, 시도 아키라만이 높은 콧등을 손가락으로 긁적이며 천장을 올려다보고 있었다.

"오노 씨가 이전에 말씀하셨다는 건, 이 마을을 개방하자는 제안 말이지요?"

기쿠노가 다시 되묻자 데쓰코는 크게 고개를 끄덕인 후에 약간 강경한 말투로 정정했다.

"네, 그렇습니다. 뒤편의 종유동과 예술 작품, 이 훌륭한 저택과 고토에 씨의 허브 정원을 자원 삼아 이곳을 관광지로 만들어버리겠다는 계획을 말하는 겁니다."

그리고 거듭 물었다.

"오노 씨와 결혼하신다는 말씀은 사모님도 그 계획에 동의하신다는 뜻인가요?"

쨍그랑 소리가 났다. 야기사와가 에비앙 생수가 든 유리잔을 쓰러뜨렸지만 다행히 속은 거의 비어 있었다.

"제가 오노 씨와 결혼한다고 해서 오노 씨의 생각을 전부 따르겠다는 건 아니에요."

기쿠노는 여전히 웃음을 띠고 있었다.

"데쓰코 씨가 말씀하신 오노 씨의 계획에 대해 말하자면, 당장 실행할 생각은 없습니다. 다만 앞일까지는 아직 모르겠다고 말씀드릴 수밖에 없군요."

"그건 어떤 의미입니까?"

쓰러뜨렸던 유리잔을 세우며 이번에는 야기사와가 질문을 던졌다. 약간 긴장한 표정이다.

"말 그대로예요. 성급하게 이곳의 모습을 바꿀 마음은 없어요. 하지만 앞날까지 보증할 수는 없다는 말입니다. 오노 씨의 계획은 대담하지만 저나 죽은 전남편의 생각과 꼭 상충되는 것만은 아니라서요."

"기쿠노 씨, 저는 싫어요."

고토에가 조심스럽게 끼어들었다. 기쿠노는 천천히 그쪽으로 고개를 돌렸다.

"제 향료 제작을 위한 재료가 구경거리 허브 정원이 된다니, 저는 싫어요. 이곳은 지금 이대로가 가장 좋잖아요?"

"진정하세요, 고토에 씨."

말이 격해지려는 고토에를 오노가 말렸다. 고토에는 "실례했습니다."라고 작게 말하며 입을 다물었다. 무례한 언동을 사과한 것 같기도 하고, 오노와의 대화를 거부한 것 같기도 했다.

나는 사람들을 한 바퀴 둘러보며 각각의 반응을 관찰했다. 스즈키 사에코는 빵 부스러기를 다시 모으기 시작했고, 야기사와 미쓰루는 테이블 위에 올려놓은 자신의 두 손을 바라보고 있었다. 두 사람 다 말없이 고개를 숙이고 있다. 지하라 유이는 나와 마찬가지로 다른 사람들의 모습을 슬쩍슬쩍 훔쳐 보고 있어서 때때로 눈이 마주쳤다. 고비시 시즈야는 복잡한 표정으로 스킨헤드를 쓰다듬었고, 마에다 데쓰오와 데쓰코 부부는 코끝을 맞대고 속닥거리고 있었다. 시도 아키라는 목덜미에 손을 얹고 아직도 천장을 바라보고 있다. 나는…….

나는 제삼자다. 아무 말도 할 권리가 없다. 다른 예술가들처럼 기쿠노의 결단에 따라 앞으로의 생활에 중대한 변화를 강요받을 일이 없다. 이 마을이 관광지로 변신해도 여행가방을 손에 들고 '신세 많았습니다.' 하고 손을 흔들며 돌아갈 집이 있다. 언젠가는 그렇게 말하며 떠날 마을이다. 그 시기가 조금 앞당겨질지도 모르지만 그뿐이다. 그래서 이렇게 다른 사람들의 표정을 살피는 것 말고는 할 일이 없다.

제삼자는 커피를 홀짝였다. 비가 창을 때리는 소리를 들으며.

"여러분께 미리 말씀드리겠습니다."

오노의 목소리가 울려 퍼지자 빗소리가 훌쩍 멀리 물러난 것 같았다.

"기쿠노 씨의 반려가 되었다고 제 생각을 기쿠노 씨께 강요할 생각은 털끝만큼도 없습니다. 그것만은 확실하게 말해 두겠습니다. 단지 저 개인의 입장으로서는 저질스러운 관광지가 아니라 풍요롭고 경이로 가득한 자연과 예술의 마을로,

세상을 향해 이곳의 문을 열어야 하지 않나 생각합니다. 언제까지고 세상을 등진 사람들이 모여 사는 마을로 있을 것도 아니지 않습니까."

비꼬는 말투는 아니었지만 이야기의 내용 자체에 반발했는지 마에다 데쓰오가 딱딱한 목소리로 퍼부었다.

"오노 씨, 그렇게 말씀하실 수 있는 처지입니까? 그…… 당신이 이곳의 은혜를 충분히 입었다고 해서 '언제까지고 세상을 등진 사람들이 모여 사는 마을로 있을 것도 아니지 않느냐.'는 말은…… 그건 너무하지 않습니까?"

"이기적이에요." 데쓰코가 말했다.

"오호라, 이제 알겠다!"

갑자기 큰소리를 낸 사람은 시도였다. 시인은 얼굴은 천장을 향한 채로 시선만 마에다 부부에게 돌렸다.

"그만 됐잖습니까. 경사스러운 결혼 발표 자리에서 자기 앞날이 어찌 될지 자꾸 묻는 건 예의가 아닐 텐데."

이쪽은 오노와 달리 분명히 비꼬는 말투였다. 데쓰오는 열두 살도 더 어린 시도에게 아무 대꾸도 하지 못했다. 야기사와와 마찬가지로 데쓰오도 시도가 껄끄러운 것이다. 데쓰코는 그런 남편에게 불만스럽게 입술을 일그러뜨렸다.

"결혼식은 언제 하실 건가요?"

무용가이자 승려인 고비시가 기쿠노와 오노를 번갈아 보며 물었다. 고비시는 감정을 겉으로 드러내지 않기 때문에 이 사태를 어떻게 받아들이고 있는지 잘 모르겠다.

기쿠노가 대답했다.

"이 나이에 화려한 식을 올릴 생각은 없으니 언제든 상관없지만, 오노 씨 생일이 다음 달 1일이고 제가 3일이니, 그 중간인 12월 2일에 하지 않겠냐는 이야기를 했습니다. 그 날 혼인신고를 하고, 여러분께 맛있는 식사를 대접하려고 해요."

"그러십니까." 고비시는 그렇게 말하더니 자리에서 일어섰다. "오노 씨가 아끼는 나폴레옹을 땁시다. 건배를 해야죠."

고비시가 옆을 지나칠 때 기쿠노는 "고마워요, 고비시 씨."라고 말했다.

나는 오노 히로키를 쳐다보고 있었다. 바다거북 등껍질로 테를 만든 안경 속의 가느다란 눈은 순수한 기쁨을 머금고 있었다. 듣자 하니 오노는 초혼이었다. 나이 쉰에 배우자를 만났으니 그야 기쁘기도 할 것이다. 하지만 그뿐일까? 어쩌면 이 기사라 마을을 손에 넣을 수 있다는 사실이 기뻐서 눈을 못 뜨는 건지도 모른다. 이 마을은 기사라 가쓰요시가 사들이기 전에는 인간에게 버림받은 땅, 글자 그대로 폐촌이었다. 하지만 지금은 다르다. 저택 바로 뒤에 엄청난 관광자원이 잠들어 있었다는 사실을 알게 된 지금은.

고비시가 병을 들고 돌아올 때까지 아무도 입을 열지 않았다. 내게는 조금 갑갑한 그 침묵이 기쿠노와 오노에게는 대수롭지 않은 모양이다. 그 사실에 나는 안도했다.

병마개를 따자 테이블 주위에 거짓의 웃음꽃이 피었고, 나도 똑같은 시늉을 했다. 하지만 정신을 차리고 보니 건배를 하려고 해도 잔이 없다. 유이와 내가 잔을 가지러 달려가서야 간신히 건배에 이르렀다.

건배. 그 순간······.

거짓 웃음의 원 바깥, 시야 구석에서 나는 낯선 누군가를 본 듯한 느낌이 들었다. 무언가가 숨어든 것을 느끼고 약간 전율했다.

혼약 발표의 밤.

비가 세차게 내리고 있다.

/ 3 /

야기사와의 가늘고 긴 손가락이 건반 위를 여유롭게 흘러간다.

밤에 듣는 피아노의 선율이 이토록 아름답고 애달픈지, 나는 이곳에 오기 전에는 몰랐다.

점점 더 굵어진 빗줄기가 지붕을 때리는 소리가 머리 위를 짓누른다. 방음실인데도 지붕 위에서 나는 소리는 잘 들린다. 슬레이트로 이은 지붕의 완만한 경사면을 타고 폭포처럼 떨어지는 빗줄기가 눈에 선히 보이는 듯했다. 그리고 창밖에서는 밤의 어둠마저도 감춰버릴 만큼 두꺼운 은빛 커튼이 흔들리고 있다.

2층의 음악실. 나는 다다미 스무 장 남짓한 면적의 그 방에 있었다. 스타인웨이 그랜드피아노가 창을 바라보고 놓여 있고, 창가 한쪽 구석에는 최근에 바꾼 듯한 오디오 세트가 설치되어 있다. 긴 소파 옆의 선반에는 야기사와가 수집한 5백 장 가까운 CD와 레코드가 진열되어 있다. 그 내용물은 당연히 피아노곡이 대부분이었지만 키보드 연주가 중심이 되는 재즈, 록 외에도 월드 뮤직 음반도 많이 눈에 띄었다. 악보, 악전樂典, 박자. 속도, 음정 등 악보에 쓰는 모든 규범. 또는 그 규범을 설명한 책—옮긴이 과 같은 서적도 아랫단에 수납되어 있다. 방에 들어가면 오른쪽 구석에 기사라 가쓰요시의 취향으로, 죽림칠현을 그린 중국 병풍이 있는데 차분한 방 분위기에 잘 어울렸다. 왼쪽 구석에는 야기사와가 필기를 하기 위한 작은 책상이 있었다.

나는 지금, 이곳에서 야기사와와 유이의 레슨을 '감상'하고 있다.

바흐의 〈평균율 1번〉 전주곡.

그 단순하고 섬세한 선율 위에 유이의 메조소프라노가 겹친다. 잠든 아기에게 이불을 덮어주는 어머니처럼 상냥하고 보드라운 노랫소리였다. 내 눈꺼풀은 나도 모르는 새에 감겼고, 머리는 자연히 앞으로 기울었다.

Ave Maria, gratia plena, Dominus tecum,
benedicta tu in mulieribus, et benedictus
fructus ventris tui, Jesus.

슈베르트가 아니라 구노의 〈아베 마리아〉였다.

천국에서 내려오는 듯한 노랫소리가 내 몸 구석구석까지 스며들어, 평안을 주는 동시에 가슴을 뒤흔들었다. 맑은 피아노 소리가 그 노래를 감싼다. 고작해야 고저, 장단, 강약만 붙인 음의 연결이 어째서 이렇게나 마음을 울리는 걸까. 정말 신기했다.

'유이의 노래는 이렇게 굉장했구나.'

나는 그 사실에 깜짝 놀랐고, 또한 기뻤다. 과거에 텔레비전이나 라디오, 카페의 유선방송에서 흘러나오던 아이돌 지하라 유이의 노래에는 진지하게 귀 기울인 적이 없다. 그것은 시중에 넘쳐나는 가치 없는 것들의 전형처럼 생각되었다. '5월의 바람아, 그이에게 전해줘, 내 마음을. 떨리는 가슴이 터질 것만 같아.' 달콤한 목소리가 내용 없는 노래를 겉돌고 있을 뿐이었다.

'유이는 이런 식으로 노래할 수 있었구나.'

유이의 노래는 야기사와의 피아노와 아름답게 어우러졌다. 사랑스럽게, 천진난만하게, 그리고 의연하게 울려 퍼지는 기도의 노래. 그 노래가 끝났을 때 내 귓가에 되살아난, 머리 위에서 들리는 아득한 빗소리는 마치 우레와 같은 박수처럼 느껴졌다.

"너무 좋았어!"

"고마워요."

내가 고개를 들며 말하자 유이는 미소를 지었다. 가만히 건반에서 손가락을 들어 올린 야기사와도 하얀 이를 드러냈다. 만족스러운가 보다.

"어렸을 때 성악을 배웠으니 그 실력이 어디 가겠어요? 음정도 정확하고, 목소리도 점점 더 잘 나오고 있어요."

"고마워요, 야기사와 씨. 훌륭한 선생님 덕분이에요."

"전 반주밖에 안 했는걸요. 녹음 반주 테이프나 마찬가지예요."

"야기사와 씨의 피아노가 지금껏 도달하지 못했던 곳까지 절 이끌어주는 것 같아요."

두 사람의 그런 대화가 잠시 나를 외톨이로 만들었다.

하지만 나는 알고 있다. 이 두 사람의 엇갈린 시선을. 야기사와 미쓰루는 그녀에게 애틋한 감정을 품고 있지만 지하라 유이는 그렇지 않다. 레슨 파트너이자 조언자인 야기사와에게 품고 있는 감정은 고마움, 그 이상도 그 이하도 아니다. 두 사람에게 물어보지는 않았지만 그 정도는 눈치챌 수 있다.

레슨이 일단락된 것 같아 내가 말했다. "잠깐 쉴까요?"

"저쪽으로 가죠."

야기사와는 긴 소파를 가리켰다. 오디오 세트와 마주하고 있는 그 소파에 유이를 사이에 끼고 앉았다. 음악가는 앉기 전에 무심하게 CD 한 장을 뽑아 들어 플레이어에 넣었다. 드뷔시의 피아노 모음곡이었다.

"아, 이 곡, 〈비 오는 정원〉."

유이가 말하자 야기사와가 대답했다.

"그러네요."

"이 비에 맞춰서 고른 게 아닌가요?"

"아니, 우연이에요. 하지만 좋군요."

"전 비가 좋아요. 마리아 씨는?"

또 둘만의 대화에 빠졌나 싶은 순간, 가볍게 질문이 날아왔다.

나는 비를 좋아한다. 안개가 휘몰아치는 차가운 비. 부슬부슬 내리는 유월의 비. 여름날 스쳐가는 오후의 소나기. 죄인을 매질하는 듯한 밤의 취우驟雨. 잠에서 깨어 창가에서 듣는 낙숫물. 머리 위에서 비를 톡톡 튕기며 울리는 우산. 정원에서 흙이 속삭이는 부드러운 소리. 천둥소리. 부옇게 흐려지는 아득한 산. 잔물결이 춤추는 물웅덩이. 함빡 젖은 꽃. 촉촉이 빛나는 길거리. 그 모든 것이 좋았다. 하지만 가장 좋아하는 것은 마지막 빗방울 하나가 하늘에서 떨어진 후에 찾아오는 순간, 비가 그치는 순간이었다.

그렇다. 비를 좋아하는 이유는, 그 비가 언젠가 그치리라는 사실을 알기 때문이다.

"그나저나 아까 중대 발표를 듣고 무슨 생각이 들던가요?"

야기사와가 곡이 바뀌는 순간에 그렇게 물었다.

"굉장히 경사스런 일이에요. 사모님과 오노 씨가 가까운 건 알고 있었는데, 결혼은 뜻밖이었어요."

대답한 사람은 유이였다.

"뜻밖이라니 어째서요? 서로 좋아하는 독신 남녀라면 결혼은 지극히 자연스럽지 않습니까?"

야기사와의 말에 유이는 살짝 난처한 듯 어깨를 움츠렸다.

"아무래도 연세가 있으시니까요. 특히 사모님. 오노 씨가 열다섯이나 연하라는 점도……."

"저도 뜻밖이었습니다. 깜짝 놀랐어요. 하지만 그건 유이 씨의 말과는 의미가 다릅니다. 결혼은 예상하고 있었지만, 사모님 정도 되시는 분이 오노 씨의 의견에 끌려가고 있다는 사실에 깜짝 놀랐어요."

"오노 씨의 의견이란, 이 마을을 개방해서 관광지로 만들자는 계획 말이죠?"

나는 뻔한 사실을 재차 확인했다.

"그렇습니다. 오노 씨는 작년에 뒤쪽의 종유동을 발견하고 나서 완전히 그 계획에 푹 빠지고 말았어요. 하지만 그 말을 듣고도 사모님은 그저 웃고만 계시기에 전혀 상대할 생각이 없는 줄 알았죠. 하코네나 우쓰쿠시가하라처럼 조각의 숲을 만들고, 거대한 종유동과 폐촌을 곁들여 이 은신처를 리조트로 개발하겠다는 계획은 돌아가신 주인어른의 유지에 어긋나니까요. 그런데 아까 모습은 어떻던가요? 데쓰오 씨나 고토에 씨가 심각하게 물었지만 그런 계획은 불허하겠다는 말씀은 않더군요. '당장 실행할 생각은 없지만, 앞일은 모른다.'라는 표현은 말꼬리를 못 잡게 하려는 정치적 발언 아닐까요? 그게 뜻밖이었습니다."

"사모님의 마음이 개방 쪽으로 흔들리고 있다면 그 이유는 뭐죠?"

나는 야기사와의 견해를 물었다.

"잘 모르겠지만 일단 오노 씨의 강경한 주장에 밀렸을 경우를 생각해볼 수 있겠지요. 그 사람은 상당한 야심가이니 어떻게든 사모님을 설득하고 있을 겁니다. 사모님 입장에서는 그 야심을 들어줌으로써 오노 씨에 대한 애정을 표현하려는 걸지도 모르죠. 돌아가신 가쓰요시 씨의 유지보다 지금 이곳에 있는 반려가 소중하지 않겠습니까? 게다가 사모님은 이 마을이 지겨울지도 모르죠."

"오노 씨가 그렇게 야심가였어요?" 이렇게 물어보았다.

"야심가지요. 그 나이에 그만큼 위를 바라보고 있다면 대단한 겁니다. 지금의 초라한 나는 거짓 모습. 그런 생각은 저도 스무 살에 버렸는데, 그 사람은 아직도 그런 말을 태연하게 입 밖에 내요. 지금까지는 그림 말고는 명성을 얻을 수단을 몰라 붓을 쥐고 있었을 뿐이지, 사업을 일으킬 기회가 오면 다른 길로 가도 된다고 생각하고 있을 겁니다."

그것은 야기사와의 견해일 뿐, 진위 여부는 알 수 없다. 그 말을 듣고 보면 그런 것 같기도 하다. 다만 예전에도 다른 인물이 오노는 야심가라고 평했던 걸 들은 적이 있다. 그 인물이란 바로 기사라 기쿠노 본인인데, 그녀가 말하길 그 야심은 오노의 성장과정에 기인한 것이라 한다.

오노가 태어난 곳은 고베의 산자락. 아버지는 더부살이로 운전사를 했다. 교만하기 짝이 없는 은행가를 순종적으로 모시는 아버지의 모습을 본 어린 오노는 마음이 아팠다. 주인집 딸에게 보내는 연애편지를 들켜 아버지에게 뺨을 맞은 것이 열네 살 때였다. 다른 열네 살 소년들처럼 상처를 받아들이지 못한 오노는 특기였던 그림에 전념하게 된다. 고등학교를 졸업하자 도쿄로 나와 미대에 진학, 밀레에 버금가는 고학을 2년 동안 계속했다. 그 이상은 힘들었던 모양이다. 그림을 그릴 시간을 크게 줄이고 일을 해야만 했다. 한 해는 건설 현장에서 죽어라 일을 했고, 다음 한 해는 빵과 물로 연명하며 그림을 그렸다. 그는 그런 생활을 24년 동안 이어온 것이다. 몇 장의 그림이 전람회에서 리본을 얻었고, 몇 장이 팔렸다. 하지만 영광은 아직도 보이지 않는다. 거짓 모습이다, 그렇게 자신을 속이는 사이에 쉰이 됐다.

"오노 씨는 이 마을 최고참이시죠?"

"토박이죠. 6년 전 이 마을이 생겼을 무렵에 기사라 가쓰요시 씨가 데려왔으니까요."

그랬다. 그 이야기도 기쿠노에게 들었다. 친구에게 이끌려 훌쩍 들어간 바에 걸려 있던 그림을 보고 가쓰요시는 탄식했다. 오노의 작품 가운데 구매자가 나타났던 한 장의 그림이었다. 가쓰요시는 화가에게 흥미를 품었다. 시코쿠 산속의 이 땅에 건설할 예정이던 예술 마을에 초청하기에 꼭 맞는 아티스트라고 직감했다 한다. 가쓰요시의 눈에 든 것이다.

"그 토박이 오노 씨가 이 마을을 무너뜨리려는 거군요……."

유이가 침울한 목소리로 말했다. 야기사와는 대번에 반응했다.

"왜 그러십니까, 유이 씨? 이 마을이 없어지는 게 괴롭다고 말하고 싶은가 보군요. 이런 마을은 당신에게는 별 의미 없는 곳이지 않나요?"

"별 의미 없는 곳이라니, 그렇게 말할 수는 없어요. 저는 이 마을의 도움을 받았으니까요. 이곳으로 도망치지 못했다면 지금 어떻게 되었을지 몰라요."

"그런 식으로 말하지 마요."

음악가는 그녀의 얼굴을 들여다보았다.

"번잡한 세상에서 잠시 벗어날 수 있었던 건 분명 다행한 일입니다. 시시한 놈들이 들이대는 마이크 때문에 쓸데없이 기운을 낭비할 일도 없고, 노래 연습 시간을 얻을 수도 있었던 건 다행한 일입니다. 하지만 그건 이곳이 아니어도 가능한 일이에요. 그런 의미에서 이곳은 당신에게는 별 의미가 없다고 말한 겁니다."

그 말을 들으며 유이는 야기사와에게서 시선을 돌리고 있었다.

"좋은 기회일지도 모릅니다, 유이 씨. 슬슬 이곳을 나가는 것도 좋지 않을까요?"

그 말에 유이는 단호하게 고개를 가로저었다. 어깨까지 젓는 동작이 마치 어린애 같았다.

"나가지 않을 건가요?"

야기사와의 질문에 답하는 유이의 목소리는 힘이 없었다.

"나갈 수가 없어요……."

"어째서요?"

"밖에 나가기가…… 무서우니까요."

"무서울 게 대체 뭐랍니까. 당신은 어디서든 가슴을 활짝 펼 수 있는 사람입니다. 이곳에 틀어박혀 있는 게 부자연스러워요."

나는 잠자코 있었다. 이야기가 생각지도 못했던 방향으로 나아간다.

"야기사와 씨는…… 나갈 건가요?"

유이가 바닥을 바라보며 되물었다.

"나갈 겁니다. 마을이 없어진다면 '신세 많이 졌습니다.' 하고 말하고는 떠날 겁니다. 어차피 언젠가 떠날 곳이니까요. 시간을 충분히 얻은 덕분에 그럭저럭 만족할 만한 곡을 완성할 수 있을 것 같아요. 나머지는 밖에서 하면 됩니다. 들어주세요, 유이 씨."

"네?"

"함께 나갑시다."

청혼처럼 들렸다. 나는 점점 더 자리가 불편해져 지금이라도 괜찮으니 자리를 뜰까 하는 생각을 했다. 야기사와 미쓰루, 당신은 좀 눈치가 없어.

"아직 안 돼요. 전 자신이 없어요. 언젠가 나가겠지만 지금 당장은 안 돼요. 아는 사람들한테 지금 모습을 보이고 싶지 않아요. 무슨 일이 있어도 싫어요!"

유이의 두 눈에서 큼직한 눈물방울이 흘러넘쳐 야기사와와 나는 깜짝 놀랐다. 무릎에 올리고 있던 손은 치마를 꾸깃꾸깃 움켜쥐고 있었다.

"유이, 울지 마."

어쩔 줄 모르는 야기사와 대신 내가 말했다.

'울어도 괜찮지만 남들 앞에서는 안 돼.'

마음속으로 그렇게 덧붙이고 있었다. 유이에게는 우는 버릇이 있다. 분명 마음을 허락할 수 있는 상대 앞에서는 얼마든지 울어도 된다고 생각하는 것이다. 그 버릇을 고치지 않으면 언제까지고 이곳을 떠날 수 없다.

"마리아 씨도…… 떠날 건가요?"

유이는 나를 흘깃 보며 물었다. 나는 망설임 없이 대답했다.

"응. 사에코 씨 그림이 완성되면 떠날 거야. 앞으로 한 달쯤이면 완성될 테니, 크리스마스에는 없을 줄 알아."

거짓말쟁이. 방금 전까지 그런 생각은 하지도 않았으면서.

"나도, 야기사와 씨도, 다들 언젠가 떠날 거야. 유이도 떠나야 해."

"그래, 그래요."

유이는 눈물에 목이 메었다.

"하지만 아직 멀었어요. 노래를 부를 수 있게 되고, 노래할 수 있고…… 살이 빠진 다음이 아니면……."

"당신은 노래할 수 있어요. 살은 큰 문제가 아니야."

야기사와가 힘주어 말했다. 양쪽에서 닦달을 하니 견디기 힘들겠지. 유이는 바닥을 바라보며 입을 꾹 다물고 말았다. 껍질 안에 틀어박힌 것이다.

"아직 이 마을이 없어진다고 결정된 건 아니니 천천히 생각해봐."

내 말에서 얼마간 구원을 발견했는지 유이는 꾸벅 고개를 끄덕였다. 야기사와의 한숨 소리가 들렸다.

나는 자리에서 일어섰다.

"더 연습하실 테면 하세요. 저는 실례할게요."

'거짓말쟁이.'

〈갈색 머리의 처녀La fille aux cheveux de lin〉를 등 뒤로 들으며 문을 향해 걸어가던 나는 내가 한 거짓말에 대해 생각하고 있었다. 크리스마스 전에는 이곳을 떠나겠다니, 술술 말은 잘한다. 그나저나…….

나도 이제 곧 떠나야 한다.

스즈키 사에코의 그림이 완성될 날도 그리 멀지 않았다.

내 방은 음악실 바로 맞은편이지만 그 앞을 지나쳤다. 밤 10시 반. 내일 아침 식사 당번이라 샤워를 하고 그만 자려다가, 자기 전에 잠깐 책을 읽고 싶어 1층 도서실에 가려고 했다.

그때, 층계참 앞에서 나는 흠칫 멈춰 섰다. 뭔지 모를 이형의 존재가 흐느적흐느적 올라오고 있었던 것이다. 어둑어둑한 계단을 올라오는 그것은 작디작은, 목이 둘 달린 기린처럼 보였다. 그 두 개의 목은 까딱까딱 위아래로 흔들리고 있다.

"고비시 씨……?"

나는 그림자를 향해 이름을 불렀다.

"네."

그림자가 대답했다. 그와 동시에 두 개의 목이 쑤욱 뒤로 꺾이더니 그림자가 둥글게 변하면서 점점 작아졌다. 탕! 계단이 울린다. 그림자가 벌떡 일어선다. 고비시가 나를 올려다보고 있었다.

"깜짝 놀라셨나요? 죄송합니다."

별일은 아니다. 고비시는 물구나무서서 계단을 올라오고 있었던 것이다.

"고비시 씨가 물구나무서는 모습은 종종 봤지만, 물구나무서서 계단을 오르는 건 처음 봐요. 괴물인 줄 알았어요."

"고토에 씌였다면 비명을 질렀을걸요. 마리아 씨라 다행입니다."

그는 진지한 표정으로 말했다.

"위험하잖아요, 계단에서 물구나무서기라니."

말은 그렇게 했지만 이쯤이야 고비시에게는 식은 죽 먹기일 게 틀림없다. 불꽃처럼 격렬한 그의 춤을 본 사람이라면 누구나 그렇게 생각하리라.

"괜찮습니다. 거꾸로 선다는 건 기분 좋은 일이에요. 사물의 형태도 더 잘 보이는 것 같아요."

"고비시 씨, 가브리엘 게일이라고 아세요?"

"뭐라고요?"

이상한 소릴 하고 말았다.

"아뇨, 아무것도 아니에요."

고비시는 여전히 표정 없는 얼굴로 그 이상은 묻지 않았다. 우리는 일단 "잘 자요."라는 인사를 나누고 층계참에서 헤어졌다.

2층 복도와 마찬가지로 1층도 고요했다. 그저 비가 퍼붓는 소리만 엄청났다. 소리에 반해버릴 정도로 격렬했다.

"진짜로 하실 생각이로군요?"

그 빗소리 속에서 사람 목소리가 들렸다. 마에다 데쓰오의 목소리다. 누군가에게 따져 묻고 있다.

"이곳은 당신 혼자만의 마을이 아니에요. 그걸 알고 계신가요?"

이것은 데쓰코의 목소리. 도서실과는 반대쪽에 있는 식당에서 들려왔다. 나는 무심결에 걸음을 멈춘 채 귀를 기울이고 있었다.

멈춰 선 자리 바로 앞쪽의 벽에 걸린 동판화에 눈길이 갔다. 이 마을을 떠난 히구치 미치오의 작품이었다. 머리에 종이봉투를 홀렁 뒤집어쓴 양복 차림의 사내가 물결치는 벼이삭 한복판에 서 있다. 종이봉투에 뚫린 구멍은 온통 까만색이었지만 그 사내의 시선은 그림에서 튀어나와 내 미간에 꽂혔다. 이런 때, 이런 곳에서 감상하고 싶은 그림은 아니다.

"이 마을이 어떻게 될지는 결국 기쿠노 씨가 정할 일입니다. 그것도 오늘내일 어떻게 될 문제가 아니죠. 조금 냉정해지시는 게 어떻습니까?"

대답하고 있는 사람은 오노 히로키였다. 마을의 개방에 대한 대답인 듯싶다. 나는 갑자기 흥미가 당겼다.

"재산을 노린 거죠?"

데쓰코가 뜨끔한 질문을 했다. 그녀의 당찬 성격을 생각하면 그런 소리를 할 법도 하지만 본인에게 직접 묻다니 너무했다. 오노가 화를 내지는 않을까? 나는 거북이처럼 목을 쏙 집어넣고 싶었다.

"부인, 그건 말씀이 지나치군요. 당신은 정말 무례한 사람이에요."

화가는 불쾌한 심정을 표명했지만 그 말투는 아직 온화했다. 상대의 생사여탈권을 쥐고 있다는 여유 때문인지도 모른다. 그리고 그 사실이 마에다 부부의 화를 돋운 것 같았다.

"무례하기는 서로 마찬가지 아니겠어요?"

데쓰코의 목소리가 높아졌다.

"지금 예의 문제를 따지자는 게 아니에요. 오노 씨, 당신한테 사모님의 재산이 탐나 결혼하는 게 아니냐고 묻고 있는 겁니다. 그렇지 않다면 열다섯이나 나이 많은 할머니하고 결혼할 이유가 없지 않아요?"

"당신은 재산이 탐나 지금 남편하고 결혼했습니까? 아니겠지요. 사랑했으니 결혼했을 겁니다. 저도 그래요. 당신들과 똑같은 이유로, 서로 사랑하기 때문에 기쿠노 씨와 결혼하는 겁니다."

비꼬는 걸까? 데쓰코의 남편에게 재산이 있을 턱이 없다.

"남편에게 재산이 있든 없든 저는 이이하고 결혼했을 거예요. 하지만 오노 씨, 당신은 아니에요. 사모님이 땡전 한 푼 없는 평범한 할머니였다면, 결혼할 마음은 눈곱만치도 안 들었을걸요."

"당신이 어떻게 내 마음을 안다는 겁니까? 그만하시죠. 게

다가 그 사람을 할머니, 할머니, 하고 부르는 것도 그만두시 겠어요? 당신은 정말 입이 험해. 이 생활력 없는 남편한테는 그래도 상관없을지 모르지만 남한테는 안 통해요."

"생활력이 없다니 그런 무례한!"

이번에는 데쓰오가 분통을 터뜨렸다. 가장 아픈 상처를 건 드린 것이다. 그래도 그렇지, 어른스럽지 못한 대화다.

"그렇다면 까놓고 말하겠소이다."

테이블을 내리치는 소리가 나더니 오노의 헛기침이 들렸 다. 빗소리에 묻히지 않게 큰소리로 말해주길!

"나는 이곳을 재탄생시킬 겁니다. 이 마을 전체를, 통째로 내 작품으로 만들 겁니다. 재료는 넘쳐나죠. 이 저택 자체도 관광지가 될 거고, 그 안에 있는 기사라 씨 수집품도 훌륭해 요. 고토에 씨의 허브 정원도 환상적입니다. 마에다 씨 두 내 외분의 조각, 사에코 씨의 유화, 히구치 군의 동판화에 고토 에 씨의 향료. 한 번은 버림받았던 집들의 풍정. 그것들을 품 에 안은 아름다운 산하. 그리고 무엇보다 핵심은 뒤쪽의 대종 유동. 저는 이 모든 것을 하나의 예술 작품으로 공개하는 것 이 대단히 가치 있는 일이라고 믿고 있습니다."

"핵심은 종유동 안쪽의 대벽화라는 말이군요. 오노 히로키 가 창조한."

데쓰코가 빈정거리는 태도로 말했다. 오노는 표정으로 대답했는지, 목소리는 들리지 않았다.

"오노 씨는 그 벽화를 알리고 싶다는 이유 때문에 이곳을 예술 랜드라는 명목으로 공개하고 싶은 겁니까?"

데쓰오가 물었다.

"꼭 그걸 위해서는 아니지만, 분명 지금 상황에서 그 그림을 많은 분들께 보일 기회가 없는 건 사실이군요."

데쓰오의 질문에 긍정하는 뉘앙스도 묻어나는 대답이다.

오노의 그림, 종유동의 대벽화인지 뭔지를 나는 아직 보지 못했다. 마에다 부부, 기사라 기쿠노, 스즈키 사에코, 시도 아키라는 그중 하나를 보았다지만 다른 사람들은 나와 마찬가지로 말로만 들었을 것이다. 지금도 끝을 알 수 없는 미궁 같은 종유동의 깊은 안쪽, 그 바위 벽면에 오노가 그리고 있는 작품은 태고의 유적을 방불케 하는 소떼 혹은 사냥 장면을 표현한 그림이라 한다. 아직 미완성의 대작이라고 하지만 노코멘트인 시도 아키라를 제외한 다른 사람들의 평은 마에다 부부 본인을 포함해서 전부 호의적이었다.

"저는 이 꿈을 이루고 싶어요. 기쿠노 씨에게는 강력하게 말씀드릴 겁니다. 결국 기쿠노 씨가 정할 일이라고 말씀드리긴 했지만, 제 의지는 그렇습니다."

"우리는…… 쫓겨나겠군요?"

마치 단어 자체를 건네주듯이 데쓰코가 천천히 물었다.

"저택도, 이 주변의 정겨운 민가도 전부 숙박 시설로 만들 겁니다."

"쫓아낼 심산이군요. 역시 그랬어."

"그래서 어쨌다는 겁니까, 데쓰오 씨? 마치 재개발지역에서 쫓겨난 사람 같은 표정이신데, 만약 그렇게 생각하고 있다면 대단한 착각입니다. 당신들은 집세도 내지 않고 있으니까요."

"집세니 뭐니 하는 말이 나온다는 사실 자체가 이상하죠."

데쓰오가 반박했다.

"우리는 정해진 의무는 다 해왔습니다. 생활을 유지하기 위한 노동 분담과 창작. 이곳 주민의 의무는 그게 전부 아닙니까? 저희는 그 모든 것을 이행해왔습니다."

"당번제 가사 노동과 그저 식탁을 채우기 위한 채소 재배. 그 외에는 하고 싶은 일을 하며 지내면 그만이었죠. 당신들은 그런 생활을 몇 년 동안이나 계속했습니까? 2년, 아니 3년은 그렇게 지냈겠죠. 3년 동안 편히 살지 않았습니까? 먹고살 걱정이라는 최대의 문제에서 해방되었으니 마음껏 창작에 몰두할 수 있었겠지요. 나는 무엇을 이루어냈을까, 스스로에게 물어보셔야 하지 않겠습니까?"

"우리가 시간만 허비하고 아무 일도 하지 않았다고 말하고 싶은 겁니까?"

데쓰오의 목소리가 흥분 때문에 부들부들 떨리는 것 같았다. 오노는 여전히 여유로운 태도로 대답했다.

"그건 제가 할 말은 아니지요. 스스로에게 물어보시라니까요. 그리고 그 성과가 충분하지 못하다면 열심히 서두르셔야겠네요. 당신들에게 남은 시간은 한정되어 있어요."

"이곳을 예술의 성지로 만드는 것이 기사라 가쓰요시 씨의 고귀한 의지였습니다. 당신은 그걸 유린해야만 속이 시원하다 이거군요. 비열한 자신의 야심을 위해……."

"성지라는 말이 이곳에 어울린다고 생각하십니까? 진심으로? 도를 넘는 미사여구는 듣는 쪽이 부끄럽습니다. 이곳이 얼마 전까지 자칭 예술가들의, 생활능력 모자란 사람들의 피난처라는 말을 들었다는 사실은 잘 알고 있을 텐데요."

"그 피난처 토박이에다 감방 대장 노릇까지 한 건 바로 오노 씨 아닌가요? 이제 단물은 다 빨아먹었다 이거예요?"

데쓰코의 히스테릭한 목소리에 "그렇지 않아!"라는 오노의 목소리가 겹치더니, 다시 "아니, 그래요!"라는 데쓰코의 목소리가 겹쳤다.

대화는 결렬 직전이었다. 지금 당장에라도 누군가가 벌떡 의자를 박차고 일어날 것만 같아 나는 이 자리를 떠나기로 했다. 먹잇감을 노리는 고양이처럼 등을 구부리고 살금살금 몰래 식당 반대 방향으로 향했다. 도서실은 복도를 돌면 금방이었다.

하지만 바로 도서실에 들어가지는 않았다. 옆방 문 밑에서 흘러나오는 노란 불빛을 보았기 때문이다.

고자이 고토에의 연구실이다.

'이런 시간에 창작을 하고 있는 걸까?'

그녀가 창조해내는 것은 '향기'였다. 고자이香西라는 성은 고토에의 고향인 가가와香川 현에 많다고 한다. 만들고 있는 것도 향기. 고로 향香이 나란히 세 개다. 화가, 시인, 음악가, 무용가, 과거에는 소설가도 있었던 이 예술 마을에서도 그 독특한 창작은 단연 두드러졌다.

오늘 밤 어떤 향기가 태어나고 있을까? 문득 그 연구실을 들여다보고 싶었다. 손가락 두 개로 살짝 노크를 했다.

"네, 누구시죠?"

감정이 깃들지 않은 목소리가 돌아왔다. 방해한 걸까? 살짝 후회하면서 "마리아예요."라고 작은 목소리로 말했다.

"들어와요."

실례하겠다는 말과 함께 문을 열었다. 그 순간, 그녀의 작품이 나를 감쌌다.

"무슨 볼일이라도? 아니면 그저 사람이 그리워졌나요?"

"네, 네에……."

제대로 된 대답을 할 수가 없었다. 내가 발을 들여놓은 별세계에 눈이 부셨기 때문이다. 향기에 감싸여 눈이 부신다는 표현은 이상할지도 모르지만, 자극을 받은 것은 비강만이 아니었다.

깊고 깊은 숲 속에서 길을 잃은 줄 알았다. 수령이 몇천 년을 넘는 거목들의 나무껍질과 나뭇진, 주위에 감도는 서늘한 기운, 수풀 속에서 움트는 어린 잎, 낙엽이 흩어진 촉촉한 대지, 이슬을 머금은 고사리, 싱그럽게 빛나는 이끼. 게다가 머리 위에 쏟아지는 빛의 향기까지 느껴지는 듯했다.

"굉장해…… 마치 숲 속 같아요."

나는 방 안을 두리번거렸다. 하지만 그곳에는 소나무 재질의 벽과 커튼이 열린 창, 스테인리스로 만든 알코올 용액 저장기, 색도 형태도 다양한 병과 향로가 진열된 선반뿐이었다. 예상외로 생긋 미소를 띤 고자이 고토에가 이쪽을 향해 서 있고, 백의를 걸친 그녀 앞의 책상 위에는 마치 요리교실처럼 조합을 위한 병과 피펫, 시험관과 플라스크, 깔때기, 여과기가 흩어져 있다. 환상의 숲은 그중 하나의 유리컵에서 방으로 흘러나오고 있는 듯했다.

"이게 새 작품인가요?"

나는 작은 심호흡으로 숲의 기운을 맛보며 물었다.

"아뇨. 꽤 오래된 향이에요. 문득 생각이 나서 그냥 바람이

나 쐬어주려고요. 입욕제 같아서 별로죠?"

"그렇지 않아요."

입가를 일그러뜨린 고토에에게 나는 그렇게 말했다. 훨씬
더 오묘한 향기라고 감상을 전하고 싶었지만 꼭 들어맞는 표
현을 떠올리지 못한 사이에 고토에는 화제를 바꿨다.

"오늘 밤 내리는 비는 철하고 비슷한 냄새가 나요. 마리아
씨는 어때요?"

"철하고 비슷하다는 생각은 안 드는데…… 글쎄요, 모르겠
어요. 철하고 비슷한 냄새는 어떤 냄새인가요?"

"철에도 여러 종류가 있지요. 제가 느끼는 건 살짝 녹 기
운을 띠기 시작한 철 덩어리예요. 무언가에 침식당하고 있는
데도 완강하게 타협을 거부하는 고집쟁이가 발산하는 냄새.
어쩌면 오늘 밤 이 마을의 악취를 반영하고 있는지도 모르
겠군요."

연하게 립스틱을 칠한 늙은 여인은 끊임없이 웃음을 띠며
말했다. 많지는 않지만 새겨 넣은 듯 깊이 주름이 팬 얼굴은
고토에의 강한 의지를 나타내는 것 같았다. 일본 여성 중에
어울리는 사람은 별로 없는데, 빛바랜 은색 머리카락을 올백
으로 넘긴 헤어스타일이 옛날 외국영화의 여배우처럼 잘 어
울렸고, 시원하게 드러난 넓은 이마는 척 보기에도 총명해 보
인다.

고토에가 이 마을에 온 것은 5년 전. 마을이 설립된 이듬해의 일이었다. 향기의 미학을 찾아 헤매던 그녀는 원래 서양화가를 지망해 20대 후반부터 20년가량 프랑스에서 지냈다고 한다. 그녀는 꽃을 통해 향수와 만났다. 사생 여행을 떠났던 그라스 지방과 남동부의 산에서 향수의 재료가 되는 재스민—그라스 지방에서 꽃이라고 하면 재스민을 말한다—과 노란 수선화 꽃밭을 그리는 사이에 흥미를 품고 증류공장을 견학한 것이 시초였다. 향기의 왕국을 엿본 그녀는 그림에 대한 집착을 잃고 조향사를 목표로 그라스에 체류한다. 그곳에서 5년, 파리에서 5년, 향수 제조회사에 근무하면서 기술을 익힌 후 어떤 이유로 귀국했다. 유명 화장품 회사 연구실에서 몇 년 일했지만 무언가를 부각시키기 위한 도구로 향수를 만드는 일보다 조향이 가지는 추상예술로서의 가능성을 추구하게 된다. 그 시기에 기사라 마을의 존재를 알고 기사라 가 쓰요시에게 몇 개의 자작—무기물의 향기를 표현한 전위적인, 아마도 시장에 내놓을 수 없는 향—을 보내 후원자가 되어줄 것을 탄원했다고 한다. 향기로 개인전을 열기 위해 이곳에서 창조한 향기는 이미 백 가지를 넘었다.

"문을 닫아줘요."

그 말을 듣고 나서야 정신을 차리고 문을 닫았다. 복도로 흘러 나간 향기를 아쉬워하며.

"오늘 밤은 분명 평소와 다른 악취를 풍기고 있는지도 모르겠어요. 지금도 식당에서 오노 씨하고 마에다 씨 부부가 입씨름을 하고 있더라고요. 마에다 씨 부부가 마을을 개방해서 관광지로 만들 작정이냐고 오노 씨한테 따지고 드는 걸 살짝 엿듣고 말았어요."

"난처하게 됐군요. 솔직히 저도 아까부터 그 문제가 머리에서 떠나질 않아요. 죽을 때까지 이곳에서 평생 차분하게 향기를 만들 수 있을 줄 알았는데."

고토에는 컵 속의 액체를 병에 옮겨 담아 숲을 가두었다. 마치 마술사의 솜씨를 보는 것만 같아 마음을 빼앗겼다. 방 안에 있던 숲의 환영이 조금씩 사라진다.

"하지만 오노 씨도 다 쫓아낼 생각은 없지 않을까요? 마에다 씨 부부한테는 나가라는 식으로 말했지만, 고토에 씨는 이곳에 꼭 붙잡아두지 않으면 곤란할 거예요. 허브 정원과 향기의 왕국이 사라지면 이곳의 매력도 반감할 테니까요."

"어머나, 어린 아가씨의 아첨은 간지럽군요. 신사 분들이 해주는 입에 발린 말은 질릴 정도로 들었는데."

고토에는 익살을 떨었다.

"아첨이 아니라……."

그렇게 말하려는 나를 고토에가 제지했다.

"고마워요. 하지만 그런 건 중요한 문제가 아니에요. 지금의 조용한 환경이 파괴되어 버린다면, 이곳이 더 이상 이곳이 아니게 된다면, 쫓겨나는 거나 마찬가지니까요. 이대로라면 낙원은 사라지고 말 거예요."

역시 고토에에게 이곳은 낙원일까? 이곳에 흘러 들어온 후 얼마간은 나도 그렇게 느꼈다. 특별한 재능을 가진 사람들의 창작을 관찰하거나 구석에 앉아 난해한 예술론에 대한 그들의 열띤 토론을 들으며 신선한 흥분을 느꼈다. 아름답고 신기한 것들이 태어나고 비일상적인 언어가 오가는, 세속과 동떨어진 별세계. 누가 그것을 낙원이라 불러도 이상하게 느끼지 않았을 것이다. 하지만 지금은 조금 달랐다. 이곳에서 나갈 수 없다면? 그래도 이곳은 낙원일까?

"오노 씨가 강경하게 계획을 진행시키면 어쩌실 건가요?"

네가 무슨 텔레비전 리포터인 줄 알아? 속으로 나를 꾸짖으면서 물었다.

"그러게요, 어떻게 할까."

그렇게 대답하면서도 고토에는 그리 난처한 표정은 짓지 않았다. 나 같은 애송이한테는 본심을 보여주지 않을지도 모른다. 고토에는 빙글 뒤로 돌더니 선반에서 병을 두 개 꺼내 책상 위로 옮겼다.

"여기 더 계실 거예요?"

"네. 오늘 밤은 늦게까지 여기서 이런저런 향기를 맡으며 생각 좀 하려고요. 지금까지의 일들이나 앞으로 있을 일에 대해서. 그러는 사이에 앞일에 대한 좋은 지혜나 새로운 향기에 대한 아이디어가 떠오를지도 모르죠."

나는 고토에가 손에 들고 있는 병에 시선을 집중하고 있었다. 이것이 마법의 재료구나. 라벨에 쓰여 있는 깨알 같은 글자는 프랑스어 같았다.

"이게 바닐린-바닐라. 이쪽이 미르라."

내 시선을 느낀 고토에가 가르쳐주었다.

"미르라라니, 꼭 미라 같네요."

"그래요."

아무 생각 없이 한 말인데 고토에는 고개를 끄덕였다.

"이건 미라의 방부제로 쓰였어요. 기원전 몇천 년이나 되는 옛날부터 말이에요. 에도 시대에 일본에 들어왔을 때 미르라라는 발음이 와전되어 미라가 되었죠."

"이 향료가 미라의 대명사로군요……."

나는 고토에의 손바닥에 놓인 작은 병을 감명 깊게 바라보았다. 어두운 적갈색을 띤 나뭇조각 같은 물체가 라벨 뒤로 살짝 보였다.

"방부 처리를 한 건조 상태의 시체를 미라라고 부르는 건 일본뿐이라더군요. 극동지방의 섬나라에는 언어도 일그러진 형태로 전해지는가 봐요."

"이건 에도 시대에 수입된 건가요?"

병을 바라보며 묻자 고토에는 고개를 가로저었다.

"아니에요. 에도 시대에 들어온 건 미르라가 아니라 미라였어요."

"미라라뇨……?"

"미라를 수입했을 때 단어가 잘못 전달되었어요. 상인들이 아라비아어로 '무미아이'라고 직접 말을 못하고 향료인 미르라라고 완곡하게 표현한 거겠죠. 영어로 미라를 '머미'라고 하잖아요. 그건 무미아이의 발음이 변한 거예요."

"잠깐만요!"

'STOP'이라고 쓰인 깃발이라도 흔들고 싶다.

"어째서 미라 같은 걸 수입했나요? 아사쿠사 저잣거리에 구경거리로 내놓기라도 하려고요?"

고토에는 기품 있게 입가를 가리며 웃었다.

"그게 아니라 약으로 쓰려고 수입한 거예요. 귀한 만병통치약으로요."

"약?"

"미라는 약으로 복용했어요, 동서양을 통틀어서. 잘 들었을 것 같지는 않지만 위약僞藥 효과 정도는 있었겠죠."

"인간의 시체를 먹었다는 말인가요……."

"일본인은 처음엔 정체를 모르고 먹었다고 해요. 사람은 자기도 모르는 사이에 사람을 먹는 경우가 있어요."

자기도 모르는 사이에 사람을 먹는 경우가 있다. 고토에의 마지막 말이 마음에 걸렸다.

나는 이야기를 끊고 물러났다. 그 후에 연구실에는 어떤 신비한 향이 흐를까? 문득 그런 생각을 했다.

복도는 고요했다. 식당의 말다툼도 이제 끝났는지 사람 목소리는 하나도 들리지 않는다. 아득한 폭포수 같은 빗소리만이 나직하게 울리고 있었다.

나는 도서실로 들어갔다. 삼면의 벽이 붙박이식 서가로, 90퍼센트쯤 책이 차 있다. 빈 공간에는 마에다 부부의 작은 작품들이 놓여 있었다. 코끼리와 사자, 독수리와 오리 등 목조나 양철판으로 만든 동물들. 그들이 원래의 전위적인 작풍과는 거리를 두고 만든 실내 장식품이다. 그 동물들의 시선을 받으며 방을 한 바퀴 반쯤 둘러보고 나서 한 권의 책을 골랐다. 철학서부터 문학전집, 화집, 사진집, 그림책까지 고루 갖춰진 8천 권의 장서 속에서 내가 선택한 책은 이제껏 못 읽었던 다카하시 겐이치로의 《사요나라, 갱들이여》국내에 같은 제목으로 2004년 소개되었다.—옮긴이. 과거 이곳에 있었던 소설가가 구해놓은 책인지도 모른다. 장난감 상자를 뒤집어엎은 듯한 이 소설이라면 오늘 밤 엉망진창으로 뒤엉킨 내 머리를 깨끗이 씻어줄 것이다. 혼란으로 혼란을 제압하겠다 이 말씀.

커튼을 걸으려고 창가로 다가갔을 때, 2층에 들어온 불빛이 보였다. 정면 현관 바로 윗방이다. 열린 쌍여닫이창에서 커튼이 바람에 우아하게 나부끼고 있다. 그 창가에 두 손으로 허리춤을 짚고 역광을 받으며 서 있는 그림자가 있었다. 시도 아키라다.

'뭘 하고 있는 거지?'

나는 책을 가슴에 품고 대각선 위쪽 창문에 떠오른 그 그림자를 한참 동안 바라보았다. 눈이 익자 시도의 뚜렷한 이목구비가 선명하게 보였다.

그는 입술을 굳게 다물고 정면을 똑바로 바라보고 있었다. 비와 어둠의 베일 너머에 무엇이 보인다는 거지?

모르겠다.

내 눈에 비치지 않는 것을 내다보는 시인은 자기를 올려다보는 사람이 있다는 사실을 전혀 깨닫지 못하고 있었다.

제3장

구로사와 아키라 스타일로 - 아리스

/ 1 /

그렇게나 세차게 내리던 비가 하룻밤 지새우고 나니 완전히 가랑비로 변했다. 이대로 지나가나 싶어 텔레비전을 틀어보니 그건 아니고, 태풍 전선이 규슈 남부에서 정체하고 있기 때문이란다. 사흘에 걸친 폭우가 가고시마, 구마모토, 미야자키 세 현에서 큰 피해를 초래하고 있는 듯했다. 마룻바닥이 침수된 가옥들이나 지붕만 물 위로 내밀고 있는 자동차, 하얀 화산쇄설물로 이루어진 뒷산이 붕괴할까 봐 체육관으로 대피한 사람들, 닛포 본선규슈, 오쿠라에서 오이타, 미야자키를 거쳐 가고시마에 이르는 남부 지역의 JR 일본철도—옮긴이의 불통으로 혼잡한 미야자키 역이 차례로 화면에 비쳤다.

"빨리 마리아를 데려가야지, 까딱하다가는 이 산속에 갇히겠어."

옆에 드러누워 뉴스를 보고 있던 오다가 미간을 조물조물 문지르며 말했다. 날숨에 알코올 냄새가 진동한다. 술이 덜 깬 것이다.

"그래, 어젯밤처럼 계속 내리면 위험해. 여기로 오는 길이 무너진 토사에 파묻히기라도 하면 완전히 육지 속 외딴섬이 되는 거야."

벽에 기대어 조간신문을 읽고 있던 모치즈키가 이쪽을 돌아보며 말했다. 눈이 탁하다. 술이 덜 깨서 그렇다.

"오늘 내리는 비는 일단 그칠 것 같다고 예보에서 그랬지? 좀 더 상황을 살펴본 후에 나가도록 하자."

그렇게 말하는 에가미 선배의 목소리는 평소보다 낮고 활기가 없었다. 술이 덜 깬 탓이다.

"가능하면 오늘 안에라도 일을 처리하고 싶네요"

그런 말을 하면서 나는 욱신거리는 두통을 참고 있었다. 이 통증은 어쩌면 술이 덜 깨서 그런 건지도 모르겠다.

우리는 모두 어젯밤 과음한 후유증이 사라지길 기다리고 있었다. 여관에 딱 걸맞게 김과 날달걀이 조식 반찬으로 나왔지만 목에 제대로 넘어가질 않는다. 술잔치를 벌이려고 이렇게 멀리 온 게 아니라는 자각은 있었지만, 이런 모양새로 아침을 맞이한 이유는 카메라맨의 능숙한 화술과 술 먹이는 기술에 완전히 넘어갔기 때문이다.

"우리한테 술을 먹인 아이하라 씨도 맥을 못 추는 것 같던데요."

나는 말했다. 방금 전 화장실에 갔다가 아이하라의 방 앞을 지날 때 안쪽 상황을 살펴보려고 귀를 기울였는데, 쥐 죽은 듯 아무 소리도 들리지 않았다. 아직 이불 속에 있는 것 같았다.

"그 사람, 항상 그럴까? 이상하게 기분이 좋아 보이던데."

모치즈키가 신문을 접으며 말했다.

"만족스런 사진을 찍어서 그런 거 아니겠어?"

오다가 귀찮다는 듯 대답했지만 아이하라는 그런 말은 하지 않았다. 아이하라가 흥겨웠던 이유는 그저 마시며 떠들 상대가 생겼다는 사실이 기뻐서였는지도 모른다.

"기사라 마을에 어떻게 들어갈까요?"

내가 묻자 에가미 선배는 어리둥절한 표정을 지었다.

"어떻게라니? '실례합니다.' 하고 정면으로 찾아가는 수밖에 없잖아."

벽 쪽의 모치즈키가 물었다. "그랬는데 안 되면?"

에가미 선배는 진지한 얼굴로 대답했다. "잠입한다."

우리 셋은 동시에 소리 내어 웃었다. 우리 대장은 상식이 풍부한 건지, 모자란 건지 감을 못 잡겠다. 진지한 얼굴로 뭐가 '잠입한다.'야.

벌러덩 누워 있던 오다가 일어나서 책상다리로 앉았다.

"그거 재밌겠다. 아리스가 마을 입구를 지키고, 모치가 보초를 쓰러뜨린 다음, 내가 기관총으로 엄호하는 가운데 에가미 선배가 인질을 되찾기 위해 쳐들어간다 이거죠? 굉장하다."

"바보야, 이스라엘 특수부대인 줄 아냐?"

모치즈키가 파트너에게 신문을 집어 던진다.

"그게 아니야. 오늘 밤, 네가 검은 연을 타고 천수각에 접근해 뛰어내리는 거다."

한마디 해야겠다.

"여러분, 정말, 마리아를, 걱정하고 있는 거, 맞아, 요?"

"기특한 소리 하고 있네."

"술도 덜 깬 놈이."

이런 소리와 함께 좌우에서 베개가 날아들었다. 나는 납작 엎드려 피했다.

그런 짓을 하는 사이에(무슨 짓 말이지?) 비가 갰다.

"가볼까?"

에가미 선배의 구령에 벽시계를 보니 10시 반이었다.

잘 다녀오라는 주인아주머니의 배웅을 받으며 우리는 밖으로 나왔다. 비가 갠 하늘은 아직 우중충하니 어두웠고 두꺼운 구름이 깔려 있었다. 그 묵직한 하늘 아래 일렬횡대로 걷는 모습이 마치 B급 서부극의 한 장면 같다는 생각을 했다. 상점이나 우체국은 숙소 반대편에 있어서 검은 기와지붕의 단층

짜리 농가들만 띄엄띄엄 이어졌다. 어제 방문했던 호사카 아케미의 집과 그녀가 일하는 진료소 앞을 지나 이윽고 T자형 삼거리로 나왔다. 왼쪽 길은 산을 깎아 만든 음침한 길로 이어졌고, 오른쪽 길은 완만한 오르막 언덕길이었는데 그 앞에는 폐교로 보이는 목조 건물이 있었다.

"왼쪽이겠지?"

에가미 선배는 소리 내어 확인했다.

우리는 여전히 일렬횡대로 활처럼 굽은 길을 따라갔다. 머리 위까지 가지를 뻗은 적송의 그림자에 묻힌 산길이 한참 동안 계속되었다. 길이 끝나는 곳이 바로 강기슭이었다. 어른 키만 한 억새의 물결이 일렁이고 있었다. 마른 풀 냄새, 물 냄새가 난다. 반대편 기슭은 너도밤나무 숲이어서 아직 우리에게 기사라 마을인지 뭔지를 보여주지 않았다. 다리는 어디에 있나, 다 같이 두리번거리자 50미터쯤 강 위쪽으로 예상보다 훨씬 큰 나무다리가 걸려 있었다. 우리는 왼편에서 들려오는 보이지 않는 강물 소리만을 들으며 말없이 그쪽으로 걸어갔다.

다리 옆까지 가서야 겨우 이해가 갔다. 몇 대나 되는 트럭이 이 다리를 지나지 않았다면 잡지 사진에서 보았던 저택을 세울 수도 없었을 것이다. 그것을 위해 놓은 다리이니 내 맘대로 상상했던 것처럼 어설픈 다리일 턱이 없다. 다리 길이는 약 30미터.

"물이 탁해."

모치즈키가 난간으로 다가가 발밑을 살피며 말했다. 보니까 10미터쯤 아래에서 누런 흙빛 탁류가 거품도 일으키지 않고 흐르고 있었다. 그 색깔로 보나, 빠른 물살로 보나, 어젯밤 비가 대단했음을 알 수 있다. 뿌리째 뽑힌 삼나무 몇 그루가 교각에 부딪혀 '쿠웅' 소리를 내더니 방향을 바꾸며 떠나갔다.

"좋아, 얼른 건너자."

오다가 신이 나서 말했다. 기사라 마을은 아직 우리의 침입을 거부하지 않았지만, 우리는 이미 그것을 전제로 불법 침입할 각오를 다졌다. 오다는 대의를 위해 저지르는 경범죄를 즐기고 있는 기색이었다.

하지만 나는 여기까지 와서 불안해졌다.

'만약 마리아가 거부한다면……?'

마리아가 '돌아가 주세요.'라고 차갑게 말하면 그때는 어쩌면 좋지?

우리 얼굴을 보면 그리운 마음에 쫄레쫄레 돌아올 거라고 쉽게 믿었던 것은 아니다. 오히려 그렇게 되지 않을 가능성이 높다고 생각했다. 교토를 나설 때까지는 그랬다. 그런데 일단 출발하자 오는 길에는 시시한 농담을 주고받았고, 숙소에서는 얼굴을 익힌 사람과 이튿날 아침까지 취기가 남을 정도로

술을 마셨다. 결국 지금 떠오른 불안을 잊고 싶었던 것이다.

그렇게 생각하니 오다의 신바람도 허세 같다.

"갑시다!"

불안해한들 별수도 없어서 나는 활달한 목소리로 그렇게 말하고 한 걸음 내디뎠다. 강 건너편의 기사라 마을 입구에는 풍문에 듣던 대로 공사 현장처럼 울타리를 둘러 외부인을 거부하고 있다. 나는 울타리를 노려보며 전진했다.

그렇게 다리 중간까지 왔을 때……

/ 2 /

'저건……?'

울타리 너머에서 우리 쪽으로 다가오는 그림자가 있었다. 사내 둘. 어깨를 나란히 하고 걸어오는 것이 아니라 뭔가 말다툼으로 실랑이를 벌이며 다가오고 있다. 우리는 걸음을 멈추고 상황을 살폈다.

"꺼져, 냉큼 돌아가!"

"폭력은 그만두시지. 난 그저 사진을……"

"닥쳐. 이 저질스런 파파라치야."

두 사람 가운데 한쪽은 아이하라 나오키였다.

"아이하라 씨다. 저 사람 숙취 때문에 맥을 못 추기는커녕 꼭두새벽부터 이런 곳에 사진 찍으러 왔나 봐……."

모치즈키가 기가 막힌다는 듯이 말했다.

"그건 그렇다 쳐도 어째 분위기가 심상치 않은데?"

오다가 말했다.

"알았어. 나갈 테니 카메라를 돌려줘."

아이하라는 다른 한 사내의 손을 뿌리치더니 다리를 떡 벌리고 서서 오른손을 내밀었다. 아이하라의 카메라는 상대의 손안에 있었다.

"물론 카메라는 돌려주지."

사내는 카메라를 바로 돌려주지 않고 덮개를 열었다.

"그만둬!"

아이하라가 달려들었지만 사내는 그를 밀어젖히고 속에 든 필름을 난폭하게 뽑아냈다.

"무슨 짓이야, 남의 사진을!"

"시끄러워, 허락도 없이 이런 걸 찍어대다니."

몸싸움을 벌이면서도 사내는 손을 멈추지 않고 통에 든 필름까지 완전히 끄집어내 햇빛에 노출시켰다.

"아, 아!"

아이하라는 신음 같은 소리를 냈지만 이미 손쓸 수 없었다. 목적을 달성한 사내는 쓰레기가 된 그 필름을 공손하게 강에 내던지고 나서야 카메라를 주인에게 디밀었다.

"프라이버시라는 것도 모르나, 야만스런 자식. 썩 돌아가."

아이하라는 그래도 분이 풀리지 않는 듯 욕설을 내뱉는 사내에게서 카메라를 받아들더니 어깨를 움츠리고 장애물을 넘어 이쪽으로 걸어왔다. 그제야 비로소 우리의 존재를 알아차린 모양이다.

"다, 당신들이 여기 어떻게……."

우리는 그 소리를 듣고 순간 대답할 말이 없었다. 우리도 아이하라에게 똑같이 묻고 싶은 참이었다. 어젯밤 술자리에서 쓸데없는 소리는 줄줄 늘어놓았으면서 우리가 이곳에 온 진짜 목적에 대해서는 설명하지 않았으니 그가 의아해하는 것도 당연하지만.

"친구를 만나러 왔습니다. 이 마을에 있거든요."

에가미 선배가 대답하자 카메라맨은 되물었다.

"친구? 이런 곳에 친구가 있나?"

"같은 대학에 다니는 제 후배입니다. 그 말괄량이를 만나러 여기까지 온 겁니다."

"말괄량이라니, 여학생이야?"

다리 위에서 주고받는 그 대화를 기사라 마을 쪽에서 나온 사내가 팔짱을 끼고 듣고 있었다. 나이는 서른 안팎. 피부가 하얗고 이지적인 얼굴이다. 방금 전에는 열이 받쳐 험한 소리를 했지만 그건 분명 그가 어지간히 화가 났기 때문이리라.

"당신들은 누굽니까?"

팔짱을 낀 사내는 우리에게 물었다. 아직 화가 가시지 않았는지 부들부들 떨리는 목소리였다.

"그 카메라를 멘 남자하고 아는 사이입니까? 그렇다면 지금 당장 돌아가시죠. 여기서부터는 사유지입니다."

"저희하고 여기 계신 아이하라 씨는 나쓰모리 마을에서 같은 여관에 묵고 있다 뿐이지, 아무런 관계도 없습니다. 사진을 찍으려는 게 아니라 다른 목적이 있어서 이곳을 찾아왔습니다."

사내는 우리를 둘러보았다. 그 눈이 '정말 카메라는 안 갖고 있나 보군.'이라고 말하고 있다. 에가미 선배가 우리의 정체를 설명하자 사내는 야기사와 미쓰루라고 이름을 밝혔다.

"기사라 씨 댁에 신세를 지고 있는 아리마 마리아 씨를 만나고 싶습니다만."

에가미 선배의 그 요청에 야기사와는 살짝 고개를 가로저었다.

"유감입니다만 만날 수 없습니다. 이 마을에는 아무도 들어갈 수 없으니까요. 마리아 씨에게 용건이 있다면 말씀은 전해드릴 수 있습니다."

쌀쌀맞은 대답이었지만 그 말투는 아이하라를 대할 때보다 훨씬 신사적이었다.

"안에 들여보내주실 수 없다면 상관없습니다. 전언도 필요 없습니다. 다만 그렇다면 죄송하지만 마리아를 여기까지 불러주실 수는 없을까요? 부탁드립니다."

"마리아 씨는 저녁까지 할 일이 있습니다. 지금 이곳에 올 수는 없습니다."

나는 불쾌했다. 이 사내가 하는 말을 믿어도 될지 의심스러 웠던 것이다.

"잠깐이면 됩니다." 에가미 선배가 되풀이했다.

야기사와는 턱에 손을 대고 잠시 생각한 후에 승낙했다.

"괜찮겠지요. 마리아 씨에게 당신들이 찾아왔다는 소식을 전하겠습니다. 제가 돌아올 때까지 여기서 기다리세요. 안에 는 들어오지 말도록."

야기사와는 그렇게 말하더니 내 옆에 서 있던 아이하라에 게 매몰찬 눈빛으로 내뱉었다.

"당신은 냉큼 돌아가."

아이하라는 뭐라 맞받아치려고 입을 우물거렸지만 적당한 말을 찾지 못했는지, 아니면 상관없다고 생각했는지, 결국 아무 말 없이 몸을 홱 돌려 성큼성큼 떠나갔다. 야기사와는 아이하라가 다리를 건너 나쓰모리 마을로 걸어가는 모습을 한참 지켜본 후에야 기사라 마을로 발길을 돌렸다. 그때였다.

"같잖은 연기를……."

그렇게 들렸다. 우리더러 들으라고 일부러 흘린 혼잣말 같지는 않았다. 뭐가 같잖은 연기라는 걸까? 아니, 잘못 들었을지도 모른다.

"저 카메라맨, 여기에 뭘 찍으러 온 걸까?"

모치즈키가 산길로 사라진 아이하라의 잔상을 쳐다보듯 뒤를 돌아보며 말하자 파트너인 오다는 야기사와의 등을 바라보며 대답했다.

"훔쳐보고 싶었나 보지. 절대 열지 말라고 하면 어떤 문이든 열어보고 싶어지는 게 사람 마음이야."

"하지만 그건 품위 없는 짓이야."

"얼씨구, 당신이 품위를 따지셔?"

에가미 선배는 말없이 하늘을 바라보고 있었다. 연한 먹물을 풀어놓은 듯한 구름에 가린 하늘을 감상하듯이 이쪽 끝에서 저쪽 끝까지 바라보고 있다. 그리고 나는 지금 내가 이런 하늘과 혼탁한 강물 사이에 떠 있다는 사실이 이상했다.

그건 그렇고 야기사와 미쓰루라는 사내는 대체 어떤 사람일까? 기사라 마을 주민이라는 말은 야기사와도 예술가라는 인종에 속한다는 뜻인데, 대체 뭘 창조해내고 있을까? 이런 생각을 하면서 나는 야기사와가 돌아오길 기다렸다. 뭔가 생각을 하지 않으면 진정이 안 된다. 몸만 그런 게 아니라 마음까지도 허공에 떠 있었으니까.

우리는 모두 품위를 갖춘 젊은 신사들이라, 야기사와가 우리를 20분 가까이 다리 위에서 기다리게 했어도 약속을 지켜 장애물을 넘어 사유지에 들어가지는 않았다. 이윽고 잎이 떨어지는 너도밤나무 숲 너머로 야기사와의 모습이 보였다. 혼자다. 마리아는 없다. 나는 낙담했다.

"여러분께 그리 좋은 소식은 아닌데, 마리아 씨가 만나고 싶지 않답니다."

그렇게 말하는 야기사와는 기분 탓인지 유쾌해 보였다. 뺨이 부드러워진 게 웃기 일보 직전으로 보인다.

"마리아는 뭐라고 했습니까? 그 말 그대로 듣고 싶습니다."

에가미 선배는 야기사와의 얼굴을 똑바로 쳐다보며 물었다. 상대는 시선을 피하지 않았다.

"음, 이렇게 말했습니다. '만나고 싶지 않으니 그렇게 전해주세요. 난처해요.' 아마 이게 원래 문장 그대로일 겁니다."

"어째서 우리를 만나는 게 난처하다는 거죠? 그 이유를 듣고 싶습니다."

내가 끼어들어 묻자 야기사와는 눈동자만 굴려서 나를 보았다.

"모르겠습니다. 마리아 씨는 그 말밖에 안 했으니까요. 여러분께 짐작 가는 바는 없습니까?"

우리는 없다고 대답했다. 그리고 에가미 선배가 물었다.

"마리아는 할 일이 있다고 하셨지요. 무슨 일을 하고 있는지 가르쳐주실 수 있습니까?"

"공동생활을 하니까 식사 준비나 청소 같은 집안일이 있습니다. 채소 재배도 하고 있어요. 마리아 씨의 경우엔 그림 모델이 되는 것도 일입니다."

"모델?"

나하고 오다가 동시에 있는 힘껏 말끝을 올려 말했다. 에가미 선배는 표정을 바꾸지 않았지만 모치즈키는 입을 떡 벌리고 있었다.

마리아가 언제부터 그림 모델을 하고 있는지 에가미 선배가 묻자 10월 초순부터라고 했다. 수수께끼가 약간 풀린 것 같았다. 문제. 어째서 마리아는 집에 돌아가지 않았나? 그 이유를 똑바로 설명하지 않았나? 정답. 그림 모델이 되었으니 지금은 빠질 수 없다고 말하기가 부끄러워서.

에가미 선배와 눈이 마주치자 부장도 똑같은 가설에 이르렀는지 나름대로 납득하는 표정이었다. 단순히 조금 부끄럽다는 이유로 주위에 걱정을 끼치다니 비상식적이지만 마리아라면 그렇게 부끄럼을 타고도 남을 것 같았다. 게다가 단순히 그냥 어린애처럼 부끄럼을 타는 게 아닐지도 모른다. 그림의 모델이 된다는 의식에 지극히 사적인 의미를 부여해, 남몰래 통과의례를 치르고 싶었던 게 아닐까? 아마도 마리아는 나보다 훨씬 더 복잡한 인간일 테니까.

에가미 선배가 말했다.

"사정은 어느 정도 알겠습니다. 그렇지만 마리아가 자기 사정인데도 직접 나와서 저희에게 말해주지 않는다는 건 약간 이해하기 어렵군요. 그렇게 융통성 없는 사람은 아니었는데 말입니다."

"저야 모르죠."

야기사와는 대번에 다시 귀찮다는 말투로 돌아왔다.

"저는 당신들 부탁을 받고 전서구 역할을 했을 뿐입니다. 보기보다 바쁜 몸인데도 말이죠. 대답이 마음에 안 든다느니, 이해할 수 없다느니, 그런 말을 들어봤자 비둘기는 대답할 수 없군요."

"잠깐이라도 좋으니 안에 들여보내주실 수 없으신가요?"

야기사와는 노골적으로 불쾌한 표정을 지었다.

"끈질기군. 너무 끈질겨요. 용건은 끝났으니 당신들도 어서 돌아가십시오."

에가미 선배는 그 이상 맞서지 않았다.

"돌아가겠습니다. 마지막으로 한 가지만 더 물어도 될까요. 마리아의 그림은 언제쯤 완성됩니까?"

"모릅니다."

야기사와라는 이름 말고는 자신에 대해 아무것도 밝히지 않은 사내의 눈에 이제는 분명히 우리에 대한 적의가 드러나 있었다.

"어째서 저희를 그렇게 피하는 거죠?"

그렇게 묻는 나를 에가미 선배가 제지했다.

"그만둬, 아리스. 마지막 질문은 이미 끝났어."

부장은 마을 사내에게 고개를 숙였다.

"여러모로 실례 많았습니다."

우리는 부장을 앞장세워 다리를 되돌아갔다. 산길 근처에 이르러 뒤를 돌아보니 예상대로 야기사와가 이쪽을 지켜보고 있었다. 나는 뒷걸음으로 걸으며 집게손가락으로 만든 총구로 그를 겨누어 방아쇠를 당겼다.

/ 3 /

우리는 터덜터덜 나쓰모리 마을로 돌아오는 길에 야기사와와 나누었던 대화를 곱씹으며 입씨름을 했다. 그림 모델이라는 건 뜻밖이었지만, 마리아에겐 그 나름대로 역할이 있어서 지금 당장은 마을을 떠날 수 없는 것 같았다. 하지만 그렇다고 코빼기도 내밀지 않다니 이해하기 어렵다. 이야기는 야기사와라는 사내가 마리아에게 우리가 왔다는 사실을 진짜 전해주었나 하는 문제로 바뀌었다. '여기서 기다리세요.' 하고 돌아가는 시늉만 했을 뿐 사실은 그 근처에서 잠시 상황을 살펴보다가 돌아와 '마리아 씨가 만나고 싶지 않답니다.'라고 대충 둘러댄 게 아닐까?

"그 야기사와라는 사람, 마을로 다시 돌아갈 때 '같잖은 연기를' 어쩌고 하지 않았어요?"

선배들은 "글쎄" 하며 고개를 갸우뚱했다. 뭔가 말은 한 것 같은데 못 알아들은 모양이다. 그 '같잖은 연기'라는 건 우리 하고 아이하라가 한패인 주제에 시치미를 떼고 있다는 뜻인지도 모른다. 이제야 깨달았다.

"우릴 오해했는지도 몰라요. 카메라맨 동료나 뭐 그런 걸로. 그래서 대충 둘러대서 속였을지도 모르죠."

에가미 선배가 대답했다.

"하지만 나는 아리마 마리아라는 이름을 대고 면회를 요청했어. 그런 사람이 그 마을에 있다는 사실은 마리아하고 진짜로 가까운 사람들밖에 모르지 않겠어?"

아, 그건 그렇지. 하지만 모치즈키의 생각은 다른 듯했다.

"그건 모르죠. 그 야기사와인가 뭐가 하는 놈, 상당히 흥분했었으니 그런 당연한 사실도 까맣게 잊어버렸을지 모르잖아요. 하지만…… 어째서 흥분하지? 고작 사진 하나 찍힌

걸 갖고."

"뭔가 비밀이 있겠지." 오다가 말했다.

"뭔 비밀?"

"몰라. 잠깐, 이런 건 어때? 마약 재배."

오다는 우리의 반응을 살피며 말했다.

"예술가 마을에 딱 어울리잖아. 대마초인지 아편인지는 몰라도 거기서 마약을 재배하고 있을지도 몰라. 그래서 외부인을 완전히 차단한 성역으로 만든 거야. 그래, 그렇다면 앞뒤가 맞지. 사진을 찍히면 안 되겠지."

모치즈키가 말렸다.

"혼자서 앞서 가지 마라. 상상일 뿐이잖아."

"하지만 주간지에 실려 있던 항공사진을 생각해봐. 거기 찍힌 사진은 밭이라기보다 약초 농장 같지 않았냐? 그게 그걸지도 몰라. 이거 큰일 났다."

오다의 표정이 어두워졌다. 상상이 점점 더 부풀고 있나 보다.

"아아, 이거 큰일이네. 나 걱정되기 시작했어. 일이 복잡하네. 만약 마리아가 거기서 나오기 싫어하는 이유가 그 마약 때문이라면……."

나는 눈썹을 찌푸렸다.

"마리아가 마약 중독자가 되어서 나오길 거부한다는 말이에요? 어떻게 그런 궂은 소릴 해요, 노부나가 선배?"

"궂은 소리라니, 너 그렇게 노인네 같은 소리 하고 있을 때가 아냐. 그게 진짜라면 내버려뒀다간 큰일 난단 말이야. 에가미 선배는 어떻게 생각해요?"

부장은 찝찝한 표정을 지었다.

"네가 묘하게 일관성 있는 이야기를 만드는 바람에 걱정되기 시작했다. 이거 본인을 보기 전에는 못 돌아가겠군."

"그럼 지금 당장 되돌아가서……."

"조급하게 굴지 마, 아리스."

또 제지당했다.

"지금 돌아가도 아직 그 야기사와 씨가 망을 보고 있을 것 같다."

"그럴 수 있지." 모치즈키가 말했다.

"그럼 어떻게 하죠? 역시 오늘 아침에 얘기했던 대로 어둠을 틈타 잠입할까요?"

"그건 비상수단이잖아."

에가미 선배가 또다시 나를 타일렀다.

"저 마을에도 전화는 있다고 하니까 한번 정식으로 방문을 신청해보자. 야기사와 씨보다 말이 통하는 사람이 있을지도 모르니까."

삼거리까지 돌아왔다. 숙소로 돌아가 봤자 재미있는 일도 없다. 우리는 다른 쪽 길을 선택했다.

"그나저나 아이하라라는 카메라맨은 어째서 기사라 마을에 어슬렁어슬렁 기어 들어갔을까요? 산이나 강을 찍다가 길을 잃었을 리도 없잖아요. 기사라 마을이라는 성역은 알고 있었을 테니 역시 훔쳐보려고 그랬나……."

나는 그 이유도 잘 이해가 안 갔다.

"아이하라 씨에게 직접 물어보면 뭔가 알 수 있을지도 모르겠다. 아까 우리의 가설을 뒷받침해줄 증거를 목격했을지도 몰라."

오다의 말대로 나중에 꼭 아이하라의 이야기를 듣고 싶다.

이런저런 이야기를 나누며 걷는 사이에 논두렁 사이로 난 길은 척 보기에도 이미 아무도 다니지 않는 초등학교 앞에서 끊겼다. 담이 없다 보니 문도 없다. 되돌아가기도 시시해서 우리는 역시나 일렬횡대 서부극 스타일로 그 운동장에 들어갔다.

신기했다. 이곳은 그 히구치 미치오의 동판화 중 한 장에 묘사된 폐교가 틀림없었다. 바로 뒤에 산이 있다. 미늘 판자를 바른 아담한 목조 건물에는 교실 두 개와 교무실 한 개가 전부였던 듯싶다. 여기저기 유리가 깨진 창, 희멀건 페인트가 벗겨진 기둥, 냉이가 울창한 기와지붕에는 버림받은 애수가 감돌고 있었지만 아직 폐허라고 부르기에는 너무 멀쩡해서 사람의 온기가 남아 있는 것 같았다. 지금의 정적은 아이들이 조용히 수업을 듣고 있기 때문이고, 쉬는 시간을 알리는 종소리와 함께 교실에서 저마다 시끌벅적한 목소리와 웃음이 와락 쏟아져 나올 것만 같았다.

"언제부터 폐쇄되었던 걸까……."

모치즈키의 혼잣말에는 바람조차 대답하지 않았다.

우리는 웅덩이를 피해 말없이 운동장을 한 바퀴 돌았다. 교정에 있는 것이라고는 녹슨 키 작은 조회대와 깃대뿐. 놀이기구는 모래밭과 그 옆의 크고 작은 철봉, 그리고 반쯤 파묻힌 낡은 타이어 다섯 개가 전부였다. 우리는 그 타이어에 걸터앉았다.

나는 문득 어떤 생각이 떠올랐다.

"어제 아케미 씨 말이 마리아가 예뻐졌다고 했죠. 그건 초상화를 그리고 있기 때문일지도 몰라요. 마약으로 현실도피를 하고 있다면 아케미 씨 눈에는 또 다르게 비쳤겠죠."

아니 이런, 아무도 '그래.'라고 수긍하지 않는다. 오다가 입을 열었다.

"그럴지도 모르지. 단지 아까 에가미 선배는 전화를 걸어보자고 했는데, 나는 마리아가 직접 전화 목소리를 들려주어도 안심하기 힘들 것 같아."

"저도 마찬가지예요."

그건 모두 같은 의견이었다. 나중에 마을로 돌아가면 일단 점심을 먹고 나서 전화를 걸어보기로 했다.

"노부나가, 너 철봉 거꾸로 돌 수 있어? 나는 못하는데."

모치즈키가 철봉을 바라보며 물었다.

"할 줄 아는 게 없는 남자로군요, 당신은. 거꾸로 돌기쯤이
야 당연히 하지. 그게 왜?"

"아니, 그냥. 왠지 너도 못할 것 같아서 그냥 물어봤어."

오다는 잽싸게 일어나더니 낮은 철봉으로 다가갔다. 꼬깃
꼬깃한 손수건을 꺼내 젖은 철봉을 닦더니 "얍!" 하고 땅을
박차 상체를 철봉 위로 올렸다. 드물게 진지한 표정으로 다리
를 가볍게 앞뒤로 두세 번 흔들다가 다리부터 깔끔하게 빙글
회전했다. 우리는 박수를 보냈다.

"형식적인 박수 감사합니다."

그렇게 말하더니 다시 앞으로 뒤로 뱅글뱅글 돌았다. 그 모
습을 보다가 동심을 되찾았는지, 장로 에가미 선배도 일어서
서 높은 쪽 철봉에 오른쪽 다리를 걸었다. 그리고 장발을 땅
바닥에 아슬아슬하게 늘어뜨리고 몇 번 회전했다.

"자, 이제 슬슬 부장의 대회전이 나온다."

"잠깐, 잠깐, 기다려봐."

모치즈키가 부추기자 에가미 선배는 한 번 착지하더니 진
지한 얼굴로 양어깨를 돌렸다. 정말 도전하려나 보다.

"아리스, 막간을 때워라."

오다가 그렇게 말하며 철봉을 내게 양보했다. 마치 노래방 마이크를 건네는 분위기다. 날씨는 별로였지만 우리는 이유도 없이 들떠 있었다. "철봉은 몇 년 만이더라?" 이런 소리를 하며 나는 거꾸로 돌기를 할 수 있다는 사실을 한 번 입증했다. 그 순간.

뒤집힌 풍경 속에서 이쪽으로 다가오는 사내의 모습이 보였다. 세 선배들은 그가 교정에 들어왔다는 사실을 모르고 있다. 누굴까? 나는 거꾸로 뒤집힌 광경에 시선을 집중했다. 그러다가 처음 만나는 상대에게 엉덩이를 보이는 건 실례라는 생각이 들어 철봉에서 내려왔다.

"여러분은 어디서 오셨습니까?"

사내가 그렇게 묻자 나를 제외한 세 사람은 비로소 뒤를 돌아 그를 보았다.

서른을 넘은 자그마한 사내였다. 얇은 블루종에 코듀로이 바지 차림의 그는 5미터쯤 앞에 멈춰 서더니 부은 눈으로 우리를 둘러보았다.

"저, 맘대로 들어오면 안 되나요?"

갑자기 나타난 사내에게 모치즈키가 탐색하듯 물었다. 상대는 입가에 희미한 미소를 지으며 부정했다.

"아닙니다. 문도 담도 없는 이런 폐교 운동장에 누가 들어오든 자유지요. 저는 멀리서 여러분 모습을 보고 누가 뭘 하고 있나 싶어 보러 왔을 뿐입니다. 사실은 이곳 졸업생이 고향에 돌아와 그리운 모교에서 놀고 있는 줄 알았어요. 아는 사람일지도 모른다는 생각에 와봤는데 제가 보기에 그건 아닌 것 같군요."

우리가 여행을 왔다고 대답하며 자기소개를 하자 사내는 하지마 기미히코라고 이름을 밝혔다.

그는 학교 건물을 턱짓으로 가리키며 말했다.

"그러셨군요. 저는 실은 이곳에서 교편을 잡은 적이 있습니다."

"그러십니까? 여기서 언제까지 가르치셨습니까?"

에가미 선배가 묻자 하지마는 다섯 번째 타이어에 걸터앉으며 대답했다.

"3년 전 이곳이 폐쇄되기 전까지 가르쳤습니다. 교사가 되자마자 이곳에 왔으니 7년 동안 가르친 셈이 되는군요."

"지금은 어디서 근무하세요?" 나는 물어보았다.

"여러분도 여기 오시다가 들렀을 겁니다. 스기모리라는 마을의 초등학교에 다니고 있습니다. 한 시간쯤 버스에 몸을 맡기고요. 이 학교가 폐교가 되는 바람에 아이들도 불편을 겪고 있습니다. 오늘은 호우경보가 내려서 휴교랍니다."

평일 이런 시간에 다 큰 남자가 느긋한 이유를 알았다. 하지마 선생은 블루종 주머니에서 담배를 꺼내더니 등을 구부리고 너무나 맛깔스럽게 피웠다. 이 산속에서 계속 교사를 할지는 모르겠지만 이 사람이라면 그림 같은 시골 선생님으로 늙을 것 같다.

하지마는 무슨 볼일로 이런 곳까지 왔냐는 지극히 자연스런 질문을 했다. 에가미 선배가 간단히 경위를 설명하자 그는 흥미롭다는 듯 담배 연기와 함께 "호오." 하고 가벼운 탄성을 내뱉었다.

"기사라 마을 말입니까? 그 요상한 마을이 생긴 지 벌써 6년이 되는데, 저도 거기엔 들어가 본 적이 없어요. 오싹하다고 하기엔 뭐하지만, 정체를 알 수 없는 곳입니다. 뭐 대단한 일을 하는 건 아니겠지만, 예술가라는 인종은 아무래도 모르겠어요. 그래요, 친구가 거기에 있단 말이죠."

"안에 사는 사람들은 가끔 밖으로 나오지요? 일용품을 산다거나 해서." 오다가 물었다.

"네. 열 명쯤 되는 사람들이 번갈아 가며 가끔 나옵니다. 물건을 사거나 우편물을 보내거나 하는 일로요. 그럴 때면 마을 사람들이 하나같이 구경난 듯 쳐다보니 그쪽도 유쾌하지는 않겠죠."

"반대로 이 마을 사람이 기사라 마을로 들어가는 일은 없습니까?"

그렇게 물으며 에가미 선배도 담배를 입에 물었다. 오늘 처음 피우는 담배다.

"굉장히 드물게 있지요. 예를 들면 나카오 선생님이라고, 나쓰모리 마을에도 의사가 있거든요. 예술가도 병에 걸리기는 하니까 환자가 생기면 그 나카오 선생님이 전화로 불려 갑니다. 그 외에는…… 별로 생각이 안 나는군요."

하지마가 전혀 사투리를 쓰지 않기에 그 이유를 물어보았다. 지바에서 태어나 도쿄에서 대학을 다녔다고 하니 사투리를 쓰지 않는 것도 당연했다. 하지만 그런 하지마야말로 어째서 이런 산속에 왔을까?

"이곳은 제 어머니가 태어난 땅입니다."

그는 별일 아니라는 말투로 이야기해주었다.

"집단 취직집단으로 동일 지역의 회사나 공장에 취직하는 것, 특히 제2차 세계대전 후의 고도 성장기에 지방의 중고등학교를 졸업하고 집단으로 도시의 회사에 취직하는 경우를 일컫는다.—옮긴이 때문에 상경했다가 지바에서 결혼하고 저를 낳았지요."

"그럼 부모님과 함께 이쪽으로 돌아오신 건가요?"

"아니, 그건 아닙니다."

하지마는 자기 담배 연기에 눈을 찌푸리며 말했다.

"어머니는 제가 대학교를 졸업하기 직전에 돌아가셨습니다. 아버지는 어렸을 적에 사별해서 얼굴도 기억 못합니다. 제가 이곳에 훌쩍 찾아온 이유는…… 글쎄요, 왜 그랬을까요.

도시가 체질에 안 맞았던 것뿐일까요. 여기에 친척이나 친구가 있는 것도 아닌데 말입니다."

하지마의 신변잡기는 그 정도로 하고 우리는 나쓰모리 마을에 관해 이것저것 물었다. 지금 우리가 머물고 있는 이 마을만 나쓰모리 마을이라고 하는 게 아니라 이 주변 6킬로미터 이내의 촌락 다섯 개를 합쳐서 나쓰모리 마을이라고 부른단다. 오늘날 '마을'이라 부르는 행정단위는 내가 알고 있었던 것보다 훨씬 커서 다섯 개의 촌락을 합한 나쓰모리 마을의 인구는 1천8백 명에 달한다고 했다. 다섯 촌락은 크기나 인구에 별반 차이가 없어 누가 형이고 아우인지 가늠할 수 없다 보니 마을 관청, 파출소, 학교가 분산되어 있다. 이곳 나쓰모리 마을 나쓰모리 촌에는 우체국, 진료소와 초등학교가 설치되어 있었지만 학교는 인구가 줄어 부득이하게 폐교에 이르렀다고 한다. 하지마 선생은 고치 현 산간 지방의 공동화 현상을 걱정하며 도쿄에만 극단적으로 몰리는 풍조를 한탄하더니 급기야 옆길로 새어 수도 이전의 필요성을 논하기 시작했다. 나쓰모리나 다쓰모리의 '모리森'는 '산山'을 뜻한다는 것도 알려주었는데 이런 점은 역시 선생님답다.

"마을 관청이 다른 촌에 있는 건 불편하지만 여기엔 진료소가 있어서 좋아요. 파출소보다 훨씬 도움이 되죠."

하지마가 진지한 얼굴로 말하는 것도 어찌 보면 당연하다.

이렇게 한적한 지역에서는 순경 신세를 질 일도 드물 테니 의사가 최고다. 진료소는 옛날부터 나쓰모리 촌에 있었다고 한다.

"나카오 선생님 전에는 다른 의사 선생님이 계셨다고 합니다. 그분이 고령으로 돌아가셨을 때 집을 내주는 조건으로 마을에서 후임 선생님을 찾았어요. 그래서 그 조건이라면 와주마 하신 게 지금 계신 나카오 선생님입니다. 아니, 그렇게 들었습니다. 나카오 선생님은 저보다 몇 년 일찍 이곳에 부임하셨거든요. 지금 제 말은 전해 들은 이야기입니다. 붙임성이 좋아 마을 사람들이 잘 따르는 분이에요. 예쁘고 착한 간호사도 있으니 가끔은 감기라도 걸려서 진찰받으러 가는 것도 좋다는 생각이 듭니다."

처음으로 농담 비슷한 소리를 하고는 '핫핫' 하고 할아버지처럼 웃었다. 첫인상은 과묵해 보였는데 이 시골 선생님은 혼자서 용케 화제를 바꾸며 신나게 떠들었다.

"기사라 마을은 주민들이 전부 집을 버리고 떠나서 한 12년 전에 완전히 폐촌이 되어버렸어요. 다쓰모리 강 너머에 있어서 여기보다 더 불편한 지역이다 보니 그럴 만도 하지요. 그걸 어디서 들었는지 투기꾼이 매입해서 밀어닥친 거예요. 자기 돈으로 다리까지 새로 지어서요. 허, 생각도 못했던 일이 시골에서도 일어나긴 하더군요.

그러고 보니 다쓰모리 강에는 전설이 하나 있습니다. 학생한테 들었는데 흔한 이야기예요. 옛날 옛적에 그 강 상류에 인간을 잡아먹는 용이 살고 있었답니다. 용은 수확철마다 묘령의 아가씨를 한 명씩 제물로 바치라고 마을 사람들을 협박했어요. 말을 안 들으면 대번에 강을 범람시켜서 마을을 쓸어버리겠다고 했죠. 용은 빨리 제물을 바치라고 폭풍을 일으켰습니다. 이곳 마을 사람들과 강 건너편, 지금의 기사라 마을 사람들은 서로 의논해서 양쪽에서 교대로 제물을 바치기로 했습니다. 먼저 강 건넛마을에서 아가씨를 골라 강에 바쳤는데 폭풍이 그치질 않는 겁니다. 마을 사람들이 영문을 몰라 난처해하고 있을 때 나타난 사람이…… 누굴 것 같습니까?"

"스사노오노미코토일본 신화에 등장하는 신으로 현재의 시마네 현인 이즈모 지방에서 날뛰던 괴물 야마타노오로치를 퇴치하고 제물이었던 구시나다히메를 구출해 아내로 삼는다.―옮긴이인가요?"

오다가 엄청 진지하게 말했다.

"아니요. 여긴 시코쿠예요."

"알겠습니다."

에가미 선배가 자신 있게 대답했다.

"홍법대사弘法大師, 774~835, 시코쿠 출신으로 일본 진언종의 창시자. 후세에 민간신앙의 대상으로 널리 존경받았다.―옮긴이로군요?"

하지마는 또 '핫핫' 하고 웃었다.

"정답입니다. 그때 나타난 사람이 시코쿠에서 '대사님'이라고 부르는 그분입니다. 불법의 힘으로 용을 쓰러뜨리고 나서야 용이 강 건넛마을 아가씨 하나로 만족하지 못했던 이유를 알게 되었습니다. 용은 머리가 둘이었던 겁니다. 용은 양쪽 마을에서 다 제물을 내놓으라고 날뛰었던 거지요."

쌍두의 드래곤과 홍법대사의 대결이라니 참 터무니없는 이야기다. 우리는 예의상 적당히 감탄하는 척했다.

"이즈모 지방 야마타노오로치의 정체는 히이 강이 범람한 물줄기라는 말이 있습니다만, 이런 전설이 남아 있는 걸로 알 수 있듯 다쓰모리 강도 자주 범람했어요. 지금도 가끔 범람합니다."

하지마는 구름 낀 하늘을 올려다보았다.

"앞으로 더 내린다고 하니 조심해야 합니다."

그 전에 강 건너에 있는 공주님을 되찾아오고 싶다. 그런 생각을 하면서 나도 어두운 하늘을 바라보았다.

"괜찮으시면 저희 집에 한번 놀러오세요. 진료소 옆집입니다. 노총각 혼자 사는 집이라 지저분합니다만."

하지마가 떠난 후 우리는 한동안 철봉에서 놀았다. "오늘은 상태가 안 좋아." 그렇게 말하는 에가미 선배의 대회전은 결국 보지 못했다.

/ 4 /

이곳 나쓰모리 촌에 있는 시설은 폐교, 진료소, 우체국이
다가 아니다. 여관도 있고, 하나뿐이지만 '후쿠주야'라는 음
식점도 있다. 후쿠주 정식이라는 점심 메뉴를 마련해놓은 이
식당은 밤에는 선술집으로 북적댈 것이다. 마을의 사교장인
셈이다. 이게 영국 전원파 미스터리였다면 '쌍두의 용에 올라
탄 승정정僧正亭'이니 하는 부담스러운 이름으로 등장할 게 틀
림없다. 숙취도 완전히 가셨고, 맹렬한 허기에 휩싸인 우리는
마을 입구 근처의 그 가게에서 후쿠주 정식을 맛있게 먹었다.
그것은 어디로 보나 어떻게 먹나 틀림없는 포크커틀릿 정식
이었다.

드르륵 문이 열렸다. 가게로 들어온 얼굴을 보고서 나는 젓
가락질을 딱 멈추고 말았다. 아이하라 나오키였다.

"다들 역시 여기 계셨군요. 가게가 여기뿐이니까요. 주인
장, 후쿠주 하나 주쇼."

'후쿠주 하나 주쇼.'라니, 주문하는 품이 단골이다. 아이하
라도 점심은 거의 이곳에서 때우는 모양이다. 그는 우리가 앉
은 6인용 테이블 끝에 앉더니 어깨에 메고 있던 카메라를 식
탁 위에 놓았다.

"아까는 난리도 아니었죠. 그 형씨한테는 정말 두 손 들었

145

습니다. 이것 좀 봐요. 어찌나 세게 잡혔던지 부었다니까요."

아이하라는 재킷 소매를 걷어 불그스름한 손목을 보였다.

"저희가 기사라 마을을 찾은 사정은 간단히 말씀드렸는데, 아이하라 씨는 무슨 목적으로 거기 계셨습니까? 좋은 피사체를 찾다가 그러셨나요?"

에가미 선배가 태연을 가장하고 물었다. 아이하라는 카메라를 쓰다듬으며 그냥 "뭐 그렇죠."라고 대답했다. 당연히 우리는 그 대답이 불만스러웠다. 에가미 선배는 질문 형식을 바꾸었다.

"그나저나 들어가지 말라면 들어가 보고 싶어지는 게 역시 사람 마음이죠. 저희도 쫓겨나고 보니 그 안이 도대체 어떤지 너무 궁금하더군요. 아이하라 씨는 어떠십니까?"

"동감입니다. 저렇게까지 막무가내로 여기서부터는 들어오지 말라고 하면 오히려 역효과죠. 그러다 보니 심통이 생겨서 안에서 뭘 하고 있는지 꼭 봐야겠다는 놈들이 나타나는 겁니다."

"그래, 안에서 뭘 하고 있는지 보셨습니까?"

에가미 선배는 궁금해서 좀이 쑤신다는 듯 몸을 앞으로 내밀며 물었다. 아이하라는 씩 웃었다.

"유감스럽게도 제일 중요한 건 볼 겨를이 없었습니다. 숲 너머 저택이 보이는 곳까지는 갔는데, 거기서 그 야기사와 아무개한테 들켜버렸거든요. 그 형씨, 날 보자마자 '누구야, 돌아가!' 하고 고래고래 고함을 지르면서 말처럼 쏜살같이 달려왔어요. 깜짝 놀라 도망도 치기 전에 우뚝 멈춰 서버렸는데, 손목을 붙잡고 '당신, 사진 찍고 있었어? 뭔가 찍었지?' 그러는 거예요. 안색이 변하더라고요. 장사 밑천인 카메라를 빼앗겨 필름을 잃은 건 내 실수였지만, 박력에 밀리고 말았으니 어쩌겠어요."

그가 주문한 정식이 나왔다. 부장은 약간 짬을 두고 다시 물었다.

"뭔가 찍으셨던 건가요? 야기사와 씨가 용서할 수 없을 만한 사진을?"

"별다른 걸 찍은 것도 아니에요. 멀리서 저택 사진을 두세 장 찍었을 뿐입니다. 무슨 비밀이 있을 것 같지는 않던데요."

모치즈키, 오다, 나는 얼굴을 마주 보았다. '믿어도 될까?' '아니, 모르지.' 하고 의견을 교환했다. 카메라맨은 그런 줄도 모르고 소스로 범벅이 된 포크커틀릿을 우적거렸다.

"야기사와 씨 외에 다른 사람들은 누구 못 보셨습니까?"

"인기척은 없었어요. 친구 분을 걱정하고 있군요, 에가미 씨? 글쎄요, 여학생은 못 봤습니다."

"그러십니까. 이제부터 큰비가 내린다는데 아이하라 씨는 어쩌실 건가요? 아직 더 찍을 게 있으십니까?"

에가미 선배는 화제를 바꾸었다.

"으음, 조금 남았어요. 자칫하다간 이 산속에 갇히기 십상이니 얼른 접고 싶은데 말입니다. 하루 정도만 더 묵고 일정을 끝낼 생각입니다. 여러분은 그럴 수 없나 보죠?"

"네."

"그런가요. 거기 들어가려면 꽤나 고생할 것 같은데, 잘되길 빌겠습니다."

"아이하라 씨."

"하?"

에가미 선배가 새삼스럽게 이름을 부르자 카메라맨은 고개를 갸웃했다.

"혹시 기사라 마을 안에는 아이하라 씨가 아는 분도 계시지 않습니까?"

뜨끔했는지 그는 순간 대답할 말을 잃었다. 하지만 금세 작위적인 미소를 띠며 부정했다.

"어째서 그런 생각을 하셨는지 모르겠군요. 단언하는데, 전 기사라 마을은커녕 시코쿠에도 아는 사람 하나 없습니다."

아이하라에게서 캐낼 수 있는 정보는 그 이상 없어 보였다. 에가미 선배는 더는 캐묻지 않았다.

"이 마을에 공중전화는 없습니까? 기사라 씨 댁에 전화를 걸어보고 싶은데요."

"공중전화는 없지 않을까요. 주인장, 공중전화 없을까? 우체국이나 어디 없소?"

아이하라가 안쪽에 대고 큰 소리로 묻자 가리개 너머로 주방에서 "그런 건 없소이다. 이 마을 전화 보급률은 백 퍼센트거든." 하고 대답이 돌아왔다.

"없는 것 같네요. 그래, 여관에서 걸면 되잖아요. 객실 전화는 0번을 돌리면 외선을 걸 수 있어요. 전화번호도 여관 전화번호부를 찾아보면 알 수 있고."

에가미 선배는 "그러겠습니다."라고만 말했다. 전화번호는 아리마 류조 씨에게 들어서 알고 있다. 식사도 마쳤다. 그러니 여관으로 돌아갈 수밖에 없다. 아이하라도 우리와 함께 자리를 털고 가게를 나왔다.

/ 5 /

숙소의 우리 방.

수화기를 드는 에가미 선배 옆에서 나는 수첩을 펼치고 번호를 읽어주었다. 그 주위에 모치즈키, 오다와 아이하라가 슬금슬금 기어와 귀를 기울이고 있다. 아이하라는 남의 일이지만 궁금하다며 부르지도 않았는데 찾아왔다. 나는 반쯤 재미

149

로 찾아온 제삼자가 끼는 게 싫었지만, 에가미 선배가 허락했기 때문에 약간 불쾌했다.

"이상해……. 연결이 안 되는군."

"0번을 먼저 돌렸어요?"

난처한 표정을 짓는 부장에게 아이하라가 물었다. 에가미 선배는 헛기침을 하더니 천천히 0번을 돌린 후 다시 전화번호를 돌렸다.

"안 어울리게 긴장 좀 하지 마요."

오다가 한숨을 쉰다.

"된다. 신호가 가."

에가미 선배가 수화기를 가리켰다. 나는 마른침을 삼켰다. 아이하라는 예의 없이 내 어깨 너머로 얼굴을 내밀 기세였다. 전화를 받는 소리가 났다.

"여보세요, 기사라 씨 댁입니까? 저는 에가미라고 합니다. 네……. 에, 가, 미입니다. 그 댁에 신세를 지고 있는 아리마 마리아 씨 친구인데, 마리아 씨와 통화할 수 없겠습니까?"

에가미 선배는 정중하게 누군지 모르는 상대에게 부탁했다. 아무래도 전화를 받은 사람이 야기사와는 아닌 모양이다. 에가미 선배는 오른손에 쥔 볼펜으로 전화기 옆 메모지에 의미 없는 나선을 그리고 있다. 메모지에는 '우리 마을 우체국'이라고 인쇄되어 있었다.

"아닙니다, 용건은 전해주지 않으셔도 됩니다. 본인하고 통화를 하고 싶은데, 지금 어려울까요? ……아닙니다, 제가 직접 전하고 싶습니다."

내 얼굴 바로 옆에 아이하라의 얼굴이 있었다. 그는 내 쪽을 돌아보며 말했다.

"보아하니 이쪽 화장실도 막혔구먼."

나는 그 말을 무시하고 수화기에서 상대방 목소리가 새어나오지 않는지 청각에 신경을 집중했다.

"그게 아니라 사적인 내용이라 본인과 이야기하고 싶습니다. 마리아 씨는 지금 그쪽에 없습니까? ……방금 전에도 말씀드렸듯이 마리아 씨 친구입니다. 네, 마리아 씨는 대학 후배입니다. 그래서, 예? ……아니, 아닙니다. 마리아 씨는 지금 전화를 받을 수 없는 상황인가요? ……잠깐이면 됩니다. ……안된다면 나중에 다시 걸겠습니다. 몇 시쯤이 좋을까요?"

상대가 무슨 말을 하는지 알지 못하니 곁에서 듣고 있어도 애가 탄다. 오다는 에가미 선배 등 뒤에서 자기 두 어깨를 끌어안고 요란하게 몸부림치고 있었다. 모치즈키는 무릎을 꿇고 그 위에 주먹을 쥐고 있다. 침착한 에가미 선배 본인도 메모지에 빙글빙글 나선을 그려대고 있었다.

"말씀하신 대로 저는 오전에 다리 위에서 야기사와 씨와 만났던 사람입니다. 하지만 무단으로 사진을 찍으러 들어가

151

지는 않았습니다. ……아닙니다. 그건 다른 분입니다. ……네, 그러니 연락도 없이 무턱대고 방문하려 했던 점은…… 그 말씀이 맞습니다."

에가미 선배는 볼펜을 쥔 손으로 흘러내리는 장발을 쓸어 올렸다.

"그럼 다시 부탁드리겠습니다. 마리아 씨를 만나러 가도 되겠습니까…… 어째서지요?"

거절당한 것이다. "아아, 틀렸어, 이건." 아이하라가 또다시 얼굴 옆에서 종알거렸다. 그 입 좀 다무시지.

"그렇다면 마리아를, 마리아 씨를 바꿔주십시오. 마리아 씨에게 걸려온 전화를 어째서 당신이 바꿔줄 수 없다고 거절하십니까? ……실례지만 당신 이름을 알려주……."

에가미 선배는 우리를 돌아보았다.

"끊겼어."

우리는 입을 모아 보이지 않는 상대에게 욕을 퍼부었다. 상대가 이 자리에 있었다면 욕지거리 총알을 맞고 보니와 클라이드가 되었을 것이다.

"이거 너무하네."

"웃기고 있네. 저 마을이 수용소야?"

"제길, 우리가 저자세로 나가니까 사람 우습게 보고!"

나는 남한테는 들리지 않는 목소리로, 오사카 사람이 이런 장면에서 하는 말을 내뱉었다.

"아작을 낼까 보다, 멍청한 자식!"

욕지거리가 한바탕 끝나자 모치즈키가 물었다.

"누가 받았어요?"

"이름을 물었더니 바로 끊어버렸어. 여자였어."

에가미 선배는 그제야 수화기를 놓았다.

"말투가 처음부터 굉장히 경계하는 기색이었어. '마리아 씨에게 무슨 용건이시죠?' '마리아 씨는 지금 바빠서 받을 수없어요.' '제가 전해드리면 곤란한 용건인가요?' 예민한 태도로 묻기에 나름대로 정중하게 대답했는데 끝이 안 나는 거야. '당신들 이야기는 야기사와 씨한테 들었어요. 남의 땅에 숨어들어서 사진을 찍었던 분이죠?'라는 소릴 들었어. 야기사와 씨하고 똑같이 흥분한 태도였어."

"역시 이상해."

오다의 콧김이 점점 더 거칠어졌다.

"그 마을, 정상이 아니에요. 안에서 불법적인 일을 저지르고 있다고요. 꼭 마약 재배는 아니더라도 외부에 알려지면 안될 사정이 있는 거야."

"마약?" 아이하라가 끼어들었다. "지금 마약 재배라고 하셨어요?"

"네, 그랬어요. 들어보세요, 아이하라 씨. 뭔가 그런 거 못

보셨어요? 그 마을의 비밀은 마약 재배가 아닐까요? 그걸 부
정할 근거는 없는 것 같은데."

"잠깐. 부정할 근거는 없지만 그렇다고 할 증거도 없지 않
나요? 적어도 난 발견하지 못했어요. 대마라면 어떻게 생겼
는지 실물도 아는데. 아니, 내가 피우는 게 아니라 별난 친구
녀석이 맨션 베란다에서 키우는 걸 보고 아는 것뿐이지만."

당신이 대마를 피우든 코카인을 찔러 넣든 상관없다. 나는
이 카메라맨이 몹시 짜증나기 시작했다. 단순히 남의 걱정거
리에 끼어들어서 그런 게 아니다. 이 사람의 불법침입이 기사
라 마을 주민의 신경을 거스르는 바람에 우리까지 신용을 잃
고 말았기 때문이다. 하지만 또 한편으로는 그것이 괜한 화풀
이라는 점도 자각하고 있었다. 아무튼 이 폐쇄된 상황에 울화
통이 터진다.

"말이 통하는 사람도 있을 줄 알았는데 아닐지도 모르겠
다." 모치즈키가 걱정했다.

분위기가 침울해지려는데 마음을 더 울적하게 만들 셈인지
빗소리가 들리기 시작했다. 빗소리가 눈 깜짝할 사이에 격렬
해지더니 창 너머 산맥이 부옇게 흐려졌다.

"이거 드디어 본격적으로 내리나 보군."

아이하라는 네 발로 기어 텔레비전에 다가가더니 뉴스를
틀었다. 호우 피해는 규슈 전역에 미쳐 두 사람이 실종되었

다. 야마구치 현에서도 한 시간에 120밀리미터의 강우량을 기록했고, 산요 신칸센이 운행을 중단했다고 한다. 특히 시코쿠 산간 지방에서는 앞으로 충분한 경계가 필요하다는 말로 끝을 맺으며 다음 뉴스로 넘어갔다.

"이거 위험하군. 이 저기압이 오기 전에도 이 주변은 비가 꽤 내렸단 말이야. 자칫하면 정말 갇힐지도 몰라. 어쩌지."

그럼 냉큼 짐 싸서 돌아가면 될 거 아냐. 아이하라가 무슨 생각을 하고 있는지 도통 모르겠다. 아직도 이곳에 볼일이 있나?

나만 그런 게 아니라 다른 선배들도 정도의 차이는 있지만 같은 생각을 한 것 같다. 아이하라에게 불신감이 깃든 시선을 보냈다. 천성이 둔감한 사내는 아닌 듯 아이하라는 분위기를 눈치채고 자리에서 일어났다.

"뉴스하고 일기예보는 잘 들어둬야겠네요."

그렇게 말하며 아이하라가 떠나자 우리는 방 한가운데로 기어들었다. 앞으로 어떻게 할 것인지, 방법을 생각해야만 한다. 잠깐 기다리라는 듯이 에가미 선배는 재떨이를 끌어당겨 캐빈을 입에 물었다.

"정식으로 방문을 요청했는데 거절당했어. 이렇게 되면 법규를 초월한 수단에 의지할 수밖에 없겠군."

부장의 말에 우리는 고개를 끄덕였다. 오다는 눈을 빛내며 입맛까지 다시고 있다.

에가미 선배는 목소리를 낮춰 작전을 말했다. 어둑어둑해진 실내도 이 장면에 잘 어울렸다. 짜릿한 흥분이 내 등줄기를 훑고 지나갔다. 기사가 됐다고 착각하고 있나? 스스로를 비웃었다. 마리아 공주는 부르지도 않았는데 찾아온 우리에게 욕설을 날릴지도 모른다. 미리 각오하는 게 좋아, 당신.

"……다리를 건너면……."

"그 다음엔? 그래서……?"

"……하지만, 모치 말처럼……."

"잠깐, 입 다물고 들어……."

작전은 완성되었다.

창밖을 바라보니 억수로 퍼붓는 비로 인해 산들은 이미 하나도 보이지 않았다.

/6/

아이하라 쪽에서 먼저 찾아올 줄 알았는데 그런 일은 없었다. 그와 따로 저녁을 먹은 덕분에 사소한 대화로 은밀한 계획이 누설되는 일은 피할 수 있었다. 민물생선 튀김과 민스커틀릿을 해치우고 나서 작전 결행 시간까지 텔레비전을 보며 지냈다.

8시에 우리는 자리에서 일어섰다. 객실 비품인 회중전등을 들고 말없이 아이하라의 방 앞을 지나 조용히 계단을 내려갔다. 1층 안쪽에서 텔레비전 소리, 주인아주머니와 종업원들이 깔깔 웃는 소리가 들렸다. 우산을 들고 살금살금 문을 열어보니 여전히 빗줄기가 거세다. 아마 기사라 마을에 도착할 즈음에는 흠뻑 젖겠지. 우리는 한마디 말도 없이 빗속으로 걸음을 뗐다.

폭우 속이라 기사라 마을 입구까지는 차로 이동하고 싶었지만 몰래 접근하기 위해 걸어가기로 했다. 아침하고 똑같은 길을 일렬횡대로 걸었다. 지나가는 길에 진료소 옆집의 문패를 훔쳐보니 말마따나 '하지마'라고 쓰여 있었다. 마을의 '선생님' 두 사람이 나란히 살고 있는 셈이다. 그리고 진료소 뒤편에 있는 호사카 아케미의 집에서는 무척 단란한 가족이 떠오르는 포근한 빛이 새어 나오고 있었다. 삼거리를 돌아갈 때 오른쪽을 슬쩍 보았다. 시커멓고 평평한 폐교가 비를 맞고 있는 모습이 고난을 견디고 있는 것처럼 보인다. 왼쪽으로 돌아가는 산길은 어둡고 약간 오르막이었다. 비가 실개천을 이루어 흘러내리고 있다. 발목까지 물에 담그고 걸어가야 했지만 아무도 불평 한마디 하지 않았다.

산길을 빠져나와 다쓰모리 강가로 나왔다. 수위가 불어난 탓인지 물 흐르는 소리도 훨씬 묵직했다. 강 상류의 다리 옆에 도착하여 손목시계를 보니 마침 딱 8시 반이었다. 에가미 선배가 회중전등을 켜고 수면을 비췄다. 아침보다 몇 미터는 높다. 하지만 다리 밑까지 차려면 시간이 걸릴 테고, 트럭도 지날 수 있을 만큼 튼튼한 다리니 쓸려 내려갈 걱정은 없을 것 같았다. 에가미 선배는 불을 끄고 '가자'라는 신호처럼 전등을 다리 쪽으로 흔들었다. 마침내 강을 건너는 것이다.

에가미 선배를 앞장세우고 잽싸게 다리를 건넌 다음 울타리를 넘어 기사라 마을에 침입했다. 여기까지는 아무런 저항도 없이 끝났는데 이제부터 어찌 될지 알 수 없다. 어쨌든 전진뿐이다.

여기서 두뇌 집단을 자부하는 우리의 치밀한 작전을 밝히겠다. 작전 결행 시간은 8시. 침입 개시는 기사라 마을 사람들이 하루 일을 끝내고(물론 이렇게 비가 내려서야 오후에 밭일은 불가능했겠지만) 저녁 식사도 마친 후 느긋하게 쉬고 있을 8시 반. 재빨리 다리를 건너 신속하게 전진, 마을 사람들에게 들켰을 경우 사방으로 뿔뿔이 도망친다. 그리고 적을 교란하는 틈에 운 좋은 사람이 아무나 성에 쳐들어가 마리아를 찾아낸다는 계획이다. 완벽한 작전이다. 이 방법밖에 없다.

우리는 앞으로 몸을 숙이고 어두운 숲 속 깊숙이 들어갔다. 도중에 폐가 같은 집이 한 채 있었는데 불빛도 없고 인기척도 전혀 느껴지지 않았기 때문에 우회하지 않고 그 앞을 통과했다.

"이대로 가면 무혈입성하겠는걸?"

모치즈키가 기쁘게 말했다. 하지만 아직 방심할 수 없다. 우리는 이 마을 지리는 물론 이곳에 몇 사람이 있는지도 모르니까.

굽이굽이 휜 샛길을 나아갈수록 숲 너머로 훌륭한 2층짜리 저택이 점차 눈에 들어왔다. 몇몇 창문에 불빛이 켜져 있다. 우리는 멈춰 서서 그 전경을 바라보았다. 동서로 날개를 가진 凹 형태의 서양식 건물이라는 사실 외에는 밤의 어둠과 비에 뒤덮여 잘 알 수 없었다. 하지만 주간지 화보에서 본 기사라 씨의 저택이 분명하다. 과거에 버림받았던 마을 유적 속에 그 저택은 위풍당당하게 우뚝 서 있었다. 결국 여기까지 왔다. 마리아가 있는 곳까지 고작 100미터 거리다. 우리는 말없이 미소를 주고받으며 다시 앞으로 나아갔다. 작전은 최종단계에 접어들고 있다.

이윽고 숲이 끝나고 저택의 널찍한 앞뜰로 나왔다. 꼼꼼히 손질했다고 하기는 어려운 잔디가 진창이 되어 우리가 가는 길에 널려 있었다. 우리는 거기서 또 한 번 걸음을 멈추고 누가 먼저라 할 것 없이 우산을 접었다. 이미 온몸이 흠뻑 젖어서 소용이 없었기 때문이다. 30미터쯤 앞에 커다란 분수 너머로 현관문이 보였다.

그때, 1층 창문 하나를 가로지르는 사람 그림자가 보여 나는 흠칫 놀랐다. 여자 그림자였던 것 같다. 마리아일지도 모른다.

"여기까지 왔으니 이제 현관까지 달려가서 쳐들어가도 괜찮겠죠. 이렇게 비에 젖은 생쥐 꼴로 뛰어 들어가는 건 본의가 아니지만 어쩔 수 없지 뭐."

"쉿."

긴장을 푼 오다가 에가미 선배에게 말하자 부장은 집게손가락을 세웠다.

"누가 나왔어……."

현관문이 열리더니 사람 그림자가 나타났다. 역광이었지만 야기사와가 아니라는 점은 알 수 있었다. 좀 더 몸집이 큰 사내다. 머리를 훌렁 밀었는지 윤곽이 매끈한 달걀 모양이다. 사내는 잠시 그 자리에서 꼼짝 않고 비 내리는 정원을 둘러보고 있었다. 우리가 이곳에 숨어 있다는 사실을 알 리가 없는데, 뭘 하고 있는 걸까?

우리는 상황을 살펴볼 수밖에 없었다.

사내가 움직였다. 그때 그가 맨발임을 눈치챘다. 우산도 쓰지 않고 느릿한 걸음으로 빗속으로 나온다. 이쪽으로 오나 싶어 나는 순간 몸을 굳혔지만 그렇지 않았다. 사내는 갑자기 방향을 돌려 오른쪽으로 달려갔다. 요란하게 비를 튕기고 두 팔을 정신없이 흔들어대면서 토끼처럼 민첩하게 달렸다. 저택 동쪽 끝까지 그대로 달려가더니 방향을 홱 바꿔 이번에는 서쪽으로 달린다. 역시나 두 팔을 전후좌우로 복잡하게 휘두르며. 그게 다가 아니라 이번에는 비 내리는 밤에 괴조처럼 괴상한 소리를 질렀다. 우리는 얼굴을 마주 보았다.

"뭐야, 저거?"

"묻지 마."

모치즈키와 오다가 얼굴을 찌푸리며 말했다.

사내는 저택 서쪽 끝에서 다시 방향을 바꿔 더 큰 동작으로 지그재그로 달렸다. 두 팔의 격렬한 움직임은 일렁이는 불꽃 같기도 했다. 그리고 불규칙적이고 엉터리라 생각했던 그 동작에도 기묘한 법칙과 리듬이 있었는지 차츰 쾌감이 전해져 왔다. 전력으로 질주하는데도 머리가 꼼짝도 않는다는 사실도 깨달았다. 이건 대단히 고생스러운 공연일지도 모르겠다. 사내는 정원 복판으로 달려가 하늘을 우러르더니 전신을 부들부들 떨며 허공을 쥐어뜯었다. 나는 그것이 무용이라는 사실, 그리고 내가 그 춤에 빠져들고 있다는 사실을 깨달았다.

"역시 예술가 마을이로군. 난데없이 맛 간 녀석이 등장했네."

난처하다는 듯이 오다가 턱을 북북 긁으며 말했다. 사내가 또다시 괴상한 소리를 지르자 오다는 기가 막히는지 한숨을 쉰다.

"여기서 기다려도 언제 끝날지 모르겠다. 비 때문에 몸이
식었어. 어떻게 할까요, 에가미 선배?"

모치즈키가 의향을 묻자 부장은 "뒤로 돌아가 보자."라고
대답했다. 우리는 오른쪽 숲 속을 지나 몸을 숙이고 이동했
다. 걸어가면서 저택을 보니 현관 옆쪽 창에 사람 그림자가
몇 개 있었다. 비 내리는 정원의 무용을 감상하고 있는지도
모른다. 그게 아니더라도 이 어두운 숲 속에 있는 우리가 보
일 리 없다. 모치즈키의 말처럼 아까부터 11월의 비를 맞은
몸이 차가웠다. 빨리 결판을 내고 싶다.

저택 뒤로 돌아가 보니 그곳은 화원이었다. 늦가을이라 백
화요란百花燎亂까지는 아니었지만 아름답게 꾸민 화단과 장미
시렁이 저택 폭만큼 널찍하게 펼쳐졌다. 가을 파종용 씨앗을
심은 자리와 상록 소저목小低木 사이로 잔디를 간 통로가 가로
세로로 뻗어 있었다.

"여기서 마약을 재배하고…… 있는 것 같지 않네."

오다가 중얼거렸다. 그가 스스로 인정했듯이 이 훌륭한 화
원은 마약밭으로 보이지는 않았다. 그렇지만 물론 오다나 내
가 지닌 식물에 대한 지식은 빈약 그 자체라 아직 단정할 수
는 없다.

저택을 올려다보니 2층은 방 하나만 불빛이 보였다. 그 위로

는 슬레이트로 이은 지붕이 튕겨내는 비 때문에 안개가 낀 것처럼 보인다. 낙수받이는 온몸을 떨며 물을 토해내고 있었다.

"에가미 선배, 저기." 나는 손가락질했다.

서쪽 끝에 뒷문이 있었다. 일단 거기로 들어갈 수밖에 없는 것 같다. 운 좋게 문이 열려 있다면 그렇다는 말이지만.

우리는 숲에서 나와 화원으로 파고들었다. 에가미 선배가 옆쪽의 키 작은 풀을 보고 혼잣말을 했다. "로즈메리군." 에가미 선배 혼자 자갈길을 걸어가면서 주위 식물을 두리번두리번 살펴보고 있었다. 어느 정도 분간이 가는 식물이 있는 모양이다.

화원 중앙까지 왔을 때 오다가 두 손으로 입가를 막으며 멈춰 섰다. "끅." 손가락 사이로 괴로운 소리가 새어 나왔다. "왜 그래?" 모치즈키가 소리를 낮춰 묻는 순간.

"헤에에취!"

이렇게 요란한 재채기가 또 있을까 싶을 정도로 엄청난 재채기였다. 우리는 일제히 손으로 이마를 짚었다. 홈 비디오였다면 '이거 끝장이다!'라고 말풍선이나 자막이 나올 장면이다.

2층 창문이 벌컥 열렸다. 불빛이 있던 방이다. 위를 올려다보자 통통하게 살찐 젊은 여자와 눈이 딱 맞았다. 그녀는 코앞에서 괴물이라도 본 것처럼 비명을 질렀다.

"이리 좀 와주세요! 뒤쪽에 누가 들어왔어요!"

그녀는 방 안으로 물러나면서 외쳤다. 불이라도 난 것처럼 난리법석이다.

"큰일 났다."

오다는 그런 말을 하면서도 한 번 더 재채기를 했다. 괴물의 포효라도 들은 것처럼 또다시 2층에서 비명이 들렸다.

에가미 선배는 재빨리 뒷문으로 달려가 손잡이를 돌렸다. 하지만 문은 열리지 않았다.

"흩어져!"

에가미 선배는 그 한마디를 남기고 서쪽으로 몸을 돌려 사라졌다. 당황할 것 없다. 가정했던 사태 아닌가. 나는 그렇게 생각하면서 진정하려 했다. 아니, 진정하고 있을 때가 아닌가?

"왜 그래?"

"이쪽이야?"

그런 목소리와 함께 동쪽에서 수선스럽게 달려오는 소리가 들렸다. 방금 전 불꽃춤을 추고 있던 대머리 사내가 나를 노리고 돌진하는 모습을 상상하자 오싹했다. 도망칠 수밖에 없다.

"야, 기다려, 아리스!"

에가미 선배의 뒤를 쫓아 서쪽으로 달려가는 나를 보고 모치즈키가 한심한 목소리를 냈다. 오다도 뭐라고 소리치며 둘이 나란히 뒤에서 달려온다. 뿔뿔이 흩어져 적을 교란하기는커녕, 이건 뭐 모두 같은 방향으로 가고 있잖아? 하지만 추격자가 동쪽에서 달려드니 서쪽으로 피할 수밖에 없다. 남쪽은 저택이고, 그 외의 방향으로 도망치는 방법은…… 셋 다 생각도 못했다.

"어이, 누구야, 너희들?!"

동쪽 모퉁이를 돌아 나온 추격자가 우리 모습을 발견했다. 무시무시한 불꽃춤이 뇌리를 스친다. 싫다. 그것만은 봐줘!

나는 몇 번이나 미끄러져 휘청거리면서 서쪽 모퉁이에 다다랐다. 그때.

"으악!"

모퉁이에서 나타난 다른 추격자와 딱 마주쳤다. 상대는 아는 얼굴, 야기사와 미쓰루였다.

"아니, 이 자식, 오늘 아침에 봤던 녀석이잖아. 에이, 끈질기기는!"

"아뇨, 아니에요."

끔찍한 형상의 야기사와에게 그렇게 말해보았지만 뭐가 아닌지 나도 모르겠다. 달려드는 팔을 뿌리치고 되돌아갔다. 하지만 그쪽에서도 몇 사람이 달려오고 있다. 완전히 샌드위치다. 나는 그제야 비로소 남아 있는 퇴로를 깨닫고 숲 속으로 도망치기 위해 화원의 통로로 방향을 틀었다.

"안 돼요! 제발 꽃은 밟지 마요!"

찢어지는 목소리가 내 뒤로 날아들었다. 뒤를 돌아보니 1층 창으로 얼굴을 내민 부인이 가슴에 두 손을 모으고 애원하고 있었다. "조심할게요!" 나는 그렇게 대답하고 잔디 길로 도망쳤다. 역시나 모치즈키, 오다 두 사람도 따라왔다.

"멈춰! 거기 서!"

추격자 하나가 그렇게 외치면서 오른쪽 옆길로 쫓아왔다. 이대로 똑바로 가면 그가 달리는 길과 합류하고 만다. 나는 갈라진 통로에서 왼쪽으로 돌았다. 하지만 그쪽에서는 야기사와 미쓰루가 쫓아오고 있었다. 이대로라면 결국 사냥꾼들에게 몰리고 만다.

"죄송해요. 나쁜 뜻이 있어서 그런 게 아니에요!"

모치즈키가 도망치면서 변명하고 있다. 사과할 거면 이런 짓을 하질 말지. 오다가 용감하게도 불꽃의 무용가에게 몸을 날려 상대를 쓰러뜨리는 모습이 보였다. 오오, 이 장면은 본격 미스터리 팬과 하드보일드 팬의 마음가짐 차이인가? 이런 쓸데없는 생각을 하고 있을 때가 아니다. 야기사와가 바로 뒤까지 쫓아와서 지금 당장이라도 내 목덜미를 붙잡을 것 같다.

잡힐 수는 없다는 생각으로 잔디를 박찬 발이 미끄러졌다.

'끄악' 하고 소리를 지르며 넘어진 나에게 발이 걸린 야기사와도 비명을 지르며 뒹굴었다. "아야야······." 허리를 문지르는 폼이 바로 일어나지는 못하는 모양이다. 나는 간신히 상체를 일으키려는 그가 짚고 있던 오른팔을 걷어차서 넘어뜨린 다음, 숲 속으로 도망가려고 화단을 뛰어넘었다.

거기서 다시 흘깃 뒤를 돌아보았다. 두 사내에게 붙잡힌 모치즈키는 두 팔을 버둥거리며 저항하고 있다. 그쪽은 이미 끝났다. 홀로 적의 수중에 떨어졌다. 오다는 머리가 덥수룩한 사내의 추격을 받으며 화원의 미로 속에서 끈질기게 도망치고 있었다. 야기사와와 무용가는 아직 나뒹굴고 있다.

나는 저택 앞으로 돌아가 잘만 되면 현관으로 쳐들어가려고 했다. 첨벙첨벙 물을 걷어차며 숲으로 들어가 동쪽으로 달렸다. 낮게 뻗은 잔가지가 뺨을 긁어 가벼운 상처가 났지만 아프다고 징징댈 여유는 없다. 그럴 리가 없는데도 잡히면 죽는다는 생각으로 질주했다. 그나저나 철봉도 그렇고 빗속의 술래잡기도 그렇고, 오늘은 너무 자주 동심으로 돌아간다.

그대로 너도밤나무 숲 안쪽으로 도망쳤다면 적을 떨쳐낼 수도 있었을 것이다. 하지만 열려 있는 현관문을 본 나는 과감한 돌격을 결심했다. 사실은 이미 내가 무슨 짓을 하고 있는지도 모르는 상태였다.

"멈춰요."

그때 길을 가로막은 사람이 그 스킨헤드 무용가였다. 에라, 이렇게 됐으니 덤벼나 보자는 심정으로 아까 오다의 행동을 흉내 내어 어깨로 공격하려 했다. 그 결과, 날아간 것은 내 쪽이었다.

"그만하세요."

사내는 다리를 벌리고 서서 타이르듯 말했다. 아까는 방심하고 있다가 넘어진 것이리라. 사내는 바위처럼 건장했다.

"이 자식!"

야기사와가 진창에 쓰러진 내게 독수리처럼 달려들었다. 야기사와는 드러누워 있는 내 위에 올라타더니 멱살을 잡았다. 어째서 이런 취급을 받아야 하지? 화가 치밀었다. 무엇때문에 이런 난장판이 벌어졌는지도 잊고 나는 야기사와를 배대뒤치기로 메다꽂았다. 고등학교 때 유도부에서 철저하게 단련한 기술……은 아니다. 초등학교 모래밭에서 어깨너머로 익힌 어설픈 기술이었는데 상대는 어이없게 날아가주었다. 속이 시원할 정도로 요란하게 물이 튀었다.

"이제 그만하세요."

스킨헤드가 얄미울 만큼 차분한 목소리로 말하며 나를 제지하려고 손을 뻗었다. 그 손에서 빠져나와 다시 숲으로 도망치려 했지만 오른쪽 다리를 덜컥 붙들렸다. 무덤에서 캐리 화이트의 손이 튀어나왔나? 아니다. 쓰러진 야기사와가 붙잡은 것이다.

"잘도……."

야기사와는 분노의 신음과 함께 나를 또다시 진흙탕 속에 쓰러뜨렸다. 오다 역시 멀리서 머리가 덥수룩한 사내와 몸싸움을 하고 있는 모습이 보였다. 이래서야 완전히 구로사와 영화의 클라이맥스가 아닌가? 나는 웃음이 나왔다.

"그만둬요! 다들 싸우지 마요!"

"여보, 괜찮아요?!"

"내 정원은, 내 정원은 무사하죠?!"

여자들이 몇 명 현관에 나와 저마다 한마디씩 외치고 있다.

"마리아……."

그 안에서 마리아의 모습을 찾아보았지만 헛수고였다. 급격하게 몸속에서 힘이 빠져나갔고, 나는 사로잡혔다.

제4장

빗속의 방문자 ─ 마리아

/ 1 /

책을 읽다 잠이 들었던 모양이다. 베갯머리의 전기스탠드
가 켜져 있었다. 탁상시계를 보니 아침 7시까지 몇 분 남았다.

어젯밤의 비는 그쳤는지 빗소리는 들리지 않았지만 아침
햇살도 비치지 않았다. 그냥 잠깐 멎었다가 다시 내릴지도 모
른다. 나는 스탠드 불을 끄고 침대에서 나왔다. 다카하시 겐
이치로가 스니커 옆에 떨어져 있다. 재밌게 읽고 있었는데,
어젯밤엔 갑작스레 졸음이 몰려왔다. 저녁 식사 후의 약혼 발
표에 이어 그 소식이 일으킨 파문을 지켜보느라 기진맥진했
기 때문이다. 나는 책을 주워 구겨진 표지를 폈다.

또다시 마을의 하루가 시작된다.

나는 언제 이곳을 떠날까. 어젯밤은 그 생각을 하다가 잠에
곯아떨어졌다. 어쩌면 새벽녘 꿈속에 결론이 나왔을지 모르

지만 기억이 나지 않는다.

'오늘 생각하자. 일을 하면서 생각하면 돼.'

나는 옷을 갈아입고 세면장으로 향했다. 얼굴을 씻고 바로 아침 식사를 준비했다. 조금 있다가 고비시 시즈야가 내려왔다. 어젯밤 이곳에서 묵었던 것이다. 물구나무는 서지 않았다. 고비시와 내가 오늘 아침 취사 당번이다. 아침 인사를 나눈 후 그는 말없이 된장국을 끓이기 시작했다.

이런 식으로 고비시와 취사 당번에 걸린 것은 세 번째다. 과묵한 이 사람에게서 조금씩이나마 신변 이야기를 캐낸 것은 대개 이 주방에 둘이서 있을 때였다. 그가 나고 자란 곳은 이와키 산을 내려다보는 쓰가루의 마을로, 고향집은 정토종 사찰이라고 한다. 어렸을 때부터 뒤를 이을 생각이었던 그는 도쿄의 불교계 대학에 진학했다. 얼마 지나지 않아 히지카타 **다쓰미**土方巽, 1928~1986, 일본의 무용가, 암흑무도라는 새로운 무용 형식을 확립해 다양한 예술가들에게 영향을 미쳤다.—옮긴이의 무대를 보고 반해버린 그는 친구가 소속되어 있던 무용극단에 들어간다. 대학을 졸업하고 일단 고향으로 돌아가 머리를 밀었다. 하지만 엄격한 아버지에게 언젠가 절을 이어받겠다는 약속을 하고 다시 상경. 극단으로 돌아가 20대 초반을 그곳에서 보냈다. 이윽고 그 소극단이 해체되자 고비시는 반쯤 충동적으로 인도로 건너간다. 〈리그베다〉를 주제로 한 무용을 구상하고 있었기 때문이라고 했다. 일본과 거래하는 무역회사에서 일하면서 한편으로 길거리 공연을 하며 지냈다. 서른한 살 때 귀국. 일요일에 시부야 공원에서 춤을 추던 것이 화제가 되었고 그것이 기사라 가쓰요시 씨의 눈에 들어 이 마을에 오게 되었다. 이것이 고비시가 이 마을에 오게 된 경위다. 그 후로 4년이 지났다. 그는 이 이야기를 연재소설처럼 잘게 나누어 들려주었다.

"이 마을이 없어지면 고비시 씨는 어떻게 하실 거예요?"

아침부터 무거운 질문일지도 모르겠다고 생각하면서도 그런 걸 묻고 있었다. 파를 썰고 있던 고비시는 고개를 들지 않고 대답했다.

"글쎄요, 어떻게 할까요. 다시 인도에 가는 것도 좋지만 슬슬 고향으로 돌아가 스님이 되어도 좋겠지요."

"무용가가 되려는 꿈은 어떻게 되죠?"

버릇없는 질문이다. 내 마음이 정리되지 않았다고 남의 생각을 물어본들 참고가 되는 것도 아닌데.

"무용가라는 단어에는 '춤추는 자'라는 의미밖에 없어요. 언제 어디서든 저는 춤출 수 있습니다. 이곳은 맑은 기운이 가득한 멋진 땅이었어요. 이곳에서 4년을 보낼 수 있었다는 사실에 감사하고 있습니다."

"벌써 나가기로 결심하셨나요?"

"맑게 갠 하늘을 보면 떠날까 하고요."

굳은 결단을 내린 사람이 있었다. 나는 우유부단한 내 성격이 부끄러웠다.

"저는……."

고비시를 쳐다보았지만 그는 여전히 고개를 숙이고 있다.

"저는 사에코 씨가 그리고 계신 그림이 완성되면…… 나갈 거예요."

고비시의 반응을 살폈지만 그는 감정 없는 목소리로 "그렇군요."라고 짤막하게 말할 뿐이다.

"저도 이곳을 나갈 거예요. 나가서…… 나가서……."

꼴사납게 말을 더듬고 말았다.

하지만 마을을 나가겠다고 말한 순간 내가 어쩌고 싶은지, 어떻게 할 것인지, 대답은 나왔다.

마을을 나가면 먼저 도쿄의 부모님이 기다리는 집으로 돌아가자. 걱정을 끼쳤으니 용서를 빈다. 그리고 이 마을에서 만난 사람들, 혼자서 고민했던 생각을 알리고 내 방에서 잔다. 그리고…….

그리고 교토로 돌아가자.

뼛속까지 한기가 스며드는 견디기 힘든 겨울을 앞둔 거리, 느지막한 아라시야마 단풍의 마지막 한 잎이 간신히 남아 있을지도 모를 거리, 내가 선택한 붉은 기와의 유서 깊은 대학이 있는 거리로 돌아가자. 친구와 선배들의 그리운 얼굴을 보러, 달려서 돌아갈 거예요. 나는 그렇게 말하고 싶었던 것이다.

"그렇군요. 그럼 이제 곧 이별이네요. 이렇게 묘한 땡중하고 함께 아침 식사 준비를 했었다는 걸 기억해주신다면 고맙겠군요."

"잊지 않을 거예요."

나는 미소를 지었다. 그에게, 그리고 나에게. 몇 달이나 머리 위에 부슬부슬 내리던 비가 단숨에 갠 것 같았다. 인간의 마음이란 참 신기하다. 약간 놀랐다. 무엇을 계기로 이렇게 간단히 답이 나왔을까? 잘 모르겠다. 단지 답을 내니 이번에는 내가 버리고 도망쳤던 수많은 것들이 한없이 그립고 애틋했다.

'다들 어떤 얼굴로 맞이해줄까? 아버지는 분명 화를 내며 맞아주실 테고, 어머니는 그런 아버지를 말리시겠지. 아니, 도리어 그 반대일지도 몰라. 아리스하고 에가미 선배는……'

함께 여름을 보낸 그 두 사람은 무슨 말로 나를 맞이할까? 모치 선배, 노부나가 선배는 여름방학 전부터 만나지 못했다. 어쩌고 있을까? 추리소설연구회 네 사람의 얼굴이 한 장의 초상화에 담겨 뇌리에 떠올랐다. 그것은 배경이 없는 가공의 초상화였다.

내 가슴은 불현듯 뜨거워졌다. 그들이 아득히 먼 고장이 아니라 바로 내 곁에 있는 것만 같아서……

"그건 그렇고 마리아 씨."

"네?"

고비시는 밥솥을 가리켰다.

"스위치를 안 켰네요."

/ 2 /

비는 그쳤지만 구름이 낮게 깔려 하늘은 여전히 납빛이었다. 호우를 동반한 전선은 규슈에 머물고 있는 듯하다. 고비시가 맑은 하늘을 볼 수 있는 날은 모레 이후가 되리라. 그 전에 그의 춤을 한 번만 더 보고 싶다.

"당장이라도 한바탕 쏟아질 것 같네요. 오늘 밭일은 쉬어야겠군요."

아침 식사 자리에서 기쿠노가 창밖을 보며 말했다. 시금치 수확기다. 서두를 이유는 없지만 무농약 재배라 자칫하면 충해를 입는 경우가 있다.

"찬성이오. 다른 분들은 어떠십니까?"

오노 히로키가 일동을 둘러보며 그렇게 말한 순간, 어딘지 모르게 어색한 공기가 흘렀다. 이상했다. 다들 새 주인님을

175

맞이한 고용인이 되어버린 것 같다.

"오늘은 창작을 하죠. 비 오는 날도 좋지 않나요? 그렇죠, 여보?"

지난밤, 이 식당에서 오노와 말다툼을 했던 데쓰코가 호응했다. 사람들 앞에서는 오노와 서로 특별한 응어리가 없다는 점을 강조하고 싶은지도 모른다. 데쓰오는 차를 홀짝이며 고개를 끄덕였다. 둘이서 공방에 틀어박히겠지. 그들은 이 저택 안이 아니라 다리로 이어지는 길 중간에 있는 기울어진 단독 건물에 살고 있다. 창작 현장도 그쪽이지만 식사는 다른 사람들과 함께 한다.

이 마을 주민들 가운데 자기 집을 가지고 있는 사람은 마에다 부부, 고비시 시즈야, 그리고 시인 시도 아키라, 이렇게 네 명이었다. 집을 가지고 있다고는 해도 다들 버려진 농가를 한 채씩 점유하고 있을 뿐이지만. 그들의 집은 100미터 남짓한 마을 안에 흩어져 있다.

저벅저벅, 품위 없는 발소리가 복도에서 들리는가 싶더니 시도가 식당 입구에 나타났다. 그는 취사 당번일 때를 제외하고는 자기 집에서 혼자 식사한다.

"오늘은 밭에 안 나가겠지?"

'설마 나갈 리는 없겠지.'라고 들리는 질문이었다. 기쿠노가 쓴웃음을 지으며 "예, 오늘은 나가지 않아요."라고 대답했다. 야기사와는 게으른 인간이라고 말하고 싶은지 불만스러운 표정이다. 하지만 시도는 노동을 싫어하는 것이 아니다. 일할 때는 콧노래까지 흥얼거리며 남들보다 배는 더 일한다. 단지 그날 기분에 따라 노동이 몹시 고통스러운 경우가 있다고 한다. 그래서 보다 못한 가쓰요시 씨가 이곳으로 부른 것이리라.

"그거 다행이군." 시도는 더할 나위 없이 상큼한 표정을 지었다. "야기사와 군, 한 시간 정도 피아노 좀 쳐도 되겠나?"

그는 피아니스트에게 양해를 구했다. 이 시인은 기분 전환 삼아 피아노를 연주한다.

"난 상관없어. 유이 씨는 어떠신가요?"

'야기사와 군'이라는 싫은 호칭으로 불린 야기사와는 더더욱 얼굴을 찌푸렸다. 유이가 '싫어요.'라고 할 리도 없는데 굳이 그녀의 의사를 묻는 것은 야기사와 특유의 심술이리라.

유이는 살갑게 양해를 표했고, 시도는 그럼 됐다는 듯이 고개를 끄덕였다.

"그럼 딱 한 시간만 음악실을 독점하도록 하지. 그 누구도 마에스트로 시도를 방해하지 말도록."

시도가 익살스러운 웃음을 던지고 떠나자, 야기사와는 콧방귀를 뀌었다. "피아노 소리나 망가뜨리지 마."라고 독설도 늘어놓는다. 기타도 아니고, 미숙한 사람이 마구 두드린다고 피아노 조율이 망가질 리 없다는 사실은 자기가 제일 잘 알고 있으면서.

식사가 끝나자 뒷정리를 할 고비시와 나를 남겨두고 다들 뿔뿔이 흩어졌다. 마에다 부부는 공방으로, 기쿠노와 오노 히로키는 도서실로, 고자이 고토에는 조향실로.

스즈키 사에코, 야기사와 미쓰루, 지하라 유이는 거실에 모여 잡담을 시작한 모양이다. 그릇을 씻어 선반에 정리하자 고비시는 흐린 하늘 아래로 산책을 나갔고, 나는 거실의 잡담에 가세했다. 옛날에 보았던 영화 이야기, 여행의 추억담 등. 하루가 느긋하게 흘러가도록 다들 원만한 화제만 골랐다. 텔레비전을 켜놓았지만 네 사람 다 보고 있지 않았다.

나는 타이밍을 노려 말했다.

"사에코 씨, 전 오늘은 몇 시간이라도 괜찮아요. 그려주실 거죠?"

"어머나, '그려주실 거죠?'라니 무슨 말씀을. 그려드려야죠. 잘 부탁해요."

사에코는 늘 그렇듯 정중한 말씨로 응해주었다. 아뇨, 제가 부탁드리고 있는 거예요. 나는 가슴속으로 대답했다. 캔버스 위에 옮겨주었기 때문에 나는 서서히 자신과 마주할 힘을 되찾을 수 있었다. 나 자신의 고독. 나 자신의 약한 모습. 나 자신의 망설임. 나 자신의 교활함. 나 자신의 교만. 그리고 나 자신의 광채, 나만의 모습. 그런 것들과 오래도록 대치할 수 있었다. 그리고 그것들을 이끌어낸 사에코의 능력이 부러웠다. 때문에 멋진 그림이 완성되는 순간을 빨리 만나고 싶었다. 그리고 그때가, 내가 둥지를 떠나는 순간이 되리라.

"오전부터라도 전 상관없는데요."

"고마워요. 그럼 이 한 대만 피우고."

사에코는 담배에 불을 붙이며 말했다. 그녀는 하루에 열 대 정도 담배를 피운다. 그것은 고토에가 없을 때, 없는 장소로 한정되었다. 조향 예술가인 고토에가 강한 담배 냄새에 진저리를 치기 때문이다. 고토에는 내심 이 마을에서 담배를 깡그리 추방하고 싶겠지만, 역시 그런 말까지 입 밖에 내지는 않았다. 그 보답으로 그녀가 근처에 있을 때는 아무도 흡연하지 않는다.

사에코의 담배가 절반으로 줄었을 때였다. 그냥 켜놓은 채 아무도 보지 않던 텔레비전에서 '구가 료이치'라는 이름이 들렸다. 나는 흠칫 놀라 곁눈질로 유이를 보았다. 미소를 짓고 있던 유이의 표정은 그대로 얼어붙었다. 사에코도, 야기사와도 불현듯 입을 다물고 말았다. 구가 료이치가 어쨌다는 거지? 나는 텔레비전에 귀를 기울였다. 모닝 쇼의 연예계 정보 코너였다.

—허어……, 유리카 양이 이른 아침 구가 씨의 맨션에서 나

오는 모습을 보았다는 정보는 저도 들은 적이 있지만, 이번 소식은 촬영장인 캐나다에서 밀회를 즐겼다는 내용입니다. 거참, 이거 상당히 계획적인 데이트로군요.

경박함이 옷을 입고 넥타이를 맨 듯한 중년 남성이 치근거리는 말투로 감탄사를 연발했다. 록 밴드 '쉘 쇼크'의 리드보컬 구가 료이치와 여배우 이토 유리카의 스캔들을 폭로하며 '자, 흥분하쇼.' 하고 일본 전국에 호소하고 있는 것이다. 떠들어대고 있는 본인은 정말로 흥분한 모양이다.

—구가 씨 하면 아무래도 스캔들이 많은 분이죠. 두 달 전에는 콘서트장에서 팬 상대로 한바탕 난동을 부린 사건이 있었습니다. 여성과의 소문도 많아서…….

야기사와가 용수철처럼 자리를 박차고 일어나 텔레비전으로 달려갔다. 스위치를 끄기 직전에 클로즈업된 중년 남성이 '지하라 유이'라는 이름을 꺼냈다. 야기사와는 한발 늦었던 것이다. 음성이 끊긴 거실에 지하라 유이라는 한마디가 마치 지금 막 끈 담배 연기처럼 넘실거렸다. 나는 차마 유이의 얼굴을 보지 못하고 한동안 바닥만 바라보고 있었다.

"다들," 유이가 입을 열었다. "다들 왜 그러세요? 절 걱정하시는 거라면 괜찮아요. 이젠 아무렇지 않아요."

천천히 고개를 들어보니 유이는 뺨을 누그러뜨리고 미소를 지으려 했다. 억지로 웃을 필요 없는데. 그런 애처로운 짓은

그만했으면 좋겠다. 난 무슨 말을 해야 할지 모르는 내가 속
상했다.

"미안해요. 제가 보지도 않으면서 시시한 채널에 맞춰놓는
바람에 유이 씨가 불쾌한 꼴을 당하고 말았군요. 용서해요."

사에코가 온화하게 말했다. 그녀가 과연 사과할 필요가 있
는지는 별개로, 유이를 똑바로 바라보며 사죄하는 행동이 몹
시 사에코다워서 대단하다는 생각이 들었다. 위태로운 상황
에서 곧잘 눈을 돌려버리는 비겁한 나와는 천지 차이다.

"무슨 말씀이세요. 사에코 씨가 사과하실 이유는 없어요.
전 정말 아무렇지 않은걸요……."

정말로 그랬더라면 좋았을 것이다. 하지만 이미 늦었다. 그
녀의 눈시울이 지금 얼마나 뜨거운지, 보고 있는 내게도 아릴
정도로 전해지고 말았으니까.

"유이 씨."

야기사와가 진지한 얼굴로 불렀다. 할 말을 찾고 있다. 하
지만 표현이 서툰 그는 단어를 찾지 못했다.

"저기, 유이 씨."

야기사와가 다시 불렀을 때, 유이가 일어섰다.

"죄송해요, 실례할게요."

그녀는 원피스 자락을 팔락이며 거실을 뛰쳐나갔다. 사이
즈를 보고 고른 그 옷은 임부복이었다.

"유이 씨, 잠깐 기다려요!"

음악가는 헐레벌떡 뒤를 쫓았다. 멀어져 가는 두 사람의 발소리를 들으며 나는 꽉 붙들어, 하고 야기사와에게 소리 없이 성원을 보냈다.

"유이 씨에게 미안한 짓을 하고 말았군요. 아직 마음의 상처가 낫지 않았는데, 몹쓸 것을 보이고 말아서…… 가엽게도."

둘만 남자 사에코는 가라앉은 목소리로 중얼거렸다. 책임을 통감하고 있나 보다.

"우연히 이 자리에 있었던 유이가 운이 나빴을 뿐이지, 사에코 씨 탓이 아니에요."

"그렇다고는 해도 뒷맛이 좋지 않네요."

사에코는 하루 열 대밖에 피우지 않는 담배의 두 번째 개비에 불을 붙였다. 그리고 씁쓸하게 빨아들였다.

"야기사와 씨가 잘 보듬어주면 좋겠는데……."

내 말이 떨어지기가 무섭게 사에코가 대답했다.

"무리예요. 저 사람한테는 어려울 거예요. 짐이 너무 무거워요."

어찌나 똑 부러지게 단정하던지, 나는 약간 놀라 되물었다.

"그럴까요?"

사에코는 고개를 끄덕였다.

"그래요. 야기사와 씨가 미덥지 못하다는 말이 아니에요.

유이 씨에게 원인이 있기 때문이죠. 유이 씨가 아직 그……"

"구가 료이치."

"맞아요, 그 구가라는 록 뮤지션을 완전히 포기하지 못했기 때문이에요. 그렇게 괴로워했는데 아직도 사랑하다니, 가여운 아이예요."

유이는 괴로웠을 것이다. 온 힘을 다해 아이돌을 연기하던 와중에 처음으로 안 격렬한 사랑. 밀회. 점점 바빠지는 스케줄. 텔레비전, 이동, 리허설, 콘서트, 이동, 텔레비전, 녹음, 이동, 광고 촬영, 이동. 그사이를 틈탄 밀회. 그녀의 존재 그 모든 것을 지탱해주는 사랑. 둘만의 시간은 짧고, 떨어져 있는 시간은 미치도록 길다. 줄어들 대로 줄어든 수면시간. 일주일에 4천 킬로미터의 이동. 그사이에 남몰래 듣는 사랑하는 남자의 노래. 밀회. 그의 맨션에서 나오는 순간 갑자기 번쩍이는 플래시. 경악. 신문에서, 차량 벽보에서 특종을 외치는 광고. 주간지로 뻗는 수많은 손들. 기획사의 질책. 기자회견. 끝나버린 밀회. 이윽고 판명된 몸의 변화. 사랑하는 남자의 질책. 부모의 한탄. 중절. 남자의 외도. 새로운 특종. 절망. 변함없이 거리에 흐르는 자신의 노래. 연예부 기자의 추적. 도주…….

폭식증이라는 병. 선글라스. 정신과의 하얀 대기실. 진찰실. 정신과 치료. 문 앞에서 또다시 번쩍이는 플래시. 도주…….

그녀는 여행가방 하나만 끌어안고 이 비밀의 마을을 찾아왔다. 얄궂게도 그녀의 비밀을 폭로하고 기뻐 날뛰던 주간지에서 예전에 보았던 장소였다. 그곳이라면 숨겨줄지도 몰라. 그녀는 그렇게 믿고, 아는 사람이라곤 하나 없는 이 마을로 뛰어들었다. 뭘 착각한 가출 소녀가 찾아왔다며 마을 사람들이 당황해할 때, 기쿠노 부인이 말했다.

"당신을 알아요."

그리고 명령했다.

"노래를 불러봐요."

유이는 발밑에 수트케이스를 내려놓고 현관 앞에서 금세 노래를 정했다. 그녀는 수트케이스 안에 넣어 온 엔야의 CD에서 〈Evening Falls……〉를 골라 저녁노을 속에서 노래했다. 어떤 이는 목동이 부르는 듯했다고 하고, 또 어떤 이는 사랑했던 사람이 천국을 향해 올라가는 연기가 된 듯 애잔한 느낌이었다고 평했다. 노래를 마친 유이에게 마을 사람들이 박수를 보냈고, 기쿠노가 미소를 지었다. 마침내 마을 안에 들어왔을 때, 그녀는 목 놓아 울며 부인에게 매달렸다. 나는 그렇게 들었다.

"야기사와 씨는 유이를 짝사랑하고 있군요."

"그런 모양이에요."

사에코는 그렇게 말하며 담배를 껐다.

"그 사람은 우상이었던 시절의 유이 씨에게는 흥미가 없었다고 하니, 이곳에서 만난 유이 씨의 본모습에 반한 거죠. 함께 노래 연습도 하고, 뭐든 도와주려고 열심이지만 아직은 시간이 더 필요할 거예요."

"하지만 이제 이곳에는 더 머무르지 못할지도 몰라요."

"마리아 씨는 사모님이 오노 씨와 결혼하면 이 마을이 개방되고 만다고 생각하는 거죠?"

"네."

사에코는 그렇게 생각하지 않는 걸까?

"그래요, 그럴지도 모르죠. 하지만 그건 내일이나 모레 일어날 일은 아니에요. 오노 씨가 사모님의 전 재산을 휘두를 수 있게 되어도 이 마을을 그의 구상대로 개조하려면 까다로운 실무 작업을 수없이 거쳐야만 하지요. 개발자 선정, 계약, 이런 일부터 시작되겠죠. 생각만 해도 끔찍하군요. 오노 씨에게 실업가의 재능이 얼마나 있는지는 모르겠지만 실현은 한참 후의 일이에요."

사에코는 내 말뜻을 이해하지 못한 듯했다.

"오노 씨가 머리에 그리고 있는 '자연의 경이와 예술의 디즈니랜드' 실현은 분명 한참 후의 얘기겠지만, 이 마을의 문을 여는 일이라면 내일이라도 가능해요. 뒤편의 종유동을 공개하기 위해 내일 언론을 부르고, 일주일 이내에 개발업자와 측량기사를 부를 수는 있지 않겠어요? 만약 그렇게 되면 유이는 더 이상 이곳에 있지 못해요."

"내일은 아니겠지요. 아직 몇 달은 시간이 있을 거예요. 그 사이에 유이 씨는 성격을 바꾸어서라도 극복해야 해요."

"사에코 씨는…… 언제 이곳을 나가실 건가요?"

"어머나, 마리아 씨가 남한테 그런 질문을 하는 건 처음 아닌가요?"

그 말을 듣고 나는 대답이 궁했다. 말마따나 어젯밤 전까지는 아무에게도 이런 질문을 한 적이 없었다. 어젯밤 이후로는…… 또 누구에게 묻지 않았더라?

"전 조금 더 시간이 있으면 좋겠어요. 평생 이곳 신세를 진다는 건 불가능한 일이고, 그 이전에 굴욕적이잖아요? 그래서야 새장 속의 새나 다름없죠."

사에코는 이 마을이 생겼을 때 기사라 가쓰요시가 초청한 세 명의 예술가 중 한 명이었다. 이곳에서 6년간 창작 삼매경에 빠져 지낸 사에코의 입에서 '굴욕적'이니 '새장 속의 새'이니 하는 단어가 튀어나오다니 뜻밖이었다. 그녀는 조금 더 솔직하게 거리낌 없이 기사라 마을을 이용하고 있는 줄 알았기 때문이다. 내 상상과는 전혀 다른 뭔가 탁한 상념이 그녀의 내부에서 소용돌이치고 있는지도 모른다.

"시간이 얼마나 남았는지 모르겠지만, 마리아 씨의 그림을 완성하기에 충분한 시간이 남아 있다는 사실은 분명하겠지요."

사에코는 저무는 하루의 피로를 떨쳐내듯 양어깨를 번갈아
돌렸다.

"자, 그럼 우리 일을 시작할까요?"

"네."

사에코의 뒤를 따라 아틀리에가 있는 2층으로 향하면서 나
는 생각했다.

이 순간이 낙원의 황혼.

/ 3 /

야기사와의 고함이 들렸다. 큰소리로 누군가에게 화를 내
고 있다.

사건이 터진 모양이다.

나는 캔버스 너머로 사에코와 얼굴을 마주했다.

"무슨 일일까요……."

사에코는 붓과 팔레트를 내려놓고 창문으로 다가갔다. 나
도 침대에서 내려와 보러 갔다.

남쪽을 바라보는 아틀리에 창문으로 저택 정면의 너른 정
원을 내다볼 수 있었다. 늦가을의 빛바랜 잔디 정원은 지난밤

에 내린 비를 흠뻑 머금어 군데군데 논으로 변했다. 그리 멀리서 들린 소리도 아니었는데 야기사와의 모습은 보이지 않았다.

"내놔! 빨리 카메라를 내놓으란 말이다!"

"그만둬. 봐, 내 물건이야!"

남자 둘이 다투는 소리가 났다. 그쪽으로 눈길을 돌리자 분수 그늘에서 야기사와와 또 한 사람, 청바지 차림의 낯선 남자가 나타났다.

"당장 내놔. 박살을 내주마!"

"그만둬."

"이걸 그냥!"

"아, 잠깐! 험하게 다루지 마!"

야기사와가 상대의 카메라를 강제로 낚아채자 남자는 카메라를 부수지 말라고 애원했다. 그도 그럴 것이 아옹다옹하는 그 카메라는 나 같은 사람은 만져본 적도 없는 전문적이고 비싼 물건 같았다. 그나저나 저 남자는 대체 누구지?

"꺼져, 이 추잡한 녀석!"

야기사와는 흥분 때문에 떨리는 목소리로 고함치며 남자의 등을 떠밀었다.

"알았어. 물러날 테니 내 카메라 돌려줘."

"여길 떠나면 돌려주지."

무슨 일이 있어도 돌려줄까 보냐는 듯이 야기사와는 카메라 끈을 오른손에 둘둘 감았다.

"어이!"

청바지 차림의 남자는 손을 뻗으려다 헛수고인 줄 알았는지 체념하고 어깨를 으쓱했다.

야기사와는 남자를 내버려두고 잔디 사이로 난 길을 성큼성큼 걸어갔다. 남자가 당황해서 그 뒤를 쫓는다.

"어딜 가. 내 카메라를 어쩌려고!"

"마을에서 나가면 돌려주겠다잖아."

"어째서 그렇게 화를 내지? 내가 무슨 죽을죄를 지었다고 그래?"

남자는 야기사와의 앞으로 튀어나와 투덜투덜 항의했지만 야기사와는 그를 밀쳐냈다.

"네가 뭐라도 되는 줄 알아?"

"추잡한 놈."

두 사람은 서로 욕지거리를 퍼부으며 밀치락달치락 정원을 가로질러 숲으로 사라졌다.

"거기 두 분!"

이쪽을 부르는 소리가 났다. 동쪽 건물의 1층, 조향실 창문이 열려 있었고 고자이 고토에가 고개를 내밀고 있다.

"무슨 일이에요?"

"잘 모르겠네요."

사에코가 대답했다. 현관문이 열려 있고 기쿠노와 오노가 서 있는 모습이 보인다.

"호기심에 슬렁슬렁 들어온 사람이겠지요. 야기사와 군도 저렇게까지 흥분할 필요는 없는데."

오노가 고토에게 말했다.

산책에서 돌아오는 길인지, 저택 뒤편에서 고비시 시즈야가 나타났다.

"무슨 일이라도 있었습니까?"

그는 우리를 번갈아 둘러보았다.

"이상한 사람이 카메라를 들고 들어왔던 모양이에요. 그걸 야기사와 씨가 발견하고 내쫓은 참이에요. 화가 단단히 났더군요."

기쿠노가 설명했다. 아틀리에 바로 밑까지 걸어온 고비시의 스킨헤드가 아니라는 듯이 가로로 움직였다.

"그 얘기가 아닙니다. 그건 들어서 대충 알겠고, 유이 씨 말이에요. 울면서 뒤쪽 숲으로 달려가던데요. 무슨 일일까요?"

"그건 또 다른 문제예요."

나는 말했다.

"조금 힘든 일이 있었어요. 조금 지나면 가라앉을 겁니다."

그렇게 말한 사에코는 나를 보며 가볍게 고개를 가로저었다.

"역시 야기사와 씨한테는 짐이 무거웠던 모양이군요."

"그런 것 같네요."

우리는 야기사와가 돌아오기를 기다렸다. 좀처럼 돌아오지
않는다.

"살펴보러 갈까요?"

고비시가 말했을 때, 음악가가 숲에서 나왔다.

"마을에서 나가긴 했지만 아직 다리 위에 있어요. 다시 가
서 쫓아내고 오겠습니다."

야기사와는 숲과 정원 경계에서 그렇게 보고했다.

"도와드릴까요?"

고비시가 가세할 의사를 밝혔다.

"괜찮습니다. 만약 필요하면 데쓰오 씨 손을 빌리겠습니다."

마에다 데쓰오의 집은 다리로 향하는 길 중간에 있다. 정말
괜찮을까? 잠시 그런 생각이 들었다. 야기사와, 데쓰오 콤비
라고 하면 이 마을에서는 허약한 남자 리스트에 드니까 만약
완력에 호소하는 식으로 일이 흘러가면 고비시, 시도 콤비를
보내야 하지 않을까.

'바보. 싸움 감독이라도 된 줄 알아?'

"정말 괜찮습니다."

야기사와는 다시 숲으로 들어갔다.

사에코는 창을 닫았다.

"시작하자마자 흥이 깨졌군요."

"다시 시작할까요?"

그녀는 화가로, 나는 모델로 돌아갔다.

붓과 캔버스가 스치는 소리만이 들린다. 나는 수많은 생각에 빠져들었다. 야기사와는 정말 괜찮을까, 하는 생각은 조금도 하지 않았지만 유이가 걱정이었다. 그녀가 받은 상처가 깊지 않기를 기도했다.

***

스스로가 진저리 나게 싫었던 적이 있다. 이곳에 온 지 2주쯤 지났을 때의 일이다.

나는 유이를 진심으로 동정하고 있었다. 과거에 꿈의 세계에서 사랑스러운 미소와 노래를 보내주며 이 나라에서 누구보다 많은 사람들에게, 그렇다, 여드름투성이 소년들뿐만 아니라 남녀노소 불문하고 사랑받았던 소녀가 인기인이었다는 이유로 끔찍하게 깊은 상처를 입고, 자신을 추하게 바꾸기 위해 닥치는 대로 먹으며 살을 찌우고 범죄자처럼 도망쳐 이런 벽지에 몸을 숨겼다는 사실을 가련하게 생각했다. 내 입장에서 보면 불성실하고 저능한 남자를 잊지 못하고 이따금 눈물 흘리는 그녀가 불쌍해서 견딜 수 없었다.

'정말 그래?'

어느 날 밤, 나는 자문했다. 아버지와 어머니에게 보낼 편지를 쓴 후의 일이다.

'넌 너보다 볼썽사납게 괴로워하는 한 살 어린 여자애를 보고 조금 안심한 것 아니야?'

아니야, 그건…….

'그렇지? 솔직하게 말해. 날 속일 순 없어.'

그렇지 않아.

'넌 늘 그랬어. 봐, 기억하지?'

그때는…….

'고2 때였어. 장마가 지난 후였지.'

그건…….

'옛날부터 그랬어, 넌.'

나는 어느 학급 친구의 얼굴을 떠올렸다. 이름은 잊었다. 기가 막힐 정도로 내성적이고 이유도 없이 언제나 겁에 질려 있던 여자아이였다. 어느 일요일, 나는 시부야의 서점에서 그녀와 딱 마주쳤다. 둘 다 혼자였다. 나는 그때까지 몇 번밖에 말을 나누어본 적 없었던 그녀를 "차나 마실래?" 하고 꾀었다. 초여름이었다. 나는 그저 목이 말랐던 것이다. 카페에 들어가 본 적도 없었을 테고, 나하고 그리 친한 사이도 아니었기 때문이었으리라. 그녀는 한순간 망설였지만 고개를 끄

덕였다. 아이스티와 딸기 파르페를 세트로 주문해 먹으면서
"뭘 샀어?" 하고 물으니 그녀는 질색하는 태도로 책을 등 뒤
로 감추었다. 나는 억지로 보려 하지는 않고 내가 산 책을 보
여주었다. 물론 추리소설이다. 나는 그 무렵 오로지 추리소설
만 읽었다. "휴일에는 뭐 해?" "영화는 안 봐?" 나 혼자 일방
적으로 말을 걸었다. 그녀의 무거운 입이 차츰 벌어졌고, 조
금씩 자기 이야기를 털어놓기 시작했다. 그녀는 자기를 '비정
상적으로 내성적'이라고 평가했다. 나는 "지나친 생각이야."
라며 웃었지만 그녀는 진지했다. 타인의 눈에 자기가 어떻
게 비칠지 생각하면, 불안해서 아무 일도 할 수 없다는 것이
었다. '무슨 바보 같은 소리를 하는 거야, 머리가 나쁜 거 아
니야? 그렇게 보일까 봐 무섭다. 우스갯소리도 할 줄 모르고,
지루한 애야. 그렇게 보이는 것이 무섭다. 목소리가 작아서
무슨 소리를 하는지 모르겠어. 그런 말을 듣는 것이 무섭다.
병든 닭처럼 말랐다, 여드름투성이다, 그냥 보기에도 머리카
락이 뻣뻣하다, 동작이 굼뜨다, 공부를 못한다, 특기도 없다,
남한테 자랑할 만한 요소가 전혀 없다.' 그녀는 자기가 생각
하는 결점을 죄다 늘어놓았다. 그런 이유로 친구가 없어서 쓸
쓸하다는 것이 결론이었다. 나는 그녀가 말한 결점은 하나같
이 말도 안 되는 소리라고 간드러지는 목소리로 말했다. "다
음에 같이 영화 보러 가자."라고 했더니 그녀는 살며시 웃었

다. 카페에서 나온 나는 "잠깐 기다려." 하고 그녀를 기다리게 한 후 서점으로 되돌아갔다. 그리고 한 권의 문고본을 샀다. 역에서 서로 다른 플랫폼으로 헤어지기 전에 그 책을 건네며 말했다. "줄게. 읽어봐." 그것은 테네시 윌리엄스의 희곡 《유리 동물원》이었다. 집에 틀어박혀 동물을 본뜬 유리 세공품을 수집하는, 그녀보다 더 내성적이고 한쪽 다리가 불편한 로라라는 소녀의 이야기였다. 이야기 마지막에 로라는 용기를 되찾는다. 내가 선물한 것은 그런 책이었다. 그녀는 "고마워."라고 말했다. 그날 밤, 나는 내가 저지른 뻔뻔한 짓, 그 파렴치함을 깨닫고 깜짝 놀랐다. 이미 늦었다. 나는 한없이 자기혐오에 시달렸고, 도저히 가만히 있을 수 없었다. 그건 좋은 책이다. 하지만 결코 "너한테 딱 어울려."라고 선물할 책은 아니었다. 부끄러웠다. 그녀는 이튿날 새삼 책에 대한 감사를 표했지만 그 감상을 들을 기회는 없었다. 나는 몇 번인가 그녀에게 영화를 보러 가자고 했지만 그때마다 볼일이 있다고 거절당하거나 내게 급한 용무가 생겼고, 결국 한 번도 실현하지 못한 채 1년이 지났다. 학급이 달라지자 더 이상 이야기를 나누는 일도 없었다.

'그때하고 똑같아. 너보다 한심한 얼굴을 한 여자아이를 발견하고 동정하면서 기뻐하는 거야. 넌 언제나 그래. 그게 네 본성이야.'

유이가 불쌍한 건, 나보다 비참하니까…….

"마리아 씨."

'그래. 네 마음은 그렇게 움직여, 늘.'

나는 그렇게 못된 사람이 아니야…….

"마리아 씨."

'그럼 그렇게 생각하렴.'

나는 스스로 퍼붓는 책망을 견디지 못하고 책상에 고개를 묻었다. '아아, 우우.' 하는 신음이 들렸다. 그것은 악다문 내 잇새로 새어 나오는 오열이었다.

***

"보세요, 마리아 씨."

흠칫 놀랐다.

"왜 그래요? 안색이 좋지 않군요."

사에코가 붓을 멈추고 걱정스럽게 이쪽을 보고 있다.

"아무 일 아니에요. 그냥 생각 좀 하느라고요."

"잠깐 쉴까요?"

"네."

나는 순순하게 대답했다.

그때, 복도에서 '쾅' 하는 요란한 소리가 들렸다. 음악실 쪽이다.

"피? 또 피야? 정말이지 너는 얼간이로군. 피와 모래의 비유는 이제 지긋지긋하단 말이다. 서툴러. 이 남자는 시를 쓰는 게 서툴러. 정말 어찌 된 일이람, 작작 좀 해. 머릿속에 개똥이라도 들어찼나 보지? 흥, 그러고 보니 개똥도 한동안 못 봤군. 아니, 이런 곳에 있었나! 어허, 참."

시도였다. 시작詩作에 몸부림치고 있는 모양이다. 그가 남이 아니라 자신을 욕하는 순간은 그때뿐이다.

"저쪽도 악전고투하고 있는 모양이군요."

사에코가 문득 어린아이처럼 미소를 지었다.

모두들 유리 세공품에 흠뻑 빠져 있네요. 그렇게 말할 뻔한 나는 입을 다물었다.

/ 4 /

점심 식사 자리에는 모두 얼굴을 내밀었다. 야기사와가 소집한 것이다. 그는 식사를 하면서 오늘 아침의 소동에 대해 보고했다.

"다섯 명 패거리였어요. 다른 놈들은 다리에서 기다리고 있었던 건지, 이제부터 들어오려고 했던 건지 모르겠지만 뭉쳐 있더군요. 학생처럼 보이는 놈들이었습니다. 안에 아는 사람이 있으니 만나고 싶다느니, 되는 대로 지껄이더군요. 웃기는 놈들이에요. 부탁하면 아무 문이나 열리는 줄 알던데, 헛소리 말라고 혼쭐을 내주고 싶더군요. 물론 저택 앞까지 들어와서 찍은 사진은 지워버렸습니다."

"카메라는 제대로 돌려주었나요?"

기쿠노가 냅킨으로 입가를 닦으며 묻자, 야기사와가 대답했다.

"예. 꽤나 불만스러워 보이더군요. 황당한 놈들입니다."

시도가 젓가락을 빨면서 말했다.

"하지만 정말 면회를 온 내 죽마고우였으면 어쩌려고? 내가 무례를 사과해야 하잖아."

의미 없는 농담이리라.

"면회 갈 일이 있는 사람은 너잖아?"

야기사와는 그렇게 말한 후, 흠칫 놀란 표정으로 손으로 입가를 가렸다. 기쿠노는 냅킨을 무릎 위에 떨어뜨렸다.

"야기사와 씨, 당신은 지금……."

"죄송합니다. 말이 헛나왔습니다. 용서해."

그는 일어서서 시도에게 고개를 숙였다. 시도를 보니 그는 아무렇지 않은 얼굴로 이쑤시개 대신 젓가락으로 잇새를 쑤시고 있었다.

"신경 쓸 것 없어. 지극히 자연스러운 응수였잖아?"

"하지만 해도 되는 말과 안 되는 말이……."

"없어, 없어. 나한테는 무슨 말이든 해도 돼."

시도가 보기 흉한 치아 청소를 태연히 계속했기 때문에 야기사와는 자리에 앉았다. 반성하는 기색이다.

어쨌든 시도가 전혀 개의치 않은 덕분에 어색해질 뻔했던 분위기는 바로 풀렸다. 야기사와가 건드린 것이 유이의 트라우마였다면 또 한 번 파란이 일었을 것이다. 그 유이는 어쩌고 있나 살펴보니 새가 모이를 쪼아 먹듯 요리를 조금씩 입에 나르고 있었다. 이제는 진정되었겠지만 생기 없는 표정이다.

"그보다 야기사와 군. 그 피아노, 슬슬 조율하는 게 낫겠어. 싸구려 음악이 되기 직전이던데?"

시도가 말했다.

"그래. 나도 생각은 하고 있었어."

음악가는 평소와 달리 겸허히 그 충고를 받아들였다. 눈치를 보는 것이다.

시도 아키라는 도쿄 외곽의 오우메 시에서도 또 외곽에 있는 농가에서 태어났다. 그 누구도 그의 상세한 이력을 본인에게 직접 들을 일이 없었다. 그 이력이 유명하기 때문이다. 외동아들인 그는 다섯 살 때 어머니를 여의었다. 그의 아버지가 창고에서 도끼를 꺼내 아내의 어깨에 내리꽂았던 것이다. 그는 알코올 중독에 주정꾼이었던 아버지로부터 자신을 줄곧 지켜주었던 어머니가 눈앞에서 핏빛으로 물드는 모습을 보고 말았다. 이윽고 아버지는 감옥에 갇혔고, 외가 친척이 그를 거두어들였다. 그곳에서 외사촌누이에게 피아노를 배웠다고 한다. 형무소와 병원 사이를 드나들던 아버지가 돌아온 것은 아키라가 열세 살 되던 해 겨울이었다. 아버지와 아들의 생활이 시작되었다. 아키라는 자기 껍질 안에 틀어박힌 채, 허무한 눈으로 사춘기를 맞이했으리라. 그는 이 마을에서 스물네 번째 생일을 축하해주었을 때, 생일 축하 케이크의 촛불을 끄기 전에 말했다고 한다. "그때, 아버지가 옆방에서 잠결에 몸을 뒤척일 때마다 나는 몸을 움츠렸어. 아버지가 소변을 보러 갈 때마다 벌벌 떨었지. 도끼를 가지러 간 거야, 이번에는 내 차례야. 그렇게 생각했거든." 그 이야기에 사에코는 빈혈을 일으켰다고 한다. 그의 아버지는 정말로 정상이 아니었던 것 같다. 다시 술독에 빠졌고, 친척이 바득바득 아키라를 되찾아온 이튿날, 술집에서 사소한 시비로 싸움을 벌여 이웃을 찔러 죽였다. 아직 복역 중이라고 한다.

그런 연유로 야기사와는 자신의 실언을 후회하고 있는 것이다.

식사가 끝나자 또다시 다들 뿔뿔이 흩어졌다. 고비시, 시도, 마에다 부부가 자기 집으로 돌아갔고, 저택은 한층 고요해졌다. 그 정적은 비가 거세게 쏟아지기 전까지 계속되었다.

빗소리를 들으며 나는 사에코와 아틀리에에서 시간을 보냈다. 3시에 홍차를 마셨고, 저녁이 찾아올 때까지 우리는 화가와 모델이었다. 오후의 나는 아침나절처럼 침울하지 않았다. 화가가 "그만 말 좀 줄여요."라고 타이를 정도였다. 이 그림이 완성되면 돌아가는 거야. 그렇게 몇 번 스스로를 다독였다. 내 마음은 평화로웠다.

저녁 식사 준비까지 남은 약 한 시간 동안 방에서 책을 읽으며 보냈다. 이미 읽은 다카하시 겐이치로를 도서실에 돌려놓고 그대로 주방에 들어갔다. 오늘 밤은 카레다. 고기는 없지만 채소는 듬뿍. 조금 더 졸여야 할지도 모르지만, 나를 포함해서 이 저택 사람들은 다들 카레라면 불만 없는 유순한 혀를 가졌다.

냄비를 들여다보고 있으려니 등 뒤에서 인기척이 났다. 오늘 나와 함께 당번인 고비시라고 생각했다.

"이쪽은 다 됐어요. 미안하지만 접시만 꺼내주실래요?"

"접시를 내주는 건 상관없는데, 뭘 만들고 있습니까?"

고비시가 아니었다. 뒤를 돌아보니 오노가 싱글싱글 웃는 얼굴로 서 있다. 약간 민망했다.

"어라, 카레군. 그거 좋네. 간만에 먹고 싶었어요."

그는 내 옆으로 다가와 냄비를 들여다보며 말했다. 간만이라고는 해도 일주일밖에 안 되었다. 이 사람도 어린애처럼 카레를 좋아하는 모양이다.

"낮부터 종유동에 들어가서 그림을 그리셨어요?"

내가 어색한 태도로 묻자 그는 고개를 끄덕였다.

"진척이 있었어요. 컨디션이 좋아서 밤에도 그릴 생각이랍니다."

오노는 올빼미형 인간이었다. 평소에도 밤에 그림을 그리는 모양이지만 한밤중에 종유동 안에서 벽화를 그리는 기분이 어떨지, 상상도 되지 않았다. 몹시 고독하고 무서울 것 같기도 하고, 몹시 즐거울 것 같기도 하다. 겁 많은 내가 흉내 낼 수 없다는 점만은 분명했다.

오노가 진짜로 그릇 선반에서 접시를 꺼내기 시작해서 나는 괜찮다고 말렸다. 그가 신경 쓸 것 없다고 웃으며 접시를 전부 꺼냈을 때, 고비시가 나타났다. 고비시는 낮잠을 자다가 늦었다며 미안해했다. 느긋하게 오후를 보낸 모양이다.

시도가 얼굴을 내밀었다.

"쌀이 떨어졌어. 내 몫까지 된다면 얻어먹고 싶은데."

높은 콧대를 긁적이며 그렇게 말하기에 소식가인 그가 먹을 몫은 된다고 대답했다. 그런 이유로 오늘도 모두 함께 저녁 식탁에 둘러앉게 되었다.

그때 야기사와가 2층에서 내려왔는데, 시도의 모습을 보더니 그를 피하듯 식당으로 사라졌다. 오후에는 한 번도 1층에 내려오지 않고 내내 음악실에서 피아노만 마주한 탓인지 야기사와는 지친 표정이었다.

"많이도 내리네요."

"정말 그래요."

저녁 식사 자리는 그런 대화로 시작해 고토에의 향신료 강의를 거쳤고, 여성들은 난생처음 사용한 향수가 무엇인가 하는 화제로 이야기꽃을 피웠다. 남성들을 내버려두고 나는 겔랑이었다느니 에르메스였다느니 하는 대화가 잠시 이어졌다.

"아, 그러고 보니."

데쓰코가 뭔가 생각났다는 표정으로 말했다.

"깜빡 잊었네요. 점심 지나서 이상한 전화가 걸려왔어요. 우연히 제가 옆에 있어서 받았는데."

전화는 거실에 있다.

"흠, 무슨 전화였는데?"

데쓰오가 심드렁한 말투로 물었다.

"젊은 남자 목소리였는데, 끈질기게 아리마 마리아 씨에게 전언이 있다는 거예요. 그래서 무슨 용건이냐고 물었는데 대답을 안 하지 뭐예요."

나는 어리둥절했다. 전화? 젊은 남자라고 하니 아버지는 아니다. 내가 이곳에 있다는 사실을 알고 있는 젊은 남자는 없을 텐데.

"당신도 참, 눈치 없긴. 애인 전화일지도 모르는데 끼어들어서는."

"아니에요, 여보. 왜 있잖아요, 오늘 아침에 야기사와 씨가 쫓아낸 남자. 그 일당 같았다니까요. 어떻게 마리아 씨 이름을 알았는지는 몰라도 내부인 이름을 대면 우리가 믿을 줄 알았겠지요. 어찌나 끈질기던지."

"그래서 당신, 그 전화 어떻게 했어?"

"당연히 끊어버렸죠."

"어이어이, 마리아 씨한테 온 전화를 무단으로 끊었단 말이야? 그러면 못쓰지."

"그때 마리아 씨는 사에코 씨하고 아틀리에에 틀어박혀 있어서 그런 전화까지 굳이 바꿔줄 수는 없다고 생각했는걸요. 그래요, 마리아 씨는 지금 바쁘다고 했더니 '다시 걸겠습니다.'라고 하던데…… 누구 그런 전화 받은 분 계세요?"

다들 아니라고 했다.

데쓰코는 자랑스럽게 "그것 봐요."라고 했고, 데쓰오는 입을 다물었다.

"그런 다음 한 시간쯤 지나 또 이상한 전화가 왔어요. '누구세요?'라고 물어도 말없이 바로 끊어버리더라고요. 같은 남자가 장난 전화를 걸었던가 봐요."

"저……."

"어머, 왜요, 마리아 씨?"

데쓰코는 상쾌한 표정으로 나를 보았다.

"그 전화, 누가 건 전화였나요? 처음에도 상대방이 이름을 밝히지 않았나요?"

"아, 뭐라고 하던데." 데쓰코는 기억을 더듬다가 금세 그만두었다. "모르겠어요. 잊은 게 아니라 잡음이 껴서 알아듣기 힘들었어요. 다시 물어봤지만 마찬가지더라고요. 혹시 애인일 수도 있나요?"

"아뇨."

아주 조금, 마음에 걸렸던 것이다. 점심 식사 자리에서 야기 사와는 카메라를 든 남자에게는 동료들이 있었고, 모두 다섯 명이었다고 했다. 동료들은 학생처럼 보이는 남자 넷. 청바지 차림의 남자는 모르는 사람이었지만 '학생처럼 보이는 네 명의 남자'라는 말이 마음에 걸렸다. 그때는 아무 생각 없었지만 데쓰코가 받은 전화와 합쳐서 생각하니……. 아니, 설마. 설마 그럴 리는 없겠지. 오늘 아침, 에가미 선배와 친구들이 떠올라 고향 생각이 났었기에 비약적인 연상을 한 것뿐이다. 분명 그럴 것이다.

갑자기 요란한 재채기가 튀어나와 사람들을 놀라게 했다. 얇은 셔츠 한 장만 걸치고 모델을 하느라 몸이 식었나 보다.

사에코도 눈치챘는지 내게 사과했다.

"미안해요. 벌써 11월인데 9월 말하고 똑같은 차림을 부탁했으니 감기에 걸릴 만도 하죠. 내일부터는 스토브를 켤게요."

"마리아 씨, 몸 좀 녹게 먼저 목욕해요. 뒷정리는 제가 할 테니."

나는 기쿠노의 권유를 사양했지만 결국 그 말을 따를 수밖에 없었다. 더부살이는 주인의 허락 없이는 사양도 못 한다. 그런 식으로 생각하는 걸 보니 아무래도 나는 정말로 마을 밖이 그리운 모양이다. 고작 열 시간 전부터.

"그럼 오늘은 죄송하지만."

그렇게 양해를 구하고 먼저 목욕하기로 했다. 벽시계는 9시를 앞두고 있었다.

이 서양식 건물은 화장실 외에는 슬리퍼가 없어, 욕실과 침대에 들어갈 때만 구두를 벗는다. 순수한 서양식인가 싶었는데, 욕실은 완벽한 일본식이었다. 고 가쓰요시 씨는 실내에서 구둣발로 사는 습관은 허용할 수 있었지만 서양식 욕조는 견딜 수 없었던 모양이다.

"대찬성."

나는 향긋한 노송나무 욕조에 몸을 담그며 소리 내어 말해보았다. 이곳에 온 지 얼마 되지 않았을 무렵에는 이 욕실이 너무나 서먹하게 느껴져, 어째서 이렇게 먼 땅, 아는 사람 하나 없는 집에서 남들이 다 쓰고 남은 탕에 몸을 담그고 있는 걸까 불안하기도 했다. 그랬던 내가 지금은 콧노래를 부르며 느긋하게 목욕을 즐기고 있다.

"인간이 다 그렇지."

욕실에서 자꾸 혼잣말을 지껄이는 것은 어렸을 때부터 버릇이었다. 나는 어깨까지 몸을 담그고 느긋하게 몸을 녹이며 중얼거렸다. 아, 기분 좋다. 욕조에서 나와 머리를 꼼꼼하게 두 번 감았다. 수증기가 서린 거울을 박박 문지르니 초상화가 아닌 살아 있는 내가 있었다. 기운을 되찾아 행복한 기분이었다. 오늘 밤은 침대 속에서 뭘 읽을까. 그런 생각을 하니 행복감은 더욱 커졌다. 거울 속의 내가 사랑스러웠다.

밖이 약간 소란스러운 것 같았다. 무슨 일인지 모르겠다. 어쩌면 고비시가 갑자기 퍼포먼스를 시작했는지도 모른다. 그렇다면 놓친 게 아쉬운데.

한 번 더 탕에 들어가 확실하게 데워 따끈따끈한 몸으로 탈의실로 나왔다. 귀를 기울여보았지만 밖은 이미 조용했고, 빗소리밖에 들리지 않았다. 몸을 닦고 옷을 입었다. 'EITO UNIVERSITY' 로고가 들어간 운동복이다.

양치질을 하고 탈의실에서 나와 식당과 거실을 향해 "먼저 씻었어요!"라고 말했다. 아무도 대답해주지 않는다.

'뭐, 상관없지.'

반대편 도서실로 향했다. 오늘 밤의 파트너를 골라 침대로 직행하는 것이다. 물론, 책 얘기다.

도서실에 들어가 일단 오른쪽 벽을 더듬어 불을 켰다.

'오늘 밤엔 노발리스나 호프만 같은 독일 낭만파가 좋겠어.'

그렇게 생각하며 미리 점찍어둔 책장 앞에 섰다. 나는 역시 소설이 좋다. 오 헨리의 책이 눈에 들어왔을 때, 어떤 이야기를 떠올리고 피식 웃었다. 모치즈키와 오다, 두 선배의 이런 대화였다.

'마리아, 알고 있어? 노부나가는 중3 때 처음 읽기 전까지, 오 헨리가 중국인인 줄 알았대.'

'난 완벽하게 착각했었어.'

노부나가 선배는 그렇게 말하며 '王遍里^{이 한자의 일본어 독음이} ^{'오헨리'이다.─옮긴이}'라고 썼다.

나는 한 손으로 운동복 자락을 쥐고 로고를 보았다. 또 에가미 선배와 아리스, 모치 선배와 오다 선배의 얼굴이 눈앞에 떠올랐다.

"이제 곧 돌아갈게요."

그렇게 중얼거린 순간, 뭔가가 창문을 콩콩 두드리는 소리가 났다. 고개를 들어 그쪽을 본 나는 너무 놀라 손에 들고 있던 세면도구를 바닥에 떨어뜨렸다.

"어떻게……."

자물쇠가 열린 창문을 밀어젖히고 빗속에 선 인물이 내 이
름을 불렀다.

"잘 있었어, 마리아?"

에가미 선배였다.

제5장

어둠에의 공물 - 마리아

/ 1 /

에가미 선배는 약간 식힌 홍차를 꿀맛인 양 들이켰다. 목욕을 하고 옷을 갈아입은 덕분에 한결 산뜻할 것이다. 경애하는 선배님의 그런 모습을, 나를 포함한 다섯 명의 사람들이 관찰하고 있었다.

"결례를 범해서 정말 죄송합니다. 집 안에 들여주신 데다가 목욕탕도 빌려주시고, 거기에 갈아입을 옷까지."

에가미 선배가 컵을 내려놓고 사과와 감사를 반복하자, 야기 사와가 말했다.

"저야말로 결례를 했습니다. 그만 그 카메라맨 친구인 줄로 착각해서, 마리아 씨에게 한마디 물어보지도 않았어요."

그것은 정말로 결례였다. 에가미 선배와 EMC가 만나러 와 주었다면 문전박대할 리가 없는데, 멋대로 내가 거절했다는 말을 전하다니. 애초에 정체 모를 인물이 내 이름을 댔다는데도, 그 점을 수상하게 여기고 내게 설명을 요구할 생각은 못 했다니 이상하다. 뭐, 이미 지난 일이고 결과적으로는 이렇게 에가미 선배와 만날 수 있게 되었으니 상관없지만.

"제 옷이라 좀 작겠지만 참으세요. 속옷은 새것이니까요."

"고맙습니다."

확실히 표준 사이즈인 야기사와의 옷은 에가미 선배에게는 조금 갑갑해 보였지만 데님 워크 셔츠와 하얀 바지의 그 조합은 무척 잘 어울렸다. 평소의 에가미 선배는 입지 않는 스타일이다. 이 사람은 스타일리스트를 붙여 잘 다듬으면 훨씬 멋진 남자가 될 텐데. 그런 건방진 생각을 했다.

주인인 기쿠노와 오노, 고토에도 경계심을 완전히 풀고 깔끔하게 차려입은 에가미 선배를 온화한 눈빛으로 바라보고 있다. 에가미 선배의 요령 좋은 설명으로 사정을 전부 이해한 덕이기도 하지만, 에가미 선배 본인이 좋은 인상을 주었기 때문이리라.

"그나저나 다른 분들께는 죄송하게 되었군요. 진흙 속에서 프로레슬링 놀이를 한 셈이 되고 말았으니."

그렇게 말하는 기쿠노는 미안한 기색이기도 하고, 기억을 떠올리며 웃음을 참고 있는 기색이기도 했다.

프로레슬링은 EMC 대 야기사와 미쓰루, 고비시 시즈야,

시도 아키라, 마에다 데쓰오의 대결이었다고 한다. 내가 욕실에서 들었던 게 바로 그들이 엎치락뒤치락하는 소리였던 것이다. 목욕을 마쳤을 때 인기척이 없었던 이유는 진흙투성이가 된 그들이 2층에서 샤워를 하고, 소동을 보고 흥분한 탓인지 빈혈을 일으킨 사에코를 보살피느라 그랬던 모양이다. 그 사이 에가미 선배는 침입 기회를 살피며 저택 주위를 뱅글뱅글 맴돌았던 것이다.

그나저나 아리스와 모치 선배, 노부나가 선배가 바로 코앞까지 왔었는데 만나지 못하다니 유감이다. 내가 목욕하고 있는 사이에 벌어진 전투 끝에 완벽하게 제압당해 나쓰모리 마을로 송환당하고 말았다고 한다. 콧노래를 부르며 느긋하게 목욕을 즐기면서 거울 속의 내 모습에 홀려 있던 동안 그런 쇼가 있었다니. 보고 싶었다.

"시도 씨가 차로 숙소까지 바래다주셨어요."

기쿠노는 내게 말했다. 그 시도가 이곳에 없는 이유는 자기 집으로 바로 돌아갔기 때문이리라. 차를 저택 차고에 돌려놓으면 이 빗속을 걸어서 돌아가야 하니까.

오노가 쓴웃음을 지으며 말했다.

"숙소까지 바래다주었다고 하면 듣기엔 좋지, 사실은 돌아가라고 해도 과연 순순히 말을 들을지 몰라서 억지로 돌려보낸 겁니다. 물론 시도 씨는 친절한 마음에서 그 역할을 맡았겠지만, 숙소까지 바래다주자고 말한 제 속내는 그랬습니다."

"녀석들이 얌전히 차에 올라타던가요?" 에가미 선배가 물었다.

"얌전했죠, 얌전했어요. 이미 전의를 상실했던걸요. 아니, 잠깐. 지금 생각해보니 옳거니, 하고 차에 탔던 건지도 모르겠군요. 우리가 일망타진했다고 믿은 틈에 그물을 빠져나간 당신에게 희망을 걸었겠지요. 이게 전부 처음부터 그런 작전이었다면, 당신은 대단한 지장知將이구려."

"유감스럽지만 이렇게 된 건 전부 요행이었습니다."

"그 말을 들으니 안심이 되는군요."

평화로운 분위기였다.

"홍차 더 드실 분 계신가요?"

고토에가 그렇게 말하며 라벤더 차를 잔에 채웠다.

강제 송환당한 아리스와 선배들은 어쩌고 있을까?

현재 10시 반. 에가미 선배처럼 목욕을 하고 옷을 갈아입고, 이불 위에서 뒹굴고 있지는 않을까?

"친구 분들께 전화라도 해주면 어때요? 대장이 임무를 완수했는지, 아니면 아직 빗속에서 떨고 있는지 몰라 걱정하고 있을 거예요."

기쿠노의 말을 들은 에가미 선배는 고개를 꾸벅 숙였다.

"그럼 말씀대로."

"우리가 자리를 피해드릴까요?"

에가미 선배는 일어서려는 기쿠노를 말렸다. 이곳에서는 전화에 대한 프라이버시를 존중해서 비밀 전화를 걸기 쉬웠다. 거실이 잠겨 있으면 누군가가 비밀 얘기를 하는 중이구나, 하고 물러나는 것이 예의. 이따금 유이가 부모님께 장거리 전화를 걸거나, 시도가 세 번째 시집 출판 문제 때문에 출판사에 전화를 거는 것은 알았지만, 나는 그 권리를 행사한 적이 없었다.

"짧게 끝내겠습니다."

에가미 선배는 수화기에 손을 뻗으려다가 숙소의 전화번호를 모른다는 사실을 깨달은 듯했다.

"갈아입은 옷에 수첩이……."

"전화 옆에 전화번호 메모가 있어요. 여관 번호도 거기에 적혀 있습니다."

기쿠노가 손가락으로 가리키며 말했다. 우체국이나 진료소 번호를 적는 김에 써놓은 모양이다. 에가미 선배는 그 메모를 보고 숙소에 전화를 걸었다. 상대가 받자 이름을 말하고 후배 중 아무나 좋으니 바꿔달라고 했다. 이윽고 전화를 받은 사람은 모치즈키 선배인 듯했다.

"모치? 나다. 기사라 씨 저택에서 신세 좀 지고 있어. 응? 응…… 뭐, 그런 셈이지. 마리아도 지금 옆에 있어. 건강해 보여, 나이는 먹었지만."

기쿠노와 고토에가 웃음을 터뜨렸다. 마지막으로 만난 후에 생일이 한 번 지나긴 했지만, 숙녀에게 그런 말은 너무하잖아?

나는 토라졌다.

"그러니 걱정할 필요 없어. 응? ……그건 내가 말씀드렸어. 그래, 그만큼 날뛰었으니까. ……알았어. 오늘 밤은 이곳에서 묵을 테니 또 연락하마. 내일 마리아하고 그쪽으로 갈 테니까. 오케이."

에가미 선배는 수화기를 내게 내밀었다.

"목소리를 듣고 싶다는구나. 모치야."

나는 약간 긴장하면서 그 전화를 받아 가냘픈 목소리로 "여보세요."라고 말했다.

"모치즈키 선배다. 저 멀리 교토에서 찾아와서 오늘 얼마나 고생한 줄 알아?"

그리운 목소리가 귀에 닿았다. 하나도 변하지 않았다. 당연한 소리지만, 하나도 변하지 않았다.

"걱정 많이 끼쳐서 죄송해요."

나는 그 말밖에 하지 못했다.

"자세한 얘기는 내일 또 전화로 들려줘. 건강하다니까 안심이 되네. 아, 시끄러운 녀석이 왔다. 바꿔달란다."

수화기가 손에서 손으로 건너가는 기척이 들렸다.

"여보세요? 오다야. 장기 무단결석은 못써요."

"네."

그렇게 말하며 나는 자연스럽게 미소를 짓고 있었다.

'이제 됐어요. 이제 충분해요.'

그들이 이런 나를 걱정해준다는 사실, 끝내 여기까지 찾아와 주었다는 사실에 대해 고마운 마음이 가득했다.

"그래. 내일 이쪽으로 올 거지? 기대하고 있을게."

"아리스도 있어요?"

여름방학을 함께 보냈던 동갑내기 친구의 목소리를 듣고 싶어 물어보았다.

"그 녀석, 정말 타이밍도 안 좋지. 꼭 이런 때에 맞춰서 없다니까. 지금 목욕탕에서 귓구멍에 찬 진흙을 파내고 있는 참이야. 뭐, 선배에게 먼저 목욕탕을 양보한 분별력 때문이지만 말이야."

나는 살짝 실망했지만 내일이면 모두 만날 수 있다. 오늘 밤은 괜찮다.

에가미 선배에게 다시 한 번 바꾸려 했지만 고개를 젓기에 나는 "잘 자요, 아리스한테도 안부 전해주세요."라고 말하고 끊었다.

"자, 에가미 씨를 더 붙들어두기엔 안쓰러우니까 오늘 밤은 이쯤 할까요?"

기쿠노가 그렇게 말하자 오노가 웃었다.

"많이 피곤할 테니까."

에가미 선배는 2층 빈방 가운데 하나, 서쪽 건물 끝에 있는 방에서 잘 예정이다.

"오노 씨."

기쿠노는 약혼자를 아직 그렇게 부른다.

"오늘 밤도 그림을 그리러 갈 건가요?"

"아아, 마침 거의 다 되어가거든요. 오늘 밤에 하나 완성할 수 있으니 끝마치고 싶어요. 내일부터는 또 다른 장소를 찾을 겁니다."

그가 종유동 깊은 곳에서 그리고 있는 벽화는 이미 몇 군데에 걸쳐 있는 듯했다. 나는 물었다.

"비가 엄청난데 괜찮으세요? 종유동 안 사정은 모르지만 물이 차오르기라도 하면 큰일이잖아요."

"걱정할 필요 없습니다. 바닥을 흐르는 강은 제가 그림을 그리는 곳보다 훨씬 아래쪽으로 지나갑니다. 위험하지 않아요."

"비 오는 날 사서 고생이시군요."

고토에가 기가 막힌다는 듯이 말했다.

"하지만 고토에 씨, 비는 집에서 동굴 입구까지 갈 때만 참으면 되잖습니까. 안에 들어가면 맑은 날도 궂은 날도 없어요. 덤으로 낮도 밤도, 여름도 겨울도 없지요. 비는 아무 상관없습니다."

기쿠노가 작게 하품을 했다.

"이젠 정말 이쯤에서 그만해요. 졸려요."

"오늘 밤도 빗소리를 들으며 침대에 들게 되겠군요."

고토에가 영차 하고 허리를 들자 모두 그 뒤를 따랐다. 내가 찻잔을 정리하려 하자 야기사와가 말렸다.

"제가 씻겠습니다. 오늘은 반성할 일이 있었으니까요."

어찌나 진지하게 말하던지, 나는 웃음이 터질 뻔했다.

"그럼 부탁드릴게요."

주방에 야기사와를 남겨두고 그림 도구를 챙기러 돌아간 오노를 포함해 모두가 자기 방으로 물러났다. 나는 계단 중간쯤 와서 도서실에서 책을 고르지 못했다는 사실을 깨달았지만 이제 그런 일이야 아무래도 상관없었다.

"잘 자라."

방 앞에서 에가미 선배의 말을 듣고 나는 순간 우물거렸다.

"뭐?"

"아뇨…… 정말 고마워요."

그렇게 말하는 것이 고작이었다.

"내일은 아버님께 전화해. 그럴 거지?"

"네."

"좋아. 잘 자."

"안녕히 주무세요."

오노가 방에서 나왔다. 징이 주르르 박힌 낡은 수트케이스를 들고 있다. 자잘한 그림 도구들이 들어 있는 가방이다. 모르는 사람이 보면 지금 외국 여행이라도 가는 줄 알겠지.

"편히 쉬어요."

오노는 옆을 지나가면서 에가미 선배와 나에게 말했다. 우리는 그의 창작에 축복이 깃들기를 바란다는 말로 대답했다.

"라, 라파팜, 라라."

심기가 좋은지 오노는 라틴계 선원처럼 흥겨운 콧노래를 부르며 계단을 내려갔다.

방으로 돌아와 긴 한숨을 내쉬었다. 진정되었던 가슴이 다시 펄떡거릴 것만 같다. 뺨이 화끈거려 창유리에 대어본다. 어둠을 향해 걸어가는 오노의 모습이 보였다.

/ 2 /

눈을 떠보니 방 안은 칠흑 같았다.

비.

몇 시간이나 잤는지는 모르지만 아직 밤의 깊은 품속에 있다는 사실은 틀림없었다.

뜻밖에도 나를 데리러 와준 사람을 만나 안심했는지, 나는 침대에 들어가자마자 꿈도 꾸지 않는 잠에 푹 곯아떨어졌다. 그럴 때면 꼭 무슨 이유에선지 문득 한밤중에 잠이 깨는데, 옛날부터 종종 있는 일이었다.

베갯머리의 시계를 보았다. 형광도료로 어렴풋이 빛나는 시곗바늘을 읽어보니 새벽 1시였다.

'아버지는 아직 안 주무시겠지.'

초침 소리가 마치 나에게 무어라 속삭이는 듯했다.

'전화를 해볼까?'

그런 생각이 계시처럼 떠올랐다. 아무리 그래도. 아니야, 아직 분명 잠자리에 들지 않으셨을 거야. 내 마음속에서 자그마한 갈등이 생겨났다. 이럴 때 충동적으로 움직이는 버릇도 옛날부터 있는 일이다.

나는 침대에서 살짝 빠져나와 쥐 죽은 듯 고요한 복도로 나갔다. 발소리를 죽이며 어두운 계단 밑으로 내려갔다.

거실로 향하던 나는 기묘한 냄새를 맡았다. 현관 쪽에서 풍겨오는 그 냄새는 좋고 나쁜 냄새가 뒤섞인, 마치 외계의 꽃이 뿜어내는 향기 같았다. 상당히 강한 냄새다.

'뭐지?'

이상하다 싶으면서도 발걸음을 멈추지 않고 일단 거실로 들어갔다. 불을 켜니 투박하게 생긴 검은 전화기와 그 외 방 안의 사물들이 깜짝 놀라 일제히 눈을 뜨는 듯한 착각이 들었다.

전화는 바로 연결되었다.

아버지는 물론이고 어머니도 아직 주무시지 않고 계셨다. 네 목소리를 듣고 안심했다, 기다리고 있으마. 돌아가며 한 마디씩 하신다. 나는 이제까지의 일을 사죄하고, 내가 모델이 된 그림이 완성되면 바로 돌아가겠다고 약속했다. 아버지도 어머니도, 그럼 됐다는 말씀뿐이셨다. 어머니는 울고 계셨다. 아버지는 에가미 선배와 친구들에게 고마워하라는 말씀을 덧붙였다. 나는 "응." 하고 대답했다.

수화기를 내려놓는 소리가 가슴에 퍼져나갔다.

복도로 나오자 아까 맡았던 냄새가 다시 내 코를 자극했다. 부모님께 전화도 드렸겠다, 안심해서 그런지 호기심이 맹렬하게 고개를 들었다.

나는 현관의 상황을 살폈다. 벽의 스위치를 찾아 불을 켰다.

언뜻 보기에는 아무 이상한 점도 없다. 아니, 뭔가 떨어져 있다. 나는 허리를 굽혀 우산꽂이 그늘에서 비어져 나온 물건을 주워 들었다.

병이었다. 그것도 두 개.

'고토에 씨가 사용하는 향수병이네.'

향수병이라고는 해도 화장품 가게의 진열장에 놓아두는 앙증맞고 화려한 물건이 아니다. 학교 과학실에 즐비한, 큼직한 대롱 같은 병이었다.

라벨이 붙어 있다.

'énigme······ fauve······.'

'e'에 악상테귀accent aigu가 붙어 있다. 프랑스어인가 보다. 고토에는 작품에 프랑스어로 이름을 붙인다. 다만 둘 다 모르는 단어라 의미는 알 수 없었다.

냄새는 현관 전체에서 피어오르고 있었다. 달맞이꽃처럼 달콤하고, 오렌지처럼 시큼하면서, 엽연초처럼 쌉쌀한 냄새. 이끼 같기도 하고, 새 책의 잉크 같기도 하고, 우유 같기도 하고, 새 가죽 같기도 한, 아무튼 복잡한 냄새였다. 누군가 고토에의 소중한 작품을 쏟아놓은 것이다. 그것도 서로 다른 향수를 뒤섞어서.

'왜 이런 짓을······.'

이곳에 장난을 칠 만한 꼬마들은 없다. 악의에서 나온 행동일까? 하지만 누가, 왜 고토에를 원망해야 하는지 생각해봐도 모르겠다. 나는 두 손에 병을 든 채 한동안 멍하니 서 있었다.

사건이기는 하지만 고토에나 다른 사람들을 깨워서 보고할 정도의 문제 같지는 않았다. 나는 내일 아침 다른 사람들에게 말하기 위해 괴상한 냄새를 풍기는 현관을 그대로 두기로 했다. 병은 어쩔까 하다가 내 방으로 가져가기로 했다. 내가 발견한 증거물이니까.

방 앞까지 와서야 문득 깨달았다. 한쪽 병의 라벨을 보았다.

'énigme는 영어의 enigma 아닌가?'

영어로는 이니그마. 프랑스어로는 아마 에니그므였던가. 뜻은 '수수께끼.'

뜻을 알고 나니 더더욱 영문을 알 수 없어 그냥 생각하지 않기로 했다. 단지 주둥이에 희미한 향기를 남긴 두 개의 병을 책상 위에 올려놓고 침대에 들 때까지, 껌을 씹는 것처럼 '이니그마, 에니그므' 하고 입안에서 중얼중얼 되뇌었다.

밤, 수수께끼가 향기를 머금고 숨어들다.

내가 그렇게 생각한 것은 이튿날 날이 밝은 후였다.

/ 3 /

이튿날 아침, 나는 두 개의 병을 손에 들고 아침 식사를 하러 내려갔다. 현관의 이변에 대해서는 먼저 눈치채고 이야기를 나누고 있을 테니, 나는 최초 발견자로 증언을 할 셈이었다.

하지만 상황은 흔히 예상치 못한 전개를 보인다. 내가 식당에 들어갔을 때는 이미 몇몇 사람들이 그곳에 있었는데, 뭔가 걱정스럽게 이야기를 나누고 있는 중이었다. 기쿠노, 고토에, 사에코, 야기사와. 네 사람이었다. 그리고 문제로 삼고 있는 것은 현관의 냄새가 아니었다.

"오노 씨가 안 돌아오셨다고요?"

나는 병을 두 손에 든 채로 되물었다.

기쿠노가 뾰로통한 목소리로 대답했다.

"그래요. 그 사람하고 제가 오늘 아침 당번이라 깨우러 갔더니 침대에서 잔 흔적이 없더라고요. 밤새도록 동굴 속에서 그림을 그렸나 싶어 기가 막혔지만, 무슨 사고라도 났을까 봐 걱정이 되어서⋯⋯. 어쩌면 좋을지 고토에 씨나 다른 분들과 의논하고 있었어요."

"밤새도록 동굴에 틀어박혀 있었다는 건 이상해요. 찾으러 가야 해요, 기쿠노 씨."

"그러는 편이 낫겠습니다."

고토에와 야기사와가 그렇게 말했고 사에코도 고개를 끄덕이고 있다. 나도 동감이었다.

그때 고토에가 내가 들고 있는 물건을 알아보았다.

"어머? 마리아 씨, 그걸 어디서?"

"새벽 1시쯤 현관에 굴러다니던 걸 발견했어요."

화장실은 2층에도 있는데 어째서 그런 시간에 1층에 내려왔는지에 대한 설명부터 시작해야 했다. 나는 순서대로 이야기했다.

"현관에서 이상한 냄새가 나던데, 알고 계셨어요?"

고토에가 대답했다.

"물론이죠. 오늘 아침 밑에 내려왔다가 제가 만든 향수가 온통 뒤섞여서 세상에 둘도 없이 끔찍한 냄새로 변한 걸 알고 깜짝 놀랐어요. 지금은 제법 옅어졌지만 처음 쏟아졌을 때는 말도 못하게 지독했겠지요. 이게 무슨 일인가 고민하고 있었는데, 식당에 있던 기쿠노 씨에게 오노 씨 얘기를 듣느라 냄새 문제를 깜빡했어요. 어떻게 된 걸까요, 그건……."

"장난이라면 너무한데."

야기사와가 말하자 사에코가 부정했다.

"설마. 누가 그런 시시한 장난을 하겠어요? 장난 같지는 않아요."

"허어, 그럼 뭐죠?"

"모르겠어요. 그런 짓을 한 누군가가 사정을 설명해주겠지요."

그렇게 아옹다옹하는 사이에 에가미 선배가 내려왔다. 뒤이어 유이도. 뒤늦게 온 두 사람에게 오노의 행방불명과 향수의 수수께끼에 대해 설명해줘야 했고, 에가미 선배를 사에코와 유이에게 소개해야 했으며, 유이가 자신의 정체를 이 외부인에게 알리기를 주저했기 때문에 우리는 이른 아침부터 엄청난 혼란에 빠지고 말았다.

"찾으러 갑시다. 부인께서는 오노 씨가 그림을 그리던 장소를 알고 계십니까?"

야기사와가 묻자 기쿠노가 대답했다.

"아뇨, 모릅니다. 전에 그리던 곳은 야기사와 씨나 시도 씨, 마에다 씨하고 함께 본 적이 있지만……."

"예, 그래요. 오노 씨가 안내해주셔서 한 번 다 같이 본 적이 있었죠. 그 후로는?"

"그 사람이 어디에서 무슨 그림을 그리는지 아무것도 몰라요. 제가 모르니 다른 분들도 마찬가지겠지요."

당연히 그렇다.

"큰일이군요. 찾으려 해도 어디를 찾아보면 좋을지 모르겠으니."

야기사와가 얼굴을 찌푸렸다. 그렇다, 이거 참 큰일이다. 나는 기쿠노를 훔쳐보았다.

"그러게요…… 어쩌죠……."

"불쑥 끼어들어 죄송합니다만," 에가미 선배가 조심스럽게 입을 열었다. "그 종유동이라는 게 그렇게 넓습니까?"

몇 명이 고개를 끄덕였다. 나는 사에코를 따라 잠깐 들어가 본 게 전부라 모르지만, 작은 아키요시 동굴^{야마구치 현 미네 시 동}_{부에 있는 일본 최대 규모의 종유동―옮긴이}만 한 규모라고 한다. 만약 그 렇다면 오노가 관광 자원으로 눈독을 들일 만도 하다. 그리고 복잡하고 기이한 그 자연 미궁의 전모는 아무도 몰랐고, 그곳 을 창작의 터전으로 삼았던 오노만이 한정된 범위를 혼자 돌 아다닐 수 있었다.

마에다 부부와 고비시가 나타났다. 먼저 어렵사리 에가미 선배를 소개하자 세 사람은 당혹스러운 표정으로 자기소개 를 했다. 그런 다음 오노가 날이 밝아도 돌아오지 않는다고 기쿠노가 이야기했다.

"어머, 오늘은 아침부터 정신이 없네요." 데쓰코가 눈을 휘 둥그레 떴다.

"지도 같은 건 없습니까?" 에가미 선배가 물었다.

"지도라……." 기쿠노는 짐작 가는 바가 있는 듯했다. "그 사람이 간단한 지도를 만들긴 했는데…… 방에 있지 않을까 싶군요."

"하지만 그 지도를 봐도 오노 씨가 어디에서 그림을 그리 고 있는지는 모르잖아요?"

고토에가 말하자 또다시 모두 고개를 끄덕였다. 어쩌면 좋 을지 선뜻 결심이 서지 않는 것이다.

"일단 종유동에 가보는 게 어떨까요? 부르면 대답할지도 모르고요."

나는 오지랖 넓다는 오해를 사지 않도록 주의하면서 집주인에게 제안했다. 그 수밖에 없으리라.

"찬성입니다. 가봅시다."

머리만 굴려봤자 별수 없다는 듯 고비시가 일동을 재촉했다.

"그래요. 오늘 아침 식사는 빵이니 빨리 먹고 가봅시다. 그러는 사이에 돌아올지도 모르니까요."

기쿠노가 그렇게 말하며 우리를 식당으로 밀어 넣었기 때문에 먼저 아침 식사를 마치기로 했다. 하지만 모든 이의 커피 잔이 비도록 오노는 돌아오지 않았다.

회중전등과, 사에코의 제안으로 구급상자를 준비했다. 여전히 빗줄기가 거세어 밖에 나가려니 우울했다.

서쪽 논두렁을 빠져나가 종유동으로 향하는 길에 나는 불길한 예감이 들었다. 자꾸만 어두운 구멍 속에서 뭔가 좋지 않은 일이 기다리고 있다는 생각이 든다. 때문에 에가미 선배가 곁에 있다는 사실이 든든하고 기뻤다.

저택에서 도보로 5분도 채 되지 않는 곳, 뒷산 기슭에 동굴 입구가 뚫려 있다. 천계 입구에 있다는 견고한 암굴의 문처럼 비좁은 바위틈이지만 이것이 대종유동의 입구라는 사실은 틀림없다. 쇠고비로 보이는 양치류 덤불 위를 가로질렀다. 이

파리 위의 차가운 빗방울이 튀어 올라 다리를 적셨다. 암굴의 문을 지나 한숨 돌린 나는 우산을 접어 벽에 세웠다.

"우산은?"

에가미 선배가 무슨 말을 하는지 모르겠다.

"우산이 왜요?"

"오노 씨 우산이 없어. 이미 동굴 안에 없는 거 아닐까?"

그 말을 들은 기쿠노가 설명했다.

"아, 그건 그 사람이 조금만 걸어도 금세 지치는 체질이라 동굴에 들어갈 때는 우산을 지팡이 대신 사용해서 그래요. 그러니 꼭 동굴 밖으로 나갔다고 할 수는 없어요."

모두들 고개를 끄덕이자 에가미 선배는 납득한 듯했다. 탐색이 시작되었다.

/ 4 /

"오노 씨, 계십니까?"

야기사와가 회중전등으로 안쪽을 비추며 큰소리로 불렀다. 어렴풋한 메아리가 들릴 뿐 대답은 없다.

"안으로 들어가 볼 수밖에 없겠군요." 야기사와가 말했다.

"이 안에서 흩어지면 큰일이에요. 다들 떨어지지 않도록 꼭

붙어서 걸어요. 야기사와 씨, 앞장서 주시겠어요?" 기쿠노가
말했다.

"네."

야기사와는 천천히 걸음을 뗐다.

나는 회중전등을 손에 든 에가미 선배 옆에 찰싹 붙어 절
대 떨어지지 않겠노라 다짐했다. 사람 수가 이만큼이나 되니
웬만큼 넋을 놓지 않는 이상 낙오되는 일은 없겠지만, 혹시나
그런 일을 당하는 상상만 해도 어깻죽지가 서늘했다. 오른편
에 물이 졸졸 흐르고 있다. 그 물줄기가 안쪽이 아니라 입구
쪽으로 향하고 있다는 사실에 안도했다. 바깥의 빗물이 동굴
내부로 흘러들 일은 없겠다.

"마리아, 이것 좀 가지고 있어."

에가미 선배가 비어 있는 왼손으로 주머니에서 뭔가를 꺼
내 내게 건넸다. 비에 한번 젖은 탓에 빳빳해진 얇은 수첩과
볼펜.

"동굴 내부가 얼마나 복잡하게 뻗어 있는지 모르겠지만, 길
이 나뉠 때마다 어느 쪽으로 가는지 메모해주겠어?"

"네. 오른쪽인지 왼쪽인지 쓰면 되죠?"

"그것만으로 끝나면 좋겠는데."

"한가운데라거나, 오른쪽에서 두 번째라거나?"

"그래그래. 왼쪽에서 열두 번째라든가."

"설마요."

에가미 선배와 나는 야기사와의 뒤를 따랐다. 그 뒤에 기쿠노, 고비시, 사에코, 유이, 마에다 부부 순으로 일렬종대를 이루었다. 길은 두 팔을 벌리면 좌우의 차가운 벽에 손이 닿을 만한 폭으로 한동안 이어졌다. 이윽고 그 길은 오른쪽으로 굽어, 한 줄기 빛도 없는 세상이 되었다. 그와 동시에 빗소리가 슬그머니 멀어졌다.

"무서워요."

뒤쪽에서 유이가 말했다.

"싫으면 돌아가겠어요? 함께 가줄게요."

사에코가 상냥하게 말했지만 유이는 "아뇨…… 괜찮아요." 라고 대답했다. 응석을 부려보고 싶었는지도 모르겠다.

저마다 상하좌우로 비추는 회중전등의 불빛으로, 점차 천장이 높아지고 길 또한 폭이 넓어진다는 사실을 알았다. 아직 괜찮아. 이 안쪽까지는 들어가 본 적이 있다. 눈에 익은 장소를 걷는 동안은 괜찮다.

나는 에가미 선배와 어깨를 나란히 하고(높이는 상당히 차이가 있지만) 걸을 수 있게 되었다.

"오노 씨는 이런 곳에서 그림을 그리는 건가? 이렇게 깜깜한데……"

에가미 선배가 소리를 죽여 혼잣말처럼 말했다.

"불을 피워 주위를 밝힌대요. 안으로 들어가면 널찍한 데다가 바람도 불어요."

"동굴의 주인이구나."

"네, 이곳을 발견한 사람도 오노 씨예요. 이 세상에 둘도 없는 캔버스라며 독차지해버렸대요. 이곳에서 원시의 예술과 대결하겠다나 뭐라나."

"나쁘지 않은 아이디어인지는 작품을 본 후에 판단하자고. 그저 자연의 조형물을 낙서로 더럽히는 수준이 아니라면 다행일 텐데."

"네, 저도 그러길 빌어요."

야기사와가 때때로 오노의 이름을 불렀지만 대답은 없었다. 내 불안은 점점 더 커졌다.

조곤조곤 말하는 우리의 목소리가 다른 음색으로 들렸다. 에가미 선배가 전등을 머리 위로 돌리자 천장은 7~8미터 위에 있었고, 누르스름한 종유석이 여기저기에 늘어져 있었다. 이곳도 기억하고 있다. 내가 아는 범위에서는 여기서부터 한동안 동굴 안의 천장은 이 높이를 유지한다. 머리 위의 압박감에서 해방되어 나는 한숨을 돌렸다. 한 걸음 뗄 때마다 인간 세상에서 멀어져 가고 있다는 생각은 하지 않기로 했다.

"여기 샛길이 하나 있습니다."

앞장선 야기사와가 걸음을 멈추고 불빛을 왼쪽으로 비추었다. 젖은 암벽에 타원형 구멍이 입을 빼끔 벌리고 있었다. 여기까지도 와봤다. 그때는 사에코와 둘이서, 샛길이 나왔다는 사실만으로도 겁을 집어먹고 총총히 되돌아왔었다. 하지만 오늘은 그럴 수도 없다.

"잠깐 보고 오겠습니다." 야기사와가 대수롭지 않게 말했다. "여긴 바로 막다른 길이 나오니까, 확인 삼아 거기까지 가서 보고 오겠습니다. 여러분은 잠시 숨 좀 돌리고 계세요."

"저도 갈까요?"

에가미 선배가 말하자 야기사와는 가볍게 대답했다.

"그럼 부탁드리겠습니다."

나를 포함해 다른 사람들은 얌전히 그 자리에 남았다. 멀어지는 두 사람의 구두 소리와 작은 불빛을 배웅하자니 몹시 불안했다. 하지만 정말 바로 막다른 길이었는지 두 사람은 2, 3분쯤 지나 돌아왔다.

야기사와가 고개를 가로저으며 말했다.

"없습니다. 전진합시다."

대열은 다시 전진했다. 길은 모두가 일렬횡대로 걸을 수 있을 만큼 넓어졌고, 누가 불을 비출 때마다 동굴이 높아지는 것만 같았다.

"이 정도면 동굴 안에 집이라도 지을 수 있겠어."

뒤에서 데쓰오가 감탄하고 있다. 이런 곳에 살고 싶은 마음이 들까?

"봐요, 이거 귀엽지 않나요?"

데쓰코의 말에 쳐다보니, 벽 쪽에 무릎까지 오는 석순이 돋아 있었다. 석회분을 함유한 물방울이 굳어 고드름처럼 늘어진 것이 종유석, 물방울이 떨어진 곳에서 굳어 위로 뻗어나가 죽순처럼 지면에서 튀어나온 것이 석순이다. 이 정도 높이까지 이르려면 백 년 단위의 세월이 필요하리라. 데쓰코가 가리킨 그 석순은 땅딸막한 모양새가 지장보살상하고 똑같았고, 자세히 보니 눈과 코처럼 생긴 요철까지 갖추고 있었다. 데쓰코와 나는 익살맞게 두 손을 모았다.

"또 나뉘는군요."

기쿠노가 야기사와의 어깨 너머로 앞쪽을 보며 말했다. 또다시 왼편에 작은 길이 직각으로 갈라졌다. 기쿠노가 어둠을 향해 이름을 불러보았지만 이곳에서도 돌아오는 목소리는 없다.

"두 패로 나눌까요?" 야기사와가 말했다.

우리는 의논한 끝에 야기사와, 기쿠노, 고토에, 마에다 부부 다섯 명과, 그 외 나머지 사람들로 그룹을 나누었다. 야기사와 팀이 샛길을 선택했지만 그쪽 역시 바로 막다른 길이었는지 되돌아와 다시 합류했다. 그 후로도 좌우로 갈라진 길이 나타났지만 전부 똑같은 결과의 반복이었다. 그럴 때마다 에가미 선배의 말대로 메모를 했다. 그러는 사이 이름도 없는 이 종유동은 점차 그 위용을 드러냈다. 천장까지의 높이는 약 10미터. 빛을 받아도 암벽의 색은 확실치 않았다. 종유석 길이는 2미터에 육박했다. 좌우 암벽의 폭도 지금은 30미터가 넘어 보인다. 그리고 무리 지어 가는 우리들의 양옆에 '백 장 접시' 혹은 '천 첩 바닥'이라고 부르고 싶은 기괴한 풍경이 나타났다. 오른편에는 완만한 계단 모양을 이루는 몇백 장의 돌 접시가 지하수를 머금고 있다. 왼편에는 광택 있는 황금색 석판이 촉촉하게 빛나고 있다. 그 괴이한 광경에 압도당한 나는 한숨이 나올 것만 같았다.

"눈요깃거리로 삼을 가치는 있군요."

데쓰코가 비아냥거리듯 말했지만 경탄의 빛은 숨길 수 없다. 다른 사람들은 할 말을 잃고 그저 신비로운 자연의 조형에 시선을 빼앗겼다.

"저기!"

유이가 높은 목소리로 외쳤다. 무슨 일인가 싶어 모두의 시선이 그녀가 가리키는 방향을 좇았다.

"그림이다……."

데쓰오가 헐떡이는 목소리로 말했다.

'백 장 접시' 위에 선반처럼 튀어나온 바위가 있다. 화가는 그곳을 발판 삼아 그렸으리라. 어둠의 왕국을 지키는 수호신처럼, 똬리를 튼 이무기가 우리를 굽어보고 있었다. 선명한 녹색 피부가 떨어지는 물방울에 젖어 빛나고 있다. 사실주의와는 거리가 있는 소박한 터치의 그 그림을 보고 나는 혐오를 느껴야 할지, 외경해야 할지 판단이 서지 않았다.

"흉한 그림이네. 뭐야, 이런 곳에 자기 그림을 그리다니 불손하기 짝이 없군요."

유일하게 데쓰코만 확실하게 부정을 표했다.

"오노 씨가 계신다면 훨씬 안쪽이겠죠? 갑시다."

야기사와의 호령에 맞추어 일동은 다시 줄줄이 움직이기 시작했다.

길은 크게 오른쪽으로 굽는 듯하더니 이윽고 돌연 Y자로 갈라졌다. 갈림길은 둘 다 지금 통과한 곳의 절반 이하 폭으로 줄었다.

기쿠노가 자신만만한 목소리로 말했다.

"여기도 알고 있어요. 그 사람이 이전에 그렸던 그림은 이 오른쪽으로 가면 또 나오는 갈라진 길의 막다른 곳에 있을 거예요."

"그럼 지금은 왼쪽 길의 안쪽에 계실까요?" 야기사와가 물었다.

"꼭 그렇다고 할 수는 없죠. 오른쪽 길에서 더 안쪽으로 들어갔을 수도 있고요. 두 팀으로 나눌 수밖에 없겠군요."

고비시, 사에코, 유이, 마에다 부부는 왼쪽, 나머지는 오른쪽으로 전진했다. 오른쪽이라고 또 메모를 했다.

"서로 무리는 하지 맙시다. 길이 점점 복잡하게 갈라지면 여기로 되돌아오는 게 낫겠어요. 아무 장비도 없이 안으로 깊이 들어가는 건 너무 위험하니까요."

고토에가 헤어질 때 고비시 팀에게 말했다. 아무도 이의는 없었다. 우리는 오노의 이름을 줄기차게 부르며 각자 맡은 길로 전진했다. 이제껏 왔던 길보다 훨씬 굽이굽이 꺾인 길이었다.

20미터쯤 가니 또 갈림길이 있었다. 불을 비추어 보니 막다른 암벽에 뭔가가 들러붙어 있다.

"오노 씨!"

오노가 암벽 앞에 서 있는 모습으로 보였는지 고토에가 소리쳤다. 하지만 차분히 보니 그것 역시 그림이었다. 인물화이다. 그것도 한 명이 아니다. 불을 천천히 좌우로 비추어 보니 털가죽을 둘러쓴 여섯 명의 남녀가 등을 구부리고 걸어가는 그림이었다. 크로마뇽인이리라. 저마다 손에 돌도끼와 창을 들고 있다. 가까이 다가가 감상하고 싶은 마음도 들었지만 딴전을 부릴 때가 아니었다.

동굴 안에 들어온 지 벌써 몇 시간이나 흐른 것 같은데, 손목시계를 보니 아직 40분 정도밖에 지나지 않았다. 어둠의 품속에 있으면 이렇게나 시간감각을 잃게 되는 걸까.

그 앞쪽에서 또다시 두 갈래로 나뉘었다.

"여기서 한 번 더 팀을 나눌까요?"

야기사와가 의견을 구했다. 모처럼 여기까지 왔는데 되돌아가기는 아쉬웠다. 나는 겁도 없이 전진하고 싶었다. 다소 기분이 들떠 있는지도 모른다.

에가미 선배가 말했다.

"여러분이 괜찮으시다면 저하고 마리아. 기쿠노 씨, 고토에 씨, 야기사와 씨. 이렇게 두 팀으로 가면 어떻겠습니까. 그러다 이 앞에 또 갈림길이 있으면 거기서 포기하고 여기까지 돌아와서 기다리는 게 어떨까요?"

"그게 좋겠습니다." 야기사와가 그렇게 말하더니 덧붙였다. "다만 이 앞쪽 상황이 어떻든 30분 후에는 반드시 여기로 한 번 돌아오는 식으로 규칙을 정하는 편이 낫지 않을까요. 기다린다고 해도 언제까지 기다려야 할지 모르면 불안하니까요."

현명한 제안 같다. 반대하는 이는 없었다. 즉 아무리 평탄하고 똑바른 길을 선택한다 해도 15분이 지나면 일단 되돌아온다는 뜻이다.

"부디 조심들 하세요."

기쿠노는 기나긴 이별을 고하듯 에가미 선배와 내게 엄숙

하게 말하고 나서 왼쪽 길을 선택했다. 고토에와 야기사와가
마찬가지로 "조심하세요."라고 말하며 기쿠노의 뒤를 따랐다.

우리가 고른 오른쪽 길은 잠시 후 왼쪽으로 90도 꺾이더니
이어서 오른쪽으로 굽었다. 들어왔을 때는 북쪽을 향하고 있
었는데, 지금 내가 동서남북 어느 방향으로 나아가고 있는지
묻는다면 도저히 대답할 길이 없다. 아는 사람이 있을 것 같
지도 않다. 길의 폭은 다시 서서히 넓어졌고, 좌우로 우뚝한
기암들이 나타났다가는 멀어졌다.

"마리아."

에가미 선배가 갑자기 걸음을 멈추었다. 나는 저도 모르게
긴장했다.

"왜요?"

"내 기분 탓인가? 무슨 냄새가 나지 않아?"

"네?"

안쪽에서 희미하게 바람이 불고 있다. 나는 그 공기의 흐름
속에서 향기를 찾아보았다. 에가미 선배가 그런 말을 해서 그
런지, 새콤달콤한 향기가 풍기는 것 같기도 하다. 나는 즉답
을 피하면서 어둠 속의 미향을 열심히 맡았다.

"네, 뭔가 약하게 냄새가 나네요. 돌이나 물이 아니라, 꽃잎
이나 과자 같은 냄새. 이런 곳에서 맡기에는 너무 생뚱맞은
냄새."

"뭘까……."

에가미 선배는 걸음을 약간 서둘렀다. 나는 그 뒤를 따르면서 잊고 있었던 불안감을 떠올렸다. 어째서 이런 곳에서 새콤달콤한 향기가 풍기는지 적당한 설명을 찾을 수 없어, 그 점이 약간 무섭기도 했다. 상상도 하지 못했던 미지의 기괴한 존재가 저 앞길에서 기다리고 있는 게 아닐까. 그런 생각을 하니 셔츠를 입은 에가미 선배의 등을 붙들어 말리고 싶었다.

"역시 냄새가 나."

내 마음도 모르고 에가미 선배는 긴장한 모습으로 중얼거리면서 걸음을 더욱 서둘렀다.

'이 냄새, 맡아본 적 있어.'

나는 그 사실을 깨닫고 흠칫 놀랐다. 하지만 언제 어디서 맡은 어떤 냄새인지 기억이 나지 않았다. 그 밖에도 깨달은 점이 있다. 뭔가가 불타는 듯한 탄내가 그 안에 뒤섞여 있었다.

그렇다면…….

비명이 동굴 안에 울려 퍼졌다. 여자 목소리다.

무서운 나머지 귀를 막고 그만 그 자리에 주저앉고 싶었다. 비명 자체가 무서웠던 것은 아니다. 그 목소리가 우리 앞쪽에서 들리는 이유를 이해할 수 없었기 때문이다.

"이 안쪽에 대체 누가 있는 거죠! 아무도 없을 텐데!"

나는 에가미 선배의 어깨를 힘껏 움켜쥐고 외쳤다. 그런 나를 비웃듯이 또 다른 여자의 비명이 몇 개의 메아리가 되어 들려왔다. 나는 진짜로 귀를 막았다.

에가미 선배가 내 손 위에 손을 얹더니 정신 차리라는 듯이 가볍게 쥐었다. 그러더니 되돌아가기는커녕 다시 성큼성큼 전진하기 시작했다.

"에가미 선배, 뭔가 있어요. 무섭지 않아요?"

떨리는 목소리로 말하자 부장은 빠른 목소리로 뭐라고 했지만 알아듣지 못했다. 당연히 혼자 되돌아갈 용기도 없어 나는 울고 싶은 심정으로 부장과 나란히 전진했다. 성급한 구두 소리가 요란하게 울렸고, 우리의 그림자가 암벽에서 일렁였다. 그리고 기묘한 향기는 더욱 강해졌다. 다음 모퉁이를 돌면 그곳에 엄청나게 추악한 괴물이 서 있지 않을까 하는 상상에 나는 두려웠다. 그리고 그 괴물은 꽃다발과 사탕을 들고 있을지도 모른다.

불규칙하게 뒤엉킨 발소리가 들렸다. 역시 향기가 풍겨오는 방향에서 들린다. 불가능한 줄 알면서도 나는 '뭐가 나타나도 놀라지 않을 테다.' 하고 스스로를 타일렀다.

길은 다시 왼쪽으로 굽었다. 그 모퉁이를 돌면 뭔가가 기다리고 있는 것이다. 나는 각오를 다지고 왼쪽으로 꺾었다.

불빛이 보였다. 지저 괴물도 회중전등을 들고 있나? 아니다. 앞쪽에 보이는 빛은 그렇게 보잘것없는 빛이 아니었다.

천국이라도 있는 걸까?

별안간 시야가 탁 트였다. '광장'으로 나온 모양이다. 그 한쪽 구석에서 불꽃이 눈을 찌를 정도로 환하게 일렁이고 있었다. 화톳불이 타오르고 있는 것이다.

우리가 길을 잃고 찾아든 이곳은 어디일까. 일렁이는 불빛이 그 장소를 비추고 있었다.

그곳은 단순히 '광장'이라고 부르기에는 너무나 거대했다. 기사라 저택이 통째로 들어갈 정도로 광대한 공간을 지닌, 바위의 대가람 속에 뛰어든 것이다. 위를 올려다보니 돔처럼 완곡한 원을 그리는 천장은 숨이 막힐 정도로 높았고, 무수한 종유석이 우리를 향해 그 뾰족한 날을 뻗고 있었다. 모습은 보이지 않았지만 박쥐의 날갯짓 소리가 멀리서 들려왔다. 사방의 벽은 푸른 기가 도는 황금색이라고 표현하고 싶은 오묘한 색채였다. 때로는 매끄러운 바위결을 빛내고, 때로는 짙은 음영의 기괴한 굴곡을 자랑했다. 그리고 그 사방에 원시의 그림이 있었다. 크로마뇽인 남녀가 대지로부터 얻은 풍성한 수확과 수렵의 성과에 환희하는 광경이었다.

드디어 찾았다. 이곳이 오노의 아틀리에다. 빛이 없는 세상에서 창작을 하기 위해 불을 피워놓은 것이다.

"마리아 씨! 두 분은 어디에서 왔죠?"

고토에가 우리를 보고 외쳤다. 그 옆에 기쿠노가 있다. 야기사와의 뒷모습도 보인다. 저들이야말로 어떻게 여기에 있는 걸까?

"그런가, 이 바위 광장으로 통하는 길이 또 있었구나. 아, 저쪽에서 왔나요? 갈림길이 또 합류하나 보군요."

고토에가 혼자 지껄여댔다. 마치 뭔가를 잊으려는 듯한, 침착하지 못한 그 말투가 이상했다. 몹시 혼란스러운 모양이다.

"마리아."

그 소리에 나는 에가미 선배를 보았다.

"진정하고 저쪽을 좀 봐."

"저쪽이라니요?"

에가미 선배가 가리킨 곳은 대각선 오른쪽의 울퉁불퉁한 벽면이었다. 우뚝 서 있는 기쿠노와 야기사와의 뒷모습 너머로 그 벽에 시선을 던졌다. 일렁이는 불빛이 어떤 물체를 비추었다.

"오노 씨……?"

나는 그 광경의 의미를 잠시 이해할 수 없었다. 계단 형상을 이루는 바윗단 꼭대기에 뒤집힌 오노 히로키의 얼굴이 있었다. 머리는 밑을, V자로 벌린 두 다리는 천장을 향하고 있다. 물구나무를 서고 있는 것이다. 바윗단 끝에서 거꾸로 튀어나온 머리가 이쪽을 향해 우리를 굽어보고 있다. 그리고 그 얼굴에서는 일말의 생기도 찾아볼 수 없었다.

내가 느꼈던 불길한 예감은 적중이라는 결말로 찾아들고
말았다.

"오노 씨가 죽었어……."

내가 중얼거리는 소리는 동굴 안에 메아리쳐 깜짝 놀랄 정
도로 크게 들렸다.

오노는 죽었다. 꼼짝 않는 오노를 구하기 위해 아무도 바윗
단을 올라가지 않았던 이유는 분명 그의 목숨이 이미 끊어졌
다는 사실이 눈에 똑똑히 보였기 때문이다.

"무슨 사고를 당한 걸까……. 귀가, 봐요, 오른쪽 귀가."

야기사와의 지적에 눈길을 돌리니 확실히 시체에는 오른쪽
귀가 없었다. 그것은 일종의 사고를 연상하게 했지만 사람이
오른쪽 귀를 잃는 상황이라니, 어떤 경우일까. 그런 생각을
하자 기분이 묘했다.

한동안 우리는 할 말을 잃고 아연히 서 있을 따름이었다.

무슨 소리가 들린다. 물이 떨어지는 소리다. 그것은 영원한
잠에 빠진 오노의 옆에서 이런 리듬을 두드리고 있었다. 똑,
또독, 또독, 똑. 미야자와 겐지宮沢賢治, 1896~1933, 일본의 시인, 동화작가.
의성어를 즐겨 사용했다.—옮긴이라면 멋진 의성어를 만들어냈겠지. 위
를 올려다보다가 어둠 속에 숨어 있는 아득히 높은 천장에서

지하수가 떨어져 바윗단 위의 웅덩이에서 힘차게 튀는 소리라는 것을 알았다. 오묘한 지저 음악이었다.

"……저 사람을 구해줘요."

기쿠노의 목구멍에서 쥐어짜는 듯한 목소리가 흘러나왔다.

"하다못해…… 저기에서…… 내려줘요."

야기사와가 정신을 차렸는지 "네." 하고 대답했다. 대답은 했지만 뭘 어째야 할지 모르는 듯 그 자리에서 움직이지 못하고 있다.

"제가 돕겠습니다."

에가미 선배가 성큼성큼 앞으로 나가 커다란 바위 계단을 기어오르기 시작했다. 그 모습을 보고 야기사와도 겨우 바윗단에 발을 올렸다. 4미터쯤 되는 높이에 있는 꼭대기에 도착한 두 사람은 오노의 시체 옆에서 두 손을 모았다. 올려다보고 있던 우리도 손을 모았다. 죽은 자의 명복을 빌면서, 나는 아직도 상황을 제대로 이해할 수 없었다. 오노 씨가 왜 죽었지? 그것도 저렇게 높은 바윗단 위에서 물구나무를 선 모습으로…….

"야기사와 씨!"

에가미 선배의 커다란 목소리에 나는 깜짝 놀라 고개를 들었다.

"이게 뭔지 아시겠습니까?"

야기사와가 그 말을 듣고 시체 목덜미를 들여다보았다. 그러더니 야기사와가 '욱' 하고 숨을 들이켜는 소리가 들렸다. 뭘 발견한 걸까? 밑에서는 턱 그림자 때문에 보이지 않는다. 궁금했지만 입을 다물어버린 두 사람은 아무런 설명도 해주지 않았다.

에가미 선배가 문득 고개를 들었다. 우리의 머리 너머로 어딘가 먼 곳을 바라보는 눈빛이다. 먼 곳이라고는 해도 그곳에 있는 것은 역시 암벽이다. 하지만 보통 암벽이 아니었다. 에가미 선배가 바라보고 있는 것은 태고의 축제를 그린 갓 완성한 듯한 벽화였다. 죽은 이는 자기가 이 세상에 남긴 작품을 위아래가 뒤바뀐 눈동자로 뚫어져라 바라보고 있었던 것이다.

"어쨌든 내리겠습니다."

에가미 선배의 말에 야기사와는 "그러게요, 이대로는……." 이라고 대답하면서 이마를 훔쳤다. 땀이 맺힌 모양이다.

"살살. 조심해서 내려줘요."

기쿠노가 애원했다. 바윗단 위의 두 사람은 말없이 고개를 끄덕이고는 차분하게 시체를 들어 올렸다. 이미 굳어버렸는지 죽은 이의 자세는 변하지 않았다. 나는 운반하기 편하겠다는 사악한 생각을 했다. 정상적인 감각이 마비된 것이 분명하다.

이윽고 시체를 조용히 누였다. 나는 원래 오른쪽 귀가 있었던 부위에서 황급히 눈을 돌렸다. 기쿠노가 몸을 굽혀 부릅뜨고 있는 그 눈을 감겨주었다. 슬픈 감정이 되살아났는지 그녀는 오열을 터뜨렸다. 정말 애처롭다고 생각하려 했지만, 나는 아직 실감이 나지 않았다. 정신을 놓아버리면 사람은 오히려 냉정해진다.

냉정한 나는 오노의 죽음을 둘러싼 수수께끼를 손가락으로 꼽아볼 수도 있었다.

첫째, 어째서 그는 저렇게 높은 곳에서 물구나무를 선 채로 죽어 있는가?

둘째, 어째서 그의 시체에서 이렇게 달콤한 향기가 풍기는 것일까?

셋째, 어째서 그의 시체에는 오른쪽 귀가 없을까?

넷째, 어째서 그의 목덜미 주변에 검은 끈이 감겨 있는 것일까?

끈? 저 끈은 뭐지? 턱 바로 밑에 단단히 묶여 있는 듯했다.

그러고 보니…… 그의 사인은 뭘까?

"오노 씨는 목을 졸렸어요. 목을 졸려 사, 살해당했습니다."

야기사와가 떨리는 목소리로 고하면서 두 손을 바지 무릎께에 닦고 있었다. 그의 안색도 시체처럼 창백했다.

"살해당했다니, 야기사와 씨, 그럴 수가…… 설마."

기쿠노는 당치도 않다는 듯이 말하며 좌우로 한 걸음씩 휘청거렸다. 휘청거리면서도 발치에 누워 있는 현실을 뚫어져라 쳐다보고 있다. 그 한쪽 뺨이 부르르 떨렸다.

"어째서…… 어째서죠?" 고토에는 두 손으로 얼굴의 아래쪽 절반을 가리고 있었다. 그리고 예상치 못한 소리를 했다. "어째서 오노 씨의 향기가 나는 거죠?"

"오노 씨의 향기라니 무슨 뜻입니까?"

에가미 선배가 놓치지 않고 물었다. 고토에는 시체에서 피어오르는 향기를 두 손으로 우아하게 떠내어 에가미 선배 쪽으로 보냈다. 향기가 꽃잎처럼 흩어지는 모습이 눈에 보이는 듯했다.

"이 향기 말이에요. 이건 제가 만든 향기예요."

기억이 난다. 조향실에서 맡아본 적이 있다. 그래, 그랬다. 이 향기는 고토에의 작품이었다.

"어째서 그 향기가 여기에 있는 거죠? 제 조향실 선반의 병속에 있어야 하는데, 어째서 이런 동굴 속에……."

"오노 씨의 시체에 뿌려놓은 것 같습니다. 오노 씨의 목숨을 앗아간 사람이 한 짓이겠지요. 어째서 그런 짓을 했는지는 짐작도 가지 않습니다만." 에가미 선배는 다른 쪽을 쳐다보며 말했다. "저쪽에서도 같은 냄새가 나는군요."

오노가 쓰던 그림 도구와 그것들을 담아 운반한 수트케이스. 지팡이 대신 사용하느라 끝이 뭉툭해진 우산. 수트케이스에 들어 있었던 것으로 보이는 작은 보온병과 밑바닥에 커피의 잔재가 들러붙은 종이컵. 그런 물건들이 굴러다니고 있다. 그리고 그곳에도 시체에서처럼 새콤달콤한 향기가 똑같이 감돌고 있었다.

"오노 씨 소지품에도 같은 향수를 뿌려놓은 것 같습니다. 범인은 어째서 이런 의식을 치렀을까요?"

"그런 건 묻지 마!" 야기사와가 순간 날카롭게 소리를 질렀다. "실례. 당신이 아무렇지도 않은 얼굴로 대답할 길 없는 질문을 하는 바람에……."

"저야말로 실례했습니다. 그 말씀이 맞습니다." 에가미 선배는 사과했다.

시체에 매달려 눈물 흘리는 기쿠노와 경악에서 깨어나지 못한 우리에게 등을 돌리더니 에가미 선배는 무슨 생각을 했는지 다시 바윗단에 올랐다. 나는 원숭이처럼 잽싸게 올라가는 그 뒷모습을 쳐다보고 있었다. 에가미 선배는 생명이 없는 오노가 물구나무를 서고 있던 부근에서 무언가를 주워 들었다. 병이다.

"고토에 씨, 향수는 이 병에 들어 있었습니까?"

이름이 불린 고토에는 바윗단 위를 올려다보았다. 안경을 고쳐 쓰고 뚫어지게 바라본다.

"그런 것 같기는 한데, 병에 뭐라고 적혀 있나요?"

에가미 선배는 병을 고쳐 쥐고 눈을 갖다 댔다.

"외국어군요. H, i, r, o, q, u, i라고 적혀 있습니다."

"'히로키', '히로키'라고 적혀 있군요? 틀림없어요. 이 향기는 '히로키'라는 이름입니다. 그 병에 들어 있던 향이에요."

"'히로키'? 아아, 이 철자는 프랑스어 표기군요." 에가미 선배는 병을 물끄러미 바라보았다. "비었습니다."

"에가미 선배, '히로키'는 돌아가신 오노 씨의 이름이에요."

내가 그렇게 말하자 에가미 선배는 손바닥 위의 빈 병과 바닥 위의 죽은 자를 번갈아 보았다. 그리고 말없이 병을 한 손에 들고 내려왔다. 한 손으로 감쌀 수 없는 굵기의 반투명한 연녹색, 타원형 단면을 가진 병. 뚜껑은 없다.

"오노 씨를 위해 제가 만든 향기예요. 그 사람에게 결여된 부분을 선물했어요. 달콤하고 새큼한 사춘기의 추억. 이 향기는 그것을 표현하고 있어요."

고토에는 '아시겠나요?' 하는 몸짓으로 에가미 선배의 얼굴을 들여다보며 말했다. 부장은 말없이 고개를 끄덕였다.

고토에는 오노 히로키 한 사람만을 위해 향을 조합했던 것은 아니다. 그녀는 기쿠노나 사에코, 야기사와, 시도, 고비시, 유이, 마에다 부부. 마을 사람 모두의 이름을 딴 향수를 만들었다. '마리아'라는 이름이 붙은 향도 있다. 내 향기는 포근한 햇살을 머금은 짚처럼 부드러운 향이었다. 그 유래는 듣지 못했다.

"죽은 자에 대한 예우라고 생각했겠지요."

고토에는 자신을 납득시키려는 듯이 한마디씩 똑똑하게 말했다.

그렇다 해도 이상하다. 자기가 죽일 사람에게 예우를 갖추기 위해 일부러 향수 한 병을 깊은 동굴 속까지 가져오다니…… . 한 손에 향수, 또 한 손에는 검은 끈. 그 외에는 전등조차 들지 않은 그림자. 그 그림자가 오노의 모습을 찾아 동굴 안으로 들어가는 광경이 뇌리에 떠올라 나는 전율했다.

망연자실이라는 가위가 풀리자 공포가 발치에서 기어 올라왔다. 오노는 살해당했다. 극히 한정된 이들밖에 없는 이 마을에서 사람이 살해당했다. 내가 잘 아는 사람들 중 누군가가, 살인자인 것이다.

'예전에도 이런 일이 있었어…… .'

예전에도? 지난여름에 있었던 일이잖아. 남쪽 섬에서 몇이나 되는 사람이 죽었다. 나의 악몽은 아직 깨지 않았던 모양이다. 아니면 여기까지 쫓아온 걸까? 내가 도망 같은 걸 치니까…… .

"고비시 씨하고 사에코 씨는 어떻게 된 겁니까? 유이 씨와 마에다 씨 부부는?"

야기사와의 말을 듣고 나는 번쩍 정신이 들었다. 까맣게 잊고 있었다. 손목시계를 보니 그들과 헤어진 뒤 벌써 한 시간 가까이 지났다. 그들은 구속복 같은 긴장감을 몸에 두르고 의미 없는 탐색을 이어나가고 있으리라. 부르러 가야 한다. 그리고 말도 안 되는 보고를 해야만 한다.

"내가 불러오지."

에가미 선배는 내게서 수첩을 받아 들고 왔던 길을 되돌아갔다. 부장은 함께 오라는 말을 하지 않았고, 나는 함께 가겠다는 말을 차마 못하고 말없이 떠나보냈다. 그 발소리가 멀어지자 바윗단 위에서 울리는 물방울의 음악만이 정적 속에 남았다.

그렇지만……

이곳에서 흉행이 벌어졌다면, 이 얼마나 기이한 살인 현장인가. 나는 공포에 떨면서도 눈앞의 광경에 홀린 나 자신을 느끼고 있었다. 이곳에는 오노의 유작이 된 벽화가 있다. 고토에가 만든 꿈처럼 달콤한 향기가 있다. 물방울이 연주하는 곡은 아마도 이곳에서 듣는 이도 없이 몇백 년이나 이어져 온 폴로네즈다. 일렁이는 불빛이 비추는 거꾸로 뒤집힌 시체는 한창 고독한 춤을 추고 있었는지도 모른다. 바위의 대성당에서, 살인자는 오노 히로키를 말살했다기보다 어둠에의 공물을 창조했던 게 아닐까.

야기사와가 벽화를 바라보며 말했다.

"고토에 씨는 아까 죽은 자에 대한 예우라고 하셨죠. 어쩌면 그럴지도 모릅니다. 방금 전까지 이상하다고 생각했어요. 어째서 오노 씨는 바윗단 위에 올라가 있었을까. 범인은 오노 씨의 시체를 업고 저기까지 올라간 거잖아요. 어째서 그렇게 귀찮은 짓을 했을까, 이유가 있을 거다, 그렇게 생각하다가 깨달았습니다. 분명 오노 씨에 대한 예우였던 거예요. 보세요, 오노 씨가 거꾸로 서 있던 곳은 저기잖아요. 얼굴은 이쪽을 보고 있었습니다. 이 벽화를."

나는 물구나무를 선 오노의 모습을 떠올리며 빛을 잃은 그 눈동자가 바라보았던 방향을 보았다. 분명 오노가 남긴 대작이 있었다.

"범인은 오노 씨가 완성한 자신의 그림을 볼 수 있도록 저런 곳까지 운반한 겁니다. 그것도 예우라고 할 수 있지 않을까요?"

"뭐가 예우란 말인가요!"

기쿠노가 벌떡 일어섰다. 이미 울고 있지 않았다. 그 눈에는 슬픔과 똑같은 깊이를 가진 분노의 빛이 있었다.

"사람을 죽여놓고 예우고 뭐고 있을 턱이 없잖아요. 목 졸라 죽인 것만으로는 부족해서 향수를 뿌리질 않나, 귀를 베어내질 않나, 바위 위에 거꾸로 매달아 시체를 우롱하다니, 짐승이나 하는 짓입니다. 저는 용서 못해요. 절대로 이 범인을 용서할 수 없어요."

기쿠노의 분노에 겁을 먹었는지, 야기사와는 고개를 푹 숙이고 말았다.

에가미 선배가 다섯 사람을 데리고 돌아온 것은 한 시간 후였다. 사정은 이미 설명했는지 다섯 명 다 긴장한 표정이었다. 유이는 주위를 보지 않으려고 발밑만 보며 걸어왔다.

"이게 오노 씨의 그림이군요."

내 옆까지 다가온 사에코가 허리춤에 손을 짚고 벽화를 올려다보며 말했다. 어둠이라는 배경 속에서 검은 옷을 두른 그녀의 하얀 옆얼굴만이 두드러져 보였다. 이상하리만치 하얀 옆모습이었다.

"정말…… 훌륭한 그림이에요."

제6장

절단 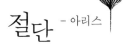 - 아리스

/ 1 /

비가 그치지 않는다.

그만 좀 해, 그런 생각을 하면서 몸을 뒤척였다. 아직 새벽 녘인 듯했지만 다시 자려 해도 잠이 오지 않는다. 두 선배의 곤한 숨소리 사이에서 나는 어젯밤 대소동의 전말을 떠올리고 있었다.

***

남자는 덥수룩한 머리카락을 타고 뚝뚝 떨어지는 빗방울을 닦지도 않고, 그 물방울이 눈에 흘러들어도 태연한 모습으로 핸들을 조작하고 있었다.

"당신들 이름이 뭐야? 쓸 기회가 있을지도 모르니까 알

255

려줘."

통명스러운 말투였지만 특별히 불쾌한 기색은 아니었다. 늘 이런 식으로 말하는 남자이리라. 우리는 순서대로 이름을 밝혔다.

"지금 뭐라고?"

조수석에 앉은 내 이름을 듣자마자 그는 얼굴을 들이댔다.

"아리스가와 아리스. 부탁인데 앞을 보고 운전해주세요. 위험하니까요."

시도는 정면으로 고개를 돌렸지만 여전히 곁눈질로 내 얼굴을 쳐다보고 있었다. 그런 주제에 핸들은 정확하게 조작해 능숙하게 커브를 돌았다. 다음 커브를 돌면 숲이 끝나고 다리가 나올 것이다.

"이름이 아리스가와 아리스야? 기가 막히는군. 그런 이름이 있다니. 흐응, 아리스가와 아리스라. 그래, 아리스가와 아키라보다야 낫군."

뭘 응얼거리는 거야. 남의 이름으로 놀고 있군. 나는 그러는 당신 이름은 뭐냐고 되물었다.

"시도 아키라."

그는 짤막하게 말했다.

"시도 아키라?!" 뒷좌석에서 얼빠진 목소리를 낸 사람은 모치즈키였다. "시도 아키라라면, 시인인 그 시도 아키라 말인가요? 아니, 시도 아키라 씨 말씀이십니까?"

룸미러 속의 모치즈키는 좌석에서 엉덩이를 들고 있었다.

"당신이 말하는 시도 아키라라는 사람은 내가 맞을걸. 아직 가짜가 나돌아 다닌다는 소문은 못 들었으니 말이야. 당신, 내가 쓴 서툰 시를 읽은 적이 있어?"

"있습니다, 있습니다. 얼마 전에 읽었어요. 문학부 여자애가 빌려줬어요. 《피 시계》라는 시집이었습니다. 시는 거의 읽은 적이 없었지만 아찔하던걸요?"

모치즈키는 흥분한 기색이다. 시도 아키라, 《피 시계》. 모르겠다.

"이런 이런, 팬을 태우고 있었나. 엄청난 우연이로군. 내가 놀랄 일이야. 하지만 당신 애인도 취향이 이상하군."

"예. 아니, 그렇지 않습니다. 어쨌든 멋졌어요. 그럴싸한 찬사가 떠오르지 않아 죄송합니다."

모치즈키는 앞좌석 등받이에 갈고리처럼 손톱을 세우고 있었다. 심지어 이 더벅머리 시인이 눈앞에 있다는 사실에 감격한 듯했다. 옆자리의 오다는 입을 딱 벌리고 있었다.

"《피 시계》 말고도 책을 내셨다면서요. 그 책을 빌려준 여자애가 찾고는 있는데 좀처럼 손에 들어오지 않는다고 하더군요. 어디서 출판됐는지를 몰라서 서점에서 주문을 받아주질 않는다던데, 출판사는 어디인가요?"

시인은 '크큭' 하고 낮게 웃으면서 오른쪽으로 핸들을 꺾었다.

"천사출판사. 제대로 된 책은 낸 적이 없는 교토의 출판사에서 나왔어. 출판사라고는 해도 인쇄소를 하는 옹고집 사장 혼자서 꾸리고 있는 회사지만."

"교토군요. 그럼 직접 사러 갈 수 있겠다." 모치즈키가 중얼거렸다. "책 제목은 《빛나는 연못》이었죠?"

"그래. 하지만 벌써 절판됐을걸. 500부만 찍었는데, 그것도 시를 좀 안다는 그 사장이 여기저기에 거의 다 뿌려서 이제 없어. 나한테 줄 책까지 뿌려버리는 바람에 결국 작가도 못 받았다 이 말씀이야."

모치즈키는 아쉽다는 듯이 어깨를 늘어뜨렸다. 그 여학생에게 선물할 생각이었는지도 모르겠다. 특기인 헌책방 순례를 하면 되지 않나?

"내 책을 찾아주는 사람이 있다니 고맙군. 그럼 약소하지만 서비스로 그 한 구절을 여기서 공개할까?"

시도가 그렇게 말했을 때, 다리에 도착했다. 차는 장애물 앞에서 정지했다.

"치우고 올게요."

나는 시도를 살짝 노려보면서 말했다. 내가 먼저 말하지 않으면 은근히 명령을 내릴 눈치였기 때문이다. 시인은 "미안해."라는 한마디뿐이었다.

세찬 빗줄기를 또 맞으며 나는 장애물을 옆으로 치웠다. 자동차는 그 앞을 슬금슬금 지나 조금 가다가 멈추었다. 장애물을 돌려놓으려 하자 시도의 목소리가 날아왔다.

"그대로 둬도 돼. 어차피 금방 돌아올 거니까."

나는 알아듣고 차로 달려갔다. 강의 수면을 바라보자 기분 탓인지 수위가 또 높아진 듯했다.

"시가 좀 길어."

시도는 기어를 내리며 이야기를 시작했다.

"그러니까 줄거리만 말하지. 실제하고는 꽤 다르지만 그건 느긋하게 찾아보라고.

나무꾼이 있었다. 거짓말쟁이 나무꾼이었다. 그는 어느 날 숲 속의 연못에 실수로 도끼를 떨어뜨리고 말았다. 물가에서 아쉬워하고 있노라니 이윽고 노인의 모습을 한 연못의 신령이 나타났다. 그리고 묻는다. '네가 지금 떨어뜨린 것이 이 도끼냐?' 그것은 눈부시게 빛나는 금도끼였다. 거짓말쟁이 나무꾼은 얼굴 가득 웃음을 띠며 대답했다. '예, 그것이 틀림없습니다.' 연못의 신령은 두 손을 내미는 나무꾼의 이마에 도끼를 내리쳤다. '이 거짓말쟁이야.' 얼마 후 또 다른 나무꾼이 연못에 도끼를 빠뜨리고 말았다. 이 나무꾼은 어리석으리만치 정직하기로 소문난 남자였다. 연못의 신령이 다시 나타나 똑같이 금도끼를 가리키며 물었다. '네가 지금 떨어뜨린 게 이 도끼냐?' 정직한 나무꾼은 '아닙니다, 다른 도끼입니다.' 하고 고개를 가로저었다. 연못의 신령은 이어서 은도끼를 꺼내어 '그럼 이 도끼냐?' 하고 물었다. '아닙니다, 그 도끼도 아닙니다.' 나무꾼은 대답했다. 끝으로 연못의 신령이 손질이 잘된 쇠도끼를 꺼내어 '그럼 이것이냐?' 하고 묻자 나무꾼은 '예.' 하고 고개를 끄덕였다. '훌륭하구나. 정직한 자여, 이 도끼를 네게 전부 주마.' 연못의 신령은 세 자루의 도끼를 나무꾼에게 주었다. 나무꾼은 잠자코 받았다. 그중 금도끼를 오른손에 쥐더니, 나무꾼은 그 도끼로 있는 힘껏 연못의 신령의 머리를 내리쳤다. 머리에 도끼가 박힌 채 물에 가라앉는 연못의 신령을 향해 나무꾼은 퉁명스럽게 중얼거렸다. '나를 시험하지 마라.'"

우리가 훌쩍이는 시늉을 하며 과장스럽게 감탄하는 척하자 시인은 의미 없는 지점에서 경적을 두세 번 울렸다.

"어이, 잠들었어? 웃으란 말이야. 사람이 애써 농담을 하는데."

'어라?' 하는 순간, 차 안에 미친 듯이 웃어젖히는 소리가 터졌다. 시인이 웃고 있는 것이다.

"웃으란 말이야. 고작 시인한테 속지 말라고. 시에 부족한 건 웃음이다. 자기 모습에 웃을 수 없는 놈들이 꼭 시를 쓰고 싶다 그러지. 똥구덩이에 처넣고 머리를 짓밟아 파묻어버리고 싶은 시인이란 족속들에게 속지 마라. 나 같은 놈한테 속지 마. 정신들 차리라고."

"이 녀석 마약이라도 하나?"

오다가 모치즈키의 귀에 대고 속닥거렸지만 그 목소리는 너무 컸다. 시도는 웃음을 억누르며 고개를 돌려 오다를 보았다.

"내가 마약을 하냐고? 아니. 그건 쓰레기들이나 하는 짓이야. 헬리콥터를 타고 초모랑마 정상에 내려 깃발을 꽂고 싶어 하는 평범하기 짝이 없는 인간들이나 하는 짓이지. 하지만 친구 중에 그런 사람이 있어도 불쌍하니까 너무 탓하지는 마. 순수하게, 불쌍하니까."

"기사라 마을 안에 마약은 없다는 말이야?"

오다의 말투는 모치즈키와는 영 딴판이다. 시인에게 가벼운 적의를 품고 있는 듯했다.

"없어. 세련된 허브 정원이 있는 건 당신도 봤지? 그 외에 양배추 밭이 있어. 감자, 양파, 당근 밭도 있지. 하지만 양귀비나 코카는커녕 대마조차 키우지 않아."

내가 설명했다.

"오해를 했습니다. 마약을 재배하기 때문에 외부인들이 엿보는 걸 절대 허락하지 않는지도 모른다고 생각했어요."

"틀렸어."

"그랬던 것 같군요. 하지만 만약 마약 재배와 상관이 없다면 어째서……."

시도는 끝까지 말할 기회를 주지 않았다.

"어째서 사람들 눈을 피해 살고 있냐는 말이지? 취향 문제야."

"단순히 취향 문제인가요?"

"예리하군, 당신. 그래. 다양한 사람들이 있어서 말이야. 자기가 그곳에 있다는 사실을 들키지 않기를 바라는 사람도 있어. 그건 좋아. 반대로 그곳에 누가 살고 있는지 꼭 알고 싶다고 절실하게 바라는 사람이 있을까? 난 그렇게 생각하지 않아."

"마리아가 있죠? 거기에 있다는 건 다 알고 있습니다. 대답해주세요."

내가 말하자 그는 휘파람을 불었다.

"심문하지 마. 알고 있으면 물을 필요도 없잖아."

"어째서 못 만나게 하는 거죠? 마리아가 우리를 만나기 싫다고 히스테리를 부린다는 말은 믿지 않아요. 사정이 있다면 알려주세요."

자동차는 산길에 접어들었다.

"오해를 했다고 했지? 아직도 오해가 있는 모양이군."

"그럼 오해를 풀어보자 이거야."

오다가 말했다. 룸미러 속의 시도를 노려보고 있다.

"하고 싶은 말을 먼저 해."

시인이 재촉하자 오다는 오늘 아침부터 우리가 겪었던 매정한 처사에 대해 이야기했다. 끝까지 들은 시도는 차를 세웠다. 산길이 끝나는 출구 근처다.

"이야기하는 사이에 당신들 숙소에 도착해버릴 것 같아서 일단 여기에 세웠어. 분명 오해가 있군. 일단 당신들이 카메라를 든 남자하고 한패가 아니라는 점은 믿겠어. 거기서부터 출발하지 않으면 이야기가 진행되질 않으니까. 당신들은 그 카메라맨의 정체가 뭔지 모르지?"

정체가 뭐냐고 물으면 대답할 말이 없다.

"정체가 뭔데요?" 나는 물었다.

"몰라. 모르지만 그놈은 당신들에게 거짓말을 했어. 놈은 저택 원경밖에 안 찍었는데 야기사와가 쫓아냈다고 했다지? 하지만 사실은 그렇지 않아. 저택 창문으로 내부를 몰래 촬영하고 있었어. 정상이 아니지. 그 녀석이 그런 말은 하지 않았지?"

"예. 완전히 달라요……."

나만 그렇게 대답했고, 다른 두 사람은 입을 다물고 있었다. 어딘지 모르게 이상하다는 생각을 하고 있는 것이리라.

"당신들은 야기사와에게 들켰을 때 친구를 찾으러 왔다고 사정을 설명하려 했지. 카메라맨은 그런 모습도 보이지 않았어. 그저 '사진쯤이야 뭐가 어때서. 내가 찍은 사진에 내 카메라다. 돌려줘.'라고 아우성쳤을 뿐이라고 해. 아니, 사실 난 그때 방에 틀어박혀 있어서 다른 사람들 이야기를 들었을 뿐이지만. 사실을 말하기 거북해서 그랬는지, 녀석은 당신들에게 거짓말을 했어. 비밀을 안고 있는 건 그 녀석 쪽이야. 그 카메라맨도 마을에 친구가 있을 가능성은 없나?"

"아뇨, 그런 말은 듣지 못했는데…… 이제는 뭐가 진짜인지 모르겠네요."

"어쨌든 오해의 원흉은 그놈이야. 녀석이 야기사와 선생의 역정을 사는 바람에 당신들이 마리아 양을 만나러 왔다는 이야기가 전달되지 않았어. 어디 그뿐인가? 다섯 명의 악당 패거리라고 생각한 마을 사람들 모두 당신들의 적으로 돌아서서, 전화를 받은 다른 사람도 용건을 전해주지 않았고…… 결국은 빗속에서 한바탕 축제를 벌였지."

"정말 실례가 많았습니다."

모치즈키가 고분고분한 목소리로 말하자 시도는 부자연스러울 정도로 두 눈을 크게 떴다.

"천만에. 사과할 필요 없어. 엄청 유쾌했어. 그렇게 속이 확 풀린 건 오랜만이야. 또 하자고."

룸미러 속에서 오다의 얼굴이 누그러졌다. 우리와 시도 아키라는 화해했다고 봐도 무방할 것 같다.

"오늘 밤은 푹 쉬어. 그리고 내일 다시 찾아와. 내가 연결해 줄게. 나는 당신들이 마음에 들어. 흔치 않은 경우지만 가끔은 이런 일도 있지."

"영광입니다." 모치즈키가 미소를 지었다.

시도가 엔진을 켰다.

"그럼."

숙소 앞에서 헤어질 때, 시인은 가볍게 손을 들었다.

***

에가미 선배와 마리아에게서 전화가 온 것은 하필 내가 목욕을 하고 있을 때였다. '내일 마리아하고 그쪽으로 가겠다.'라는 내용이었다. 마리아는 집으로 돌아갈 생각이라는 말도 들었다. 어쨌든 사태는 종결을 맞이하고 있는 것이다.

오늘, 마리아를 만날 수 있다.

그렇게 생각하자 안절부절 불안했다.

이곳에 오기 전부터 마리아의 얼굴을 떠올리려 해도 떠올릴 수가 없었다. 전에도 이런 일이 있었다. 열한 살 때의 여름방학. 좋아하던 여자아이의 얼굴이 도저히 생각나지 않아 기

265

가 막혔었다. 그때는 흔히 있는 일인 줄 모르고, 어째서 가장 소중한 존재를 잊어버렸는지 너무나 이상하게 여겼었다.

'잘 있다니 다행이야.'

지금은 그냥 그렇게 생각하자.

빗소리를 듣다가 깜빡 잠이 들고 말았다.

/ 2 /

아침 식사 후 우리는 옆옆 방에 있는 아이하라 나오키의 방으로 찾아갔다. 할 얘기가 있다고 장지문 너머로 말하자 방이 지저분하니 우리 방으로 오겠다고 했다. 우리가 승낙하고 방으로 돌아와 기다리고 있으려니 5분쯤 지나 아이하라가 찾아왔다. 두꺼운 웃옷을 볼썽사납게 풀어 헤치고 있다. 그는 거짓 하품을 삼키며 말했다.

"아침부터 무슨 얘기입니까? 그보다 어젯밤은 어찌 된 거죠? 홀딱 젖어서 돌아온 것 같던데. 게다가 한 명이 모자라네요. 에가미 부장이 없네."

"기사라 마을에 다녀왔습니다. 환대를 받고 돌아왔어요. 에가미 선배는 그쪽에서 묵느라 아직 돌아오지 않았습니다."

모치즈키가 상대의 반응을 살피며 말했다. 과연 아이하라는 뜻밖이라는 표정을 지었다.

"환대? 그건 또 무슨 바람이 불었답니까? 어제 아침에 제가 받았던 처사하고는 상당히 다르군요."

"그야 그렇겠지요. 용건이 영 딴판이니까요. 이쪽은 아이하라 씨하고 달리 지극히 정상적인 용건이었거든요."

오다가 조롱하듯 말했다. 보아하니 입질을 시험하고 있는 듯하다. 어떻게 아이하라의 입을 열지, 사전에 아무런 논의도 없었지만 이심전심으로 방침을 정했다.

"아이하라 씨에게 다들 화를 내던걸요? 창문으로 도촬을 하다니, 확실히 몹쓸 짓이죠. 게다가 '내가 찍은 사진이니 돌려줘.'라니 말입니다."

모치즈키가 시도에게 들은 대로 종알거렸다. 이것으로 우리는 이미 가지고 있는 카드를 전부 내보이고 말았다. 아이하라는 쓴웃음을 지으며 듣고 있었다.

"그야 난 무례하고 상식도 없는 인간이니까. 그러지 않고서는 먹고살 수 없는 장사란 말이지."

보통 카메라맨이 아닌가?

"날 업신여기는 인간들도 근본은 똑같아. 천박하다고 남을 욕할 수 있을 만큼 고결한 인간은 좀처럼 없어요. 대중의 수요에 응하기 위해 나 같은 사람이 필요한 거니까." 그는 가슴께에서 켄트 담뱃갑을 꺼냈다. "그래서 당신들, 유이하고도 만난 거요?"

"유이?"

우리는 입을 모아 되물었다. 유이라니 누구지?

"어라, 그 얼굴은 뭐야? 못 만난 건가? 흠, 이거야 원, 방어가 철저하군."

"그 유이라는 건 누구를 말하는 거죠?" 내가 물었다.

"쳇, 모르고 있었나? 말실수를 했군. 뭐, 상관없으려나. 말해버릴까. 지하라 유이 말입니다. 쉘 쇼크의 구가에게 차이고 실종 중인 지하라 유이. 그 아가씨가 거기에 있어요."

"뭐! 거짓말!" 오다가 한쪽 무릎을 꿇었다.

"나, 팬이었는데."

아이하라는 그런 오다의 반응이 재미있는지 느긋하게 담배를 빨고 있다.

"그것 참, 깜짝 놀랐겠군요. 이건 비밀입니다. 아직 나밖에 모르는 특종이니까, 새어 나가면 곤란해요. 지난번에 왔을 때는 시간이 없어 사진을 못 찍는 바람에 다시 찾아와서 또 악전고투를 하고 있으니 말입니다."

"어째서 유이가 이런 곳에 있습니까?" 팬은 물었다. "그냥 숨어 있는 건가요?"

"세상의 이목을 피하고 싶기도 하겠죠. 톱스타였던 청순파 아이돌이 임신, 중절에다 노이로제에 걸려 폭식증으로 퉁퉁

부어오른 풍선으로 전락했으니까요. 불씨가 꺼질 때까지 몸을 숨길 심산이겠죠."

"유이는 기사라 마을에 무슨 연줄이라도 있습니까? 그렇지 않으면 마을에 못 들어갔을 텐데요?"

아이하라는 그렇게 묻는 모치즈키 쪽을 보며 대답했다.

"그건 잘 모르겠습니다. 다만 유이가 있다는 소문만 들은 터라."

"누구한테? 어디서 그런 정보를 얻었죠?"

"그건 말 못하지요, 모치즈키 씨. 당신도 취재원에 대해 누설할 수 없다는 저희들의 직업윤리는 잘 알고 있겠죠?"

이 남자의 입에서 윤리라는 단어가 튀어나오다니 의외였다. 농담인 줄 알았는데 본인은 진지한 표정이다.

오다가 눈썹을 찌푸렸다.

"윤리? 그렇게 윤리의식에 민감한 분이 지금 무슨 짓을 하는 겁니까? 방금 전에 직접 말한 것처럼 지하라 유이라는 아가씨는 이미 만신창이예요. 그래서 이런 산속까지 도망쳐 왔습니다. 아무 죄도 없는데, 일반 범죄자보다 더 심한 비난을 받고 도망친 거잖아요. 그런데도 당신은 여전히 카메라로 몰아붙이는 겁니까? 그게 윤리적인 행동이라고 할 수 있어요?"

아이하라는 한쪽 뺨을 일그러뜨리며 비웃었다.

"이래서 학생은 곤란하다니까. 이건 내 직업이오. 이걸로 먹고사니 꿈같은 소리를 할 입장이 아닙니다. 내가 정의에 반하는 짓을 하고 있다고 생각할지도 모르지만, 그것도 사고방식의 차이예요. 이 세상에는 거대한 악이 유유히 넘실거리고 있습니다. 고작 내가 범하는 무례를 왈가왈부한들 의미가 없다 이 말입니다."

조금 더 똑똑하게 반론하지 못하나? 나는 암담한 기분이었다. 하다못해 자신의 언어로 말한다면 일말의 설득력이 있을지도 모르는데. 오다가 맞설 줄 알았는데, 말해봤자 소용없다는 듯 한숨을 쉬었다. 어제 그런 일이 있었으니 싸움에 지쳤는지도 모른다.

"그래서 지하라 유이가 그곳에 있는 걸 아이하라 씨는 봤습니까? 사진 한 장이라도 찍었나요?" 모치즈키가 물었다.

"아, 그건 말 못하죠. 거기까지는 말 못합니다. 상상에 맡기겠습니다."

국가기밀이라도 쥐고 있는 것처럼 과장스러운 말투다. 아이하라는 직접 입에 담지 않았지만 보도의 자유, 언론의 자유라는 단어가 머릿속에 불쑥 떠올랐다. 약한 자에게만 덤벼드는 인간이 이 단어를 입에 담는 소리를 들으면 나는 몹시 불쾌해진다. 그런 패거리는 미친개처럼 날뛰는 우익이 침실 문을 박차러 오면 자기가 어떻게 대처할지는 상상도 해보지 않고 경솔하게 자유를 입에 담는다. 눈앞의 이 남자는 아마도 그런 타입이다.

어젯밤 시도에게 들었던 이야기가 떠올랐다. 그 사람도 유이의 이름은 밝히지 않았지만 기사라 마을에는 절실하게 은신을 바라는 사람이 있었던 것이다. 적어도 한 사람은. 마약 재배라니 얼토당토않은 착각이었다.

이제 남은 수수께끼는 무엇일까 생각해보았다. 기사라 마을이 완고하게 고립을 사수하고 있는 점에 대해서는 아직 알지 못하는 사정이 있을지도 모르지만, 일단은 이해했다. 마리아가 마을에서 나오지 않은 이유는 아직 모호한 부분도 있지만 이해해줄 수밖에 없을 것 같다. 그 정신적 표류의 결말에 대해서도 답이 나왔다. 아이하라 나오키라는 남자의 지질한 정체도 드러났다. 그렇다면 수수께끼는 더 이상 없다.

"아이하라 씨는 이제 어쩌실 건가요?"

나는 경멸하는 상대에게 온화하게 물었다. 얼른 꺼져, 그런 생각을 하면서도 태연하게 말을 걸 수 있는 내 모습이 썩 좋지는 않았다. 그렇다고 시비를 걸어봤자 허무할 뿐이다. 아이하라는 수많은 인간들의 욕구를 채워주고 있는 것이고, 나 역시 세상의 속물적인 관심거리와 동떨어져 초연히 살고 있지는 않다.

"저기압이 동해로 빠져 이 비도 내일이면 그친다더군요. 그러니 날이 개기를 기다려 떠날 생각입니다. 이런 빗속에 나가기는 귀찮으니까요."

모치즈키가 카메라맨의 눈을 쳐다보면서 말했다.

"원하는 사진을 찍으신 모양이네요. 그렇지 않으면 더 있으려 했겠죠? 어느 잡지사에서 의뢰를 받은 건지, 이제부터 팔아넘길 곳을 찾을 건지는 모르겠지만 모처럼 여기까지 와서 애써 먹잇감을 궁지에 몰아넣었으니 빈손으로 돌아갈 리가 없지요. 지하라 유이의 사진을 찍으셨군요."

아이하라는 재빨리 우리의 얼굴을 훑어보았다. 모치즈키는, 그리고 나 역시도 거의 무표정. 입술을 일그러뜨린 오다는 뭐라 항의하고 싶은 눈치다.

"아닙니다. 사실은 못 찍었어요. 찍혔을지도 모르지만 그건 야기사와라는 남자가 처분해버렸습니다. 여러분도 봤잖아요?"

그건 봤다. 하지만 이제 와서 드는 생각이지만 야기사와는 흥분한 나머지 경솔했다. 아이하라의 주머니까지 살피지는 않았으니까. 그는 원하는 물건을 이미 손에 넣었는지도 모른다.

"의심하는 눈치로군요. 믿어주세요. 못 찍었다니까요."

그렇게 말하면 어쩔 도리가 없다. 그는 담배를 다 피우고는 더 할 말 없냐는 듯이 우리를 바라보았다.

"달리 할 말이 없다면 저는 이만. 에가미 씨가 돌아오면 얘기를 듣고 싶으니 불러주면 고맙겠는데……. 뭐, 혹시 괜찮다면 말입니다."

그는 자리에서 일어나 나갔다.

나는 어젯밤 보았던 시도 아키라의 눈을 되새기고 있었다. 맑게 빛나던 그 눈에 비해 이 남자의 눈은 어쩜 이리도 탁할까.

/ 3 /

나는 11시 반쯤 진료소의 호사카 아케미에게 전화를 걸었다. 마리아가 마을 밖으로 나온다는 소식을 전하자 그녀는 들뜬 목소리로 정말이냐고 물었다. 꼭 함께 마리아를 만나달라고 부탁하자 당연히 그러겠노라 했다.

"마리아는 언제 나오나요?"

"그건 아직 확실하지 않아요. 에가미 선배가 연락하겠다고 했는데, 이쪽에서 전화를 걸어 물어볼게요."

"알게 되면 가르쳐주세요. 괜찮다면 다 함께 저희 집으로 오세요. 누추한 곳이지만."

나는 감사를 표하고 전화를 끊었다. 그리고 바로 기사라 저택에 전화를 걸었다. 이제 어제처럼 긴장할 필요는 없다. 그런데.

"어이, 왜 그래?"

내가 수화기를 든 채 마냥 입을 다물고 있자 오다가 물었다. 창가의 의자에 앉아 차를 마시던 모치즈키도 찻잔을 손에 들고 내 쪽으로 다가왔다.

"아무도 안 받아요. 그 집, 모두 집을 비워 아무도 없는 경우가 있을까요……."

"글쎄. 이런 빗속에서 농사일이나 사생대회를 하지는 않을 텐데."

나는 불길한 예감이 들었다. 좋지 않은 일이 일어날 것만 같다. 이런 예감은 꼭 적중한다.

"저기, 노부나가 선배, 모치 선배. 지금 셋이서 기사라 마을에 가보지 않을래요?"

"지금 가자고? 에가미 선배가 전화한다고 했으니 기다리는 게 낫지 않아?"

"노부나가 말에 찬성. 우리가 없을 때 전화가 오면 곤란한데다가, 상대방은 마을에 들어와도 된다고 생각하지는 않을 것 같아. 봐, 아까 지하라 유이 얘기 들었지? 멋대로 들어가면 또 반발을 살 거야."

"어제 그런 일도 있었고 말이야."

선배들이 돌아가며 그런 말을 하니 물러설 수밖에 없나. 아니, 하지만.

"쫓겨날 짓은 하지 않을게요. 돌아가라고 하면 바로 돌아올 테니, 저만 가서 보고 와도 될까요?"

두 사람은 떨떠름한 표정이었다. 억지 부리지 말라는 뜻이리라. 나도 불길한 예감을 어떻게 설명할 도리가 없어 난처했다.

오다가 입을 열었다.

"좋다, 가서 기분이 풀린다면 가라. 나는 여기서 에가미 선배의 전화를 기다리마. 모치, 넌 어쩔 테냐?"

"음, 아리스를 따라가 줄까. 자동차를 운전 못하니 내가 태워줘야지."

두 사람 다 내 아빠라도 된 줄 아나.

"됐어요. 혼자 걸어갈 테니 신경 쓰지 마세요."

"이런 빗속을 터벅터벅 걸어서 갈 생각이야? 생각만 해도 끔찍하다. 차로 가자. 나도 좀 신경 쓰여서 그래."

정말 신경이 쓰이는지 어떤지는 모르겠지만 그렇게까지 말한다면야. 나는 모치즈키의 운전으로 기사라 마을에 가기로 했다.

"그럼 모치 선배하고 다녀오겠습니다. 책이라도 읽으면서 기다리세요."

"오냐. 며칠 만에 홀몸이 되니 숨통이 트이네. 최대한 느긋하게 다녀와라. 어이, 모치. 빌린 차니까 강에 빠뜨리면 안 돼."

오다는 그렇게 말하고는 의자에 앉아 수 그래프턴의 문고

본을 펼쳤다. 그리고 우리는 방을 나가려 했으나 나가지 못했다. 전화벨이 울린 것이다. 오다가 책을 내려놓고 나오려 했지만 내가 더 가까웠다.

"에가미 씨 전화예요."

주인아주머니가 말했다. 외선을 연결해준 것이다. 엇갈리지 않고 끝날 모양이다.

"아리스?"

부장의 목소리를 들은 순간 나는 어라 싶었다. 지금 마리아하고 같이 그쪽으로 돌아간다는 기쁜 소식을 전하는 전화일 터인데, 목소리가 지독히 무거웠다.

"네. ……지금 이쪽으로 오실 수 있어요?"

"이쪽에서 문제가 생겨서 당장 돌아갈 수는 없게 됐어. 또 연락할 테니 기다려."

"자, 잠깐만요. 무슨 일이죠? 문제라니, 무슨 일인지 설명해주세요."

나는 당황했다. 예상도 못했던 전화다.

"나중에 찬찬히 설명할게. 지금은 못해. 그렇다고 마리아나 내가 사고를 당한 건 아니니까 걱정은 마."

나는 슬슬 안달이 났다. 에가미 선배까지 말을 돌리기 시작했다. 사정도 설명해주지 않는데 걱정하지 말란다고 안심할 수 있다면 사람이 아니다.

"간단하게 말해줄 수는 없나요?"

"나중에 자세히 얘기할게. 날 믿고 맡겨줘."

그렇게까지 말하니 별수 없었다. 내가 에가미 선배 이상으로 신뢰할 수 있는 사람은 없으니까.

"알았어요. 마리아가 있으면 목소리를 듣고 싶은데……."

희미하게 에가미 선배가 혀를 차는 소리가 들린 것 같았다. 부장이 혀를 차는 소리는 처음 듣는다.

"지금 옆에 없어. 내가 깜빡했다. 불렀어야 했는데."

"어째서 제게 마리아의 목소리를 들려주지 않는 거죠?"

무심코 그런 소리를 하고 말았다.

"눈치 없는 내가 잘못했어. 용서해. 용서했으면 기다려줘. 부탁이다."

에가미 선배도 초조한 기색이었다. 부탁이다? 보통일이 아니다.

"얌전히 기다려. 꼭 연락할 테니."

"알겠어요……."

부장은 끝으로 말했다.

"마리아도 널 만나고 싶다고 했어."

뒤를 돌아보니 모치즈키와 오다가 불안한 표정으로 나를 보고 있었다.

"에가미 선배였어요. 문제가 생겨서 돌아올 수 없게 됐대요. 다음 연락을 기다리라고 하네요."

애써 냉정하게 말하자, 두 사람은 천장을 바라볼 기세로 몸을 젖혔다.

"말도 안 돼."

"호랑이 잡으러 갔다가 호랑이 밥이 됐군."

그 후로 약 한 시간. 너무나 무겁고 느리게 걸어가는 시간의 흐름을 더 이상 견딜 수 없을 즈음.

오다가 낮게 신음하더니 단호하게 말했다.

"가자."

"가자니…… 어디로요?"

"뻔하잖아. 기사라 마을에 가는 거다. 에가미 선배는 돌아오지 못한다고만 했지, 오지 말라는 소리는 안 했잖아?"

모치즈키가 손가락을 튀겼다.

"그런가? 우리더러 오라는 뜻이었나!"

아니다. 그건 곡해다. 에가미 선배에게 그런 암묵적인 지시를 내릴 의사는 없었을 것이다. 하지만.

"가요. 더 이상 앉아서 못 기다리겠어요."

"잠깐. 누구 하나는 남아 있어야지. 에가미 선배가 연락할지도 몰라."

모치즈키가 그렇게 말하자 오다가 "네가 남아."라고 독단으로 결정을 내렸다.

"뭐라고? 아까는 네가 남겠다고 했잖아."

"생각이 바뀌었어. 빌린 차를 너 같은 초짜한테 맡길 수는 없지. 나의 수 그래프턴이나 읽으면서 기다려. 가자, 아리스."

우리는 방을 뛰쳐나갔다. 등 뒤에 모치즈키의 욕설이 꽂혔지만 튕겨냈다.

"제길, 여자 사립탐정 얘기가 나한테 맞을 것 같아? 너, 서비스가 형편없어!"

/ 4 /

비가 앞유리를 때린다. 와이퍼의 움직임이 무색하게, 마치 자동차가 통째로 수조에 빠진 것만 같다. 이런 날씨에는 확실히 오다의 운전이 더 마음이 놓인다.

"에가미 선배가 화낼까요?"

내가 걱정하자 오다는 정면을 바라보는 채로 시치미를 뗐다.

"이제 와서 그런 걱정 해봤자 늦었어."

성대한 물보라를 일으키며 삼거리에서 왼쪽으로 꺾어 산길로 들어갔다. 길은 완전히 개천으로 바뀌었다.

"노부나가 선배, 이런 곳을 달려도 차가 괜찮을까요?"

"내 차도 아닌데 뭐 어때."

발언에 일관성이 전혀 없다.

완만하게 굽은 산길을 반쯤 왔을 때, 둔중한 소리가 들렸다. 상류 쪽이다. 나는 오다를 쳐다보았다.

"무슨…… 소리가 들려요."

오다의 표정은 변함없었다. 소리는 멀다. 하지만 다가오고 있다. 그것도 엄청난 속도로.

"노부나가 선배, 잠깐 기다려요. 저 소리가 이상해요."

오다는 입술을 깨물었다. 뭔가가 눈사태처럼 요동치며 다가오는 것을 그도 느낀 것이다. 눈사태일 리는 없다. 산길의 출구는 바로 코앞이었다.

"위험해! 물대포가 와요!"

"설마!"

그렇게 내뱉으면서 오다는 급브레이크를 걸었다. 포장도로였다면 틀림없이 차가 빙글 돌아 뒤집혔을 것이다. 하지만 이곳에서는 그렇게 되지는 않고 산길에서 반쯤 튕겨나가 멈췄다.

굉음은 바로 코앞까지 와 있었다. 우리는 상류에서 무엇이 다가오는지 보기 위해 나란히 고개를 오른쪽으로 틀었다.

밀려드는 그것이 무엇인지 잘 알 수 없었다. 거대한 검은 덩어리가 요동치면서 다가온다. 도망쳐야 한다는 생각도 잊고, 우리는 홀린 듯 그 광경을 바라보았다. 다쓰모리 강에 사는 쌍두의 용이 아니다. 물대포다. 하지만 어째선지 그것은 무수히 많은 팔을 가지고 있었다.

"저건……."

숲이 파도를 타고 달려오는 것처럼 보였다. 격류가 만들어낸 팔은 바로 쓰러진 삼나무였다. 이틀 밤낮으로 내린 비가 숲의 삼나무를 송두리째 뽑아 강으로 흘려보낸 것이 분명했다. 대량의 빗물과 삼나무 숲이 흘러드는 바람에 강은 이성을 잃고 우짖으며 하류로 내달렸다.

"위험해……."

오다가 후진 기어를 넣는 순간, 삼나무의 세찬 물줄기는 다리에 도달했다. 다리는 마치 나무젓가락으로 만든 것처럼 어이없이 박살이 났다. 뿌리를 쳐든 몇 그루의 나무가 허공을 날아 강가에 떨어졌다. 자동차의 출발보다 격류가 먼저 덮쳐왔다. 나무들이 몸부림치며 맞부딪치는 둔탁한 소리가 대지를 뒤흔들었다. 그것은 10미터도 채 떨어져 있지 않은 우리의 눈앞을 가로질렀다. 지옥의 화물열차가 폭주하는 모습을 보는 듯했다. 높이 튀어 오른 물보라가 자동차의 오른쪽 옆구리와 지붕 위를 때렸지만 통나무가 날아오지 않은 게 행운이었다.

물보라가 닿지 않는 곳까지 차를 물렀을 즈음, 쓰러진 나무

뭉텅이는 거의 다 떠내려갔다. 하지만 오다는 뒤를 살피면서 계속 후진했다.

"아리스, 뒤 좀 봐줘!"

"이제 됐어요. 다 지나갔어요!"

둘 다 고래고래 소리를 질렀다.

"또 올지도 몰라. 빨리 피해야 돼!"

나는 그 말을 따랐다. 강에서 흘러넘친 물이 작은 파도처럼 밀려들어 차대를 휘감았지만 무사히 산길을 빠져나올 수 있었다. 삼거리 한복판에서 차를 세웠을 때, 우리는 뒤늦게 몰려온 공포에 얼굴을 맞대고 떨었다.

"다리가…… 무너졌어. 봤어?"

오다가 핸들에 턱을 얹고 중얼거렸다.

"봤어요. '뚝' 하고."

그것이 무엇을 뜻하는지, 이제야 이해할 수 있었다. 기사라 마을에 갈 방법이 사라진 것이다. 마음을 단단히 먹었는데 루비콘 강을 건너지 못했다.

"건너편으로 갈 수 없게 됐네요."

"어디 그뿐이야. 에가미 선배하고 마리아도 나올 수 없게 됐어."

"아!"

듣고 나서야 깨달았다. 그래, 그렇다. 기사라 마을은 고립되고 말았다.

"노부나가 선배, 저, 전화." 흥분한 나머지 그만 혀가 꼬였다.
"전화는 괜찮을까요? 다리만 떨어진 게 아니라, 전화……."

"안 되겠지. 그런 건 안 될 게 뻔하잖아. 전선도 전화선도
끝장나 버렸다고."

"에가미 선배의 다음 연락도 물 건너간 건가요?"

"그야 끝난 거지. '싹둑' 하고 말이야."

오다는 가위로 허공을 잘랐다. 정말 공기가 소리를 내며 잘
린 것만 같았다. 나는 초조함에 휩싸였다.

"시험해봐요. 숙소로 돌아가 한번 전화해봐요. 연결될지도
몰라요."

"그럴까."

오다는 난폭하게 핸들을 꺾어 자동차 방향을 틀었다. 차는
괜찮다. 제대로 움직인다. 우리는 서둘렀다.

"야, 벌써 돌아오다니 무슨 일이야?"

허둥지둥 방으로 돌아온 우리를 본 모치즈키가 놀랐다. 투
덜거리면서도 오다의 책을 읽으며 무료함을 달래고 있었던
모양이다.

"다리가 무너졌어요."

"다리라니, 뭐가?"

나는 설명할 시간도 아까워 수화기에 달려들었다. 이미 외

워버린 번호를 돌렸으나 반응이 없다.

"역시 안 되나 봐요……."

나는 어깨를 늘어뜨리고 수화기를 내려놓았다. 따르릉 소리도 나지 않는다. 어째서?

"이상해."

나는 다시 한 번 수화기를 들고 오사카의 우리 집에 전화를 걸었다. 그 모습을 본 모치즈키가 "어디에 거는 거야?"라고 중얼거렸다. 아무 소리도 나지 않는다. 호출음도 없다.

나는 두 사람을 쳐다보았다.

"전화가 먹통이에요. 아무 데도 안 걸려요."

모치즈키가 내게서 수화기를 빼앗아 시험해보고는 고개를 가로저었다. 이번에는 오다가 수화기를 낚아챘다.

누가 걸어도 마찬가지예요. 그런 생각을 하면서 나는 텔레비전 스위치를 켰다. 그것마저 켜지지 않는다는 사실을 알았을 때는 흠칫 놀랐다.

"정전……?"

비는 나쓰모리 마을과 외부를 단절해버린 것이다.

제7장

어두운 교실의 죽음 - 아리스

/ 1 /

우리는 맥 빠진 얼굴로 나란히 앉아 있었다.

"아따, 그리 낙담하지 말고 좀 드이소."

나카오 군페이가 먼저 젓가락을 들며 말했다. 우리는 "예."
하고 대답하며 주인을 따랐다. 셋 다 상체를 움츠리고 있다는
것을 알고 나는 등을 폈다. 차를 가져온 아케미가 마지막으로
나카오 옆에 앉았다. 그녀 역시 별로 기운이 없다.

우리는 점심 초대를 받아 진료소에 와 있다.

"그나저나 참말로 무서운 일을 당하셨네예. 구사일생으로
목숨 건진 심정이겠십니더."

고기 감자조림을 입에 넣으며 야윈 의사가 말했다. 마흔 중
반에 머리숱이 꽤나 줄었다.

"이상한 소리가 들리싸서 무신 일인가 싶었다 아입니꺼. 그

기 예로부터 물살이 센 강이라 홍수라도 났나 캤지예."

그는 약간 상류에 있는 다쓰모리라는 마을 출신인데 홍수로 조부모를 잃었다고 한다. 셋째아들로 마을에서 제일가는 수재였던 그는 중학교를 졸업하고 고베의 친척집에 신세를 지며 고등학교도, 의과대학도 그곳에서 다녔다. 현립 병원에서 10년간 근무. 그사이에 결혼, 이혼. 자녀 없음. 그 후 이곳 나쓰모리 마을의 진료소에 있던 연로한 의사가 세상을 뜨자 불려 왔다. 이웃마을의 생가에는 아직 양친이 건재하다고 한다. 나카오는 입안 가득 밥을 물고 잘도 떠들었다.

"삼나무는 참말로 못 쓴다. 그기 뿌리를 단디 내리기 전에 비가 억수로 내리면 견디지를 몬하고 똑 자빠져 삐린다니게. 몇 년 전에도 규슈서 엄청시리 피해가 났었십니더. 삼나무로 덮인 산은 참말로 위험하다 안 카요."

나는 전에도 다리 밑을 떠내려가는 어린 삼나무를 보았던 기억을 떠올렸다. 그것이 산사태의 징후였으리라.

벽시계를 보니 11시 반에 멈춰 있었다.

"이기 전자시계다 보니 정전된 시간에 고마 멈춰삔다 아입니꺼. 인자 12시 반이네. 전기도 전화도 곧 안 들어오겠십니꺼. 밤새 들어오면 괜안치요, 머."

나카오는 느긋한 태도로 말했다. 비가 전화도 전기도 앗아갔다는 사실을 알았을 때는 산사태로 나쓰모리 마을이 육지

속 외딴섬이 된 줄 알고 당황했지만, 사태는 그리 심각하지 않았다. 몇몇 지점에서 소규모 산사태가 있어 송전선이 잘려 나갔지만 자동차 통행이 불가능한 것은 아니고, 다만 위험 때문에 통행금지 조치를 취했다는 연락을 스기모리 경찰서의 순찰차가 전해주었다. 복구 작업은 벌써 시작되었지만 밤늦게까지 시간이 걸릴 것이라 했다.

"기사라 마을 사람들은 걱정하고 있겠어요. 다리도 무너졌지, 전화도 전기도 끊겼지, 아무 데서도 정보가 들어오지 않으니."

아케미 말이 맞지만 당분간은 어쩔 도리가 없다. 다리를 복구하려 해도 도로 상황이 이러니 시간이 걸리겠지.

"그짝은 괘안타. 이짝보다 바닥이 높아가꼬 물에 잠길 일 없다 안 카나."

의사는 역시 느긋하게 말했다.

"그렇군요. 그나저나 선생님께서 손수 만든 음식 맛이 어떠세요?"

아케미가 묻자 우리는 아이들처럼 "맛있어요." 하고 입을 모아 대답했다. 독신인 나카오는 필요에 의해서라기보다 좋아서 자취를 하고 있다고 한다. 이 점심 식사도 오전 진료(환자는 아무도 없었다지만)를 마친 그가 준비한 것이고, 아케미는 차만 끓였을 뿐이다. 요리뿐만 아니라 손님 접대도 좋아하

287

는 모양이다.

"의사 선생님은 저녁 진료 전까지 오후에는 뭘 하고 지내시나요?"

특별히 궁금하지는 않을 텐데, 모치즈키가 그렇게 주변 이야기로 운을 뗐다. 나카오는 입을 오물거리며 대답했다.

"보험 처리다 뭐다, 이래저래 사무가 많아요. 낮에 쪼매 디비 잘 틈도 없는 기라. 하기사, 오늘은 쪼매 달라서 아이하라 씨라 카는 카메라맨이 찾아온다 카데요."

"아이하라 씨가? 무슨 볼일로 선생님을 찾아온다는 건가요?" 오다가 물었다.

"묻고 싶은 게 있다 카데요. 이래 시골 돌팔이 의사가 도시 카메라맨한테 해줄 얘기가 머 있겠노 싶었지만 끈질기게 부탁하지 뭡니꺼. 기사라 씨 마을에 대해서도 묻더구마요."

"어째서 선생님께 기사라 마을 얘기를?"

모치즈키는 그렇게 물으며 평소 같으면 먹지 않는 낫토^삶
<small>은 콩을 발효시켜 만든 일본 음식—옮긴이</small>와 격투를 벌였다. 그가 '악마의 아침 식사'라 일컫는 음식이 도사 산간지방에서 점심으로 나와 고생하는 참이다. 참고로 나는 난생처음 먹어본다. 각오했던 것만큼 맛없지는 않았다.

"기사라 씨 집에 가본 사람은 이 마을에서 지뿐이다 아입니꺼. 누가 우찌 살고 있는지 내부 사정을 좀 말해달라 카던

데예."

어제 그런 이야기를 들었다. 폐교에서 하지마라고 하는 남자 선생이 그런 소리를 했다. 예술가도 병에 걸린다고. 아이하라가 나카오에게 취재를 요청한 이유를 알겠다. 그는 의사라면 기사라 저택에 가보았을 거라고 추측했으리라. 정말이지 약삭빠른 남자다.

"몇 번 불려 갔을 뿐인 기라. 고뿔에 걸렸다 캐서 두 번, 계단에서 굴러떨어져 가꼬 어깨 탈골이 됐다 해서 한 번. 그 세 번이 전부입니더. 여러분하고 아케미 씨 친구라 카는 마리아 씨가 다리를 삐어 열이 났을 땐 부르지 않데요. 그래서 지는 마리아 씨는 못 만나봤심더."

"그쪽 분들은 선생님을 부르려 했지만 마리아가 단호히 거절했대요. 본인이 그러더군요." 아케미가 덧붙였다.

"선생님. 그쪽에 전직 가수인 지하라 유이 씨가 있다는 걸 알고 계십니까?"

오다가 젓가락질을 멈추고 묻자 나카오는 고개를 끄덕였다.

"압니더."

그 옆에서 아케미도 마찬가지로 고개를 끄덕이고 있었다. 의사와 간호사로서 비밀을 준수할 의무가 있겠지만 유이가 그곳에 있는지의 여부는 환자의 비밀에 들지 않는다고 판단했을지도 모른다. 혹은 오다의 진지한 표정을 보고 사연이 있는 질문인 줄 알았을지도.

"아이하라라는 카메라맨이 선생님께 묻고 싶다는 건 그 유이 씨 얘기입니다. 그 사람은 유이 씨가 그 마을에 몸을 숨기고 있다는 사실을 세상에 폭로하러 온 겁니다. 오늘 본인에게 들은 얘기예요."

"허어."

나카오는 뜻밖이라는 표정을 지었다. 예상치 못한 일이었던 모양이다. 아케미도 소리는 내지 않고 '어머' 하는 모양새로 입을 벌렸다.

"인간적으로 용납하기 어려운 짓을 하려는 겁니다. 선생님, 부탁이니 아이하라 씨에게 유이 씨 얘기는 하지 말아주세요."

의사와 간호사는 오다의 열띤 목소리에도 놀란 듯했다.

"사정이 그리 된 김니꺼? 흐음, 그랬구마. 뭐, 그러면 입을 다물어야지예. 지도 그라는 게 싫다 아입니까. 지하라 유이 씨가 우떤 고생을 했는지 지도 아니까요."

나는 마음을 놓았다. 동시에 아이하라의 계획을 사전에 깨부순 게 통쾌하기도 했다. 오다와 모치즈키도 함정을 파놓은 장난꾸러기처럼 씩 웃고 있다. 우리 추리소설연구회 사람들을 적으로 돌리면 이렇게 무섭다. 아군으로 삼아도 쓸모는 없지만.

"유이 씨는 섭식 장애를 일으켰던 모양인데, 인자는 보통 사람 정도로 식사량을 억제할 수 있게 되었십니더. 체중을 줄일라 카면 억수로 혹독하게 감량을 해야겠지만 시간을 갖고 천천히 하라 했십니더. 무리하다가 몸 상하면 안 된다 아입니까."

의사는 그렇게 말하며 두 그릇째를 펐다. 야윈 체구에 어울리지 않게 대식가인 모양이다.

"폭식증이나 거식증 맨치로 섭식 장애는 여성에게 많은 질병이라예. 파괴 충동이 자기 용모를 추하게 만드는 형태로 나타난다 카는 점은, 그맨치로 여성에게 용모라 카는 기 중요한 의미를 지닌다는 뜻 아니겠십니꺼. 억수로 애처롭지. 온 나라를 달구었던 아이돌인데, 그런 병으로 고민하는 모습을 보면 안쓰럽십니더."

어젯밤 기사라 저택 뒤편의 꽃밭에 숨어들었을 때, 2층 창문 사이로 통통한 얼굴의 여성이 보였다. 우리를 보고 비명을 지른 그 아가씨가 지하라 유이였으리라. 비 내리는 밤이 아니라 대낮이었어도 그녀를 알아보지 못했을지도 모른다. 전직 아이돌이 이런 곳에 있을 줄은 꿈에도 몰랐고, 더욱이 그 토실한 윤곽으로는.

"그 마을에는 몇 명이나 있나요?"

모치즈키가 물었다. 외부 사람들은 아무도 그런 정보조차 모른다. 나카오는 천장 구석을 쳐다보면서 헤아렸다.

"열한 명이라예."

"마리아를 포함해서요?"

"야. 여러분 선배까지 넣으면 열두 명입니다. 훨씬 더 될 줄 아는 사람들이 많지만 그기 전부라. 자급자족이라 카니 말은 번지르르하다마는, 텃밭보다 쪼매 나은 터가 고작입니더. 그기 당연하지. 밭을 갈다가 하루가 다 가면, 그림은 언제 그리겠십니꺼?"

"기사라 마을 사람들과 나쓰모리 마을 사람들은 전혀 접촉이 없나요?" 내가 물었다.

"거의 없십니더. 잡화점에 일용품을 사러 나올 때도 있지만은, 쇼핑은 대부분 차를 타고 스기모리나 더 먼 동네까지 가지예. 저마다 몇 번씩은 밖으로 나오기도 하는데, 지하라 유이 씨만은 그짝에서 한 발짝도 안 나오고 틀어박혀 있다 아입니꺼."

"그렇다면 아무도 유이 씨가 이웃마을에 있다는 사실을 모르는 거군요?"

"야. 지하고 아케미 씨밖에 모를 깁니더."

그렇다면 대체 누가 아이하라에게 유이의 소식을 흘렸을까. 눈앞의 두 사람이 거짓말을 하는 것 같지는 않았다. 그런 생각을 하다가 문득 한 가지 사실이 떠올랐다.

"우편물은 어떻게 배달하지요? 저택까지 배달하나요?"

"사서함으로 받는 경우도 많지만 배달되는 것도 있지예. 다리 건너 자빠지면 코 닿을 데에 우체통 맨치로 큼지막한 우편함이 있십니더."

아아, 그러고 보니 그것도 본 기억이 있다.

"거기까지 배달하는 사람은 이 마을 우체국 직원이겠죠?"

"야. 무로키 씨라 카는 분입니더. 당당하게 다리를 건널 수 있는 사람은 지하고 무로키 씨 정도일 깁니더."

무로키는 과연 유이를 알지 못할까?

그의 입을 통해 아이하라에게 비밀이 새어 나갔을 가능성이 있을 것 같았다. 그래서 뭐 잘못됐냐고 묻는다면 할 말 없지만.

우리는 식사를 마치고 커피를 마시며 한동안 잡담을 나누다가 자리에서 물러났다. 아이하라의 방문 시간이 다가왔기 때문이다. 진료소에서 나온 시각은 2시 전. 빗줄기는 다소 얌전해졌지만 아직 그칠 기미는 없었다.

"어이."

모치즈키가 내게 숙소 쪽을 보라고 다그쳤다. 아이하라가 이쪽으로 다가오고 있었다. 상대도 거의 동시에 알아본 듯했다. 우리는 형식적으로 목례를 나누고 지나쳤다. 뒤를 돌아보니 아이하라도 진료소 앞에서 이쪽을 흘깃 쳐다보는 참이었는지 눈이 마주쳤다.

"간발의 차이였군요."

"응, 우리가 나오는 순간을 보고 있었겠지. '저 녀석들이 왜 진료소에 갔었지?' 하고 묻고 싶은 눈치더라." 모치즈키가 말했다.

"나카오인가 하는 그 선생님이라면 그럴싸하게 둘러댈 거야. 꼴좋다."

오다가 기분 좋은 얼굴로 말했다. 지하라 유이의 팬은 몹시 만족스러워 보였다.

/ 2 /

우체국에는 볼일이 있어 들렀다. 체재 기간이 더 연장될 것 같아 숙박료를 출금하러 간 것이다. 신용카드를 사용할 수 없을 정도로 외진 시골을 여행할 때는 우체국 저금이 최고로 편리하다. 이미 알고 있던 터라 모치즈키의 우체국 계좌에 자금을 집어넣고 교토에서 출발했었다.

허름하고 작은 우체국이었다. 특정 우체국국가의 재정 부담 없이 전국 각지에 우체국을 설치하기 위한 일본 특유의 제도로, 지역 인사를 우체국장으로 삼고 출자를 받아 우편 업무를 위탁한다.—옮긴이치고는 전국 굴지의 규모일지도 모른다. 카운터도 기둥도 호박색으로 빛나고 있다. 세 명의 직원 외에는 아무도 없었다. 모치즈키가 돈을 인출하는 동안 나는 노후연금이니 택배 서비스니 하는 포스터를 넋 놓고 바라보고 있었다. 덕분에 몇 가지 몰랐던 사실을 배웠다.

"무로키 씨 맞나요?"

돈을 받아 들며 상대 직원에게 묻는 모치즈키의 목소리에 나는 뒤를 돌아보았다. 가슴에 이름표를 달고 있는 것도 아니었으니 어림짐작으로 말을 건 것이리라. 우리와 비슷한 나이로 보이는, 장발에 파마를 한 그 남자는 시원스런 눈을 가늘게 뜨며 "그런데예."라고 대답했다.

"기사라 씨 마을에도 배달을 가신다면서요? 아아, 난데없이 이상한 말을 꺼내 실례했습니다. 나카오 선생님하고 방금 전까지 잡담을 하다가, 기사라 마을 이야기가 나왔거든요. 그때 우체국에 계신 무로키라는 분이 그 마을에 배달 가는 경우가 있다고……."

"아, 그야 있십니더. 내근 직원이 병가를 낸다 캐서 어제오늘은 창구에 있지만 지는 집배원이다 아입니꺼. 그게 어째서예?"

무로키는 우리가 대체 무슨 말을 하려는지 묻고 싶은 눈치였다.

"저희는 기사라 마을에 관심이 있거든요. 잡지에도 소개되고, 유명하잖아요? 그래서 여기까지 온 김에 어제 잠깐 들러 볼까 했는데 들어오지 말라면서 쫓아내더군요. 그래서 점점 더 내부 상황이 궁금한데, 조금만 알려주실 수 없을까요? 그 마을에 가보신 분은 나쓰모리 마을 분들 중에서는 나카오 선생님하고 무로키 씨뿐이라면서요?"

"하아." 고지식해 보이는 집배원은 한숨 같은 목소리로 대답했다. "지야 배달을 간다 캐도 저택까지는 안 가니까 내부 상황은 모릅니더. 우편함에다 넣고 오면 그뿐이라예. 어떤 사람들이 있는지도 잘 모르고예."

"아무도요?"

"얼굴은 몇 명 압니더. 인사도 한 적 있어예. 하지만 그게 답니더."

"통통한 젊은 여성이 있는데, 알고 계신가요?"

"글쎄요, 그런 여자가 있었나? 최근에 머리가 불그스름한 귀여운 아가씨는 몇 번 봤지만 통통하지는 않던데예. 모르겠습니더."

불그스름한 머리. 마리아다. 어제부터 로미오와 줄리엣에 버금갈 정도로 계속 엇갈리는 여자애. 이 집배원은 마리아를 알고 있나? 그런 생각을 하니 가슴이 아련히 쓰렸다.

"저기." 오다가 끼어들었다. "저택까지는 가지 않는다고 하셨는데, 배달할 우편물이 커서 우편함에 들어가지 않을 때는 어떻게 하시나요? 저택까지 갖다 주시겠죠?"

"아이라예. 그럴 경우는 사전에 전화를 돌립니더. 그라면 누군가 차로 가지러 온다 아입니꺼."

"아하." 그렇게 말한 모치즈키가 내게 '더 궁금한 것 없어?' 하고 눈짓으로 묻기에 고개를 작게 가로저었다.

다시 빗속을 터덜터덜 걸어 숙소로 돌아오니 주인아주머니가 맞이해주었다.

"내일 낮이면 이 비도 그친다고 하네요."

라디오로 들은 정보를 전해주려고 나온 모양이다. 그 소식을 듣고 약간 마음이 놓였다. 이번 비에는 이미 넌더리가 났기 때문이다. 저기압은 시코쿠와 산인 지방의 산간에 막대한 피해를 입히며 동해로 빠져나가고 있다고 한다.

"아직 안심은 못해요. 오늘 하룻밤은 더 내릴 테니까요."

주인아주머니는 방심은 금물이라고 혼잣말처럼 되뇌면서 안으로 들어갔다.

우리는 어스레한 방으로 돌아와 앞으로 할 일을 검토했다. 전기도 전화도 잠시 후면 다시 들어온다지만, 기사라 마을에는 연락할 방법이 없다. 비가 그친 후에 무너진 다리 근처까지 가서 에가미 선배나 마리아나 마을 사람들이 나오기만을 기다릴 수밖에 없다는 결론이 나왔다. 아직 3시도 채 되지 않았으니 산더미 같은 시간을 죽여야 했다. 오다가 뭔가 생각난 표정으로 1층에 내려가더니 장기판과 말을 끌어안고 돌아왔다. 그걸로 즐겨볼 셈이었겠지만, 모치즈키와 나는 장기를 둘 줄 모른다.

"뭐? 장기를 못 둔다고? 정말 아무짝에도 쓸모없는 녀석들일세. 그러고도 추리소설연구회란 말이냐?"

오다의 우스갯소리에 모치즈키는 거만하다고 표현하기에는 약간 모자란 웃음을 지었다.

"장기와 추리소설은 비슷해 보이지만 달라. 포가《모르그가의 살인 사건》초반에 대뜸 그렇게 썼다는 걸 모르는군?"

그런 걸 기억하는 인간이 있을까? 모치즈키가 언급한 부분을 마루야 사이이치 번역본으로 소개하자면 이러하다. 화자는 분석과 계산을 다른 성질로 정의하고.

······예를 들어 체스를 두는 사람은 분석하려 노력할 필요가 없다. 계산을 할 뿐이다. 따라서 체스가 지적 능력을 키우는 데 도움이 된다는 생각은 대단한 착각이다. ······즉 십중팔구 보다 명민한 사람이 아니라 보다 주의력이 강한 사람이 승자가 되는 것이다.

"지기 싫어하는 성격은 알아줘야 한다니까."
오다는 기가 막힌 표정이었다.

그런 연유로 포위 장기^{장기 말을 이용해 바둑처럼 상대편을 포위하는 놀이}를 시작했다. 30분쯤 열전이 이어졌다. 누군가 요란
하게 계단을 올라왔을 때, 장기판에서는 모치즈키와 내가 싸
우고 있었다.

"어이!"

그 목소리와 장지문이 열린 것은 거의 동시였다. 고개를 들
자 아이하라가 떡 버티고 서 있었다.

"갑자기 뭡니까?"

오다가 불쾌한 목소리로 말하자 상대는 그런 그를 되쏘아
보았다. 그리고 비아냥대는 목소리로 말했다.

"진료소에 무슨 볼일로 갔던 거지? 지극히 건강해 보이는
데 말이야."

"나카오 선생님께 식사 초대를 받았거든요. 꼭 병에 걸려야
만 진료소에 갈 수 있는 건 아니지 않습니까?"

오다의 목소리에도 노기가 서렸다.

"식사? 알지도 못하는 너희를 왜 식사에 초대해?"

오다가 벌떡 일어섰다.

"당신, 무슨 말을 하고 싶은 겁니까? 주절주절 늘어놓지 말
고 본론으로 들어가시죠."

"그럼 말하지. 너희들, 쓸데없이 나카오라는 의사에게 입단
속을 부탁한 것 같더군. 그 의사가 지하라 유이를 모를 리가

없어. 유이가 1년 전 독감에 걸려 드러누웠을 때, 그 의사가 왕진을 갔단 말이다. 나는 알고 있어."

"어떻게요?"

"어떻게든 무슨 상관이야. 내가 다 아는데, 그 의사가 '그런 사람은 그 마을에 없습니다.' 하고 시치미를 떼더군."

"어느 의사가 환자에 대해 나불나불 떠들겠습니까?"

"나는 흐르는 물처럼 정말 자연스럽게 이야기를 끌어나갔어. 그런데 그 의사는 기다렸다는 듯이 '그런 사람은 그 마을에 없습니다.'라고 하더군! 처음부터 그 대답을 그릇에 담아 놓고 기다리고 있었던 것처럼 말이야. 이상했어."

"그렇다고 저희가 입단속을 했다는 겁니까?"

"오늘 아침, 유이에 대해 이야기했지. 유이의 팬이었다는 자네를 비롯해 다들 내가 하는 일이 탐탁지 않은 것 같더군. 그런 자네들이 선수를 쳐서 나카오를 방문한 건 내 취재를 방해할 목적으로 그랬다고 생각할 수밖에 없어."

"잠깐만요. 억지입니다. 아시겠어요? 만약 당신이 저희들에게 오늘 오후 2시에 나카오 선생님께 지하라 유이 얘기를 물어보러 간다고 얘기했다면 선수를 칠 수도 있었겠지만, 저희는 그런 말 못 들었습니다."

"감을 잡았을 거 아냐?"

"괜한 시비 걸지 마세요."

두 사람은 한 걸음씩 다가섰다. 당장이라도 멱살을 붙들 수 있는 거리로 이동한 것이다. 모치즈키에게 눈짓으로 '이거 위험한데요.' 하고 전하자 '조금 더 상황을 지켜보자.'라는 대답이 돌아왔다. 하지만 그렇게 느긋한 소리를 하고 있을 여유는 사실 없었다.

"남이 일하는 데 방해하지 마, 학생."

카메라맨이 가볍게 오다의 어깨를 밀쳤다. 오다는 곧바로 말도 없이 배로 갚아주었다. 오다가 그리 성미가 급한 편은 아니다. 아이하라의 존재가 상당히 불쾌했기 때문에 손이 나간 것이리라.

"붙어볼 테냐."

아이하라가 오다의 손목을 잡는 것을 보고 모치즈키와 내가 동시에 일어섰지만, 그때 이미 두 사람은 서로의 멱살을 단단히 붙들고 있었다. 오다가 카메라맨을 복도로 밀어냈다.

"삼류 사진이나 찍어대려고 카메라맨이 된 건 아니지 않습니까."

오다가 으르렁거리듯이 말하자 아이하라의 눈에 슬픈 빛이 떠오른 것처럼 보였다.

"삼류라는 말 취소해."

아이하라가 괴로운 목소리로 말했지만 오다도 흥분한 나머지 자제하지 못했다.

"한번 나온 방귀는 못 주워 담아."

이번에는 아이하라가 그 말을 듣고 오다를 벽에 밀쳤다. 이거 정말 위험하다. 그런 생각에 둘 사이를 가로막으려 했지만 한발 늦었다.

"유이가 뭘 어쨌다는 거야!"

오다는 온 힘을 다해 아이하라를 옆으로 내쳤다. 카메라맨은 비틀거리다가 넘어져 엉덩방아를 찧었는데 운 나쁘게도 계단이었다.

"아앗!"

절규한 사람은 굴러떨어진 아이하라가 아니라 떠밀어낸 오다였다. 그냥 굴러떨어진 게 아니다. 등을 계단에 부딪고 머리부터 굴러떨어지는 모습이 그대로 상상되어 나도 비명이 터질 뻔했다. 요란한 소리가 뚝 끊기더니 견디기 어려울 정도로 오싹한 찰나의 정적이 찾아왔다.

"괜찮으세요?"

오다가 겁에 질려 계단 밑을 훔쳐보았다. 그 어깨 너머로 살펴보니 아이하라가 'ㄱ'자로 몸을 말고 신음하고 있다. 우리는 허둥지둥 계단을 뛰어 내려갔다. 안색이 변한 주인아주머니가 안쪽에서 튀어나왔다.

"잘못했습니다."

무릎을 꿇고 머리를 조아리는 오다를 올려다보며 아이하라는 희미하게 고개를 한 번 끄덕였다. 지금은 화를 낼 기력조차 없는지도 모른다. 오른쪽 어깨를 다쳤는지 왼쪽 팔로 누르며 괴로워하고 있다.

"빨리 나카오 선생님 진료소로!"

주인아주머니가 그렇게 말했지만 선생님을 모시고 오는 편이 나을 듯했다. "모시고 올게요." 나는 그렇게 말하고 달려나갔다.

나카오 선생과 아케미를 데리고 돌아왔을 때, 아이하라는 그 자리에 앉아 있었다. 여전히 어깨를 붙들고 있다.

"괜찮십니꺼? 속은 메슥거리지 않고예?"

의사가 달려와 묻자 부상자는 은근슬쩍 웃었다.

"선생님……, 지하라 유이, 있지요?"

모치즈키가 뒤에서 아이하라의 뒤통수를 슬리퍼로 때리는 시늉을 했다.

"저……."

몹시 송구스러운 태도로 말하는 작은 목소리가 들렸다. 고개를 돌리니 현관에 왜소한 남자가 수트케이스를 한 손에 들고 서 있었다. 나이는 우리보다 약간 연상으로 보인다. 아까부터 거기에 있었는데 소동 때문에 아무도 알아차리지 못했던 모양이다.

"예. 무슨 일이신지요?"

주인아주머니가 물었다. 남자는 도수가 높고 테가 검은 둥근 안경 너머로 뭔가에 겁을 집어먹은 듯한 눈을 깜빡거리며 대답했다.

"오늘 밤에 숙박 가능한가요?"

짧은 침묵이 우리 사이를 가로질렀다. 손님이라고? 전기도 전화도 불통인 이 마을에, 폭우를 뚫고 손님이 찾아왔다고?

"저…… 빈방이 없나요?"

남자는 곤혹스러운 얼굴이었다. 만약 방이 없으면 나는 어쩌면 좋으냐고 말하고 싶은 눈치다.

"아닙니다, 있습니다. 숙박 가능하십니다."

주인아주머니의 대답에 안도감 때문인지 남자의 얼굴이 환하게 밝아졌다.

"아아, 다행이다."

"어서 올라오세요. 비에 젖지는 않으셨나요?"

"예, 차로 와서요."

그러고 보니 아까 자동차가 서는 소리를 들었던 것 같다. 남자는 수트케이스를 내려놓고 현관 마루에 앉아 구두를 벗었다. 더스트 코트의 어깨자락이 조금 젖어 있었다.

나카오가 아이하라의 어깨에 찜질 수건을 대주고 나서 물었다.

"보이소, 시방 도착한 깁니꺼? 길을 막았다 카던데."

"순경님이 그런 말을 하기는 했는데, 볼일이 있다고 하니까 보내주던데요. 산사태 때문에 길을 막은 건 아니었습니다."

남자는 코트를 벗어 왼쪽 팔에 걸쳤다.

"볼일이 있다고예? 아니, 이런 곳에 이런 시간에 무신 볼일로 찾아왔다 말입니꺼?"

나카오가 거리낌 없이 묻자 남자는 주인아주머니가 가져온 숙박대장에 이름을 쓰면서 대답했다.

"이 안쪽에 있는 기사라 씨 저택에 가려고 찾아왔는데, 순경님 말씀이 다리가 무너져 당장은 갈 수 없다더군요. 여기까지 와서 되돌아가기도 뭐해서 일단 나쓰모리에 묵으려고요."

"어머나." 주인아주머니가 숙박대장을 받아 들어 이름을 보고는 물었다. "손님, 거기 계셨던 분이세요?"

"예."

남자는 어째서인지 쑥스러운 얼굴로 대답했다. 그러고 보니 이 얼굴, 잡지인가 어디서 사진으로 본 듯도 하다.

"거기 계셨던 분이라니, 당신 누구요?"

호기심에 통증도 잠시 잊었는지 아이하라가 주저앉은 채로 물었다. 남자는 역시나 쑥스러운 듯이 대답했다.

"니시이 사토루라고 합니다."

J문학상 수상 작가였다.

우리는 아이하라의 방에 모였다. 다과에 초대받은 것이다. 주인아주머니가 커피를 가져왔다. 니시이 사토루 몫까지 포함해 다섯 잔이다.

"아까는 난폭하게 굴어 죄송했습니다."

사과하는 오다에게 아이하라가 대답했다.

"그렇게 몇 번이나 사과하지 않아도 돼. 어깨가 부어서 아프지만 그것 말고는 아무렇지도 않아. 내가 싸움을 건 셈이니 사실 자네가 그렇게 움츠러들 필요는 없는데. 얼굴이 백짓장 같던걸? 내가 요란하게 굴러떨어지는 통에 놀라서 그랬겠지만 그렇게 창백한 얼굴을 할 줄은 몰랐어. 그쪽 아리스 군도 한달음에 빗속에 의사를 부르러 가주었고."

머리는 부딪히지 않았다고 하는데, 아이하라도 충격으로 냉정함을 되찾은 모양이다. 화해하자는 의미의 다과회였다. 그리고 목적은 하나 더 있었으니, 니시이 사토루 인터뷰이리라.

니시이는 만담가처럼 방석 위에 무릎을 꿇고 오도카니 앉아 있었다. 자기가 나타나기 전에 무슨 일이 있었는지 짐작해 보면서 오다와 아이하라의 대화를 듣고 있는지도 모른다.

"그나저나 니시이 씨를 뵙게 될 줄은 꿈에도 생각 못했습니다. 여기에는 어쩐 일로?"

니시이는 목덜미를 긁적이며 말했다.

"하아. 실은 그저께, 기사라 부인께서 전화를 하셨습니다. 의논하고 싶은 일이 있다고 말씀하시더군요."

"허, 어떤 의논인가요? 괜찮으시다면 살짝만."

아이하라는 수첩을 펼쳤다. 니시이는 웅얼웅얼 작은 목소리로 성실하게 대답했다.

"잘 모르겠습니다. 짐작 가는 바가 없는 건 아니지만요."

"허, 그렇다면."

"사모님께서는 조만간 재혼을 하실 것 같습니다. 상대는 한 지붕 아래 사는 오노 씨라는 화가입니다. '오늘 다른 분들께 약혼 발표를 할 거예요.'라고 전화로 말씀하시더군요."

"재혼 말입니까. 허어."

말장구를 치면서 아이하라는 메모를 했다. 어깨가 아픈지 힘들어 보였다.

"그 오노 씨라는 분은 저도 잘 아는데, 예전부터 어떤 아이디어를 갖고 계셔서 제게 열띤 이야기를 들려주신 적이 있습니다. 그 마을을 자기 손으로 완전히 다른 모습으로 바꾸고 싶다고요."

"어떻게 바꾼다는 겁니까?"

"그 마을에는……. 말해도 괜찮으려나."

이제 와서 뭘 망설이는 거야. 입 밖에 내서는 안 될 말이라

면 처음부터 얘기하지 않으면 그만 아닌가? 이 작가, 우유부
단하고 어수룩한 인상만으로도 모자라 실수도 잦을 것 같다.

"그 마을에는 거대한 종유동이 있어요. 오노 씨가 우연히
발견한 곳인데 참으로 대단한 절경이라, 이런 산속까지 관광
객을 잔뜩 불러들일 수 있을 만한 규모랍니다. 오노 씨는 그
종유동을 마치 자기 소유인 양 착각하는 기질이 있어서 아틀
리에로 사용하고 있었어요."

"아틀리에?"

"종유동 벽에 그림을 그리는 겁니다. 라스코나 알타미라
벽화 비슷한 그림을 그렸던 것 같습니다. 실물은 보지 못했지
만요."

"그래서요?"

"오노 씨의 아이디어는 그 자연의 경이와 자기 작품을 한
세트로 세상에 팔아보려는 것이었죠. 판다고 하니 말인데, 기
사라 씨 저택이나 그 마을 주민들이 지금껏 창작해온 수많은
작품들도 사람들에게 보여줄 가치가 충분해요. 입장료를 받
더라도 말이죠."

"뒤뜰의 꽃밭도 입장료를 거둬들일 만하더군요."

모치즈키가 옆에서 끼어들었다.

"꽃밭? 아아, 고토에 씨의 허브 정원을 말씀하시는 건가
요? 그래요, 그것도 제법 장관이지요. 특히 6월이면 하얀 꽃

이 앞다투어 아름다움을 뽐내고, 그윽한 향기가 주변을 가득 메워 마치 낙원 같답니다."

아이하라는 뒷말을 재촉했다.

"그 아이디어가 당신하고 상관이 있나요?"

"약간은요. 실은 그 아이디어를 낸 사람이 접니다. 에도가와 란포의《파노라마 섬 기담》이라는 소설을 아십니까?"

갑자기 친근한 이름과 작품명이 튀어나왔다. 우리 세 사람은 동시에 끄덕였지만 아이하라는 고개를 저었다.

"에도가와 란포라고 하면 아케치 고고로와 괴인 20면상밖에 모릅니다."

"《파노라마 섬 기담》은 하기와라 사쿠타로萩原朔太郎, 1886~1942, 일본의 시인, 작가. 미스터리를 대단히 좋아했다.─옮긴이가 찬사를 보낸 작품으로, 추리소설이라기보다는 환상소설의 범주에 드는 작품입니다."

니시이의 말에 주석을 덧붙이려고 입을 벙긋 여는 모치즈키를 오다가 눈짓으로 제지했다. 어중이 평론가가 작품을 해설하기 시작하면 이야기 진행만 늦어진다.

"한 몽상가가 자신과 몹시 닮은 어느 자산가 친구가 죽었다는 소문을 듣고 그 남자로 둔갑하려는 간계를 짜내 성공합니다. 막대한 부를 손에 넣은 그는 오랜 꿈이었던 지상 낙원 창조를 시작합니다. 무인도를 사들여 정말로 그곳에 자신이 꿈꾸는 나라를 만들어버리지요."

"그 소설이 무슨 상관이 있습니까?"

"저는 어렸을 때부터 그 소설을 무척 좋아해서, 반쯤 장난 삼아 〈사설 파노라마 섬 기담〉을 쓴 적도 있었습니다. 그랬으니 마을에서 종유동을 발견했을 때, 그걸 소재로 땅 밑의 기사라 마을이라는 파노라마 나라에 대한 짧은 소설을 쓰기도 했지요. 겸손이 아니라 어린애 장난 같은 소설이라 남겨두지도 않았는데, 유독 오노 씨가 몹시 마음에 들어 하셨습니다. '이건 농담으로 치부할 일이 아니야. 하려고 마음먹으면 할 수 있다니까.'라고 하시면서."

좀체 이야기의 종점, 그가 이곳에 온 이유에 다다르질 않는다. 나는 전화 옆의 벽에 기대어 서두르지 않고 듣기로 했다. 볼펜을 쥐고 메모지에 빙글빙글 나선을 끼적거리면서. 어제 누구 씨도 이런 모양을 그렸는데.

"오노 씨는 제 공상을 훔친 겁니다. 그리고 그런 오노 씨가 사모님과 결혼을 합니다. 즉 오노 씨는 정말로 꿈을 실현시킬 수 있게 된 거지요. 사모님은 오노 씨의 희망에 따라 기사라 마을을 개조할 생각입니다."

"허어, 그거 큰일이군요. 그래서요?"

"사모님의 전화는 그 대개혁을 앞두고 저의 지혜를 빌리고 싶다는 내용이었습니다. 애초에 제가 안을 생각해냈으니까요. 하지만 글쎄요. 제가 쓴 공상 이야기는 오노 씨의 손에 넘어간 후에 상당히 세속적인 내용으로 변질된 것 같으니, 실제로는 제가 참견할 여지가 거의 없을 겁니다. 오노 씨는 제가 그 마을에 있을 때 '이런 취향은 어떤가?', '이렇게 하면 멋지지?' 하는 말씀들을 하셨지만 그 내용에는 수긍하기 어려운 부분이 적지 않았어요. 젠체하는 지적인 속물들이 아이들을 데리고 놀러오는 디즈니랜드로 만들려는 게 아닌가 싶은 생각이 들었지요."

"흐음."

아이하라가 끙끙댔다. 니시이가 하는 말이 딱히 와 닿지 않는 모양이다. 나 역시 제대로 이해했는지 확신이 서지 않았다. 니시이는 태평스럽게 말을 이었다.

"어쨌든 부르니까 왔습니다. 사모님께는 크게 신세를 졌으니 직접 약혼 축하 인사도 하고 싶었고요. 오노 씨가 굳이 '사설 파노라마 섬'을 만들겠다면 주제넘은 말이지만 조금이라도 바로잡고 싶다는 생각을 안고 왔습니다. 사실 약혼 발표 당일 밤에 달려가고 싶었지만 아무래도 도쿄에서 오다 보니 이틀 늦어 오늘 도착하고 말았습니다. 와보니 이 꼴이었지만요."

"흐음, 과연. 하지만 오노 씨인가 하는 분은 꿈을 이루어 만만세겠지만 다른 사람들은 어떤가요? 창작 장소를 빼앗기고 못마땅하게 생각하는 것 아닙니까?"

니시이는 살짝 망설였다.

"그건 저도 우려하는 점입니다. 자기 자랑 같지만 제가 그린 파노라마 섬은 그들에게도 충분히 이상향이었습니다. 그걸 오노 씨는 단순한 이색 관광지로 뒤틀어버렸으니, 다른 분들이 받아들일 거라고 생각하기는 어렵군요."

"주인인 기사라 기쿠노 씨는 오노 씨의 계획에 기본적으로는 찬성하시는 거죠?"

"그렇습니다. 제게 바라는 건 그 계획의 지엽적인 부분에 대한 수정 제안이겠지요. 사모님도 제 오리지널 〈사설 파노라마 섬 기담〉을 즐겁게 읽으신 분이니 그 윤곽을 남겨두고 싶었던 것 아닐까요."

"허어, 그럼 저 마을은 지금 정신없겠군요."

"그렇지 않을까 걱정이 됩니다."

나는 그 한복판에 뛰어든 에가미 선배가 어쩌고 있을지 생각했다. 그리고 마리아는…….

"기사라 마을에서는 어떻게 생활하셨나요?"

내가 묻자 니시이는 목만 90도 돌려 이쪽을 쳐다보았다.

"언론이 귀에 딱지가 앉도록 물어 지긋지긋한 질문이지만, 별로 특이한 생활은 아닙니다. 의무적으로 밭일과 취사를 해야 하지만 기껏해야 하루 네다섯 시간의 노동입니다. 겨우 그 정도 시간의 구속으로 창작 생활을 보장받는다는 건 대단한 일입니다. 환경도 더할 나위 없고요."

"따분한 생활 아닙니까?"

아이하라가 도발적인 질문을 했다. 니시이는 불편한 듯 두 무릎을 꼼지락거렸다.

"그건 편견입니다. 저 마을은 결코 빈민구제소도 아니고, 게으른 사람이 오래 머물 수 있는 곳이 아니라는 점을 이해해 주시면 좋겠군요."

조용한 항의 표명이었다. 아이하라는 그 이상 추궁하려 들지 않았다. 카메라맨은 목소리를 약간 낮추어 물었다.

"조금 다른 이야기인데요. 지하라 유이라는 가수를 아십니까?"

이것 봐라. 우리는 얼굴을 마주 보았지만 우선은 니시이가 어떻게 대답하는지 주목했다. 그는 시간을 끌려는 것처럼 되물었다.

"지하라 유이 말인가요?"

"그렇습니다. 10대 아이돌 가수입니다. 알고 계시죠?"

"예."

니시이는 고개를 끄덕였다. 불안한 기색으로 또 무릎을 꼼지락거린다. 난처한 모양이다.

"지하라 유이가 기사라 씨 저택에 머물고 있다는 걸 알고 있습니다."

"누구한테 들으셨습니까?"

니시이의 대답에 아이하라는 씩 웃었다. 얼씨구나, 걸려들었다 싶은 거겠지.

"유이 씨가 어떤 경위로 마을에 왔는지, 어떻게 생활하고 있는지 말씀 좀 해주실 수 없을까요?"

"잠깐만요. 제 질문에 대답해주시겠습니까? 누구한테 그런 말을 들으셨습니까?"

니시이는 정보 제공 기계의 스위치를 끄고 되물었다. 아이하라는 쓴웃음을 흘리고 있다.

"말 못합니다. 어떤 인물에게 들어서 알았다고밖에 말할 수 없군요."

니시이는 단호하게 대답했다.

"그러십니까. 그럼 저도 대답 못합니다."

아이하라는 유난스럽게 긴 한숨을 내뱉었다.

"완고한 분이군요, 니시이 씨."

구제불능이라는 듯이 오다가 고개를 설레설레 저었다. 아이하라는 직업의식이라는 이름의 면죄부를 목에 걸고 사는 모양이다. 다만 내 뇌리에는 오다의 힐난에 한순간 서글픈 빛을 머금었던 아이하라의 눈도 선명하게 남아 있었다.

"그나저나 큰일이군요. 일기예보에서도 비는 이제 곧 그친다고 했지만, 과연 다리가 바로 놓일지."

니시이는 화제를 억지로 바꾸려 했다. 아이하라는 아니꼽게 웃으며 그런 니시이를 쳐다보고 있었다. 나중에 또 물어볼 심산이리라.

다과회는 끝났다.

/ 4 /

우리는 니시이를 우리 방으로 불러 기사라 마을에 대한 이야기를 듣고자 했다. 우리가 이곳에 온 사정을 안 그는 귀찮은 기색 없이 질문에 대답해주었다. 하지만 근 1년 전에 마을을 떠난 그는 당연히 마리아를 알 턱이 없었다. 방금 전 아이하라의 질문에 대한 대답과 비슷한 수준의 정보밖에 얻을 수 없었지만 나는 낙담하지는 않았다. 에가미 선배의 전화에 의하면 마리아의 신변에 나쁜 일이 생긴 것도 아니고, 마리아가 제 발로 나와서 우리를 만날 생각이 있는 듯했으니까. 다리만 무너지지 않았다면 지금쯤…….

"니시이 씨."

'니시이 선생님'이라고 불러야 했나? 나는 이미 부르고 나서야 그런 생각이 들었다. 크게 나이 차가 나지 않는 신진 작가라는 탓도 있지만 니시이 사토루라는 남자의 약간 어수룩한 풍모 때문이리라.

"왜 그러십니까?"

"다리가 무너지기 전에 에가미 선배가 전화를 했습니다. 문제가 생겨 마을에서 나올 수 없게 되었다, 또 연락할 테니 기다리라는 내용의 전화였어요. 그 문제라는 게 뭘까요? 신경이 쓰이는데 짐작 가는 바가 없으신가요?"

니시이는 안경 속에 숨은 작은 눈을 깜빡거렸다. 나도 덩달아 따라 할 뻔했다.

"문제라……. 글쎄요, 뭘까요? 모르겠군요."

"오노 씨의 기사라 마을 개조 계획과 상관있을까요?"

"전 그에 대한 대답은 할 수 없습니다. 알지 못하니까요. 그나저나."

니시이는 짤막한 팔로 팔짱을 끼고 혼잣말을 중얼거렸다.

"저 카메라맨, 어떻게 유이 씨가 마을에 있는 줄 알았을까……."

니시이는 그 점이 의아한 듯했다. 그리고 그 모습에서 유이가 마을에 있다는 비밀이 엄중히 지켜지고 있다는 사실을 엿볼 수 있었다. 우리는 유이 문제는 건드리지 않기로 했다.

"응?"

이상한 소리가 들렸다. 모치즈키다. 손에 얄팍한 사진 주간지를 들고 있다.

"뭐 잘못됐어요?"

"으음. 이거, 이거. 이것 좀 봐, 아리스."

아리마 류조 씨가 기사라 마을 관련 자료로 건네준 잡지였
다. 모치즈키가 펼친 페이지의 기사는 '예술 마을의 영웅'이
라는 제목으로 니시이 사토루와 히구치 미치오의 사진이 좌
우 분할로 실려 있었다. 사진 속의 니시이는 J문학상 시상식
에서 겸손하게 상장을 받고 있었고, 히구치는 개인전 갤러리
에서 자신의 작품을 배경으로 입에 담배를 물고 서 있었다.

"왜 그래요?"

"사진 아래쪽. 여길 봐."

촬영자의 이름은 아이하라 나오키였다.

"헤, 그 사람인가? 연예인 스캔들만 쫓아다니는 건 아닌가
보네요."

그게 어쨌다는 거지?

"혹시나 싶어서 봤는데 역시 그랬어. 유이가 기사라 마을에
있다는 사실을 니시이 씨가 말한 게 아니라면, 또 한 사람의
기사라 마을 출신, 히구치가 흘린 게 아닐까 싶었거든. 봐, 아
이하라는 히구치와 접촉했어."

"히구치가 제보했다는 확증은 없지만…… 뭐, 정황 증거가
그런가."

오다가 내 반대편에서 잡지를 들여다보며 말했다. 니시이는 생각할 때의 버릇인지 또 무릎을 꼼지락거렸다.

"히구치 씨가……. 히구치 씨일까……."

히구치 미치오가 어떤 인물인지 나는 모른다. 사진으로만 보면 가슴을 펴고 카메라를 마주 보는 얼굴이 자신만만해 보인다는 인상뿐이다.

아이하라의 객실 장지문이 열리는 소리가 났다. 오다가 화들짝 놀란 얼굴로 고개를 들더니 자리를 박차고 일어섰다. 또 충돌하면 큰일이다 싶어 나는 오다를 따라 일어섰다. 복도로 나가니 아이하라는 계단을 내려가려는 참이었다. 오다와 나는 뒤를 쫓았다.

"아주머니, 부탁 좀 하고 싶은데."

아이하라는 복도에 있던 주인아주머니에게 어떤 물건을 건넸다. 편지다. 약간 두께가 있다.

"시장 가는 길에라도 우체통에 넣어주겠어요? 아까 외출했을 때 깜빡해서."

주인아주머니는 흔쾌히 대답했다.

"네네. 그러죠. 금방 부쳐드릴게요."

나는 다가가서 그 수신인 이름을 읽었다. 청양사. 사진 잡지의 출판사 이름이 적혀 있었다. 오다도 알아본 모양이다. 마음씨 좋은 주인아주머니는 당장 편지를 부치러 나갔다.

"부쳐봤자 통행금지 때문에 읍내까지 가지도 못하는 것 아닙니까?"

오다가 말하자 아이하라는 어리둥절한 표정을 지었다.

"비도 슬슬 그칠 것 같으니 통행금지는 곧 풀리겠지요. 깜빡 잊지 않도록 우체통에 미리 넣어두려고요. 그보다 어쩐 일입니까? 그런 말을 하려고 일부러 내려온 겁니까?"

오다는 어색한 태도로 말했다.

"아뇨, 내려와 보니 아이하라 씨가 편지를 부치려 하시기에 어라 싶었던 것뿐입니다. 그 편지의 수신인, 청양사가 내는 사진 잡지에 아이하라 씨가 찍은 사진이 실려 있던데요. 히구치 미치오 인물 사진 말이에요."

"아아, 그런 일도 있었던 것 같군요. 저게 청양사로 보내는 편지인 줄 어떻게 알았죠?"

"흘깃 보이던걸요." 오다는 대수롭지 않게 대답했다. "유이가 기사라 마을에 있다는 정보를 히구치 미치오 씨에게 들은 거죠?"

"노코멘트요."

딱 잡아뗀다. 아이하라는 저녁 식사 전까지 잠깐 낮잠이나 자겠다며 방으로 돌아갔다. 노력이 헛수고로 끝난 우리는 잠시 그 자리에 머물렀다. 바로 돌아가면 아이하라가 '저놈들 무슨 일로 아래층에 내려갔던 거지?' 하고 생각할 것 같아 민망했기 때문이다.

"안녕하십니까?"

현관에서 사람 목소리가 들렸다. 또 손님인가? 그렇게 생각하며 쳐다보니 어제 폐교에서 만났던 선생이 서 있었다. 하지마는 기미히코라고 했던가? 허물없는 태도로 한 손을 홀쩍 쳐들었다.

"오늘 밤에 시간 되십니까?"

/ 5 /

"그러십니까, 그런 사정이 있었군요."

하지마는 왼손으로 턱을 쓰다듬으며 오른손으로 내 잔에 맥주를 따라주었다. 후쿠주야의 손님은 하지마와 우리, 넷뿐이었다. 무뚝뚝한 주인장이 하지마가 추가 주문한 더운 술을 가져와 묵묵히 내려놓고 갔다.

"젊은 아가씨가 그런 정체 모를 마을에 들어가 나오지 않으면 그야 부모님도 친구도 걱정하겠지요. 그래서 교토에서 일부러. 아아, 그러셨군요."

우리가 여기까지 찾아온 이유를 하지마에게 말한 것이다. 그는 몇 번이나 고개를 끄덕거리더니 열빙어 구이를 안주 삼아 청주를 홀짝이기 시작했다. 우리가 뭘 하러 왔는지 꽤나 미심쩍게 생각했던 모양이다. '괜찮다면 한잔하러 가지 않겠습니까?' 하고 부르러 온 것도 호기심 때문인지도 모른다. 물론 심심하기도 했겠지만.

"어제는 사정을 털어놓기 어려웠지만, 이제는 해결될 기미가 보여서 이렇게 말씀드릴 수 있었습니다."

모치즈키도 열빙어를 깨작거리며 주인장에게 물었다.

"냉장고도 멈췄을 텐데 이건 괜찮았나요?"

"걱정되면 안 먹어도 돼."

그런 대답을 들은 모치즈키는 감칠맛 나게 안주를 먹어치웠다.

"그래, 무너진 다리를 보러 가셨다면서요. 어떠셨습니까? 기사라 마을 사람들 모습은 보이지 않던가요?"

"네. 불러도 보았지만 아무도 보이지 않더군요. 저택까지는 목소리가 닿지 않았나 봐요."

나는 그렇게 대답하면서 방금 전 보고 왔던 강가의 광경을 떠올렸다. 다리는 흔적도 없고 다만 누런 탁류가 천둥소리를 내며 소용돌이치고 있을 뿐이었다.

문득 대화가 끊기자 바깥은 쥐 죽은 듯 고요했다. 전기 복구와 거의 동시에 스물아홉 시간 만에 비가 그친 것이다.

전기가 들어온 것은 오후 6시 전. 전화가 복구된 것은 7시

이후였다. 상황이 그러했으니 과연 유일한 '마을의 술집'이 영업을 할지 걱정했는데, 이렇게 술상 앞에 앉을 수 있었다. 주인장은 일요일만 아니면 영업을 한다고 했지만, 막내가 하지마 선생의 제자라고 하니 의리 때문에 가게를 열었는지도 모른다. 7시 반부터 마시기 시작했는데 벌써 9시가 다 되어간다. 이런 시골에서는 평소 같으면 문 닫을 시간 아닐까?

"그나저나 그 여관도 문전성시로군요. 여러분 말고도 도쿄에서 온 카메라맨이 하나 묵고 있지, 거기에 니시이 사토루가 돌아올 줄이야. 그것도 이런 호우 속에 말입니다. 그런 줄 알았으면 그 두 분하고도 함께하고 싶었는데."

"말은 해봤는데 둘 다 일중독인가 봅니다."

오다는 그렇게 대답하면서 제 손으로 맥주를 따랐다.

일중독이라.

비가 갠 직후 우리가 다리 근처까지 가려고 하자 눈치 빠른 아이하라가 냄새를 맡고 따라왔다. 물론 카메라를 들고. 오다가 뭐라 말하려 하자 그는 "호우의 상흔을 찍으려는 것뿐입니다."라는 변명으로 선수를 쳤다. 우리가 그만 물러날 때도 그는 여전히 그 부근을 기웃기웃 촬영하고 있었다. 지하라 유이가 홀쩍 모습을 드러낼 거라 생각한 걸까.

한편 니시이는 방에 틀어박혀 저녁나절 내내 소설을 쓰고 있었다. 당연히 순문학 소설 잡지에도 마감은 있어, 일주일

후에는 편집자에게 단편을 넘겨야 한단다. 술은 싫다며 우리의 청을 거절했는데, 어쩌면 나쓰모리 마을 사람들과는 별로 얽히고 싶지 않은 건지도 모른다. 숙소에서 식사를 하고 밤에도 글을 쓰겠다고 했다.

드르륵 문이 열리는 소리에 우리는 일제히 그쪽을 쳐다보았다. 아이하라나 니시이가 마음이 바뀌어 찾아왔나 싶었다.

"이런 날에도 하나 싶었는데 불이 들어와 있어가꼬 함 와봤십니더."

파마머리를 긁적이면서 들어온 사람은 우체국 직원 무로키였다. 예상치 못한 등장이다. 무로키는 어색하게 목례를 하고는 하지만 옆자리에 앉았다.

"어, 이쪽 분들하고 선생님은 아는 사이셨나 보네예?"

그는 우리를 보면서 말했다. 근무 시간에는 따분한 표정이더니 한잔 걸칠 때는 제법 싱글싱글 웃는다.

"어제 알게 됐습니다. 억지로 불러내 함께 식사하자고 청했지요."

"그러셨십니꺼. 지도 좀 끼워주시지예."

무로키는 즐겁게 말하며 맥주를 주문했다. 식사는 이미 마쳤기 때문에 오늘은 가볍게만 마시겠다고 했다.

"독신이신가요?" 나는 물었다.

"여서 신붓감을 찾을라 하면 엄청시리 힘듭니더. 내한테는 혼담을 주선해줄 부모나 친척도 없으니까네."

무로키는 쓴웃음을 지었다.

이 무로키 노리오라는 남자는 이 마을 출신이지만 요 몇 년 사이 불행이 겹쳐 피붙이는 아무도 없다고 했다. 스기모리에 있는 현립 고등학교를 졸업하고 바로 스기모리 우체국에서 일을 시작했고, 그 후 전근으로 나고 자란 이 나쓰모리 마을에 돌아왔다. 젊어 보였는데 이제 몇 달만 지나면 서른이라고 한다.

"무로키 씨가 피붙이는 아무도 없다고 했지만 그건 틀린 말이에요. 그렇죠, 무로키 씨?"

하지마가 우체국 직원을 쳐다보며 말했다.

"작은 고모를 말씀하시는 깁니꺼?"

무로키는 못마땅한 표정을 지었다. 기분이 상한 것 같지는 않고 그냥 장난인 듯했다.

"이 사람 고모님이 한 분 건재하시답니다. 교류는 전혀 없는 모양이지만."

"지하고는 상관없는 사람입니더. 어렸을 적에 장례식하고 제사 때 두세 번 만난 기 전부라예. 그쪽은 지를 봐도 누군지 못 알아볼 깁니더."

"이렇게 가까이 사는데 묘한 일이죠."

"가까이 사는데 교류가 없다? 혹시 그 고모님이라는 분이

기사라 마을에 계시나요?"

"그렇답니다."

하지마는 무로키를 쳐다보았다. '당신 입으로 말해.'라고 눈짓을 보낸 것 같다.

"기사라 마을의 대장, 기사라 기쿠노가 우리 작은 고모야."

"네?"

깜짝 놀란 우리는 입을 모아 외쳤다. 기사라 마을 주인의 조카가 코앞 마을의 작은 우체국에 근무할 줄은 꿈에도 몰랐다. 다들 알고 있는 사실일까?

"그야 다들 알고 있제. 고모도 현립 고등학교를 졸업할 때까지는 이 동네에 살았다 아이가. 무슨 일이 있어도 도시로 나가고 싶다 캐서 부모님 반대를 무릅쓰고 도쿄로 나가버린 기라. 좋게 말하면 자유분방한 사람이라고 해야겠제. 생각대로 툭툭 내뱉고 지 맘대로 하는 사람이었다 카니, 부모형제나 마을 사람들하고도 어긋나는 면이 있었나 보데. 구둣가게 점원으로 일하면서 비서 양성학교에 다녀가꼬 자격을 따더마는 직장을 옮긴 기라. 그기 바로 기사라 가쓰요시의 회사였제. 반년도 안 돼서 그 인간 눈에 들더니 1년 후에는 결혼하더라고."

"신데렐라가 왕비님이 된 건가."

모치즈키가 혼잣말처럼 말하니 무로키는 고개를 저었다.

325

"아이, 아이다. 그때만 해도 가부토 초의 사나운 말도 아직 미숙한 풋내기였으니까 왕비가 되었다고 할 수는 없는 기라. 진심으로 반해서 승낙했다는 것 같더라고. 기사라 가쓰요시라는 남자는 재물도 많고, 예술가를 후원하는 일이 취미라서 여자랑 놀아나는 일도 일절 없었다 카데. 고모 입장에서는 시집 잘 간 기지."

"고모님은 무로키 씨가 여기 사는 줄 모르시나요? 아니면 알면서도 전혀 왕래가 없는 건가요?" 오다가 물었다.

"알고 있지. 알고는 있지만 남이나 다름없다 아이가. 서로 인사 한 번 않는데 머. 집이 싫다꼬 버린 사람이니 조카라캐도 내 알 바 없다 이런 거 아이겠나."

무로키 역시 고모에게는 별 관심이 없어 보였다. 근친의 정도 솟아나지 않는, 서로 다른 세계의 사람이리라.

모치즈키가 무로키에게 맥주를 따라주며 말했다.

"이건 다른 얘기인데, 아까 근무하실 때 여쭤본 내용 말인데요."

"통통한 여자애를 아냐는 얘기 말이가?"

"네. 그 여자애 이름은 지하라라고 해요. 아까는 묻는다는 걸 깜빡했는데 기사라 마을에 배달하는 우편물 중에 지하라라는 이름 앞으로 오는 건 없었나요?"

그런가, 이거 등잔 밑이 어두웠다. 집배원이라면 마을 사람들 이름을 알 수 있을 테니까. 지하라 유이의 이름을 보고 요새 안 보이는 아이돌 가수와 동성동명이 아닌가 의아해한다 해도 이상하지 않다. 아직 서른이 되지 않은 무로키라면 유이처럼 유명한 가수 이름을 모르는 편이 부자연스럽다. 모치즈키가 '지하라 유이'라고 성명을 전부 말하지 않은 이유는 만약 유이가 기사라 마을에 있다는 사실을 무로키가 몰랐을 경우, 불필요하게 비밀이 퍼지는 일을 방지하기 위함이리라. 하지마의 귀도 있다.

"지하라 씨라는 사람은 없었던 것 같은데. 그런 이름은 본적이 없다 안 하나."

나는 그의 표정을 주시했지만 정말로 기억에 없어 보였다. 그 질문에 무슨 의미가 있냐고 묻고 싶은 눈치다. 하지마도 떨떠름한 표정이었지만 두 사람 다 아무것도 되묻지는 않았다. 무로키가 결백하다면 역시 아이하라에게 밀고한 사람은 히구치 미치오일 가능성이 농후해진다. 그래서 뭐가 어떻다는 건 아니지만.

주거니 받거니 하는 사이 다들 얼근하게 술기운이 돌았다. 흔치 않은 말상대가 생긴 교사와 집배원은 제법 유쾌해 보였다.

"이 사람한테는 꿈이 있어요. 그렇죠, 무로키 씨?"

장밋빛으로 뺨을 물들인 하지마는 그렇게 말하며 옆자리에 앉은 남자의 등을 철썩 때렸다.

"호, 어떤 꿈인가요?"

무로키가 우물거리자 오다가 우리 셋을 대표해 물었다. 무로키는 머리를 긁적였다.

"꿈이라 캐도 내용도 머 막연하고, 아직 암것도 시작도 안 해가꼬."

이야기가 진전되질 않자 하지마가 대신 대답했다.

"커다란 궁전 같은 집을 짓고 싶답니다. 제가 페르디낭 슈발이 지은 꿈의 궁전 이야기를 해주었는데, 그게 계기였나 봐요. 꿈의 궁전, 팔레 이데알Palais Ideal을 아십니까?"

모른다.

"저도 책에서 짧은 소개글을 읽었을 뿐인데, 그것 참 기묘한 건축물이더군요. 프랑스 남부의 드롬 주 오트 리브라는 마을에 있는 궁전인데, 19세기 말부터 20세기 초에 걸쳐 단 한 사람의 남자, 그것도 건축가나 목수가 아니라 아무것도 모르는 아마추어가 손수 지은 궁전이랍니다. 그 사진을 봤을 때는 어찌나 인상이 강렬했던지. 높이가 20미터라고 하니 4층짜리 건물만 하지 않을까 싶군요. 궁전 정면에는 세 개의 거인상이 우뚝 서 있고, 이슬람 건축 같은 돔이 있나 싶으면 그리스 신전 같은 줄기둥도 있어요. 중세 유럽의 성, 스위스의 양치기 오두막, 이집트 신전, 동양풍의 불탑, 일본풍의 오층탑, 그것

말고도 온갖 양식이 뒤섞여서 도통 이해할 수 없어요. 사방에 표범, 타조, 코끼리, 악어, 성모 마리아, 천사, 순례자를 본뜬 조각과 부조를 그로테스크하게 늘어놓았는데, 완전히 건축의 도깨비집입니다. 미궁 같은 동굴을 빠져나가면 전망 좋은 테라스로 나갈 수 있고, 궁전 안에 폭포까지 있어요. 어쨌든 안토니오 가우디도 고개를 숙였을 정도랍니다. 악몽에나 나올 법한 그런 궁전이 실제로 존재한다는 사실이 놀라웠어요. 그 기괴한 모습은 사진을 보지 않으면 상상도 못 할 거예요. 그 궁전을 완성하기까지 33년이 걸렸다고 해요. 33년 말입니다. 아마추어가 본업을 하면서 비는 시간에 홀로 한 일이니 그럴 만도 하지요. 무로키 씨에게 그걸 보여줬더니 저이도 저와 마찬가지로 홀딱 마음을 빼앗겨버려서, 딱 한 가지 소원이 이루어진다면 자기도 그런 자유로운 궁전을 짓고 싶다는 꿈을 안고 있는 겁니다."

무로키는 머리를 긁적이는 동작을 멈추고 몇 번이나 작게 고개를 주억거리며 듣고 있었다.

'파노라마 섬'이라는 단어가 물밑에서 떠오르듯 머릿속에 둥실 떠올랐다. 몽상의 왕국 건설에 도전하는 사람이 진짜로 있는 것이다. 그리고 극히 드물게 그 전투에서 승리를 거두는 이도 있다. 상식의 틀을 벗어난 꿈이 한 바퀴 굴러 현실로 바뀌는 경우도 있다고 생각하니, 나는 소소한 복음을 얻은 심정이었다.

"혼자 힘으로 손수 궁전을 짓는다는 건 분명 대단한 일이지만 부자들의 여흥이잖아요? 바꾸어 말하면 돈만 있으면 살 수 있는 꿈 아닌가요?"

오다가 반론이라기보다 상대가 어떻게 반응할지 시험하듯 말했다. 질문을 받은 하지마는 조용히 고개를 저었다.

"아뇨. 그 궁전을 지은 남자는 유복한 사람이 아니었어요. 제가 방금 본업을 하면서 비는 시간에 지었다고 말한 건 그 점을 전하고 싶었기 때문입니다."

"본업은 뭐였는데요?"

오다의 이 질문을 기다리고 있었다는 듯이 하지마는 씩 웃었다.

"우편배달부예요."

아하. 그래서 같은 우체국 직원인 무로키가 깊이 공감했는지도 모른다.

"궁전이 요상한 건축 양상을 띠고 있는 이유는 그가 배달하는 우편물 속에 있던 세계 각국에서 날아온 그림엽서를 바라보는 동안 몽상이 점점 바뀐 탓인지도 모릅니다. 지금부터가 진짜예요, 여러분. 시골의 우편배달부 슈발이 33년이라는 세월을 들여 건축한 이 수제 궁전의 소재가 뭔지 아십니까? 자기가 만든 콘크리트예요. 그리고 그 표면을 그로테스크하게 뒤덮고 있는 조개, 자갈, 돌멩이는 전부 그가 우편물을 배달하는 도중에 주운 거랍니다."

하지마는 우리의 반응을 살피기 위해 살짝 말을 끊었다. 우리 셋 다 아무런 반응도 할 수 없었다.

"그는 배달을 위해 매일 30킬로미터나 되는 길을 걸었다고 해요. 어느 날 그는 기묘한 모양의 자갈을 줍습니다. 그것이 천 리 길을 시작하는 한 걸음이었던 거죠. 이튿날 같은 장소에서 또 특이한 자갈을 발견한 그는 정신없이 자갈과 조개를 모으기 시작했습니다. 하루의 수확을 주머니에 넣어 가지고 돌아오곤 했는데 어느덧 그것도 모자라 바구니를 사용하기 시작했고, 이윽고 손수레를 밀기 시작합니다. '자연이 조각품을 제공해주었기 때문에 나는 건축가, 그리고 석공이 되어야 한다고 생각했다.'고 합니다. 그는 마을 사람들에게 정신병자 취급을 받고, 아내에게도 조롱당하면서 이렇게 재료를 수집하는 데 25년을 들였습니다. 듣기만 해도 오싹한 정열, 아니 이미 집착이라 할 수 있지 않을까요? 그렇게 모은 조개와 돌멩이는 그의 선택을 받아 신성을 띤 것이 분명합니다. 그 증거로 그는 그 재료들을 궁전 사방에 아무렇게나 널브러뜨리지 않고 분류를 거쳐 어떤 조개는 식물 화분에 붙이고, 뾰족한 돌은 거인상에 박는 식으로 독자적인 미의식에 기초해 배치했습니다. 그 결과 완성된 것이 아무리 그로테스크하더라도, 그것이 성스러운 존재라는 점은 의심할 수 없지요."

나는 글자 그대로 숨죽이며 그의 이야기에 빠져들었다. 몰랐었다. 세상은 생각보다 넓고 심오하다. 하지만 얼이 빠져 있을 때가 아니다. 하지마는 이야기를 계속 이어나갔다.

"팔레 이데알은 요절한 딸을 위해 지은 기념관이기도 했답니다. 하지만 슈발이 건설을 결심한 계기는 단순히 딸을 추모하려는 생각이 아니라 더 불가사의한 이유였습니다. 실은 건설을 결심하기 30년 전에, 그는 팔레 이데알을 꿈에서 보았답니다. 선명하고 몹시 생생한 꿈이었다고 해요. 그로부터 30년 후, 그는 똑같은 꿈을 꿉니다. 경건한 기독교도였던 그는 그것을 하늘의 계시로 받아들였나 봐요. 그는 팔레 이데알 건설에 착수합니다. 33년 후에 그것은 현실이 되어 그의 앞에 나타났습니다. 33년 전과 63년 전에 꿈속에서 보았던 건물과 똑같은 궁전이, 마침내 완성된 거죠. 궁전의 정면에는 이렇게 적혀 있다고 합니다. '나는 꿈으로부터 이 세상의 여왕을 낳았다.'"

나는 눈앞의 우체국 직원을 보았다. 작고 낡은 우체국 안에서 지루한 얼굴로 일하던 이 남자의 내부에 슈발과 공명하는 마음이 있다는 사실이 처음에는 뜻밖이었지만, 지금은 아니다. 겉모습으로 사람을 판단해서는 안 된다는 말은 그 사람의 기량만 가리키는 표현이 아니었다. 분명 품고 있는 몽상의 크기까지 포함한 경구임에 틀림없다.

"아직 시작도 하지 않았다고 하셨는데, 앞으로 시작할 예정
이신가요?"

무로키는 힘없이 고개를 끄덕였다.

"내가 할 수 있을지 모르겠지만. 공상만 내리 하다가 끝나
겠지만, 생각만 해도 두근두근 설렌다 아이가."

문득 기사라 가쓰요시가 이 땅에 예술가들을 불러 모은 것
은 우연이 아니었을지도 모른다는 생각이 들었다. 이곳에는
뭔가 말로 표현하기 어려운 창조의 기운 같은 것이 서려 있는
게 아닐까. 그리고 이 우체국 직원도 그 기운에 중독된 게 아
닐까.

"꼭 기사라 씨 저택보다 대단한 건물을 지어요."

하지마는 명랑하게 말했다. 무로키는 입을 'ㅅ'자로 일그러
뜨렸다.

"하지만…… 지는 주식으로 한몫 잡아 뭐든 할 수 있었던
사람하고 다르지 않습니꺼."

극히 상식적인 푸념을 하며 그는 맥주를 쭉 들이켰다.

우리는 10시까지 마시다가 가게를 나왔다. 손바닥을 내밀
어보았지만 비는 이미 그쳤다.

"지는 이만."

무로키는 고개를 꾸벅 숙이고 우리와 반대편으로 걸음을

뗐다. "조심해서 가세요." "푹 쉬세요." 이런 말들을 움츠린 등으로 받으며, 그는 어두운 길을 걸어갔다.

여관 앞까지 오자 "푹 쉬어요." 하고 하지마가 한 손을 들며 말했다.

"내일은 날이 맑으면 좋겠군요."

그는 별 없는 하늘을 올려다보며 중얼거렸다.

/6/

돌아온 우리를 본 주인아주머니는 "어머." 하고 의아한 표정을 지었다.

"아이하라 씨는 같이 계시지 않았어요?"

모치즈키가 대답했다.

"그런데요. 아이하라 씨가 어떻게 됐나요? 혹시 아직 돌아오지 않았다거나……."

"예. 돌아오지 않으셨어요. 여러분은 후쿠주야에 가셨던 거죠?"

우리는 그렇다고 대답했다.

"이상하네요. 거기에 함께 계셨던 게 아니라면 달리 어딜 가셨을까요?"

그리 물어도 우리는 짐작도 가지 않았다.

"니시이 씨는요?" 오다가 물었다.

"그분은 방에서 소설을 쓰고 계셨어요. 집중해서 일을 하고 계신 모양이에요. 어찌나 조용한지 몰라요."

이런 시간까지 산책을 하다니 어찌 된 일인가 싶었지만, 아이하라도 어린애가 아니니 걱정할 필요는 없겠지. 주인아주머니는 중얼거리며 안으로 물러났고, 우리는 계단을 올라갔다. 니시이의 방 앞을 지날 때, 안에서 종이를 넘기는 메마른 소리가 들렸다. 집필 중이리라.

방에 돌아오자 일단 텔레비전을 켰다. 이 묵직한 저기압이 내일 새벽에는 동해 위를 지난다고 일기예보가 전한 것이 11시 전이었다.

"이제 안심하고 잘 수 있겠네. 남은 일은 기사라 마을로 가는 다리가 이어지기만을 기다리는 거야."

오다가 이부자리에 벌렁 뒹굴며 말했다. 고비는 넘겼으니 이제는 편한 내리막이다, 하고 선언하는 듯했다. 하지만 나는 아직 안심하기는 이르다는 생각이 들었다. 이유는 없다. 다만 묘하게 가슴이 울렁거렸다. 아무래도 그 이유는 아이하라 나오키의 존재 때문인 것 같다. 아니, 그 부재가……

"모치 선배, 노부나가 선배."

내가 부르자 두 사람은 얼근히 취한 얼굴을 이쪽으로 빙글 돌렸다.

"아이하라 씨가 아직 돌아오지 않았는데, 무슨 일일까요?"

오다가 매몰차게 말했다.

"알게 뭐야. 우리가 그 인간 보호자도 아닌데 내버려둬도 상관없잖아."

"어쩌면 또 나카오 선생님 댁에 쳐들어갔을지도 모르지."

모치즈키가 말하자 오다의 표정이 어두워졌다.

"그런 막돼먹은 짓을? 용서 못하겠는데."

"네가 용서하고 자시고 할 문제냐? 보호자도 아니면서."

나는 시계를 보았다.

"하지만 벌써 11시가 넘었어요. 이곳 11시는 도시의 11시하고는 전혀 다르잖아요. 아무리 아이하라 씨가 예의를 모르는 사람이라 해도 아직 돌아오지 않다니 이상해요."

벽에 기대어 있던 모치즈키가 몸을 일으켰다.

"설마…… 기사라 마을에 간 건 아니겠지?"

"기사라 마을이라니, 모치 선배, 어떻게 간다는 거예요?"

"몰라. 모르지만 어떻게든 강을 건너갈 방법을 찾았을 수도 있지. 그렇지 않으면 달리 갈 곳이 없잖아."

확실히 달리 갈 곳은 없다. 하지만 어떻게 다리가 끊어진 강을 건널 수 있었을지 짐작도 가지 않았다.

"야, 가보자."

일어선 모치즈키를 오다가 올려다보았다.

"어딜 가봐?"

"당연하잖아. 다리까지 가보자. 뭔가 알 수 있을지도 몰라."

과연 그럴까? 그렇게 생각하면서도 결국 모치즈키의 제안을 따르기로 했다. 오늘 아침부터 계속 대기만 하고 있던 우리는 행동에 굶주렸던 것이다. 아래로 내려가 주인아주머니에게 아이하라를 찾으러 외출한다는 말을 남기고, 잠시 문을 잠그지 말아달라고 부탁했다. 주인아주머니는 아이하라가 돌아올 때까지 열어둘 생각이었다면서 우리를 배웅해주었다. 비는 더 내리지 않았지만 우산을 가지고 나가는 것을 잊지 않았다. 누가 음주운전을 탓할 걱정은 없었지만 우리는 걸어서 산길로 향했다. 오늘 밤은 바람이 거세다. 혹시나 싶어 진료소 앞을 지날 때 살펴보았지만 불은 꺼졌고 주인은 이미 잠자리에 든 것 같았다. 진료소 뒤편 호사카 아케미의 집과 그 이웃 하지마 선생의 집에는 불이 켜져 있다. 다시 삼거리에서 왼쪽으로 꺾어 산길을 빠져나가 강으로 나왔다. 아이하라는 없었고, 아무런 이상도 없었다.

"역시 강을 건너가는 건 불가능해요. 상류에도 하류에도 다리가 하나도 없으니까요."

나는 와보지 않아도 뻔히 알고 있던 사실을 말했다. 모치즈키는 팔짱을 끼고 말이 없었다. 오다는 강 건너편을 향해 "어이!" 하고 불러보았지만 한 번 부르고는 그만두었다. 바람이 목소리를 앗아가는 게 뻔히 보였기 때문이리라. 오다는 어깨를 움츠리고 말했다.

"돌아가자."

삼거리까지 돌아왔을 때, 나는 별생각 없이 폐교 쪽으로 시선을 던졌다. 뒷산의 검은 그림자와 달도 별도 없는 밤하늘 아래, 그 건물은 무너질 것처럼 불안해 보였다. 저곳 교정에서 철봉놀이를 했던 게 어제였던가, 그저께였던가. 그런 생각을 하며 문득 쳐다보았을 뿐이다. 하지만 귀로를 향해 시선을 돌리려 했을 때, 웅덩이에 떨어져 있는 어떤 물체가 눈에 들어왔다.

"저게…… 뭐죠?"

나는 손가락질을 하며 눈에 힘을 주었다. 필름 상자인 듯했다. 분명 저녁에는 저런 물건이 없었다. 모치즈키도 입을 열었다.

"밝을 때는 없었는데? 아이하라 씨가 이쪽 길을 걸어갔나? 이 앞에는 문 닫은 초등학교밖에 없는데."

우리는 나란히 폐교를 보았다. 아무리 달리 갈 곳이 없기로서니 아이하라가 불빛도 없는 저런 곳에 있을 것 같지는 않았지만, 여기까지 왔으니 확인해보자는 쪽으로 의견이 일치했다.

"이거 완전 담력 시험인데?" 오다가 말했다.

"토토로를 만날지도 모르겠다." 모치즈키가 웃었다.

그렇다. 우리는 반쯤 장난삼아 걸음을 옮겼던 것이다. 아이하라를 찾는다는 구실로 웬만해서는 발을 들여놓을 기회가 없는 한밤중의 폐교를 들여다보고 싶다는 생각이 우리 모두의 본심이었을 터였다. 방금 전까지 불안했던 나의 마음도 그때는 사라지고 없었다. 어째서일까.

교정에 들어가 주위를 둘러보았지만 사람 그림자도 인기척도 없다. 아이하라가 저녁 이후에 이곳에 왔을지도 모르지만 지금은 없는 모양이다. 밤의 어둠은 짙어서 교정 한구석에 있는 크고 작은 철봉의 윤곽도 알아보기 어려웠다. 바람이 거세다.

"교실 안에서 자고 있을 리는 없겠지?"

오다가 말하자 모치즈키가 대꾸했다.

"부랑자도 아닌데 설마."

바로 앞에 창고로 보이는 방이 있고, 그 너머로 나란히 있는 세 개의 방은 두 개가 교실이고 하나는 교무실 같았다.

"살짝 안을 살펴볼까?"

모치즈키가 그렇게 말하며 가까운 교실 창문으로 안을 들여다보았다. 오다와 나도 다른 창문으로 보았다. 10개쯤 되는 철제 책상과 의자가 칠판을 바라보며 줄지어 있었다. 신기한 물건은 하나도 없다. 창유리에 비친 내 얼굴이 낯선 타인처럼 보이는 점이 더 기묘했다. 이런 곳에서 이런 짓을 하고 있는 스스로가 이상했나 보다.

모치즈키는 두 손으로 뒷짐을 진 채로 설렁설렁 이웃 교실 창으로 이동했다. 오다와 내가 보고 있자니, 모치즈키는 마찬가지로 열린 창문을 통해 안을 들여다보았다.

"어라?"

모치즈키는 교실 안에 고개를 들이밀었다. 뭘 하는 거지? 그렇게 생각하고 있는데 모치즈키가 왼손을 들어 이쪽으로 오라고 다급하게 손짓을 했다.

"뭐야, 뭐야."

종알거리며 그쪽으로 향하는 오다의 뒤를 나도 쫓아갔다.

"사람이 쓰러져 있어?"

오다의 말은 의문형이었다. 어두운 폐교의 교실 안에 쓰러져 있는 그것은, 사람 모양을 하고 있었다. 엎드린 자세로 얼굴은 반대편을 바라보고 있다. 하지만 어째서 이런 곳에 사람이?

청바지에 청재킷. 아이하라의 옷이다.

"카메라맨 선생, 정말 여기서 자고 있었나 봐."

모치즈키는 대수롭지 않은 듯 말했다. 하지만 이상하지 않나? 내 몸에 흐르는 핏속에 아드레날린이 맹렬한 기세로 섞이기 시작했다. 아까 모치즈키가 했던 말을 그에게 돌려주고 싶었다. 부랑자도 아닌데 설마.

"깨우죠. 급환으로…… 쓰러진 건 아니겠죠?"

내가 그렇게 말하자 오다가 "설마." 하며 교실 앞문으로 걸어가 드르륵 문을 열었다. 모치즈키와 나는 뒷문으로 교실에 들어가 오다와 함께 먼지 쌓인 바닥 위에 뻗어 있는 아이하라에게 다가갔다.

"아이하라 씨."

모치즈키가 몸을 숙여 그의 어깨에 손을 얹으려 했다. 하지만 그 손은 허공에서 우뚝 멈추었다.

"야, 어떻게 된 거야?"

모치즈키가 얼굴을 일그러뜨리며 우리를 올려다보았다.

나는 말없이 모치즈키 옆에서 몸을 숙여 아이하라의 손목을 가볍게 쥐었다. 맥은 없고, 다만 선뜩하게 차가웠다.

아이하라 나오키는 죽어 있었다.

제 8장

뮤즈의 미궁 - 마리아

기쿠노는 죽은 오노 히로키의 두 손을 가슴 위에서 깍지 끼우고 얼굴에 하얀 손수건을 덮고는 조용히 등을 펴고 일어섰다.

"오노 씨는 잠시 이곳에 모시겠습니다."

기쿠노는 의연하게 말했다.

"이곳에 모시다니, 사모님…… 시신을 이대로 두겠다는 말씀인가요? 이렇게 어둡고 무서운 곳에 혼자 두고 가다니, 그건 좀……."

기쿠노는 그렇게 말하는 사에코를 노려보았다.

"어둡고 무섭다고요? 천만에요. 이곳은 오노 씨의 아틀리에였어요. 보세요, 저곳에 그이의 그림도 있습니다. 자기를 살해한 인간과 한 지붕 아래로 돌아가는 것보다 이곳에서 잠시 쉬게 하는 게 그이를 위한 일이에요. 잠시라고 했는데, 그게 무슨 뜻인지 이해했나요?" 그녀는 우리를 둘러보았다. "'범인을 알아낼 때까지'라는 뜻이에요. 누가 이런 끔찍한 짓을 했는지 반드시 밝혀내겠습니다."

"밝혀내겠다니, 기쿠노 씨, 그건 경찰이 할 일이에요. 당신이 애쓸 일이 아니에요."

고토에가 말하자 기쿠노는 고개를 저었다.

"아니요, 범인은 우리 손으로 밝혀내야 합니다."

"무, 무슨 뜻입니까? 경찰에 신고하고 뒷일은 그 사람들에게 맡기는 게 최선이에요."

야기사와의 말에 기쿠노는 또다시 험악한 표정을 지었다.

"당신은 경찰이 줄줄이 이 마을에 들어와도 괜찮다는 건가요, 야기사와 씨? 전 그런 일, 참을 수 없습니다. 아뇨, 용납할 수 없어요."

에가미 선배가 온화한 목소리로 물었다.

"그럼 어쩌실 건가요? 이렇게 명확한 살인 사건이 발생했는데, 경찰에 알려서는 안 된다고 말씀하시는 겁니까?"

"지금은 안 됩니다. 아직 경찰에 알려서는 안 돼요. 신고는 누가 범인인지 알아낸 후에 할 일이에요."

기쿠노와 에가미 선배는 정면에서 똑바로 마주 보았다.

"누가 범인인지 자력으로 밝혀내겠다는 건가요? 그게 과

343

연 현명한 선택인지, 전 의문스럽습니다. 시간이 지날수록 범죄 흔적이 사라져 범인에게 유리해질 우려가 있다고 생각하지는 않으십니까?"

"논점이 어긋났군요, 에가미 씨. 범죄 흔적이 사라지기 전에 우리끼리 범인을 밝혀내면 그만이에요. 그렇게 결정했습니다. 우리끼리 범인을 찾아낼 겁니다." 기쿠노는 턱을 쑥 집어넣었다. "당신도 도와주시겠지요?"

"노력은 아끼지 않겠습니다." 부장은 그렇게만 대답했다.

"다른 분들도 괜찮겠지요?"

기쿠노는 일동에게 물었다. 주인이 경찰 신고는 용납하지 않겠다는 선언을 했다고 반대할 수 없는 건 아니지만, 그녀의 강한 말투에 눌려 아무도 바로 대답을 못 하는 눈치였다.

"사모님 말씀대로 합시다." 입을 연 사람은 고비시였다. "단, 범인을 바로 밝혀낼 수 없는 경우에는 어떻게 할지 미리 정해놓는 편이 낫겠습니다. 한 달이고 두 달이고 시간을 들이는 건 어리석은 일입니다. 자력으로 찾는 건 2, 3일이 한계라고 생각합니다."

기쿠노는 바로 대답했다.

"좋아요. 저도 동감입니다. 그래요…… 이틀 시한으로 합시다. 이틀이 지나도 범인을 밝혀내지 못하고, 또한 범인이 스스로 나서지 않을 경우에는 국가권력을 부르겠습니다. 화원이 유린당하는 겁니다. 그리 되면 원래대로 수복하기란 어렵 겠지요."

"범인을 찾아내면, 원래대로 이곳에 머물 수 있을까요?"

마에다 데쓰오가 주저하며 물었다. 바깥으로 쫓겨나면 난처하다고 말하고 싶은 듯한 비겁한 태도였다. 그의 부인은 입술을 깨물고 잠자코 있었다.

주인의 대답은 짤막했다.

"아마도."

고비시가 시신 옆에 무릎을 꿇고 바르게 앉았다. 그리고 조용히 손을 모아 짧게 경을 외우기 시작했다. 우리도 나란히 두 손을 모았다. 바위의 대가람에 독경이 으스스하게 울려 퍼졌다. 또다시 이게 현실이라는 인식이 사라져갔다. 천장까지 오른 독경 소리는 갈 곳을 찾지 못한 채 수없이 늘어진 종유석 사이를 앞으로 영원히 헤매는 게 아닐까. 나는 그런 생각을 하고 있었다.

"현장 검증을 마칩시다."

고비시의 독경은 계속되고 있었지만 기쿠노가 모으고 있던 두 손을 풀고 말했다. 그녀는 맹렬하게 슬퍼하고 있다. 그리고 분노하고 있다. 소녀처럼 열에 들뜬 사랑에 사로잡혔던 것은 아닐지도 모르지만, 그녀에게 있어 오노 히로키는 분명 무엇보다 소중한 사람이었으리라. 기쿠노는 견딜 수 없을 정도로 깊은 상처를 입고, 그 고통을 잊기 위해 스스로를 범인 수색이라는 행동으로 내몰고 있는 것이다.

그녀의 모습이 이상하다. 평소에는 주인으로서 다른 사람들을 이끄는 경우가 별로 없는 그녀가, 지금은 마치 작은 독재자처럼 신속하게 결단을 내린다. 평소에는 그렇지 않기에 우리는 더욱 그녀에게 이의를 말할 틈을 찾지 못했다.

뭘 해야 할지 모두들 제대로 이해하지 못한 모습이었지만 그대로 현장 검증이 시작되었다.

횃불과 회중전등의 불빛에 의지해 분담해서 부근을 조사했지만 범인이 남긴 증거는 발견하지 못했다. 수상한 흔적도 보이지 않는다. 바위 위에는 발자국 하나 남지 않기 때문이다. 이래서야 어쩔 도리가 없겠다고 생각하면서 문득 뒤를 돌아보니, 에가미 선배는 허리를 숙여 오노의 유품인 그림 도구와 수트케이스에 얼굴을 들이대고 있었다.

"뭐가 이상해요?"

에가미 선배는 말없이 입을 쩍 벌린 수트케이스를 가리켰다. 이상한 점은 없어 보였다.

"수트케이스 속에도 향수를 뿌렸어. 게다가 이것 좀 봐." 이번에는 그 옆의 우산을 가리켰다. "우산 안쪽에서도 냄새가 나지? '히로키'라는 이름의 향수를 예우 삼아 뿌렸다 쳐도, 어째서 이렇게까지 철저할 필요가 있었을까? 이상하지."

나는 부장이 가리킨 물건에 얼굴을 대고 개처럼 킁킁거렸다. 확실히 수트케이스나 우산 안쪽에서도 아지랑이처럼 피어오르는 달콤한 향기를 맡을 수 있었다. 과연 듣고 보니 기묘한 노릇이다. 나는 "그러고 보니 이상하네요."라고 소리 내어 말했다.

"아니, 철저할 뿐이라면 꼭 이상하지도 않아. 이상한 건 이쪽."

부장은 몇 걸음 걸어가 이번에는 오노의 시신에서 머리 쪽을 가리켰다.

"오노 씨의 온몸에도 향수를 뿌려놓았는데, 머리카락에서는 거의 냄새가 나지 않아. 그 점에 뭔가 의미가 있는지, 아니면……."

글쎄, 어떨까. 일단 머릿속 한구석에 메모해두자.

에가미 선배는 직접 건드리지 않도록 조심하면서 그림 도구를 하나하나 조사했지만 아무것도 발견하지 못한 듯했다. 시체가 물구나무서 있던 바윗단을 흘깃 쳐다보나 싶더니, 부장은 잰걸음으로 그쪽으로 향했다. 그리고 또다시 그 계단식 바윗단을 올라가 허리춤에 손을 짚은 채로 뭔가를 찾아 맨 윗단을 몇 번이나 왕복했다. 마지막으로 시체가 있었던 장소에 멈춰 서더니 한숨을 쉬었다.

"뭔가 있나요?"

사에코가 올려다보며 묻자 부장은 고개를 가로저었다.

"아니요. 아무것도 없습니다. 다만 시체를 여기까지 끌어 올려 굳이 그런 자세를 취하게 했으니 꽤 고생했겠다는 생각이 드는군요."

"굳이 그런 자세를 취하게 했다⋯⋯." 사에코는 되뇌었다. "그러려고 의도한 건 아니었을지도 몰라요. 시체를 던졌는데 우연히 그런 자세가 되어버렸다, 그뿐일 수도 있지 않을까요?"

"우연히 그렇게 되었다는 건, 글쎄요. 그 물구나무 자세는 몹시 미묘한 균형을 이루고 있었습니다. 이 모서리 부분이." 에가미 선배는 발끝으로 바닥을 두 번 두드렸다. "약간 파여 있는데, 오노 씨의 몸은 여기에 끼어 있었습니다. 그래서 물구나무 자세를 유지할 수 있었던 겁니다. 아니, 물구나무 자세는 사에코 씨 말씀대로 우연의 산물일지도 모르지요. 하지만 범인이 다대한 노력을 들여 오노 씨를 여기까지 끌어 올렸다는 사실에는 변함이 없습니다. 굳이 끌어 올린 이유는 무엇일까? 그 점을 이해할 수 없군요."

휘익, 휘파람 소리가 났다. 데쓰코였다. 남편이 불지 못하는 휘파람을 그녀는 불 줄 안다.

"한 걸음 전진한 것 아닌가요? 범인은 아무리 봐도 남자예요. 여자라면 거기까지 기어 올라가는 게 고작일걸요. 그렇게 생각하지 않나요, 고비시 씨?"

동의를 구하자 옆에 있던 무용가는 "그런 것 같습니다."라고 대답했다. 표정은 없지만 진심으로 동의하는 눈치였다.

"그러면 용의자는 몇 명으로 좁혀질까요? 고비시 씨, 야기사와 씨, 에가미 씨, 이곳에 없는 시도 씨…… 네 사람이군요."

"남편 분을 잊고 계시군요." 이름이 거론된 야기사와가 입술을 비죽이며 말했다. "당신 남편까지 포함하면 다섯입니다. 불만스러운가요? 그럴 리 없겠죠? 오노 씨와는 어제 처음 만난 에가미 씨까지 헤아릴 정도로 신중을 기하신다면 데쓰오 씨도 꼽아 마땅하지요."

"아뇨. 남편은 어젯밤 내내 제 곁에서 자고 있었어요. 그건 제가 알아요. 그래서 제외한 거예요."

데쓰코가 몸을 배배 꼬며 부정하자 야기사와가 혀를 찼다.

"그건 이기적인 해석입니다. 배우자의 증언은 알리바이가 될 수 없다는 건 상식이에요. 진지하게 범인을 찾겠다면 논리적으로 가자 이겁니다."

데쓰코는 토라진 듯이 뺨을 부풀렸지만 아무 대꾸도 하지 않았다. 야기사와의 말은 지당했고, 이제 갓 수색을 시작했으니 일단 물러나 주겠다는 뜻인지도 모른다. 데쓰오도 야기사와에게 반박하지 않고 마치 허세처럼 어딘가 거짓된 쓴웃음을 짓고 있었다.

야기사와는 그걸로 마음이 풀렸을 줄 알았는데 그렇지 않았다.

"한마디 더 말씀드리자면 전 당신이나 사에코 씨, 마리아 씨도 용의자 범주에 넣고 있습니다."

데쓰코는 울컥 화를 냈다.

"뭐라고요?"

"시체를 바윗단 위로 끌어 올리는 일이 여성에게 중노동이라는 점은 인정하지만, 불가능하다고 생각하지는 않습니다. 사모님과 고토에 씨에게는 불가능하겠지만 젊은 분들이라면 가능하지 않았을까요? 그렇지요, 고비시 씨?"

상반되는 문제에 동의를 구하자 고비시는 대답이 궁한 눈치였다. 승려를 괴롭혀서는 안 된다.

"오늘은 꽤나 트집을 잡는군요, 야기사와 씨."

데쓰코는 허리에 두 손을 짚고 고개를 약간 기울이며 말했다. 그녀의 '분노 자세'다.

"그렇게 말씀하시다니 억울하네요. 전 논리적으로······."

"어디가 논리적이라는 거죠? 당신은 지금 좋아하는 유이 씨 이름은 빼놓았잖아요. 그게 말이 되나요?"

"되지요." 야기사와는 가슴을 쭉 폈지만, 그 뒷말은 하기 어려운지 웅얼거렸다. "그게······ 그러니까 유이 씨는 시체를 메고 올라가기에는······."

"너무 뚱뚱해서 안 된다는 건가요? 그거야말로 글쎄요. 사람은 여차하면 괴력이 나온다잖아요. 가능했을지도 모르죠. 전 유이 씨라면 가능했을 거라고 생각해요."

"무엇 때문에 괴력까지 발휘해가며 시체를 위로 옮길 필요가 있다는 겁니까?"

데쓰코는 비웃었다.

"당신, 안 되겠네. 안 되겠어. 그럼 저도 말하겠어요. 제가 범인이라고 쳐요. 뭣 때문에 시체를 둘러메야 하죠? 여자한테는 중노동이라고 본인도 아까 말했죠. 시체를 공양한답시고 변덕스럽게 끌어 올린 범인은 역시 남자예요."

야기사와도 이 말은 되받아치지 못했다.

그다지 유쾌하지 않은 침묵이 찾아왔다. 나는 물방울의 선율과 장작이 터지는 소리에 한동안 귀를 기울였다.

고비시가 횃불에 장작 몇 개를 던져 넣으며 말했다.

"사모님, 이게 마지막 장작입니다."

그래서 어떻다는 말까지는 하지 않았다.

기쿠노가 입을 열었다.

"그 장작이 다하면 여기서 떠납시다. 필요하다면 장작을 가지고 돌아오기로 하고요. 하지만 그럴 필요가 있을까요. 유감스럽게도 범인은 이곳에 증거를 남기지 않은 모양이에요."

이윽고 장작이 다했다.

노크 소리가 났다. "들어오세요."라고 대답하자 들어온 사람은 에가미 선배였다.

"여기 있었구나."

부장은 힘없이 침대에 앉아 있는 유이와 나를 보며 말했다.

"유이가 기분이 좋지 않다고 해서요."

이곳은 동쪽 건물에 있는 유이의 방이다. 나는 그냥 방에서 쉬고 싶었지만 혼자 있기 싫다는 유이 곁에서 언제쯤이면 날이 갤까 하는 이야기나 나누고 있었다. 부장은 나를 찾았던 모양이다.

"지금 아리스와 통화하고 오는 길이야. 그 녀석이 마리아 목소리가 듣고 싶다고 하더라. 옆에 없다고 했더니 어찌나 툴툴거리던지."

"계속 엇갈리니까요. 제가 나중에 전화해볼게요. 아리스한테는 뭐라고 했어요?"

에가미 선배는 창가의 책상에 엉덩이를 반쯤 걸치고 말했다.

"문제가 생겨서 바로 돌아가지 못하게 되었다, 또 연락할 테니 기다려 달라. 그 말밖에 못했어. 옆에 기쿠노 씨하고 고토에 씨가 계셨거든."

"아리스가 그런 설명으로 납득하던가요?"

"전혀 아니겠지. 뭔가 티를 내면 도리어 걱정할 테고, 기쿠노 씨가 빨리 끊으라는 듯이 눈짓을 하니 별수 없었어."

"저……."

유이가 작은 목소리로 뭐라 말했다. 우리가 시선을 돌리자 그녀는 다시 입을 다물었다.

"왜 그래, 유이?"

"경찰에 신고하지 않아도 범인을 알 수 있을까요?"

에가미 선배는 책상 모서리를 쓰다듬으며 대답했다.

"글쎄요. 사람이 이 정도밖에 없는 장소에서 일어난 사건이니 모두의 이야기를 듣고 앞뒤가 맞는지 안 맞는지 확인하면 의외로 간단히 알 수 있을 것 같기도 하지만, 아무래도 한밤중에 일어난 일이라……."

"경찰에 신고해야 해요. 기쿠노 씨도 조금 냉정해지면 이해할 거예요. 그렇지, 유이?"

내 말에 그녀는 고개를 가로저었다.

"경찰은 싫어요."

"유이……."

"아무도 이곳에 들어오지 말았으면 좋겠어요. 오늘 아침, 아무것도 모르고 아래층에 내려갔다가 거기 계신 에가미 씨를 보고 깜짝 놀라 후다닥 달아나려 했어요. 마리아 씨가 가장 신뢰할 수 있는 선배라고 하니까 참았지만, 살해당한 오노 씨를 발견하지 못했더라도 오늘 아침에는 그것만으로도 충격이었어요. 외부 사람이 들어오면 제가 있을 곳은 사라지고 말아요."

안 되겠다. 너무 과민한 상태다. 만약 경찰이 갑자기 들이닥친다면 유이는 정말 뒷산으로 달아날지도 모른다. 나는 유이의 어깨를 붙잡고 살짝 흔들었다.

"경찰의 관심사는 사건뿐이야. 걱정할 필요 없어. 만약 우리 손으로 범인을 밝혀내도, 그런 다음에는 역시 경찰에 신고해야 하잖아. '이 사람이 살인을 했습니다.' '그럼 체포해서 돌아가겠습니다.' 그렇게 다리 위에서 넘겨주고 끝날 일이 아니니까."

유이의 어깨에서 힘이 스르르 빠졌다.

"그도…… 그러네요."

나도 힘을 빼고 유이의 어깨에서 손을 풀었을 때, 또 문을 두드리는 소리가 났다. 야기사와였다.

"유이 씨, 괜찮아요?"

야기사와는 에가미 선배와 내게는 눈길도 주지 않고 유이에게 말을 걸었다. 그러는 본인도 안색이 좋지 않았다. 유이가 "네."라고 짧게 대답하자 야기사와는 나를 보고, 이어서 에가미 선배의 얼굴을 보더니 말했다.

"다들 식당에 모여 있습니다. 어젯밤 각자의 행동이나 생각

나는 점에 대해 의논하자고 하는데 괜찮으십니까?"

"전 괜찮아요." 유이가 말했다. 에가미 선배와 나도 이의는 없다.

"그럼 지금 바로……."

야기사와는 복도로 나가며 문을 활짝 열었다.

우리가 식당에 들어가자 창을 등진 자리에서 기쿠노가 "이 것으로 모두 모였군요."라고 말했다. 마에다 부부가 분담해서 커피를 날랐고, 나머지 다섯 명은 자리에 앉아 있었다. 참, 에 가미 선배의 의자를 가져와야지. 그렇게 생각했다가 오노가 앉을 의자가 비어 있다는 사실을 깨달았다. 빈자리. 한 사람 이 줄었다는 노골적인 그 의미에 마음이 불편했다.

식사 때와 달리 먼저 온 순서대로 안쪽부터 채워 앉았기 때 문에 우리 넷은 오른쪽과 왼쪽으로 나뉘어 끝자리에 앉았다. 내 옆은 시도였다.

"어제 당신 후배를 숙소까지 바래다줬어."

오른쪽 옆자리의 시인은 내 머리 너머로, 왼쪽 옆자리에 앉 은 에가미 선배에게 말을 걸었다.

"그리 들었습니다. 번거롭게 해드려 죄송합니다." 에가미 선배가 대답했다.

"깜짝 놀랄 발견을 했어. 내 시집을 읽었다는 남자가 있더 라고. 감격했지 뭐야."

"어머, 누군데요?" 내가 물었다.

"모치즈키 슈헤이. 좋은 녀석이야. 나머지 두 사람도 나쁘지 않더군."

진심인지 농담인지 모르겠다. 다만 함께 진흙탕에서 뒹군 경험은 재미있었던 모양이다.

마에다 부부가 늦게 온 우리에게도 커피를 가져다준 후에 자리에 앉자, 기쿠노가 "여러분." 하고 일동을 불렀다. 누군가 자세를 가다듬다가 의자 끄는 소리를 냈다.

"먼저 단도직입적으로 말하겠습니다. 오노 씨의 목숨을 빼앗은 사람은 이름을 밝히세요."

몇 개의 시선이 허공에서 교차했다. 시선이 물체라면 테이블 위에 기하학적 모양의 그림자를 그렸을 것이다. 접니다, 하고 말하는 이는 없다. 기쿠노는 그렇다면 좋다는 듯이 고개를 끄덕였다.

"아까도 말씀드렸지만 저는 이곳에 경찰을 불러들여 무례한 가택 수색을 허락할 마음은 없습니다. 경찰을 부르는 것은 범인을 밝혀낸 후에 할 일입니다. 단, 이틀을 기한으로 정했습니다. 다시 말해 오늘내일 중에 범인을 알아내지 못할 경우에는 경찰을 부르겠습니다. 신고가 늦다고 한소리 듣겠지만 어쩔 수 없습니다."

이미 그 방침은 기정사실이 되고 말았다. 비상식적이기는 하지만 원래 이곳은 상식의 틀이 느슨한 곳이었다. 그렇다면 한시라도 빨리 범인을 밝혀내는 일이 차선이다.

"범인을 어떻게 찾을 건가요, 기쿠노 씨? 텔레비전 형사 드라마처럼 알리바이를 조사하자는 건가요?" 고토에가 물었다.

"알리바이······. 그렇군요, 알리바이를 조사해야겠어요."

기쿠노가 중얼거리자 고비시가 이의를 제기했다.

"그리 간단히 풀리지는 않을 것 같습니다. 오노 씨가 살해당한 대략적인 시간도 모르니까요."

기쿠노는 의연했다.

"그런 건 알고 있습니다. 하지만 대충 짐작은 가잖아요? 그이가 종유동에 간 시간이 10시 반 이후. 11시 반쯤에나 동굴 안쪽의 아틀리에에 도착했겠지요. 그이는 평소 새벽 2시부터 3시까지 그림을 그렸어요. 그러니 범행은 어젯밤 11시 반부터 오늘 새벽 3시 사이에 벌어진 셈이 되지 않겠어요?"

그런 시간대의 알리바이 조사는 어려울 것이 뻔했다. 하지만 기쿠노는 어젯밤 각자의 행동에 대해 순서대로 묻기 시작했다.

"고토에 씨부터 말씀해주시겠어요?"

"어머나. 범인은 남자라고 결론이 나지 않았던가요? 어째서 할머니인 제게 알리바이를 말하라는 거죠, 기쿠노 씨?"

고토에가 두 눈을 동그랗게 뜨고서 묻자 주인은 달래듯이 말했다.

"용의자의 알리바이를 따지는 게 아니에요. 저는 이야기를 자세히 맞춰보는 사이에 허위 진술을 하는 사람이 드러나기를 기대하고 있는 거예요. 그러니 의심할 이유가 전혀 없는 분께도 충분히 이야기를 들어야만 해요."

고토에는 영 내키지 않는 듯했다.

"원래 그런 건가요? 좋아요, 말하지요."

그녀는 이야기를 시작했다.

"10시 반 넘어서 침실로 돌아가 잤습니다. 그때까지는 기쿠노 씨도 아시는 대로예요. 에가미 씨라는 갑작스런 방문객을 둘러싸고 거실에서 라벤더 차를 마셨지요. 함께 계셨던 분은 에가미 씨와 기쿠노 씨 외에 마리아 씨, 오노 씨, 야기사와 씨…… 그게 전부네요. 종유동에 그림을 그리러 가는 오노 씨를 뺀 다른 분들은 저와 같은 시간에 다들 방으로 돌아갔어요."

"바로 주무셨나요?"

"네, 정신없이. 아침까지 한 번도 눈을 뜨지 않았으니, 별다른 점은 전혀 모르겠네요."

고토에는 더 이상 할 말이 없다는 듯 두 손으로 잔을 감싸 쥐고 커피를 마셨다.

"누군가가 현관에 뿌린 당신 향수에 대해 할 이야기는 없나요?"

고토에는 고개를 들고 잔을 조용히 받침에 내려놓았다.

"그것 말이군요. 그래요, 그게 뭔지 모르겠어요. 사람이 공들여 만든 작품에 그런 못된 짓을 하다니, 예술가라면 못할 짓이에요. 오늘 아침 식사하러 내려갔다가 깜짝 놀라서……."

"누가 무슨 이유로 그런 짓을 했는지, 짐작 가는 바는 없나요?"

고토에는 가슴 앞에서 크게 두 손을 저었다.

"전혀 짐작 못하겠어요. 영문을 모르겠어요. 제게 불만이 있다면 직접 말하면 될 텐데 귀여운 작품에 화풀이를 하다니 음침하고 기분 나쁘지 뭐예요."

기쿠노의 질문에 약간 공백이 생겼기 때문에 나는 허락을 얻어 두세 가지 질문을 했다.

"텅 빈 병이 두 개 굴러다니고 있었는데, 현관에 쏟아진 향수는 그 두 종류의 향기가 맞나요?"

"네, 그래요. 'énigme'하고 'fauve.' 그럭저럭 괜찮은 작품인데, 그런 식으로 뒤섞이니 어찌나 추악한 냄새가 나던지. 그게 분하네요."

"그 두 가지 향수는 고토에 씨 작품 중에서도 특별한 의미가 있나요?"

"아니요. 특별하지는 않아요. 다른 작품들과 똑같아요. 아까 말했듯이 완성도도 그냥 그럭저럭 괜찮은 정도였고요."

"또 만들 수 있나요?"

"물론이죠. 제조법은 남아 있으니 재료만 갖추어진다면요. 그건 어느 작품이나 마찬가지예요."

나는 마음에 걸렸던 질문을 했다.

"'énigme', 'fauve'는 무슨 뜻인가요?"

"'수수께끼'하고 '야수'예요."

그랬나. 'énigme'가 '수수께끼'라는 건 내 예상이 맞았다. 'fauve'의 뜻도 알았으니 다행이다. 하긴 야수파 'fauvisme'는 미술용어로는 일반적인 단어다.

"흐음, 수수께끼와 야수라. 이것 참." 시도가 재미있다는 듯이 말했다. "수수께끼의 짐승이 기괴한 향기를 두르고 한밤중에 숨어들었다는 말인가? 범인은 그런 우의를 담아 이 두 개의 병을 선택한 걸까? 글쎄, 과연."

기쿠노는 다시 질문자의 자리로 돌아갔다.

"장난에 사용된 두 개의 병은 조향실 선반에 있었던 물건이지요? 언제, 누가 빼갔는지 아시나요?"

"아니요. 어제 마지막으로 조향실에 들어간 건 이른 오후였는데, 그때는 분명 선반에 놓여 있었어요. 하지만 저녁 이후에는 누구나 그걸 꺼낼 기회가 있었어요. 방에 자물쇠를 걸어두는 것도 아니니까요."

"현관에 쏟은 향수의 냄새를 처음 알아차린 사람은 마리아 씨였죠. 그때의 상황을 말해주겠어요?"

"네."

나는 1시쯤 문득 잠에서 깨어 집에 전화하고 싶다는 충동에 사로잡힌 일부터 순서대로 이야기했다. 현관의 이변을 발견했을 때 느꼈던, 희미하게 공포가 섞인 설명하기 어려운 위화감도 전하려 했지만, 다들 나의 서툰 심리 묘사는 흘려듣고 사실에만 관심을 보이는 눈치였다.

"이상한 일이군요……."

기쿠노는 그렇게 중얼거렸을 뿐, 이 문제에 대해서는 더 이상의 질문이 떠오르지 않는 듯했다.

"그래서 마리아 씨, 한밤중에 일어났을 때 이상한 점은 없었나요? 수상한 소리를 들었다거나 인기척이 났다거나."

"아뇨, 아무것도. 향수병을 들고 방에 돌아와서는 바로 잠들었어요."

기쿠노는 마찬가지로 10시 반까지 거실에 있었던 야기사와를 지명했다. 그는 신경질적으로 테이블 위에서 양손의 손톱을 문지르고 있었다.

"거실에 있던 분들이 각자 방으로 물러난 후에 저는 한동안 설거지를 했습니다. 말은 그렇지만 찻잔 여섯 개니 금방 끝났어요. 오노 씨가 콧노래를 부르며 나가는 소리를 듣고 저도 바로 방으로 돌아갔습니다. 이상한 점은 아무것도 없었어요. 금세 잠들어버렸으니까요."

"오노 씨의 모습에도 이상한 점은 없었나요?"

"주방에 있느라 오노 씨의 모습을 보지는 못했습니다. 노래를 부르며 문을 열고 나가는 소리를 들었을 뿐입니다. 하지만 평소하고 똑같은 분위기였어요."

"손님을 이런 일에 휘말리게 한 것도 모자라 온갖 질문을 하다니 대단히 죄송하지만…… 마리아 씨와 함께 2층으로 올라가셨던 에가미 씨, 당신은 어땠나요?"

"저는 염려 마십시오."라고 에가미 선배는 말했다. "공교롭게도 지쳐서 아침까지 정신없이 잤습니다. 말씀드릴 만한 점은 없군요."

기쿠노는 콧김을 토해냈다.

"사실 저도 똑같은 대답밖에 못해요. 거실에서 나와 방으로 돌아간 후에는 화장실에 한 번 간 것 말고는 침대에서 나오지도 않았고, 수상한 소리도 듣지 못했어요. 아무래도 생각대로 안 되는군요."

기쿠노는 사에코와 유이에게 질문을 던졌지만 돌아온 것은 똑같은 대답뿐. 저택 밖에 사는 고비시나 마에다 부부에게서도 유용한 정보는 얻을 수 없었다. 기쿠노는 차츰 짜증이 나는 모양이었다. 뺨을 괴고 마지막으로 남은 사람에게 물었다.

"시도 씨는 어땠나요?"

기쿠노가 이름을 불렀을 때, 그는 자기 얼굴을 스푼에 거꾸로 비추며 놀고 있었다. 시인은 단조로운 응답이 지루했나 보다.

"시도 씨, 어땠나요?" 기쿠노가 되풀이했다.

"살아 숨 쉬는 화백을 마지막으로 목격한 사람은 나겠군. 물론 범인을 제외하고 말이지만."

"뭐라고요?" 기쿠노는 뺨을 괴고 있던 손을 풀었다. "언제, 어디서죠?"

시도는 스푼을 잔에 툭 던져 넣었다.

"에가미 씨 후배들을 숙소까지 바래다주고 돌아온 게 10시 40분경. 둥지로 돌아가 얼른 자야지, 하고 자동차를 몰고 있을 때 눈에 들어오더군. 어라, 이런 빗속에 돌아다니는 놈이 있네? 자세히 보니 화백이더군. 한 손에 우산, 또 한 손에 수트케이스를 들고 뒤뚱뒤뚱 동굴로 향하는 참이었어. 대단한 열성이라고 생각하면서 내 암자로 돌아갔고, 그다음은 몰라."

"다시 한 번 시간을 말해줘요."

"10시 40분경. 이런 시간에 빗속을 돌아다니다니, 하는 생각과 동시에 시간이 얼마나 됐는지 손목시계를 봤으니까 기억하고 있어."

나가는 모습을 직접 본 사람은 없지만 오노가 저택을 나간 시간과 부합한다. 마침내 색다른 증언이 나왔다.

"그래요. 10시 40분쯤이었어요."

유이가 작은 목소리로 말했다. 기쿠노의 눈썹이 꿈틀 움직였다.

"어째서 당신이 알고 있죠? 방에 있었잖아요?"

"창문으로 자동차 불빛이 보였어요. 시도 씨가 생각보다 늦었네, 하고 시계를 봤더니 그 시간이었어요."

"방 창문에서 오노 씨는 보이지 않았겠군요……."

"네. 시도 씨 자동차밖에 보지 못했어요."

"당신이 말한 그 차는 곧바로 시도 씨의 집으로 달려갔겠죠?"

시도의 증언을 검증하려는 모양이다. 시인은 가볍게 쓴웃음을 지었다.

"그래요." 유이는 고개를 끄덕였다.

기쿠노는 다시 시도를 상대로 물었다.

"그때, 오노 씨에게 이상한 점은 없었나요?"

"멀리서 본 게 다라 모르겠어."

질문하는 기쿠노의 목소리에 힘이 들어가는 반면, 시도는 태연한 얼굴이다.

"오노 씨는 혼자였나요? 다른 사람은 아무도 없었나요?"

"혼자였어. 오노 씨 앞에도 뒤에도 옆에도, 그림자 하나 없었어."

결국 헛수고인가. 자리에 솟구쳤던 긴장감이 썰물처럼 빠져나갔다.

"이거 갈 길이 멀군요."

목덜미를 주무르며 불평한 사람은 데쓰코였다.

/ 3 /

"그건 그렇고……."

낮은 목소리가 끼어들었다. 소리가 난 방향을 보니 고비시가 스킨헤드를 문질러대고 있다.

"어째서 오노 씨가 살해당해야만 했는지가 의문입니다. 이른바 범행 동기에 대한 고찰이 필요하지 않을까요?"

맞는 말이다. 나는 그런 점조차 깜빡 잊고 있었다. 역시 머리가 뒤죽박죽이다.

"뭔가 생각하는 바가 있나요, 고비시 씨?"

기쿠노가 되묻자 고비시는 헛기침을 했다.

"오노 씨가 살해당한 날은 사모님과 약혼 발표를 한 이튿날입니다. 아무래도 이 타이밍에 의미가 있다는 생각이 듭

365

니다."

'사모님과 약혼'이라는 말은 이상한 표현이지만 목소리는 차분했다. 기쿠노는 눈썹을 찌푸렸다.

"저하고 약혼했기 때문에 그 사람이 살해당했다는 말인가요?"

"상관있는 것 같습니다." 고비시는 거리낌 없이 말을 이었다. "사모님과 결혼하면 오노 씨는 이 기사라 마을을 마음껏 바꿀 기회를 얻습니다. 아니, 실제로는 아닐지도 모르지만 오노 씨는 벌써부터 그런 언동을 보였죠. 제 눈에도 이곳을 자기 이상에 맞는 마을로 만들겠다는 오노 씨의 노골적인 야심이 보였습니다. 오노 씨가 사모님과 결혼하면 나는 이곳에서 쫓겨나겠구나, 그리 되기 전에 제 발로 나가야겠다, 저는 그렇게 생각했지만 다른 마음을 품은 사람도 있지 않겠습니까?"

"다른 마음이라니, 뭐죠?"

"절대 이곳에서 쫓겨날 수 없다는 마음이지요. 기사라 마을에서 계속 창작하기를 원하는 사람 입장에서는 오노 씨의 존재가 대단히 거슬렸을 겁니다."

"그래서 그 사람을 죽였다는 말인가요? 고작 그런 이유 때문에?"

"예. 그걸로 충분하지 않을까 싶습니다."

"죽여서 귀를 잘라내기에 충분한 이유라고요?"

"경우에 따라서는 충분하지 않을까요."

기쿠노는 사람들을 둘러보았다.

"어떠신가요? 다른 분들은 어떻게 생각하시죠?"

호명해가며 의견을 묻는다면 나는 모르겠다고 대답할 수밖에 없다. 창조와 격투할 일도 없고, 돌아갈 집도 있는 인간은 상상조차 못할 영역이 있을 테니까. 야기사와가 대답했다.

"살인 동기로 약하다는 생각은 들지 않습니다. 이곳에서 쫓겨날 바에야 차라리 죽는 게 낫다고 생각한 사람이 있었을지도 모르지요."

데쓰코가 코웃음을 쳤다.

"말도 안 되는 소리. 울컥해서 한 대 때리고 말았다면 이해하겠지만, 동굴 안까지 쫓아가서 목을 조르다니 비현실적이에요. 게다가 한쪽 귀까지 자르다니요. 그렇게까지 할 사람이 있을까요?"

"견해차이지요. 저는 있었을지도 모른다고 생각합니다."

"누구 말이죠?"

야기사와가 거북한 듯 물었다.

"마에다 씨 부부께서는 오노 씨가 나가달라고 선언하면 어쩔 생각이셨습니까?"

데쓰코의 눈초리가 쭉 올라갔다.

"그게 무슨 뜻이죠? 그야 오노 씨의 계획에는 저도 남편도

367

크게 반대했어요. 하지만 고작 그런 일로 목숨까지 빼앗을 생각은 하지 않아요."

"하지만…… 그게 아니라면 오노 씨는 무슨 이유로 살해당했다고 생각하십니까?"

"모르죠. 전 짐작도 못하겠어요."

"데쓰오 씨는 어떠십니까?"

데쓰오는 불안하게 눈동자를 굴리며 소심한 성격을 드러내고 있었다.

"모릅니다. 그런 건 범인한테 물어요."

약혼 발표 당일 밤, 식당에서 오노와 마에다 부부가 격렬하게 말다툼을 했던 기억이 떠올랐다. 여유가 넘치는 오노에 비해 데쓰오와 데쓰코는 초조함에 시달리며 승산 없는 싸움을 거는 것처럼 보였다. 하지만 그 격론이 살인극의 발단이 될 수 있을까? 나는 실감이 나지 않았다.

데쓰코가 목소리를 바꾸어 반격에 나섰다.

"그럼 야기사와 씨, 오노 씨의 저속한 계획을 용납할 수 없었던 사람은 대체 누구죠? 일단은 우리 부부라고 말하고 싶겠죠? 그건 좋아요. 또 없나요? 전 있을 것 같은데요."

집요한 말투였다. 데쓰코가 무슨 말을 하고 싶은지, 나는 바로 이해했다. 야기사와도 눈치챘는지 대답을 어물거리고 있다.

"하고 싶어서 하는 말이 아니에요. 당신이 내게 이런 말을 하게 만든 거예요, 야기사와 씨. 제가 보기에 여기서 나갈 바에야 차라리 죽는 게 낫다고 생각하고도 남을 사람 1순위는 유이 씨예요."

유이는 등을 움츠린 채 고개를 숙이고 있었다. 부정하려 들지 않는다. 나는 안쓰러워 견딜 수가 없었다. 데쓰코의 지적은 잔혹하리만치 유이의 정곡을 찔렀을 것이다. 자기가 던진 돌멩이가 튀어 소중한 유리 집으로 날아오자 야기사와는 잠자코 있지 않았다.

"그건 틀린 말입니다. 유이 씨가 그런 끔찍한 짓을 할 수 있을 리 없어요. 한밤중에 캄캄한 동굴에 들어가는 유이 씨는 상상도 할 수 없습니다. 하물며 오노 씨 같은 성인 남자를 목졸라 죽이고 귀를 잘라내, 그 시체를 바윗단 위에 끌어 올리는 일은……."

"불가능하지 않아요." 데쓰코가 도발했다.

"불가능합니다."

데쓰코는 고개를 설레설레 저었다.

"견해차로군요."

음악가는 맘대로 지껄이라는 듯 천장으로 고개를 돌렸다.

"게다가 동기를 검증하는 자리에서 시체를 끌어 올리는 건 무리니 어쩌니, 상황에 맞춰 말을 돌리지 마세요. 미안해요,

유이 씨. 당신이 그랬다고 생각해서 하는 소리가 아니에요. 야기사와 씨가 우리만 나쁜 사람으로 몰아가니까 그만……."

데쓰코가 사과하자 유이는 "네." 하고 모기 같은 목소리로 대답했다. 야기사와는 불쾌한 듯이 입술을 일그러뜨리고 있다.

"다른 사람들 역시 어떨지 모르죠. 그렇죠, 사에코 씨?"

"저요?"

사에코가 데쓰코를 쳐다보았다. 어째서 자기 이름이 튀어나왔는지 모르겠다고 말하고 싶은 눈치다.

"당신 역시 여기서 나가고 싶지는 않죠? 그것도 오노 씨의 속물적이고 유치한 계획 때문에……."

"말을 좀 삼가줬으면 좋겠군요, 데쓰코 씨."

기쿠노의 목소리가 탄성 있는 채찍처럼 날아들었다. 데쓰코는 흠칫 놀라 한 손으로 입을 가렸다.

"죄송합니다……."

"제가 이곳에서 쫓겨날 바에야 오노 씨를 살해하고도 남을 거라 생각하시는 건가요?"

'제가'라고 말했을 때, 사에코는 자기 가슴에 손을 얹었다. 머리에 피가 치솟은 데쓰코에 비해 그 손동작은 너무나 우아했다.

"당신이 제일 의심스럽다고 말하는 게 아니에요. 전 그냥,

우리 부부만 오노 씨의 계획에 반대했던 게 아니라고 말하고 싶었을 뿐이에요. 그렇죠, 시도 씨?"

시도는 더벅머리를 가르며 눈을 크게 번득였다.

"이번엔 나야?"

"그래요. 전 당신이라고 봐줄 생각 없어요. 잘난 천재 시인 시도 아키라는 이곳에서 쫓겨나면 어디로 갈 거죠?"

"쳇, 무슨 상관이람."

시도는 그렇게 혀를 찼지만, 기분이 상하기는커녕 재미있어하는 눈치였다.

"오노 씨의 디즈니랜드 건설을 용인했을 것 같지는 않군요. 당신도 저나 유이 씨하고 똑같아요."

"이름표라도 맞춰 달까?" 시도는 비아냥거리는 목소리로 말했다. "화백이 남긴 은덕을 기리는 모임이 된 것 같군. 또 누구를 끌어들이고 싶지?"

데쓰코는 잠시 생각에 잠겼다.

"고비시 씨는 완전히 포커페이스라 잘 모르겠어요. 하지만 고향의 절로 돌아갈 각오를 했을지도 모르겠군요. 마리아 씨는 이곳에 꼭 매달려야 할 것 같지 않고요. 이 두 사람에게 이름표를 붙이는 건 망설여지는군요."

야기사와가 테이블을 가볍게 두드렸다.

"그럼 전 어떻습니까?"

"제가 보기에 당신은 이곳에서 어렵지 않게 나갈 수 있는 사람이에요. 밖에서 더 많은 자극을 받는 편이 좋아요. 당신도 그렇게 생각하죠? 이곳에 온 지 2년. 전 들어본 적 없지만 만들고 있는 곡도 완성이 가깝다고 들었고요. 하지만 말이죠."

"하지만 뭡니까?"

"당신의 소중한 사람, 유이 씨는 이곳에서 나가는 걸 너무 싫어해요. 그러니 유이 씨를 위해 기사라 마을을 지금 모습 그대로 지켜내려 할 수도 있죠."

화를 낼까, 비웃을까. 그런 생각으로 지켜봤지만 야기사와는 진지하기 그지없는 표정으로 데스코를 노려보았다.

"유감스럽게도 그건 엉뚱한 추측입니다. 기사라 마을이 없어진다고 해도 저는 그런 짓은 하지 않습니다. 전 유이 씨가 이곳에서 나갈 수 있도록 용기를 불어넣어주고 싶습니다. 제가 그런 역할을 할 수 있을지, 그건 의문이지만……."

그는 약간 쑥스러운 표정이었다. 유이는 거북한 듯 양어깨를 들썩이고 있다. 유이의 마음은 알고도 남겠다.

"전 어떤가요, 데쓰코 씨?"

고토에는 그렇게 물으며 안경을 고쳐 썼다. 아무 감정도 없는 얼굴이다. 한편 데쓰코는 사람들이 줄기차게 회답을 요구하자 질리기 시작한 모양이다. 잠깐 기다리라는 듯이 커피를 들이켰다.

"어서 그 이름표인지 뭔지를 붙여주시죠. 저는 분명하게 의사를 표시한 적이 있습니다. 그저께 기쿠노 씨가 약혼을 발표했을 때 말했어요. 이곳에 관광객을 부르는 건 싫다고 말이에요. 기억하고 계시겠지요?"

연장자의 관록일까. 동요하는 기색조차 없는 고토에의 모습에 데쓰코는 아무 소리 못하고 고개만 살짝 끄덕일 뿐이었다. 수세에 몰린 모양이다.

"그야 저는 오노 씨를 죽이고 싶다는 생각까지는 안 했고, 만약 죽였다고 쳐도 시체를 높은 곳에 운반하기는커녕 둘러멜 재간도 없지만 말이에요."

데쓰코의 입을 막은 고토에는 은근히 자기 결백을 호소했다. 그건 좋지만 반복되는 '죽이다'라는 단어가 내 가슴을 따끔따끔 찔렀다.

그때, 두 사람이 동시에 "응?" 하는 묘한 소리를 냈다.

야기사와가 일동을 둘러보며 물었다.

"무슨 소리 못 들으셨습니까? 강 쪽에서 이상한 소리가 난 것 같은데……."

"예. 마치 산사태처럼 묵직한 소리가 난 것 같았습니다."

에가미 선배만 대답했다. 하지만 나를 포함해 다른 사람들은 아무도 그런 소리를 듣지 못했다.

"기분 탓이겠지요."

기쿠노는 이야기의 흐름이 멎는 것이 싫은지 귀찮다는 투로 말했다. 두 남자가 들은 소리는 환청으로 치부된 채 사건 이야기가 재개되었다.

　"고비시 씨, 당신은 오노 씨의 야심에 대해 어떻게 생각하셨습니까?"

　질문한 사람은 데쓰오였다. 아내의 기세가 한풀 꺾이자 도움의 손길을 뻗은 건지도 모른다.

　"비판할 생각은 없다고만 대답하겠습니다. 기사라 마을에는 오랫동안 신세를 졌습니다. 이유 여하를 불문하고, 마을이 사라진다면 사모님께 인사를 드리고 떠날 생각입니다. 자유에 대한 대가를 치를 때가 됐다는 각오로 절의 스님이 되면 그만이니까요. 우등생 같은 대답이라 다소 민망하지만, 이게 본심입니다."

　"고마워요." 기쿠노는 고비시에게 그리 말한 다음 유이 쪽으로 고개를 돌렸다. "당신의 본심은 어떤지 말해주겠어요?"

　유이는 비에 젖은 작은 새처럼 처량해 보였다. 힘내, 하고 나는 테이블 밑에서 주먹을 불끈 쥐었다.

　유이는 고개를 숙인 채 입을 열었다.

　"전…… 이곳이 어찌 되어도 상관없으니까…… 조금만 더 이곳에 있고 싶었어요."

　"지금은 어때?"

나는 무심코 그렇게 물었다.

유이가 힘겹게 토해낸 소리는 단 한마디였다.

"모르겠어요."

기쿠노가 시선을 정면의 벽으로 되돌리며 말했다.

"화제를 바꿉시다. 어젯밤 오노 씨가 그 장소에서 그림을 그렸다는 사실을 정말 아무도 몰랐나요?"

아무도 몰랐을 것이다. 기쿠노조차 장소에 대해 듣지 못했다고 했으니, 다른 사람이 알고 있었다고 생각하기는 어렵다. 아니나 다를까 기쿠노의 질문이 부른 것은 침묵뿐이었다.

"누군가는 알았을 겁니다. 그 인물이 범인이에요."

기쿠노의 시선이 우리 위를 훑듯이 몇 번이나 넘나들었다. 서글픈 의혹에 시달리고 있을 그녀에게 나는 깊이 동정했다.

"한 말씀 드려도 되겠습니까?"

외지인인 에가미 선배의 목소리에 모두가 일제히 주목하는 것을 느꼈다. 나는 등줄기가 오싹했다.

초등학교 5학년 때의 학부형 참관일. 왠지 모르게 들뜬 분위기 속에서 수업을 하는데 교실 뒤에서 "선생님!" 하고 낮은 목소리가 날아왔다. 아버지의 목소리였다. "선생님, 잠깐 괜찮으십니까?" 아버지가 묻자 젊은 여교사는 "예." 하고 싹싹하게 대답했다. '바보 같은 아빠, 또 시시한 거나 물을 셈이잖아. 날 부끄럽게 하기만 해봐.' 하고 생각했던 나는 귀를 막

아버리고 싶었다. 아버지의 "선생님!" 하는 목소리를 들었을 때도 지금처럼 오싹했다. 다른 점은 이번에는 '바보 같은 에가미 선배'라고 생각하지 않는다는 것. '어떻게 좀 해줘요, 에가미 선배.' 그렇게 빌고 싶었다.

"뭐지요?"

기쿠노는 위엄을 유지하면서도 호기심 어린 눈빛으로 재촉했다.

"오노 씨가 종유동 안쪽의 그 장소에서 그림을 그리셨다는 사실을 아무도 몰랐을까요? 다시 말해 오노 씨 본인에게 묻지 않고 그 장소를 찾아내는 일은 불가능합니까?"

이것은 당연히 짚고 넘어가야 할 점이다. 하지만 내부 사람인 우리에게는 그 답 또한 자명했다. 기쿠노가 대답했다.

"불가능해요. 방금 전 저희가 몇 명이서 그 아틀리에에 도착할 수 있었죠? 열 명이었어요. 길이 갈라질 때마다 사람을 나눈 끝에 간신히 찾아낼 수 있었죠. 그걸 혼자서 몰래 찾아내기란 어려운 일이에요."

"하지만 저희는 하루 종일 찾은 게 아닙니다. 고작해야 두 시간 남짓 걸렸죠. 물론 한 명이라는 확증도 없지만, 한 사람의 범인이 며칠이라는 시간을 들이면 아틀리에를 발견할 수 있었을지도 모릅니다."

"그럴 가능성이 전혀 없는 건 아닙니다. 하지만 에가미 씨,

다른 분들은 다 아는 사실이지만 오노 씨는 그리다 만 작품이 몇 개나 있었어요. 일단 완성한 그림에 나중에 이것저것 덧그리는 버릇이 있어, 어느 아틀리에에 틀어박힐지는 본인밖에 몰랐어요. 당신이 만약 범인이었다면 '들어가서 찾아보면 알겠지.' 하는 가벼운 생각으로 그 동굴에 들어갔을까요? 길을 잃을 위험도 고려하지 않고……."

"아니요, 그런 위험은 무릅쓰지 않습니다. 저라면 오노 씨가 동굴에서 나올 시간을 헤아려 동굴 입구에서 기다릴 테니까요."

그것이 이치에 맞는다는 것을 듣고 나서야 비로소 깨달았다. 그렇다, 어째서 범인은 동굴 안을 범행 현장으로 선택했을까? 분명 그곳이라면 방해할 사람도 없고, 피해자가 비명을 질러도 누구의 귀에도 닿지 않았을 것이다. 하지만 상식적인 인간이라면 에가미 선배가 말한 방법을 취하지 않을까?

"그건 범인에게 물어볼 수밖에 없겠군요."

기쿠노는 아무렇지도 않게 그리 말할 뿐이었다.

"오노 씨는 '오늘 밤의 아틀리에'가 어디인지 다른 사람에게 말하지 않았을 겁니다." 그렇게 말한 사람은 고비시였다. "그분은 그게…… 비밀주의자 같은 면이 있었어요. 그림이 완성되기 전에 남들 눈에 띄는 것을 극도로 싫어했지요. 이제 한 걸음이면 완성인데, 공개 직전에 그런 장소를 가르쳐줄 리는 없었을 겁니다."

에가미 선배는 기쿠노의 대답을 주목하고 있었다. 기쿠노는 먼저 깊은 한숨을 쉬었다.

"그 사람 성격은 제가 가장 잘 알아요. 그리고 저도 고비시 씨와 똑같은 생각입니다. 그렇다면 범인은 어떻게 오노 씨가 있는 곳을 찾아냈을까요?"

에가미 선배는 다시 발언 허가를 청한 다음 야기사와에게 물었다.

"오노 씨가 나가는 소리를 들었다고 하셨는데, 오노 씨 다음으로 누군가 밖에 나가지는 않았습니까?"

"글쎄요. 설거지가 금방 끝나서 저도 바로 방에 돌아갔으니까요. 여유를 두고 나간 사람이 있어도 전 모릅니다."

이해가 갔다. 범인은 아틀리에로 향하는 오노의 뒤를 쫓아간 것이다.

그렇다면 미행이 가능했던 사람은 누구인가? 기회는 모든 사람에게 있었다고 말할 수밖에 없다. 야기사와가 지금 증언한 것처럼, 설거지를 마치고 방에 돌아간 그와 엇갈려서 아래층으로 내려와 서둘러 오노를 쫓아가면 때를 맞출 수 있었을 것이다. 또한 야기사와 본인이 설거지를 적당히 끝내고 바로 오노를 쫓아갈 수도 있었다. 이 상황에서는 누가 범인인지, 아직 범위를 좁힐 수 없다.

야기사와에게 감사를 표한 에가미 선배는 기쿠노를 돌아보았다.

"오노 씨가 그린 종유동 지도가 있다고 하셨지요? 보여주실 수 있습니까?"

"그 사람 방을 뒤져 찾아냈어요. 여기 가져왔습니다."

종유동 지도

기쿠노는 테이블 위에 엎어놓았던 한 장의 종이쪽지를 뒤집어 옆에 있는 사에코에게 밀었다. 종이쪽지는 손에서 손을 거쳐 내 앞에 도착했다. 그것을 에가미 선배와 나 사이에 두고 찬찬히 살펴보았다.

이것이 그 대종유동의 정체인가? 나는 약간 흥분했다. 내 눈에는 복잡하게 꼬이고 갈라진 그 형태의 일부가 비상하는 용으로 보였다. 전설 속 다쓰모리 강 상류에 사는 사악한 용은 머리가 두 개라고 하던데, 지도에 담긴 이 용도 머리가 두 개 달린 것 같다. 내가 방금 전까지 그 몸속에 있었다니 실감이 나지 않는다. 누가 날 이런 미로에 혼자 밀어 넣는다면? 그런 상상을 한 나는 남몰래 떨었다.

그보다 주목해야 할 새로운 발견이 있었다. 오노가 작성한 이 지도에 따르면 종유동에는 출입구가 두 개 있는 셈이다. 미지의 문, 제2출입구는 제1출입구와는 전혀 다른 방향, 저택 북동쪽에 뚫려 있는 모양이다. 나중에 확인해야 할 문제다.

"출입구가 두 군데군요. 이건 다들 아시는 사실입니까?"

에가미 선배의 질문에 다들 고개를 저었다.

"아무도 모르셨습니까……. 하지만 범인은 알고 있었겠지요, 이 지도를 훔쳐보고."

"어째서죠?"

고개를 갸웃거리며 물은 사람은 사에코였다. 에가미 선배는 조금도 기죽지 않고 대답했다.

"저는 방금 저라면 오노 씨가 창작을 마치고 나오기를 기다리겠다고 말했는데, 범인이 그러지 않은 이유가 지금 밝혀진 것 같습니다. 즉 이 지도를 보고 동굴 출입구가 두 군데 있다는 사실을 알았고, 오노 씨가 나오기를 기다리기가 어렵다는 사실을 깨달은 범인은 동굴 안에서 흉행을 저지르기에 이르렀겠지요. 오노 씨가 어느 출입구로 동굴에 들어갔는지 범인이 보지 못했을 수도 있고, 보았다 하더라도 다른 쪽으로 나올 가능성이 있다고 생각했는지도 모릅니다."

여기서 나는 범인이 종유동 깊숙한 그 장소를 범행 현장으로 선택한 이유를 머릿속으로 정리해보았다. 오노가 혼자인 게 확실하고 방해할 사람이 없을 것, 구원을 요청해도 누구의 귀에도 닿지 않을 것. 그 두 가지 조건하에 범인은 오노의 창작 시간과 장소를 선택했으리라. 심야라 모두들 알리바이가 성립하기 어렵다는 점도 범인에게는 유리한 요소다. 저택 근처라면 누가 소리를 듣거나 범행 자체를 목격할 위험이 있고, 동굴 출입구에서 기다리려 해도 출입구가 두 곳이니 허탕 칠 가능성이 있었다. 그래서 동굴로 들어간 오노를 미행해 깊은 아틀리에에서 살해하기로 결심했을 것이다. 길을 잃을지도 모를 동굴 안을 두려워하지 않은 이유는, 오노가 그린 지도의 사본을 가지고 있었기 때문인지도 모른다.

그런 식으로 납득한 후에 나는 수첩을 펼쳐 우리가 방금 걸었던 길과 오노가 작성한 지도를 대조해보았다. 거리는 상당히 들쑥날쑥했지만 갈림길은 역시 정확했다. 오랜 시간을 들여 만든 지도겠지. 노고가 깃든 작품이다.

"이 지도를 볼 기회가 있었던 분은 누구일까요?"

에가미 선배가 누구에게랄 것 없이 묻자 기쿠노가 대답했다.

"그 사람 방 책상에 들어 있었으니, 우연히 볼 기회가 있었던 사람은 없어요. 하지만 몰래 숨어들어 훔쳐보거나 베껴내는 일은 누구든 가능했겠지요."

"하지만 이 지도를 보아도 오노 씨가 지금 어디서 그림을 그리고 있는지는 알 수 없잖습니까." 데쓰오가 엉거주춤한 자세로 지도를 들여다보며 말했다. "지금까지 어디서 그림을 그렸는지, 그런 정보는 안 적혀 있군요."

역시 범인은 살해 직전에 오노의 뒤를 쫓아간 것이다.

"이 지도를 보고 뭔가 특별히 눈치챈 점이 있나요?"

기쿠노가 묻자 부장은 "아니요, 아직은 특별히."라고 대답했다.

그런 대화 사이에 나는 열심히 지도를 베꼈다. 에가미 선배를 쳐다보니 잘하고 있다는 듯이 슬쩍 미소를 짓는다.

"저, 잠시 괜찮을까요, 고토에 선생님?"

질문자는 사에코였다.

"예, 뭔가요?"

"오노 씨의 시신과 소지품에서 향수 냄새가 풍겼는데, 그건 뿌린 지 몇 시간쯤 지난 향기인가요? 선생님이라면 아실 것 같은데요."

"그래요." 데쓰코도 입을 열었다. "한밤중에 뿌렸다면 아침에는 제법 향기가 날아갔을 테니까요."

에가미 선배가 흠칫 놀란 듯이 고개를 들었다. 아무리 부장이라도 향수 냄새의 지속시간에 대해서는 아는 바가 없었으리라. 조향가가 의문에 답했다.

"그 향수는 부향률賦香率, 즉 알코올에 녹인 향료의 비율이 25퍼센트였으니 24시간은 지속됩니다. 필요하다면 실험해봐도 상관없어요. 그곳에 남아 있던 향기는 벌써 일고여덟 시간 이상 지난 라스트노트인 것 같더군요."

향수 냄새는 시간의 경과에 따라 변화한다. 조합한 향료가 시간차를 두고 날아가기 때문이라고 한다.

"그렇다면 오노 씨가 살해당한 건 새벽 2시부터 3시 사이라고 추정할 수 있겠군요."

야기사와가 팔짱을 끼고 하는 소리를 듣고 고토에는 조금 당황한 듯했다.

"그런 식으로 단정 짓지 마세요. 저는 의사가 아니니 그런 중요한 문제까지 책임질 수 없어요."

현장에 남은 향기의 농도로 사망 추정시각을 판단하는 것은 분명 무리가 있다. 추리소설에서도 읽은 적 없는 독특한 검시 방법이기는 하지만, 지금은 그런 모호한 정보가 아니라 확실한 정보가 필요했다.

"한 가지 곤란한 문제가 있어요."

기쿠노가 수심 어린 얼굴로 말했다. 이런 상황에서 '한 가지 곤란한 문제'라니 꽤나 엉뚱한 말이다. 무슨 말을 하려는 걸까.

"실은 그저께, 도쿄에 있는 니시이 씨에게 전화를 했습니다. 이 마을의 앞날에 대해 의논하고 싶은 문제가 있었거든요. 그때 니시이 씨에게 이곳에 와줄 수 없느냐고 부탁하고 말았어요."

"니시이 씨가 오는 거예요? 언제요?" 데쓰코가 물었다.

"오늘 아침 일찍 출발한다고 했으니…… 저녁이나 밤에는 도착하겠지요."

금족령을 내렸는데 외부 사람이 뛰어들 줄이야. 자, 이제 어쩔 셈일까, 생각하고 있는데 기쿠노가 자리에서 벌떡 일어섰다.

"어쩌면 도쿄에서 출발이 늦어졌을지도 몰라요. 한번 전화해보겠어요. 아직 그쪽에 있다면 마을에 오는 걸 조금 미뤄달라고 해야겠어요."

거실에서 전화를 걸기 위해 기쿠노가 물러나자, 우리는 한숨을 놓고 어깨 힘을 살짝 뺐다. 하지만 기쿠노는 곧바로 돌아와 우리를 둘러보더니, 작게 심호흡을 한 다음 이렇게 고

했다.

"전화가 불통입니다. 어디에도 연결되지 않아요."

/ 4 /

뚝.

목덜미에 물방울이 떨어지는 바람에 요란한 비명을 지르고
말았다. 그 소리가 동굴 안에 꼬리를 물며 울렸고, 나는 허둥
지둥 입을 틀어막았다. 앞에서 걷고 있던 에가미 선배와 시도
아키라가 무슨 일인가 싶어 돌아보았다가 얼굴을 붉히는 나
를 보고 쓴웃음을 지었다.

"간 떨어지게 하는군, 공주님."

시도의 말에 나는 "미안해요." 하고 고개를 숙였다. 그는 웃
고 있었다. 약간 거슬린다. 하지만 시인은 시선을 훌쩍 발치
로 옮기며 화제를 바꾸었다.

"발자국 같은 건 남아 있지 않군. 그런 게 있으면 범인이 화
백을 미행하기도 쉬웠을 텐데."

점심 식사 후, 유일하게 살인 현장을 보지 못한 시도의 부
탁으로 에가미 선배와 내가 안내하고 있는 참이었다. 우리는
수사를 겸해 안내역을 자청했다. '수사'라.

"어째서 우리가 살인 사건을 수사해야만 하죠? 이제 와서 하는 말이지만 이해 못하겠어요."

내 불평을 상대해주는 이는 메아리뿐이었다. 쌀쌀맞게도 앞에 있는 두 사람은 아무 대답도 없다. 나는 계속 불평을 늘어놓았다.

"다리도 무너졌지, 전화도 불통이지. 기쿠노 씨는 이것으로 이틀 동안 비밀을 지킬 수 있겠다고 만족하고 계실지도 모르지만, 그건 착각이에요. 이쪽이 집에 틀어박혀 있어도 외부에서 구하러 올 거라고요. 그러면 숨겨봤자 들키고 말 텐데 말이에요."

"말은 그렇지만 아직 호우가 계속되고 있어. 나쓰모리 마을로 통하는 길이 무너졌을지도 모르고, 복구의 손길이 닿을 때까지 시간이 걸리겠지."

이번에는 에가미 선배가 상대해주었다.

"그래서요?"

"그러니까 그때까지 결론을 내는 편이 낫잖아. 그러면 경찰에 늑장 신고를 한 게 아니라, 다리가 무너지고 전화도 불통이라 부득이하게 신고가 늦은 셈이 되니까."

"순리대로 될 거야." 시도가 덧붙였다.

전화가 불통이라고 기쿠노가 고했을 때, 우리는 그리 당황하지 않았다. 비 때문에 산사태가 났겠지, 금방 돌아오겠지,

하고 모두들 가볍게 생각했던 모양이다. 하지만 조금 쉬겠다
며 집에 돌아간 마에다 부부가 다리가 무너졌다는 소식을 갖
고 뛰어왔을 때는 아니나 다를까 소동이 일었다. 빗속에서 다
들 자기 눈으로 실상을 확인해야겠다며 강에 달려간 사람들
은 현장을 보고 얼이 빠졌다. 양쪽 강가에 굴러다니는 쓰러진
삼나무를 보고 상황을 짐작할 수 있었기 때문에 강 근처에 있
으면 위험하다고 판단하고 당장 저택으로 되돌아왔지만, 연
이은 사건에 모두들 할 말을 잃었다.

"아리스하고 선배들, 걱정하겠네요."

그들과의 재회가 또다시 신기루처럼 훌쩍 멀어지고 말았다
는 사실도 충격이었다. 아케미의 걱정스런 얼굴도 뇌리를 스
쳤다.

"문제가 생겼다는 정보 한 조각만 전했으니 괜히 더 걱정
하겠지. 때가 안 좋아."

에가미 선배도 한탄하고 있다.

"에가미 선배하고 떨어져서 어쩔 줄 모르고 있을 거예요.
스너프킨을 놓친 무민처럼 말이에요."

"딱히 와 닿지 않는 비유네."

에가미 선배에게는 통하지 않는다. 나는 절묘한 비유라고
생각했는데.

"순리대로 될 거야." 시도는 느긋하게 되풀이했다. "아니면

봉화라도 피울까?"

"날이 개면 말이죠." 에가미 선배는 코로 웃었다.

"하지만 먼 길을 찾아온 니시이 선생도 안됐어. 비가 그치
면 선생 몫까지 봉화를 피워야지."

시도의 그런 농담을 끝으로 우리는 한동안 말없이 걸었다.
'천 첩 바닥'과 '백 장 접시'를 지났다. 암벽의 이무기 그림을
본 시인은 독설을 퍼부었다. "이거 끔찍하군. 범죄가 따로 없
어." 그 말을 듣고 다시 보니 처음에는 매혹적이었던 그 벽화
가 더없이 강렬한 속물의 냄새를 풍기는 것 같았다. 역시 나
는 안 되겠다. 뭐가 좋은 작품인지 스스로 판단하지 못하는
마냥 미숙한 신세다. 뭐든 주저 없이 결정을 내리는 시도처럼
되고 싶은 것도 아니지만.

아까 탐색했을 때 기쿠노, 야기사와 일행과 헤어졌던 분기
점에 도착했다.

"왼쪽이에요. 기쿠노 씨 일행이 지나간 길이 현장으로 가는
지름길이에요."

내가 지도로 확인하며 말하자 에가미 선배는 돌아보지도
않고 엄지손가락을 세워 알았다고 대답했다. 우리는 처음 가
보는 길로 전진했다. 갈림길은 없었지만 창자처럼 구불구불
한 길이 이어졌다. 역시 거대한 마물의 몸속을 돌아다니는 것
같다. 중간에 흘러내리는 지하수의 침식 작용으로 미끈하게

깎인 수직의 벽이 있었다. 화가는 시네라마 스크린만 한 면적의 그 벽에 질주하는 흑마의 무리를 그려놓았다. 거의 실물 크기의 말이었다. 시도는 또다시 "범죄야."라고 내뱉었지만 내 눈에는 생기 넘치는 멋진 그림으로 보였다. 그림 밑에 남아 있는 불을 피운 흔적이 고대인의 유물처럼 보이기도 했다.

에가미 선배는 타다 만 장작을 몇 개 주웠다.

"몇 개 들고 가자. 안쪽 장작은 다 써버렸으니까."

시도와 나도 주워 들었다.

흑마 앞을 지나 조금 걸어가자, 잊을 수 없는 그 불길하리만치 달콤한 냄새가 풍겨오는 듯했다. 죽은 자와 같은 이름을 가진 향기가. 하지만 그건 물론 착각이다. 착각이었지만 공포는 나를 꿰뚫었다.

드넓고 싸늘한 지하 묘지에 누워 있을 오노의 시체가 만약 사라졌다면 어쩌지? 그 시체가 생명도 없이 일어나, 아름답지만 오싹한 이 미궁 안을 헤매기 시작했다면 어쩌지? 그게 갑자기 모퉁이 너머에서 기다리고 있다면…….

나는 달음박질로 에가미 선배와 시도를 따라잡아 두 사람 사이로 파고들었다. 두 사람은 동시에 나를 힐끗 내려다보았다. 내가 겁을 먹은 줄 눈치챘겠지만 무사의 온정인지 두 사람은 아무 말도 하지 않았다. 꽤 멋진 면도 있단 말이야.

현장 바로 앞까지 접근한 줄 알았는데 그 후에도 구불구불

꺾인 길이 한참 이어졌다. 이윽고 물방울의 음악이 고막에 닿았다. 내 머리에 '현명玄冥'이라는 단어가 떠올랐다. 물의 신 혹은 비의 신을 나타내는 단어이자, 글자 그대로 끝 모를 암흑이라는 뜻도 있다. 나는 이 지저 음악에 표제를 붙이는 일에 성공했다. 〈현명 폴로네즈〉. 제법 괜찮지 않나? 그런 생각을 하면서 유치한 좀비 망상을 떨쳐내려 했다.

"저 소리는?"

시인이 귀를 기울였다. 에가미 선배는 소리가 나는 방향을 바라보며 대답했다.

"물방울이 연주하는 겁니다."

"그것 참. 과연 예술의 디즈니랜드로군."

시도는 쓸쓸한 얼굴로 침을 뱉었다. 뺨에 희미한 바람을 느꼈다. 그 바람을 타고 아련한 향기가 났다. 그 '히로키' 향이다. 시도가 없었다면 분명 나는 에가미 선배의 팔을 붙들었을 것이다.

바위의 대가람이 나왔다.

우리는 작은 화톳불을 둘러싸고 앉았다. 에가미 선배와 나의 두 번째 검증이 끝났다. 물론 시체는 기쿠노의 손수건을 얼굴에 덮고 그대로 누워 있었다.

"이럴 줄은 몰랐어. 듣고 상상했던 것 이상으로 기괴한 살인 현장이로군." 시도가 한쪽 무릎을 끌어안으며 말했다. "화백의 시체는 저기 바윗단에 거꾸로 매달려 있었다면서? 그런 짓을 한다고 범인에게 무슨 이득이 있다는 거야……."

시도는 아마도 품속 깊숙한 곳에서 꺼냈을 상식이라는 잣대에 비추어 중얼거렸다.

"그런 짓으로 시체를 장식하고 싶었을 뿐일까? 지금까지 아무도 다루지 않았던 시체라는 소재를 사용한 작품을 만들고 싶었던 건가? 설마! 설마 그럴 리가. 이곳에서 그런 광기가 우리를 유혹한 적은 없어. 정신을 어떻게 잃었기에 이런 일이 생겼단 말인가……?"

흥분했다기보다 연극적인 목소리였다. 하지만 이것이 이미 시도의 말버릇이 되었다는 사실을 나는 알고 있다.

"과연 그럴까요……."

시도의 독백에 에가미 선배가 끼어들었다. 시인은 일렁이는 불길 너머로 내 선배를 바라보더니 연상의 에가미 선배에게 퉁명스럽게 물었다.

"뭔가 이의가 있는 모양이군. 말해보시지."

에가미 선배는 턱을 쓱 문지르며 입을 열었다.

"이 살인 현장의 양상이 이상하다는 점에는 이의가 없습니다. 단지 조금 다르게 느끼는 건 이곳 기사라 마을의 분위기죠. 광기의 앙금이 쌓여 있다고까지는 말할 수 없지만, 평범하지는 않은 것 같습니다."

시도는 셔츠 가슴주머니에서 캐빈을 꺼내 한 대 물고는 부장에게 한 대를 권했다. 에가미 선배가 피우는 상표다. 시도는 일부러 연기가 나는 작은 장작을 골라 담배에 불을 붙였다.

"어떤 식으로 평범하지 않다는 거지? 고견을 듣고 싶군."

두 사람이 내뱉는 담배 연기가 느릿느릿 저 높은 종유석으로 올라갔다.

"흠뻑 젖은 꼴로 들이닥친 저를 친절하게 맞이해주셨습니다. 샤워도, 갈아입을 옷도, 홍차도, 침대도 내주셨죠. 그 점에는 감사드립니다. 그럼에도 불구하고 솔직히 어딘지 모르게 불편한 분위기도 느끼고 있었습니다. 그건 기운뿐이라 제대로 설명할 수 없었지만, 이제는 그것에 이름을 붙일 수 있습니다. 그건 '악의'입니다."

"악의? 광기는 없지만 악의라면 이곳에 깔려 있다는 말인가? 그건 당신에 대한 악의라는 소리?"

"아뇨, 그건 아닙니다. 방향성은 느끼지 못하겠어요. 그건 어디를 향하고 있다기보다 탁하게 깔려 있다는 생각이 듭니다."

"눈치 못 채는 내가 모자란 걸까?"

두 사람의 시선은 불꽃 한복판에서 부딪쳤다.

"내부에 계시는 분은 알기 힘들어도, 저는 외부에서 뛰어들었기에 감지할 수 있었는지도 모릅니다. 그만둡시다. 이런 막연한 이야기는 의미가 없어요."

에가미 선배는 시도와 시선을 맞춘 채로 이야기를 뚝 끊었다. 시도는 그런 태도를 탓하지도 않고 다만 "악의라." 하고 혼자 되뇌었다.

"악의라. 시체의 귀가 잘려나간 점에 대해서는 강렬한 악의를 느껴. 귀를 잃은 화가라. 마치 고흐 같군. 하지만 범인도 죽은 이를 고흐에 비유할 속셈은 아니었을 테지."

시도는 솜씨 좋게 담배 연기로 고리를 몇 개나 만들었다.

"오노 씨의 화풍이나 창작 자세, 경력, 생활 방식에 고흐와 유사점은 있습니까?"

에가미 선배도 고리를 하나 만들었다.

"없어. 그나저나 잘라낸 귀는 어떻게 됐을까? 설마 사랑하는 여성 앞으로 배달되는 일은 없겠지?"

그것은 불쾌한 상상이었다.

"지금까지 아무도 화제 삼지 않았지만, 오노 씨의 목에 감겨 있던 끈이 어디서 나왔는지 짐작이 가십니까?"

에가미 선배는 목소리를 가다듬고 물었다. 그 대답은 나도 할 수 있었지만 시도에게 맡겼다.

"여기서 이런저런 물건을 보낼 때 포장에 사용하는 마끈이야. 식당 찬장 서랍에 들어 있어서 필요한 사람은 언제든 사용할 수 있지. 그러니 그걸로 범인을 밝혀낼 수는 없어."

"그래서 이야깃거리도 되지 않았던 거군요. 그렇습니까……."

에가미 선배의 질문은 그것으로 끝났다. 그러고는 엄지손가락을 턱에 댄 채로 침묵하고 말았다.

"돌아갈까요?"

나는 부장의 옆얼굴에 대고 말했다. 에가미 선배는 동의하듯 고개를 살짝 끄덕였다.

"이왕이면 왔을 때하고 다른 출입구로 나가보자. 신기한 걸 볼 수 있을지도 모르지."

시도의 제안에 우리는 동의했다. 수첩을 펼쳐 그 제2출입구로 가는 길을 확인했다. 왔던 길의 두 배 가까이 되는 거리를 걸어야만 한다. 뭐, 그건 당연한 일이다. 제2출입구 쪽이 가깝다면 오노는 그쪽으로 들어갔을 테니까. 만약 그렇다면 오노가 제1출입구, 즉 모두가 아는 출입구로 향하는 모습을 목격했다는 시도의 증언은 모순을 부르는 셈이 된다. 그렇게 되지 않아 시도에게는 다행이다.

"어디 보자." 에가미 선배가 수첩을 들여다보았다. "제법 돌아가야 하네. 오늘 아침 오노 씨를 찾았을 때 고비시 씨, 마에다 씨 일행하고 헤어졌던 곳까지 되돌아가서…… 거기서 부터가 멀군."

오늘 아침 우리가 크게 두 팀으로 나뉘었던 곳을 가령 Y지점이라고 부른다면, 그 Y지점의 갈림길을 끝으로 길은 두 번 다시 만나지 않는다. 우리가 지났던 길은 바위의 대가람에 이르고, 다른 한쪽은 점차 자잘한 동굴이 늘어나면서 손가락을 펼친 손바닥처럼 사방으로 뻗어간다. 그중 한 줄기가 제2출입구로 이어지는 것이다.

"이쪽으로 가면 정말 대미궁이군요. 에가미 선배가 고비시 씨 일행을 불러서 돌아오는 데 한 시간이나 걸린 것도 당연해요. 아니, 용케 한 시간 만에 돌아왔네요."

이제 와서 감탄하자 에가미 선배가 말했다.

"사방에 고래고래 소리를 질러 대답을 받았으니까. 고비시 씨, 사에코 씨, 유이 씨 세 사람하고 마에다 씨 부부 두 팀으로 나뉘었는데, 갈림길이 너무 많아 양쪽 다 오도 가도 못했기에 망정이지, 계속 깊이 들어갔다면 나 혼자서는 찾아내지 못했을 거야."

"그쪽 길에도 오노 씨 그림이 남아 있나요?"

"있어, 있어. 완성한 것도 있고 그리다 만 것도 있고. 지저 갤러리야."

"'미켈란젤로 알현'이라는 서명이라도 써놓은 것 아니야? 폭주족 스프레이 낙서는 그나마 애교라도 있지."

시도가 밉살스런 소리를 하며 일어섰다.

화톳불을 끈 우리는 오노의 시신을 또다시 진정한 어둠 속에 남기고 되돌아갔다. 조심스레 심호흡을 해보니 새콤달콤한 잔향은 이미 내 콧속에 닿지 않았다. 생명이 꺼져가는 향기가 한껏 뻗었던 마지막 촉수도 끝내 숨을 거둔 것이다.

/ 5 /

　우리는 바위의 대가람을 뒤로한 지 대략 두 시간 만에 제2출입구를 통해 바깥세상으로 돌아올 수 있었다. 여태껏 우리 눈에 들어온 적 없었던 그 출입구는 얼룩조릿대 수풀 속에서 입을 벌리고 있었다. 그 수풀더미를 헤치자 비이슬이 튀어 우리는 흠뻑 젖고 말았다. 우울한 하늘에서는 여전히 비가 내리고 있었지만 세 시간 넘게 땅 밑에서 보낸 내게는 그런 바깥세상의 빛이 마냥 눈부셨다. 손목시계의 바늘은 오후 4시 반을 지나고 있었다.

　시도가 크게 기지개를 켜며 우산을 펼쳤다.

　"고생했어. 그나저나 여긴 어디지?"

　그의 말을 듣고 주위 경치를 둘러보았다. 오른쪽을 보니 저택의 슬레이트 지붕이 너도밤나무 사이로 보였다. 저택 북동쪽, 약 200미터 지점일까. 그리 멀지는 않다. 멀지는 않지만 평소 이런 곳에 올 일은 없다. 산책길에도.

　"세상은 이렇게 이루어져 있었나. 흐음, 이런 발견은 신선하군."

시도는 즐기고 있다.

에가미 선배는 주위의 수풀을 바라보고 있었다. '왜요?' 하고 눈짓으로 물었다.

"희미하지만 사람이 짓밟은 흔적이 있어. 역시 오노 씨는 이곳으로 출입한 적이 있었군."

시도가 담배를 물며 말했다.

"그야 그렇겠지. 방금 전까지 군데군데 흉한 그림이 있었잖아. 그런 건 이쪽에서 들어가는 편이 훨씬 가까워."

"예. 가령 너무 좁아서 사람이 지나다닐 수 없다거나 하는 이유로 사실상 이 제2출입구를 사용하지 않았다면 범인은 제1출입구에서 오노 씨를 기다릴 수도 있었겠지요. 하지만 역시 오노 씨는 두 군데의 출입구를 모두 사용했어요. 그러니 범인은 밖에서 기다릴 수 없었던 겁니다."

"피우겠어?" 시도가 담배를 담뱃갑째 내밀자 에가미 선배가 받아 들었다.

"돌아가요. 뭔가 뜨거운 걸 마시고 싶네요."

내가 어깨를 움츠리며 말하자 시도가 한 손을 들었다.

"찬성이야."

저택으로 돌아오니 모두 마중을 나왔다. 대체 지금까지 뭘 했냐고 묻는다. 살인 현장 검증만이 아니라 제2출입구를 찾고 있었노라고 에가미 선배가 설명했다. 식당에서 유이가 끓여준 커피를 마시며 탐색 이야기를 털어놓았다.

"그래서 뭔가 알아내셨습니까?"

고비시가 우리를 번갈아 바라보며 물었다. 그런 질문을 받을 줄은 생각도 못했다. 동굴에 들어간 목적을 어딘가에 깜빡 흘리고 말았던 것이다.

시도가 크게 하품을 하며 말했다.

"'유감스럽게도……'라고 해야겠지. 범인이 아티스트 흉내쟁이라는 점만은 알겠어. 두 번째 작품을 만들 심산이라면 다른 곳에서 소재를 찾았으면 좋겠군."

시도는 토라진 눈빛으로 일동을 둘러보았다. 하지만 그 시선은 물에 찌른 나이프나 마찬가지로 아무 반응도 끌어낼 수 없었다. 아티스트들은 태연히 시인의 시선을 받아들이고 있는 듯했다.

나는 기묘한 상상을 했다.

'만약 모두가 공범이라면?'

오노가 품은 야망으로 인한 낙원 상실에 승복할 수 없는 뮤즈의 노예들이 오노 히로키 살해를 만장일치로 가결하고 실행에 옮겼다면 어떨까? 저마다 손에 횃불을 들고 동굴 깊숙이 오노를 쫓아간다. 그리고 마치 신성한 의식을 치르듯이 등롱 앞에서 살인을 저지르고, 시체를 가마처럼 둘러메고서 미의 제단으로 운반한다……. 말없이 바위의 대가람을 뒤로하는 집단 안에는 고비시 시즈야가 있다. 야기사와 미쓰루가 있다. 고자이 고토에가 있다. 마에다 데쓰오와 데쓰코가 있다. 스즈키 사에코, 지하라 유이가 있다. 끝에서 걷는 이는 내 옆에서 토라진, 하지만 영롱히 빛나는 눈을 가진 시도 아키라.

'어리석기는…….'

나는 그런 비현실적인 공상을 지우개로 쓱쓱 문질렀다. 금세 사라졌다.

만약 모두가 범죄에 손을 물들였다면, 조금 더 말끔하게 처리할 수 있지 않았을까. 몹쓸 비유지만 살해한 후에 강에 던져 넣기라도 하면 사고로 위장할 수 있었으리라. 그런 다음 한데 입을 맞출 수도 있다. 하나로 뭉치면 범죄가 있었다는 사실은 손쉽게 지워버릴 수 있는 데다가, 에가미 선배라는 예기치 못한 손님이 있던 밤에 결행한 것도 부자연스럽다.

무엇보다 나는 사에코나 유이가 살인을 저질렀다고 생각할 수 없었다. 하지만 그렇게 말하자면 고토에나 시도라고 생각하기도 어렵고, 고비시나 야기사와라고도, 아니 마에다 부부역시 그렇게까지 끔찍한 짓은…….

나는 그만 생각을 포기하고 싶었다.

'지난여름하고 똑같아. 가시키지마 섬에서 일어난 연쇄 살인 때도 이랬어. 그리고…….'

그리고 범인은 역시 나와 가까운 인물 가운데 있었다. 그 사실이 내 마음을 짓뭉갰다. 그 사실이 나를 이 땅에 표류하게 했다. 이 땅에서 상처가 아물어갈 때, 비극의 제2막이 열릴 줄이야……

나는 이곳에서 만난 사람들 모두를 믿고 싶었다. 하지만 그것은 용납되지 않는 일인가 보다. 좋다. 나는 운명을 향해 침을 뱉으며 이 비극의 제2막을 맞이하리라. 똑똑히 눈을 뜨고 결말을 지켜봐주겠다. 누가 범인이든 그 인물의 범죄를 '인간의 죄'로 인정하겠다. 운명은 개하고 똑같다. 도망치는 자에게 덤벼든다. 이 지상에 낙원은 없다. 자연이 진공을 싫어하듯 신은 낙원을 증오한다. 행복과 안락에는 불행과 고뇌가 스며들고, 그 운동은 불가역적이다. 그것이 신이 정한 두 번째 엔트로피 법칙이다. 좋다, 좋아. 나를 냉소주의자로 만들고 싶다면 맘대로 해. 나는……

나는 에가미 선배의 옆얼굴을 보았다. 현자의 눈을 지닌 이 사람은 무슨 생각을 하고 있을까? 그 시선은 아무것도 없는 텅 빈 테이블 한복판을 바라보고 있었다. 마치 세상의 여백을 바라보는 것처럼……

"수확은 없었다는 말이군요."

기쿠노가 힘없는 목소리로 말했다. 살아 숨 쉬는 일조차 번거롭다고 말하고 싶은 눈치였다. 하지만 생각을 바꾸었는지 입을 열었다.

"저희 쪽에서 여러분께 보고해야 할 사항이 있습니다."

다리 건너편과 연락이 닿았나 싶었다. 하지만 그런 좋은 소식은 아니었다.

"어젯밤, 이 집에서 또 하나의 범죄가 일어났다는 사실을 알았습니다. 오후에 유이 씨가 발견했습니다. 방금 전까지 모두 그 문제를 의논하고 있었던 참이었어요."

나는 유이를 쳐다보았다.

"뭘 해야 좋을지 몰라, 전 어쩔 줄 몰랐어요. 그래서 변덕스럽게 평소 들어가지 않는 그 방에 들어가 봤더니……."

제대로 말이 나오지 않는 유이를 그만 됐다는 듯이 기쿠노가 말렸다. 그리고 늘 그렇듯 설명에 앞서 자리에서 일어섰다.

"직접 보는 게 빠르겠지요. 오세요."

모두 자리에서 일어났다.

기쿠노가 우리를 안내한 곳은 서쪽 건물에 있는 작품 진열실이었다. 평소 다른 방보다 50퍼센트쯤 더 밝은 조명이 들어오지만, 말할 필요도 없이 정전 상태다. 다다미 마흔 장쯤 되는 방에 과거와 현재의 마을 사람들이 만든 작품들이 어떤 것은 벽에, 어떤 것은 선반에, 또 어떤 것은 바닥 위에 놓여 있었다. 방 한복판에는 마치 자기도 작품인 양 자리를 차지한 의자 하나. 작품 배치에 통일성은 없지만 그것이 오히려 다락

방의 장난감 상자를 뒤졌을 때와 같은 흥분을 연출한 것처럼 보이는 구성이다. 전에는 이곳에서 종종 시간을 보냈지만 최근에는 멀리했기 때문에 이런 상황인데도 약간 마음이 설레었다. 에가미 선배의 반응을 살피니 친구 집에 처음 초대받은 사람처럼 두리번거리고 있다.

어디에 범죄의 흔적이 있다는 걸까. 그렇게 생각한 순간, 희미한 향기가 내 후각을 건드렸다. 바닷바람의 향기. 바닷물의 향기다.

'왜? 어째서 이런 향기가 나지?'

"알아차리셨나요, 마리아 씨?"

코를 실룩대는 내게 기쿠노가 물었다.

"바다 냄새가 나는 것 같아요."

내가 대답하자 기쿠노는 방 안으로 걸어가 손짓했다.

"창을 열고 환기를 했지만 아직 냄새가 나지요? 흠뻑 젖어 있었으니까요."

나는 애써 천천히 기쿠노 쪽으로 걸어갔다. 그녀는 벽 쪽의 바닥을 가리켰지만 진열대로 쓰는 긴 테이블 그늘에 무엇이 있는지 잘 보이지 않았다. 에가미 선배와 시도가 나를 앞질렀다.

"무슨 짓거리지, 이건?"

나는 중얼거리는 시도의 어깨 너머로 보았다. 그곳에 굴러다니는 것은 액자에 담긴 한 장의 동판화였다.

"히구치 미치오 씨 작품이지요?"

에가미 선배가 묻자 기쿠노가 고개를 끄덕였다.

"그래요. 그 사람이 제게 선물한 겁니다."

다쓰모리 강에 걸린 나무다리 위에 양복 차림의 남자가 서 있는 그림이었다. 늘 그렇듯 머리에 종이봉투를 뒤집어쓰고 난간에 기대어 강의 수면을 굽어보고 있다. 무채색 속에 드문 드문 빛바랜 녹색을 흩뿌려놓았다. 벽에서 떨어진 그 그림은 범인이 테이블 모서리에 내리쳤는지 유리가 깨졌고 가운데 가 찢어졌다. 그리고 희미하게 바다 향기를 풍기고 있었다.

"누군가가 히구치 씨의 작품을 망가뜨린 다음 향수를 뿌렸 어요. 향수병은 거기 있습니다."

테이블의 어두운 그늘에 눈에 익은 병이 굴러다니고 있었 다. 시선을 집중하니 마침 이쪽을 향한 라벨의 글자가 보였 다. 'Mitio.'

"그것도 제가 만든 거예요. 제 소중한 작품입니다." 문가에 서 고토에가 탄식하는 소리가 들렸다. "히구치 씨의 이미지 를 빌려 조향한 향수예요. 자기는 고치 현의 바다를 보며 자 랐다고 기쁜 얼굴로 이야기한 적이 있어서 바다 향기를 만들 어 선물했어요. 이곳을 나갈 때 '자, 병 속의 바다예요.' 하고 말이죠. 아아……, 그런데 이게 무슨 일인가요. 그림도 향기도 모독당하고 말았어요."

고토에는 히구치의 작품이 손상된 것보다 자신의 작품이 유린당했다는 사실에 분개하는 듯했다.

"무슨 원한이 있어 이런 짓을 하는 걸까요. 너무해요. 제 작품을 못된 짓에 사용하다니, 어젯밤부터 이것으로 네 번째예요. 어째서 이런 꼴을 당해야 하죠? 누구든 설명할 수 있으면 가르쳐줘요."

네 개의 피해자. 누군가가 현관에 뿌린 'énigme'와 'fauve.' 오노 히로키의 시체와 그 소지품에 뿌렸던 'Hiroqui.' 그리고 테이블에 내리치고 바닥에 내던진 히구치 미치오의 판화에 뿌린 'Mitio.'

'수수께끼', '야수', '히로키', '미치오.'

누가 무슨 목적으로 이런 짓을 하는지 짐작도 할 수 없었다. 다만 단순히 고토에에 대한 개인적 원한 때문이라고 생각하기는 어려웠다. 그랬다면 직접적으로 복수할 다른 방법이 얼마든지 있었을 테고, 향수를 뿌린 대상에서도 아무런 연관성도 찾을 수 없었다.

"이 범죄를 어젯밤에 저질렀다는 근거는 있습니까?"

에가미 선배가 기쿠노를 따라 범죄라는 단어를 사용해 물었다.

"어젯밤 저녁때까지 이런 일은 없었어요. 제가 사에코 씨하고 이곳을 청소했을 때, 이 그림은 이상 없이 제대로 벽에 걸려 있었어요. 오늘은 아침부터 큰 소동이 있었으니 누가 장난을 칠 기회는 없었습니다. 절대로 그렇다고 장담할 수는 없지만 수많은 눈을 피해 이런 짓을 했다고 생각하기는 어려워요. 그러니 어젯밤에 일어난 범행이라고 말한 겁니다. 하지만 어젯밤이라고 해도 어쩌면 새벽일지도 몰라요. 한밤중에 뿌렸다면 향기가 벌써 사라졌을 테니까요."

에가미 선배의 입이 '새벽' 하고 소리 없이 움직였다. 부장은 문을 돌아보았다.

"고토에 씨, 이 '미치오'라는 향수도 조향실에 놓아두었던 물건이지요? 없어진 줄 모르셨습니까?"

고토에는 슬픈 표정을 지었다.

"몰랐어요. 오늘 아침 일찍 조향실에 들어갔지만 그때 '미치오'가 있었는지 없었는지 모르겠습니다. 어제 오후 이른 시간까지 선반에 있었던 건 기억하지만요."

"저는 조향실이라는 곳에 한 번도 들어가보지 못했는데, 향수병은 선반에 죽 진열되어 있는 거지요? 똑같은 모양의 병이?"

"그래요. 병 모양이 다 똑같은 건 아니지만요."

"훔쳐 간 병이 있던 자리만 이가 빠진 것처럼 쏙 비어 있었습니까?"

"아뇨. 병을 조금씩 옮겨놓았더군요. 그러니 범인이 병을 훔친 후에 제가 조향실에 들어갔더라도, 주의해서 보지 않았다면 병이 모자란다는 사실을 깨닫지 못했을지도 몰라요."

"이 '미치오'라는 향수에 뭔가 특별한 점은 없습니까? 소재가 특수하다거나."

"눈에 띄는 특징은 없습니다. '히로키'는 비용이 제법 많이 들었다는 특징이 있었지만요. 히구치 씨의 그림에 뿌렸으니, 그 사람 이름을 딴 향수가 희생된 것 아닐까요?"

"그럴지도 모릅니다. 그렇다면 범인은 히구치 씨 작품에 악의를 품었다는 뜻이 되는군요. 그럼 그 사람은 누구인가, 그리고 고토에 씨 작품을 길동무로 삼은 이유는 무엇인가, 그 점이 의문입니다."

"저하고 히구치 씨 쌍방에 악의를 품은 사람이라는 뜻이군요?"

마에다 데쓰오가 끼어들었다.

"진상은 그리 간단하지 않을지도 모릅니다. 살해당한 건 오노 씨예요. 범인의 악의가 어느 쪽을 향하고 있는지 짐작할 수 없어요. 게다가 범인이 히구치 씨를 증오한다 쳐도, 어째서 이제야 그 사람 작품에 증오를 표출하는 겁니까? 히구치 씨가 이곳을 나간 지 벌써 1년도 더 지났는데……."

해답을 제시할 이는 없다. 다만 에가미 선배가 한마디를 흘렸다.

"뭔가 합리적인 사고에 기초한 행동일지도 모릅니다."

/ 6 /

사태는 아무 진전도 없었다. 사건 해결의 실마리를 찾아낼 수도 없었고, 언제 다리가 이어질지, 전기와 전화가 연결될지도 알 수 없다. 단지 6시쯤 비가 그친 것이 고마웠다.

만찬은 촛불 속에서 열렸다. 식당 구석의 어둠이 신경 쓰여 아무래도 마음을 놓을 수 없었다. 귀신에 둘러싸여 밥을 먹고 있는 것만 같아서.

'범인이 식사를 하고 있어.'

나는 슬그머니 테이블을 둘러싼 얼굴을 차례대로 둘러보았다. 다들 말이 없다. 촛불이 말없는 예술가들을 장엄하고도 스산하게 비추고 있다. 그 얼굴에 그림자가 일렁이고 있다. 식기가 스치는 소리. 음식을 씹는 인간적인 소리. 살인범도 식사를 하고 있다.

'말해봐. 당신 혀 위에서는 어떤 맛이 나지?'

나는 아무 맛도 느낄 수 없었다.

"냉장고도 멈춰버렸으니 큰일이야. 이런 계절이라 그나마 다행이지만."

데쓰코가 샐러드에게 말을 걸듯 혼잣말을 하자 옆자리의
데쓰오가 "그러게. 11월이라 다행이야."라고 시큰둥한 대답
을 했다.

"오늘 밤은 일찌감치 잡시다. 너무 지쳤어요."

기쿠노가 말하자 에가미 선배가 내 쪽으로 고개를 기울였다.

"방에 자물쇠는 있나? 어제는 신경 쓰지 않았는데."

"아뇨. 그런 건 어느 방에도 없어요. 그래서 전 걱정되어
서……."

"그럼 침대를 옮겨 문을 막으면 돼. 나중에 도와줄게."

"부탁드려요."

식사가 끝났을 때 야기사와가 피아노를 치겠다고 말했다.
어째서 굳이 그런 말을 하는지 생각하는데 그가 입을 열었다.

"오노 씨가 좋아하셨던 베토벤의 〈장송행진곡〉을 연주하
고 싶습니다. 넋을 달래기 위해……."

의미를 이해했다. 경야經夜 대신 진혼곡을 연주하겠다는 걸
까. 그건 좋지만 불빛 때문인지 야기사와의 얼굴이 시체처럼
창백했다. 마치 본인이 유령 같다. 어쨌든 그의 제안에 몇 사
람이 찬성했다.

"그거 좋은 생각이군요. 오노 씨는 베토벤을 좋아하셨으니
까요."

사에코가 먼저 입을 열자 고비시가 고개를 크게 끄덕였다.

"음악으로 오노 씨를 보내주는 게 가장 좋을 것 같습니다. 그분은 평소 종교가 없다고 공언하셨으니 제 어설픈 염불은 싫어하실 테고요."

"저도 듣고 싶군요."

기쿠노가 멀리 떨어진 자리에서 말했다. 야기사와는 흠칫 놀란 표정으로 고개를 들어 홀로 남은 약혼자를 쳐다보았다.

"괜찮겠어요?"

"예…… 그럼요." 야기사와는 앞머리를 쓸어 올렸다. "물론 괜찮습니다. 듣고 싶은 분은 부디 음악실로 오십시오."

"그럼 저희도. 어때요, 여보?"

"응, 그래."

마에다 부부가 이야기하고 있다. 늘 그렇듯 '부창부수'로. 사에코, 유이, 고토에와 함께 에가미 선배와 나도 진혼 음악회에 참석하게 해달라고 부탁했다.

"시도 씨는 어쩌실 건가요?"

데쓰코가 반쯤 몸을 내밀고 말이 없는 시인에게 물었다. 시도는 새끼손톱으로 잇새를 쑤시고 있었다.

"이렇게 많은 사람들이 그 방에 들어가면 질식할 것 같으니 사양하겠어."

"정말이지, 심술궂은 남자로군."

야기사와가 눈을 치켜뜨고 시도를 노려보았다. 촛불이 만드는 그림자 때문에 뺨이 홀쭉하게 팬 것처럼 보였다. 야기사와가 조용히 실눈을 떴을 때, 나는 등줄기가 약간 서늘했다. 한편 시도는 야기사와를 쳐다보지도 않고 이를 쑤시느라 여념이 없었다.

"의자를 가져가면 열 명쯤은 충분히 들어갈 겁니다. 9시부터 시작할까 하는데, 괜찮겠습니까?"

피아니스트는 표정을 누그러뜨리고 일동에게 물었다.

"예, 괜찮고말고요, 야기사와 씨." 기쿠노는 무릎에 손을 얹었다. "고마워요."

"그런 말씀 마십시오."

야기사와는 입가에 힘을 주고 말하더니 벽시계를 흘긋 쳐다보았다.

8시.

검은 그림자를 품에 안은 시계추가 흔들리고 있었다.

***

손목시계를 보니 10시였다.

나는 의자 등받이에 몸을 맡긴 채로 뻗어 있었다. 너무 지쳤다.

"야기사와 씨 연주, 훌륭하더군."

에가미 선배가 불쑥 말했다. 부장은 나와 마찬가지로 창가 의자에 깊숙이 앉아 비가 그친 밤의 정원을 바라보고 있다. 온화하지만 역시나 지친 얼굴이 피아노 덮개 위에 놓인 촛불과 나란히 창유리에 비쳤다.

"그렇죠. 기쿠노 씨가 기뻐하시니 저까지 마음이 놓였어요. 앙코르 연주 〈이별의 곡〉도 아름다웠어요. 앙코르라니 무례한 표현일까요. 하지만 그건 우리를 위한 서비스 같았어요."

"어쩌면 청중이 평소보다 많아 서비스한 걸지도 모르지. 여기에 마을 사람들이 모여 야기사와 씨 피아노 연주를 듣는 일은 거의 없지?"

"그래요. 하지만 지난달에 있었어요. 야기사와 씨가 자작곡을 선보였거든요. 오늘처럼 몇 사람이 듣고 싶다고 하다가 결국 전부 모여들었어요. 굉장히 격렬한 곡이었어요. 처음부터 끝까지 거의 포르테밖에 없더라고요. 다들 정신이 쏙 빠졌죠."

"그때는 시도 씨도?"

"네. 끝났을 때도 혼자서만 박수를 치지 않았지만요."

"심술쟁이 시인이라……."

조용히 문이 열리는 소리가 났다. 시선을 돌리니 심술쟁이 시인이 서 있었다.

"어쩐 일이세요? 진혼 음악회는 벌써 끝났는데요."

"그러니까 왔지."

시도는 문을 닫고 구두 소리를 내며 들어왔다. 어스름한 방 안에서 깜빡거리지도 않는 눈이 빛나고 있다. 그는 피아노 앞에 멈춰 서서 터부룩하게 수염이 자란 턱을 벅벅 긁었다.

"피아노를 치러 왔어. 야기사와의 연주는 들어봤자 소용없으니까. 못하는 건 아니지만 그 녀석이 연주하는 베토벤은 별로거든."

시도는 피아노를 마주하고 의자에 앉았다. 건반 덮개를 올리고 두 손을 번갈아 주물렀다. 뭘 연주할 건지 물을 새도 없이 시도는 건반에 손가락을 떨어뜨렸다. 베토벤이다. 〈템페스트〉 제3악장이었다. 예전에도 시도가 이 곡을 연주하는 것을 들은 적이 있다. 어째서 뜬금없이 제3악장일까, 그 이유는 명백했다. 피아노를 좋아하는 사람들은 다들 이 악장을 연주하려 든다. 내가 자세를 바로잡자 에가미 선배도 앉은 자세를 가다듬고 연주자의 등으로 눈길을 돌렸다. 그의 연주는 다소 성급하고 때때로 페달을 잘못 밟을뿐더러 실수도 적지 않다. 역시 야기사와의 연주 직후에 들으니 격차가 있다. 다만 시도가 두드리는 소리에는 인간의 육성처럼 생생한 존재감이 있었다. 나는 중간부터 눈을 감고 들었다. 열띤 연주였다.

연주가 끝나자 단 두 명의 청중은 박수를 보냈다. 시도는 등을 움츠려 피아노에 엎드린 채 주먹을 들어 올려 화답했다.

"시도 씨, 앙코르."

나는 흥이 나서 말했다. 시인은 다시 두 손을 주무르더니 긴 손가락을 천천히 건반에 내려놓았다. 나른하고 막연한 선율이 느릿하게 흐르기 시작했다. 그는 나직하게 노래했다.

Lean out your window

Golden Hair

I heard you singing

In the midnight air

My book is closed

I read no more

Watching the fire-dance

On the floor

……

처음 듣는 곡, 처음 듣는 노래였다. 편안하면서도 아름다운 멜로디. 나는 그리 어렵지 않은 그 시를 알아들으려 애썼다.

나는 책을 두고 방을 떠나네

권태 그 너머에서 들려오는 너의 노래를 듣기 위해

노래하네, 친근하게 노래하네

창문에 기대려무나

금빛 머리여

짧은 곡이 끝났고, 시도는 고개를 들었다.

"시도 씨가 지은 시예요?"

내가 묻자 그는 "아니."라고 말하며 이쪽을 돌아보았다.

"제임스 조이스의 시야. 〈골든 헤어〉."

조이스의 시는 처음 듣는다.

"곡은 시드가 붙였지."

시도가 싱글싱글 웃으며 말하자 에가미 선배의 목소리가
날아왔다.

"시드 배럿이지요?"

처음 듣는 이름이다. 그 말을 들은 시도는 기쁜 얼굴로 활
짝 웃었다.

"알고 있었어, 이 곡?"

"좋아합니다. 시드 배럿도. 마침 시도 씨 이름하고 음이 같
군요.'시도'와 '시드'의 일본식 발음은 같다.—옮긴이"

"그쪽은 원래는 로저 키스 배럿이야. 날 따라서 시드라고
지었을걸?"

두 사람이 웃는 모습을 보니 농담을 주고받은 모양이다.

"오늘 앙코르는 한 곡으로 끝이다."

시도는 오디오 세트 앞으로 자리를 옮겨 재빨리 CD를 한 장 골랐다. 정전 중이라 1층에서 가져온 휴대용 CD 라디오 카세트에 넣었다.

멜로디라 할 수 있는 소리는 없고, 음의 고저강약만으로 이루어진 기묘한 곡이 시작되었다. 피아노, 바이올린, 플루트, 첼로 사중주에 스산하다고밖에 할 수 없는 소프라노가 겹쳤다. 아니, 소프라노라고 할 수 있을까? 마치 중증 신경증 환자의 비명 같다. 색채 없는 뒤틀린 현대음악. 이런 음악에 익숙하지 않은 내게는 허무와 착란을 노래하는 소리로밖에 들리지 않았다. 방금 전의 베토벤은 그렇게 아름다웠건만······.

"쇤베르크의 〈피에로 뤼네르Pierrot Lunaire〉야. 일본 제목은 〈달에 홀린 피에로〉."

시도는 내게 그렇게 알려준 다음 에가미 선배를 보았다.

"누구 시에 붙인 곡인지 알아?"

에가미 선배는 조용히 웃으며 고개를 끄덕였다.

"알베르 지로. 벨기에 사람이었던가요?"

"큭큭, 그래. 그 지로라는 건 당신이지, 에가미 지로?"

"아아, 좋군요. 오늘 밤만이라도 그런 셈 칠까요? 시드와 지로."

그런 시인 이름도 처음 듣는다.

"저…… 이거, 뭘 노래하는 건가요?"

"말했잖아, 지로의 시라니까. 달밤의 환상이 영원히 계속되는 거야." 시도는 기분 좋은 얼굴로 귀를 기울이고 있다. "봐, 지금 멋쟁이 피에로가 등장했어. 달빛 속에 빛나는 성스러운 검은 세면대를 마주하고 있지. 크리스털 병의 찬란한 빛, 물소리. 녀석은 그 세면대에서 화장을 하고 있어. 달빛으로."

"뭐예요, 그 시? 이나가키 타루호稲垣足穂, 1900~1977, 일본의 소설가. 추상적인 작품을 많이 발표하였다.—옮긴이 같은 건가요?"

"흠. 피에로가 카산드르의 머리에 구멍을 뚫어 벗나무 파이프를 쑤셔 넣고 터키담배를 피우는 장면이 있으니 제법 비슷할지도 몰라. 하지만 나도 이나가키 타루호는 못 이겨. 세상에, 그게 본명이잖아. 호타루반덧불이라는 뜻—옮긴이를 뒤섞어서 타루호인 줄 알고 코웃음을 쳤는데 본명일 줄이야! 최근에야 알았다니까."

시도는 평소보다 말이 많았다. 그리고 독일어 가사의 내용을 설명해주었다. 특별히 스토리가 있는 것은 아니다. 달빛 아래서 피에로 콜롬비네, 연적 카산드르, 바람둥이 아가씨 콜롬비나와 그녀를 연모하는 시인, 피에로를 사랑하며 주위를 맴도는 노파가 등장해 기괴하고 퇴폐적인 환상이 펼쳐진다. 기괴하고 퇴폐적이고, 그리고 피비린내 나는 환상. '쇼팽의 왈츠Valse de Chopin'에서는 그 제목이 주는 기대와 달리 불길한 폐병 이미지가, '성모Madonna'에서는 눈동자처럼 새빨간 상처에서 영원히 피를 흘리는 고뇌에 찬 성모가 등장하고, '강탈Raub'에서는 고귀한 루비를 핏방울에 비유해 노래한다. 사제로 분장해 제단으로 향하는 피에로는 피에 젖은 자신의 심장을 꺼내어 공포에 떠는 이들에게 보여준다. 반월도를 상징하는 달은 피에로를 공포로 몰아넣고, 시는 신성한 십자가로 변해 시인을 책형에 처한다.

"시도 씨, 이 곡은 오노 씨가 돌아가신 밤에 어울리지 않아요. 피 냄새가 너무 짙어서……."

나는 완곡하게 항의했다. 시도는 손가락을 복잡하게 꼬면서 듣고 있었다.

"확실히 피가 흐르지. 하지만 화백은 이 곡을 좋아했어. 그래서 선택한 거야. 게다가 이 곡의 마지막은 죽은 이를 보내는 데 꼭 어울리지 않는 것만도 아니야. 새벽녘이 다가오면 피에로는 수련 잎으로 배를 띄우고, 달빛을 노 삼아 순풍을 타고 남쪽 고향으로 돌아가지. 그곳에서 그는 머나먼 날의 그리운 향기에 도취해. 사랑과 자유 곁으로 돌아가는 거야."

나는 더 이상 아무 말도 하지 않았다. 시도가 고인에게 어떤 감정을 품고 있는지 짐작하기 어려운 부분은 있지만, 그는 나름의 방식으로 조의를 표하고 있는 모양이다.

"시드 배릿은 누구예요?"

나는 에가미 선배에게 물었다.

"핑크 플로이드 결성 당시 리더였던 록 뮤지션."

대답은 짧았다.

"핑크 플로이드는 들은 적 있기는 한데, 그런 사람이 있었나요?"

"금방 탈퇴했어. 미쳤거든."

나는 방금 들었던 〈골든 헤어〉를 떠올렸다. 그것은 거울 그 너머에서 찾아온 음악이었던 것이다.

'만약 시도 씨가 오노 씨를 살해했다면…….'

만약 그렇다면, 시도는 경야에서 죽은 이를 두 번 우롱한 셈이 된다.

나는 어금니를 힘껏 악물었다. 언제든 운명에 침을 뱉을 준비가 되어 있다고 허세를 부리고 싶었다.

밤이 깊어간다.

떨어진 다리 저편에서 아리스와 선배들은 벌써 잠자리에 들었을까…….

(2권에서 계속됩니다.)

옮긴이 **김선영**

1979년 생으로 한국외국어대학교 일본어과를 졸업하였다. 옮긴 책으로는 아리스가
와 아리스의 《월광 게임》 《외딴섬 퍼즐》 《하얀 토끼가 도망친다》와 사사키 조의 《경
관의 피》 미나토 가나에의 《고백》 야마구치 마사야의 《살아 있는 시체의 죽음》 등이
있으며, 특히 일본 미스터리 문학에 깊은 관심을 가지고 번역 활동을 하고 있다.

쌍두의 악마 1

2010년 5월 28일 초판 1쇄 인쇄
2010년 11월 1일 초판 2쇄 발행

지은이 | 아리스가와 아리스
옮긴이 | 김선영
발행인 | 전재국

본부장 | 이광자
주간 | 이동은
책임편집 | 박윤희
마케팅실장 | 정유한
책임마케팅 | 정남익 조용호
외서기획 | 박지원 최아정

발행처 (주)시공사
출판등록 1989년 5월 10일(제3-248호)

주소 | 서울특별시 서초구 서초동 1628-1(우편번호 137-879)
전화 | 편집(02)2046-2852 · 영업(02)2046-2800
팩스 | 편집(02)585-1755 · 영업(02)585-0835
홈페이지 www.sigongsa.com

ISBN 978-89-527-5850-7 03830
ISBN 978-89-527-5060-0 03830(set)